그들은 목요일마다
우리를 죽인다

그들은 목요일마다
우리를 죽인다

초판 1쇄 인쇄 2019년 10월 31일
초판 1쇄 발행 2019년 11월 8일

지은이 앤서니 레이 힌턴   옮긴이 이은숙

펴낸이 이세연

펴낸곳 도서출판 혜윰터
주소 (06242) 서울특별시 강남구 강남대로 354 혜천빌딩 11층
팩스 02-3474-3885
이메일 hyeumteo@gmail.com

ISBN 979-11-967252-0-4 03840

이 도서의 국립중앙도서관 출판예정도서목록(CIP)은 서지정보유통지원시스템 홈페이지(http://seoji.nl.go.kr)와
국가자료종합목록 구축시스템(http://kolis-net.nl.go.kr)에서 이용하실 수 있습니다.(CIP제어번호 : CIP2019039403)

그들은 목요일마다
우리를 죽인다

증오 대신 사랑을
절망 대신 희망을 선택한
한 사형수 이야기

앤서니 레이 힌턴 지음
이은숙 옮김

헤아림터

/일러두기/

본서에서 인용한 성경은 공동번역본입니다.
본문 중 괄호 안 설명은 모두 역자 주입니다.

내 어머니, 불라 힌턴에게 이 책을 바친다.
어머니처럼 조건 없이 사랑할 수 있기를 바라며.

/차례/

2015년 3월 3일, 앤서니 레이 힌턴은 앨라배마 주의 사형수 수감동 독방에서 30년에 이르는 긴 시간을 보낸 후 석방되었다. 힌턴은 미국에서 가장 오랜 기간 사형수로 복역하다가, 결국 무죄를 입증하고 석방된 사람 중 하나다. 우리는 끔찍한 죄를 저질렀다는 누명을 쓴 채 체포되어 기소당한 뒤 수감되고, 변호사 수임료가 없어 부당하게 유죄 판결을 받고 사형 선고를 받는 일이 어떤 느낌인지 상상할 수조차 없다. 대부분의 사람에게는 일어나기 어려운 일이잖은가. 하지만 아직도 미국에서는 그런 일이 일어나고 있고, 그런 부당한 일이 반복되지 않으려면 사람들의 인식이 더 많이 바뀌어야 하고 적극적인 행동이 필요하다.

앨라배마 주 시골 출신의 가난한 흑인 힌턴은 미국의 짐 크로 법(미국 남부 11개 주가 연합하여 만든, 백인과 유색 인종의 분리를 주 내용으로 하는 인종 차별 법)과 인종에 대한 편견이 유색 인종의 삶을 옭아매는 냉혹한 현실을 뼈저리게 느꼈다. 하지만 사람을 피부색으로 판단해서는 안된다는 어머니의 가르침을 받고 자란 그는 자신이 흑인이라는 이유로 체포되고, 기소당했으며, 부당하게 유죄 판결까지 받았다는 생각을 떨치려고 노력했다. 그럼에도 결국 그런 이유 말고는 자신이 처한 상황을 달리 설명할 길이 없었다. 죄 없는 가난한 사람보다 죄를 지은 부자에게 더 관대한 사법제도 안에서, 그는 그저 가난한 유색 인종일 뿐이었다.

힌턴은 이십 대 후반까지 어머니와 같이 살면서 계약직 노동자로 일했고 체포되기 전까지 폭력 행위로 기소된 적이 단 한 번도 없었다.

어느 날 밤, 힌턴이 앨라배마 주 베서머 시에 있는 대형 물류창고에서 바닥 청소를 하는 동안, 25킬로미터쯤 떨어진 곳에 있는 한 식당의 지배인이 퇴근하던 길에 무장 강도에게 납치되어 강탈당한 뒤 총상을 입는 사건이 일어났다. 목숨을 건진 피해자는 나중에 힌턴을 강도로 오인하여 지목했다. 범죄가 일어날 당시 힌턴이 범죄 현장에서 수십 킬로미터 떨어진 데다 모든 근로자의 출퇴근 시간을 엄격하게 확인하는 안전시설에서 일하고 있었음에도 경찰은 힌턴의 어머니 집을 수색해 구식 38구경 권총을 압수해갔다.

앨라배마 주의 법의학 수사팀은 그 총이 강도 및 살인미수 사건의 범죄 도구였을 뿐 아니라, 베서머 시의 다른 두 식당에서 폐점 시간 즈음 지배인들이 강도를 당한 후 살해된 사건들에도 사용되었다고 주장했다. 그 총을 증거로 힌턴은 체포되었고, 두 건의 살인 혐의로 기소되었으며, 주 검사들은 사형을 구형했다. 경찰이 실시한 거짓말 탐지기 검사는 힌턴이 무고하다는 사실을 입증했지만, 검찰 측은 거짓말 탐지기 검사와 힌턴의 알리바이를 무시한 채 두 번이나 살인을 저질렀다며 유죄 판결은 물론 사형을 선고해야 한다고 주장했다.

국선 변호사는 힌턴의 어머니가 소지한 총에 대해 검찰의 거짓 주장을 반박할 수 있는 유능한 전문가를 구하지 못했고, 결국 힌턴은 유죄 판결을 받았다. 그 후 14년 동안이나 그는 결백을 입증하기 위해 필요한 법적인 도움을 전혀 받을 수 없었다. 1999년에 힌턴을 처음 만난 나는 그에게 깊은 인상을 받았다. 무고함을 입증하여 기존 판결을 뒤엎고 자유를 되찾는 일이 얼마나 어려운지 알기에 걱정이 앞섰지만, 신중하고 진지하며 순수하면서도 정이 많은 데다 유머 감각까지 뛰어난 힌턴을 돕고 싶은 마음이 물밀 듯 밀려들었다.

나는 이퀄 저스티스 이니셔티브(Equal Justice Initiative, 비영리 사법 평등 운동 단체)의 동료들과 함께 미국 최고의 총기 전문가 세 명을 증인으로 채택했고, 그들 모두로부터 힌턴 어머니의 집에서 발견된 총은 범죄 도구로 쓰였을 가능성이 없다는 증언을 얻어냈다. 그 후로 또 다시 14년이 넘는 오랜 시간 동안 치열한 법정 공방을 벌인 끝에 미 연방 대법원으로부터 보기 드문 만장일치 판결을 받음으로써 2015년, 마침내 힌턴은 자유를 되찾았다. 이는 앨라배마 사형수 수감동에서 54명의 사형수가 그의 수감실 앞을 지나 9미터쯤 떨어진 사형 집행실로 죽임을 당하러 가는 것을 지켜본 후의 일이었다.

힌턴에게는 30년 동안 면회 날짜를 한 번도 거르지 않고 와준 소꿉친구가 있었다. 그 친구 레스터 베일리 덕에 힌턴은 세상으로부터 버림받았다는 느낌을 받지 않고 사형수 수감실에서 긴긴 세월을 버틸 수 있었다. 힌턴은 내가 본 어느 수감자와도 달랐다. 사형수 수감동에서도 인성을 도야했고 주변 사람들의 마음을 사로잡았다. 수십 명의 사형수들뿐 아니라 결혼이나 종교 문제부터 일상생활의 문제에 이르기까지 조언을 구하는 교도관들의 삶에도 영향을 미쳤다.

십여 년의 법정 싸움을 벌이는 동안 불리한 판결이 내려질 때마다 힌턴과 나는 수많은 밤을 뜬눈으로 지새우며 실망과 좌절의 시간을 보냈다. 하지만 홀먼 주립교도소 접견실에서 힌턴을 만날 때면 우리는 주위 사람들이 놀랄 만큼 큰 웃음을 터뜨리곤 했다. 힌턴의 강한 의지와 놀라운 정신력은 실로 대단했다.

나는 변호사로서 구치소와 교도소를 오가며 수백 명의 의뢰인들을 만나왔다. 재소자인 의뢰인을 접견하러 가면, 교도소 직원들은 나를 무시하거나 무심하게 쳐다보는 일이 다반사였다. 이미 유죄 판결을 받은 수감자에게 변호사 접견이 허용된다는 사실에 분개한 듯 대놓고 적의를 드러내거나 감정을 자극하는 교도관도 한둘이 아니었다. 하지만 힌턴을 만나러 갈 때만큼은 다른 수감자들을 접견할 때와 크게 달랐다. 힌턴의 변호사로 일한 십여 년 동안, 많은 교도관들과 교정시설 직원들이 나를 한쪽으로 데려가서는 그들이 도울 수 있는 방법이 없는지 묻곤 했다.

나는 30년 남짓 되는 시간 동안 수십 명의 수감자들을 변호해왔다. 그들 중 대다수가 부당하게 유죄 판결이나 사형을 선고받은 무고한 사람들이었다. 그럼에도 지금껏 내가 변호한 그 누구도 앤서니 레이 힌턴만큼 대단한 영감을 준 사람은 없었다. 특별하고도 강렬한 이야기는 미국인은 물론 전 세계 독자들에게 깊은 감명을 줄 것이다.

힌턴의 이야기를 읽기가 쉽지 않은 일일 수도 있지만 우리는 읽어야 한다. 이 책을 통해 잘못된 사법제도 때문에, 그리고 여전히 남아 있는 인종 편견 때문에 모든 사람을 공정하고 정의롭게 판단할 수 있는 길이 멀어진다는 사실을 알아야 한다. 분노와 두려움의 역학 관계에서 비롯된 사형제도 같은 시스템이 어떤 위험을 초래할 수 있는지, 그런 정치 역학 아래서 법정의 일부 공직자들이 얼마나 무책임하게

12

처신해왔는지 깨달아야 한다. 무엇보다 인간의 존엄과 가치에 대해 자각해야 한다. 우리는 우리가 범한 최악의 일보다 더 가치 있는 존재라는 사실을 생각해야 한다. 앤서니 레이 힌턴의 이야기를 통해 이런 문제들을 좀 더 현실적으로 받아들이고 이해할 수 있는 동시에, 생존과 극복, 더 나아가 용서하는 일이 궁극적으로 어떤 의미인지 깨달을 수 있을 것이다.

힌턴은 석방된 후 대중 연설가로서 청중의 삶을 변화시키는 데 큰 역할을 하고 있다. 너무도 고통스러운 여정이었지만 끝내 승리를 얻어낸 가슴 뭉클한 이야기는 재미와 감동을 선사할 뿐 아니라, 깊은 공감을 이끌어내고 그가 전하고자 하는 용서의 메시지는 우리를 변화시킨다. 생각의 틀이 견고한 경찰이나 검사들, 탈선의 위기에 놓인 십대 청소년에 이르기까지 각양각색의 사람들이 그의 이야기에 감명을 받고 깨달음을 얻는 것을 나는 직접 목격하고 있다.

힌턴의 이야기는 인종 차별과 빈곤, 그리고 신뢰할 수 없는 사법제도의 한가운데서 외치는 용서와 우정과 승리에 대한 메시지다. 이 이야기는 또한 기적을 보여준다. 힌턴과 나는 그가 끝까지 살아남아 그 지난한 이야기를 세상에 알릴 수 없을지도 모른다는 두려움에 휩싸인 순간이 수없이 많았다. 그가 버텨낸 삶의 여정이 결코 잊을 수 없는 감동을 선사한다는 이유 하나만으로도 우리는 그가 살아남은 것에 감사해야 한다.

브라이언 스티븐슨 | 앤서니 레이 힌턴의 인권 변호사

1장

사형 선고

증거를 떠나서, 다른 어떤 소송에서도 힌턴의 재판에서만큼
피고가 유죄이며 악의 화신이라는 느낌을 강하게 받은 적은 없었다.

_밥 맥그리거 검사

우리 삶이 돌이킬 수 없는 길로 접어드는 정확한 순간을 아는 사람이
있을까? 그저 지나온 길을 돌아봄으로써 그 순간을 깨달을 수 있을 뿐
이다. 그렇기에 그런 순간이 언제 다가올지 결코 예측할 수 없다. 내
삶이 돌이킬 수 없는 길로 접어들기 시작한 것은 내가 체포된 날부터
일까? 아니면 훨씬 더 이전의 어느 순간부터 이미 변화가 시작됐던 것
일까? 체포된 날은 그저 그때까지 이어진 운명적인 순간들과 잘못된
선택들과 불운이 최고조에 다다랐던 것뿐일까? 그도 아니면 예나 지
금이나 흑인을 당당한 권리를 가진 시민으로 대하려 하지 않는 남부
에서 흑인으로 태어났기에 자랄 때부터 내 삶의 행로는 이미 정해졌
던 걸까?

이런 의문에 대한 답을 단언하기는 쉽지 않다. 너비 1.5미터, 길이
2미터 가량의 화장실만 한 방에서 생을 끝맺어야 할 상황에 처하게 되

면, 지나온 삶의 순간순간을 되돌아볼 시간이 넘쳐난다. 경찰들이 나를 찾아왔던 날 달아났더라면, 야구 특기생으로 대학에 갔더라면, 그때 그 여자와 결혼했더라면 어땠을까? 누구나 자신이 겪은 끔찍한 순간들을 되짚어보면서 오른쪽으로 가지 말고 왼쪽으로 갔더라면, 그런 사람이 아니라 이런 사람이 됐더라면, 다른 길을 택했더라면 어떨까 상상해볼 것이다. 그렇다고 아픈 과거를 고쳐 쓰거나 비참했던 일을 지워 없애거나 끔찍한 잘못을 바로 잡기 위해, 철창 안에 갇혀 머리를 쥐어뜯으며 기나긴 나날을 보낼 필요는 없다. 하지만 말로 다 할 수 없이 불행하고 고통스럽고 불공평한 일이 누구에게나 느닷없이 일어날 수도 있다. 그럴 때 가장 중요한 것은, 다시 말해 우리 삶을 크게 바꾸는 것은 그런 일에 어떻게 대처하느냐 하는 것이다.

나는 그것이 정말 중요하다고 믿는다.

1986년 12월 10일, 제퍼슨 카운티 구치소

어머니가 구치소 면회실에 어울리지 않는, 초록색과 파란색이 어우러진 꽃무늬 원피스에 아이보리색 장갑을 끼고 하얀 레이스가 달린 파란 모자까지 쓴 채로 우리를 갈라놓는 유리벽 건너편에 앉아있었다. 어머니는 늘 교회 갈 때 차림으로 면회를 왔다. 당시 미국 남부에서는 번듯한 차림새와 흠잡을 데 없는 예의범절이 일종의 무기였다. 여자들의 모자가 클수록 독실한 마음이 더욱더 크다는 뜻이었다. 그래서 여자들은 교황의 모자보다 더 큰 모자를 썼다. 하지만 면회실에 앉아있는 어머니를 보고, 남부 방식으로 이를 악물고 싸우려는 각오

16

를 다지고 있는 사람으로 보는 사람은 없을 듯했다. 재판을 받는 중에는 말할 것도 없고 면회를 와서도 어머니는 이 모든 상황이 믿기지 않는 듯 그저 망연한 표정이었다. 1년 6개월 전에 내가 체포된 후로 언제나 그런 얼굴이었다. 레스터는 어머니가 아직도 충격에서 헤어나지 못한 것 같다고 했다. 레스터 베일리는 둘도 없는 내 친구다. 레스터가 네 살 때, 우리 어머니들이 함께 나가서 뛰어 놀라고 했을 때부터 우리는 친구가 되었다. 여섯 살이던 나는 네 살배기와 놀기에는 내 나이가 너무 많다는 생각에 어떻게든 따돌리려 했지만, 레스터는 내 옆에 찰싹 붙어 떨어지지 않았다. 그리고 23년이 지난 지금까지도 여전히 내 곁을 지키고 있다.

어머니는 면회를 올 때마다 내가 여전히 갇혀있다는 사실을 이해할 수 없다는 표정이었다. 석 달 전에 나는 강도질을 하고 사람을 둘이나 죽였다는 죄목으로 유죄 평결을 받았다. 열두 명의 배심원들이 내가 더는 아무런 가치가 없고 내가 없으면 이 세상이 어떻게든 좀 더 나아질 거라는 평결을 내린 지 석 달이 지났다. 그들 말인즉 나는 죽어 마땅하다는 것이었다. 아, 격식을 갖춰 표현하면 '사형 선고'를 내렸다고 해야 하지만 있는 그대로 얘기하면 나를 죽여야 한다는 거였다. 그들은 내가 사람을 죽였으니 나도 죽기를 바랐다.

하지만 그들은 엉뚱한 사람에게 그런 평결을 내렸다.

내가 물류창고에서 야간 근무 중일 때, 25킬로미터쯤 떨어진 퀸시스라는 식당의 지배인이 납치되어 돈을 빼앗긴 뒤 총격을 당하는 사건이 일어났다. 그런데 누군가 나를 잘못 알아보고 범인으로 지목하는 바람에 체포되었다. 경찰은 내 어머니가 가지고 있던 38구경 권총이 살인 무기라고 주장했다. 심지어 앨라배마 주 검찰은 퀸시스에서 일어난 강도 및 살인 미수 사건뿐 아니라 식당이 문을 닫을 즈음 들이닥쳐 돈을 강탈한 뒤 지배인을 냉장창고로 몰아넣고 죽인 다른 두 살인 사건에서도 그 권총이 사용되었다고 주장했다. 25년쯤, 어쩌면 그보다 더 오래 손도 대지 않은 어머니의 구식 총을 두고서 온갖 말이 오갔다. 단 한 번 싸움에 끼어든 적도 없던 나는 그 길로 살인자가 되었다. 그것도 그냥 살인자가 아니라 겨우 몇 백 달러를 위해 사람의 머리에 총부리를 들이대고 끝내 방아쇠를 당긴, 그리고 아무렇지도 않게 내 일을 하고 다닌 냉혹한 살인마가 되었다.

하느님께 맹세코 어머니는 우리 형제들 중 그 누구도 살인마로 키우지 않았다. 판사의 공식적인 선고를 기다리는 몇 달 동안 어머니는 내가 살인 혐의로 기소되기 전과 조금도 다르지 않았다. 판결만 내려지면 내가 사형 집행을 피할 수 있다고 생각하는 걸까? 우리는 판결에 대해 얘기하지 않았다. 어머니가 나를 위해 피한 건지, 내가 어머니를 위해 말을 안 한 건지, 아니면 어머니도 나도 난데없이 휘말린 지독한 악몽을 어떻게 받아들일지 몰라서 그런 건지 잘 모르겠다.

"막내야, 언제 집에 오는 거냐? 그 사람들이 언제 너를 집으로 보내준다던?"

어머니가 오른쪽 귀에 수화기를 대고 물었다. 나는 어머니의 왼쪽 어깨에 한 손을 올려놓고 서 있는 레스터에게 눈길을 돌렸다. 레스터는 대개 혼자 면회를 왔고, 어머니는 누나들이나 이웃과 함께 나를 보러 오곤 했다. 레스터는 매주 면회일이면 일하러 가는 길에 제일 먼저 찾아와서 내 안부를 확인하고 영치금을 넣어주곤 했다. 일 년 반 동안

한 주도 빠지지 않았고 늘 면회실에 첫 번째로 나타났다. 레스터는 정말 최고 중의 최고인 친구다.

레스터가 나를 마주보고 어깨를 으쓱하며 고개를 살래살래 저었다. 어머니는 항상 '그 사람들'이 언제 나를 집으로 돌려보내 줄 거냐고 물었다. 나는 우리 집의 막내로 늘 아기였다. 체포되기 전까지 어머니와 나는 언제나 함께했다. 같이 교회에 가고, 마주앉아 식사를 하고, 서로 어우러져 웃고, 함께 기도했다. 어머니는 내게 가장 중요한 사람이었고, 나는 어머니에게 그런 존재였다. 살면서 중요했던 순간들을 떠올려보면 어김없이 내 옆에는 나를 응원하는 어머니가 있었다. 야구 경기를 할 때도, 시험이나 학교 댄스파티가 있기 전에도, 졸업식 때도 마찬가지였다. 탄광 일을 끝내고 집에 가면 나를 기다리고 있던 어머니는 내 몰골이 아무리 지저분해도 꼭 안아주었다. 가구점에서 일하게 된 첫날에는 아침 일찍 일어나서 아침밥을 챙겨주고 도시락까지 싸주었다. 그리고 재판을 받을 때도 빠짐없이 법정에 나왔다. 아들에 대한 끝없는 사랑을 품은 채로 제일 좋은 옷을 차려입고 와서 법정의 모든 사람에게 웃음을 지어 보이는 어머니를 보면 가슴이 찢어지는 것처럼 아팠다.

어머니는 나를 믿었다. 줄곧 그래왔던 것처럼 지금 이 순간도, 앞으로도 언제까지나 나를 믿을 터였다. 비록 배심원단이 유죄 평결을 내렸을지라도 어머니는 꿋꿋하게 나를 믿었다. 그런 어머니의 모습에 목이 메고 코끝이 시큰해졌다. 세상 사람들이 뭐라고 하든 어머니와 레스터만은 내가 알고 있는 진실, 그러니까 내가 결백하다는 사실을 믿었다. 언론이 아무리 나를 끔찍한 괴물로 만들어도 두 사람은 흔들리지 않았다. 그 두 사람이 단 한 순간도 나를 의심하지 않고 믿는다는 사실에 내 목숨이 걸려있기라도 한 것처럼 나는 그런 믿음에 매달려 버텼다. 설혹 내가 죄를 지었다고 해도, 고작 몇 백 달러 때문에 잔인하게 두 사람을 죽였다고 해도, 어머니와 레스터는 나를 사랑하고 믿어주리라. 항상 같은 자리에서 변함없는 마음으로. 그런 사랑을 받는 사람이 달리 어떤 마음을 먹을 수 있겠는가? 무슨 나쁜 짓을 하겠는가?

나는 고개를 숙이고 감정을 추슬렀다. 재판을 받을 때도 치솟는 여러 감정을 억누르려 안간힘을 써야 했다. 어머니 마음을 아프게 하고 싶지 않았고 어머니에게 우는 모습을 보이고 싶지 않았다. 내가 느끼는 두려움이나 고통을 어머니가 느끼게 하고 싶지 않았다. 어머니는 언제나 나를 지켜주려 했고 내 고통을 대신 짊어지려 했다. 하지만 지금의 고통은 너무나 커서 어머니의 사랑으로도 감내하기 힘든 것이었다. 어머니에게 그런 고통을 안길 수는 없었다. 사람들이 아무리 나를 몰아붙여도 그러고 싶지 않았다. 내가 어머니에게 줄 수 있는 건 그런 마음뿐이었다.

잠시 후 나는 다시 고개를 들고 웃는 얼굴로 어머니를 마주보았다. 그러고 나서 레스터에게 눈길을 돌렸다.

레스터는 다시 고개를 가로저었다.

한 사람과 오랫동안 친분을 나누면 말없이도 마음속 생각을 주고받을 수 있기 마련이다. 이전에 나는 레스터를 붙잡고 내가 사형 선고받은 것을 어머니가 알지 못하도록 주변 사람들의 입단속을 단단히 해달라고 당부했다. 반면에 누나는 어머니에게 내가 사형당할 수 있고, 그러면 결코 집에 돌아올 수 없을 거라고 솔직하게 말해야 한다고 했다. 어머니가 사실을 알고 그에 대처할 수 있게 해야 한다고. 레스터가 고개를 가로저은 건 그만 얘기하라는 뜻이었다. 하지만 나는 언젠가 집으로 돌아갈 거고 어머니의 희망을 꺾고 싶지 않았다. 이 세상에서 희망을 잃는 것보다 더 슬픈 일은 없다.

레스터가 혼자 면회를 오면 우리는 자유롭게 이야기를 나눴다. 우리가 하는 모든 말이 녹음되고 있다는 사실을 염두에 두고 최대한 자유롭게 얘기했다. 우리 둘만 아는 암호를 쓰기도 했다. 하지만 유죄 판결을 받은 뒤로 그런 암호는 시간만 잡아먹을 뿐 별 의미가 없어 보였다. 그래서 그냥 드러내놓고 속내를 털어놓았다.

나는 우리를 갈라놓는 두툼한 유리벽에 한 손을 대고 다른 한 손으로는 수화기를 고쳐 들었다. 어머니도 몸을 앞으로 기울이고 팔을 뻗어 건너편 유리벽에 손을 마주 댔다.

"곧 집에 갈 거예요. 사람들이 애쓰고 있으니까. 조만간 집에 돌아갈 거예요."

나에게는 한 가지 계획이 있었다. 레스터는 그 계획이 뭔지 알았다. 나도 알았고 하느님도 알았다. 오로지 그뿐이었다. 모든 슬픔을 억눌러 가라앉히고 나니 안에서 분노가 들끓어 폭발할 것 같았다. 유죄 평결을 받고 나서는 걸핏하면 분노가 치밀었다. 오늘밤 다시 기도하리라. 진실을 위해, 피해자들을 위해, 내 어머니와 레스터를 위해. 그리고 2년 가까이 나를 괴롭혀온 악몽이 어떻게든 끝나기를 간구할 것이다. 평결대로 형이 확정될 가능성이 높지만 그래도 기적이 일어나기를 간절히 바랄 것이고, 바라는 대로 기적이 일어나지 않는다고 해도 세상을 탓하지 않으려 애쓸 것이다.

어머니가 늘 가르쳐준 대로.

1986년 12월 15일, 제퍼슨 카운티 법원

그것은 폭력 그 이상도 이하도 아니었다. 합법적이라 해도 폭력을
휘두른다는 점은 다르지 않았다. 그토록 억눌러 잠재우려 했던 분노
가 다시 휘몰아쳤다. 내가 유일하게 범한 죄가 있다면 하필 앨라배마
에서 흑인으로 태어난 것뿐이었다. 법정은 온통 흰색 얼굴들 천지였
다. 나무 벽과 집기류, 하얀 얼굴들이 가득한 법정 분위기는 위협적이
었다. 나 혼자 어느 부자의 도서관에 잘못 들어간 불청객 같았다. 재
판받는 기분을 정확히 표현하기는 어렵다. 아무 죄가 없다는 사실을
알면서도 수치심이 들었고 한편으로 아주 더럽고 사악한 것을 덮어쓴
듯한 느낌이 들었다. 그런 느낌 때문에 내가 정말 죄인 같았다. 심판
대에서 내 영혼이 얼마나 형편없는지 여실히 드러나는 듯했다. 온 세
상이 나를 나쁜 사람으로 생각하는데 선함을 고집하기란 쉽지 않다.
그래도 하느님은 내가 무진 애를 쓰고 있다는 사실을 아시리라.

체포되고 재판을 받는 내내 버밍햄의 모든 신문이 내 이야기로 도
배되었다. 어머니의 집 앞에서 끌려나온 순간부터 언론은 이미 나를
살인마로 못박았다. 경찰들도, 관련 전문가들도, 그리고 평생 낮에 야
외에서 일한 적이 없는 것처럼 창백하고 매가리라곤 없어 보이는, 턱
밑 살이 축 처진 검사도 나를 유죄로 단정 지었다. 그 법정에서 가장
사악한 사람을 꼽으라면 나는 주저 없이 맥그리거 검사를 가리켰을

것이다. 몰려있는 그의 작은 두 눈에는 비열하고 무정할 뿐 아니라 날카롭고 차가운 혐오의 빛이 스며있었다. 사나운 족제비처럼 언제든 내게 달려들 것처럼 보였다. 당장 그 자리에서 사형을 집행할 수 있다면, 가차 없이 나를 죽이고는 아무 거리낌 없이 나가서 점심을 먹을 사람 같았다. 그다음으로는 가렛 판사를 꼽았을 것이다. 그는 헐렁한 검은 법복이 꽉 끼어 불편해 보일 만큼 거구인데다가 얼굴색은 불그레했다. 과장되게 거드름을 피우며 우쭐거리는 그의 행동거지를 보노라면 마치 한 편의 광대극을 보는 듯한 착각이 들었다. 아, 정말이지 그들 모두 연극을 하는 것 같았다.

2주 동안 그들은 증인과 전문가들을 줄지어 내세우고 온갖 시시콜콜한 증거를 제시했다. 그런 모든 과정을 통해 내가 유죄라는 것이 벌써 기정사실이 되었다. 빌어먹을! 경찰에게, 검사에게, 판사에게, 그리고 내 변호사에게까지 난 유죄일 수밖에 없는 사람이었다. 아버지란 울타리 없이 가난한 흑인 집안에서 10남매 중 하나로 태어난 내가 스물아홉이 되도록 목에 올가미를 쓰지 않고 살아온 것은 실로 놀라운 일이었다. 하지만 정의라는 허울을 쓴 법정이 이제 내게 올가미를 씌우려 했다. 앨라배마 법정은 내 피부색을 알고, 학력 수준을 알고, 예금 잔고가 없는 걸 알고 있다. 나는 돈은 없을지언정 이런 재판에서 정의가 어떻게 작용하는지, 그것이 어떻게 모습을 드러낼지 충분히 보고 들어왔다. 옛날 사람들이 입던 흰색 법복이 검은색으로 바뀌었을 뿐 여전히 그들의 재판은 폭력적이었다.

"재판장님, 검찰 측 진술은 여기까지입니다."

"알겠습니다. 피고 측, 증인에게 질문 있나요?"

내 변호사는 놀랍게도 진실만을 말하겠다는 선서를 하고도 방금 나에 대한 거짓 증언을 마친 두 번째 집행관에게 질문 사항이 없다고 대답했다. 나는 그 어떤 집행관에게도 거짓말 탐지기 검사에 통과하는 방법을 안다고 말한 적이 없다. 2년 가까이 재판을 기다리면서 내 소송에 관한 일은 그 어떤 것도 다른 사람들에게 말한 적이 없다. 그런데 법정을 오가는 통로에서 내가 집행관에게 편법을 써서 거짓말 탐지기 검사를 통과했다고 털어놨다니! 내가 무죄임을 뒷받침한다는 이유로 검찰 측이 증거로 받아주려고도 하지 않는 거짓말 탐지기 검사 결과를 두고 내가 그런 말을 했다니! 정말 말도 안 되는 헛소리였다.

변호사가 판사에게 대답하고는 몸을 돌려 나에게 물었다. "최후 진술 하시겠습니까?"

거짓말을 한 집행관이 이기죽거리며 증인석에서 일어났다. 내가 최후 진술을 하고 싶었던가? 이제 곧 사형 선고가 내려질 텐데, 나를 위해 있는 그대로 사실을 말하는 사람이 아무도 없었다. 내 손목에는 묵직한 쇠고랑이 달린 수갑이 채워져 있고, 그 쇠고랑은 발목에 채워진 족쇄에 연결되어 있었다. 잠시 나는 그 쇠사슬을 풀어 그들의 목에 칭칭 감는 장면을 상상했다. 하지만 곧바로 주먹을 펴고, 기도할 때처럼 두 손을 모았다. 나는 살인자가 아니다. 결코 살인한 적이 없고, 앞으로도 절대 그런 짓을 할 리 없었다. 나는 먼저 배심원단을 둘러보고, 혐오와 독선이 가득한 눈빛으로 나를 노려보고 있는 맥그리거에게 시선을 돌렸다. 그다음으로 지루한 기색을 역력히 드러내고 있는 판사를 보았다. 나는 교회에서 수없이 신앙 간증을 해왔다. 이제는 법정에서 나 자신을 위해 증언해야 했다.

나는 변호사에게 고개를 끄덕이며 "네." 하고 대답했다. 머릿속에서 '젠장! 그래, 할 거야!'라고 소리치고 있었기 때문인지 생각지 않게 큰 목소리가 터져나왔다. 의자에서 일어나는 순간 쇠고랑이 탁자에 부딪혀 소리를 냈다.

"판사님, 피고의 수갑을 풀어주시면 안 되겠습니까?"

변호사가 드디어 제대로 뭔가를 했다. 어쨌든 조금은 애를 쓰는 티를 냈지만, 나를 믿어서가 아니라 자신의 체면을 세우기 위한 행동이었다. 그는 내 소송을 배정받고 1000달러를 받게 됐다면서 "1000달러면 아침 한 끼는 먹을 수 있겠군요." 하고 투덜댔다. 변호사 자리만 지킬 뿐 그의 마음은 내 재판에 있지 않았다. 그는 내가 죄가 있든 없든 상관하지 않았다. 내 사건은 그저 수북이 쌓인 파일 더미 중 하나에 불과했다. 거의 2년을 함께하면서도 그는 나에 대해 몰랐다. 내 목숨이 그의 손에 달려있건만, 나에 대해 알아야 하는 것들을 알려 하지 않았다. 그럼에도 불구하고 나는 그가 필요했고, 그도 나도 알고 있는 사실이었다. 그래서 나는 그에게 예의를 갖췄다. 오늘 같은 일이 계속될 게 뻔했지만 나는 여전히 그가 필요했다.

내가 집행관에게 손목을 내밀자, 그가 억지웃음을 지으며 수갑을 풀었다. 그사이 나는 두 번째 줄에 앉아있는 어머니를 슬쩍 돌아보았다. 어머니의 한쪽에는 레스터가, 다른 쪽에는 돌리 누나가 앉아있었고 이웃에 사는 로즈메리도 법정에 와 있었다. 수갑이 손에서 벗겨지는 동안 줄곧 어깨 너머로 돌아보는 내게 어머니가 살며시 손을 흔들었다. 레스터는 나와 눈이 마주치자 재빨리 고개를 끄덕였다. 그도 나도 막다른 길에 닿아있음을 알고 있었다.

나는 증인석으로 올라가서 몸을 돌려 법정을 둘러보았다. 어머니를 마주하고 볼 수 있어서 좋았지만 웃음 짓는 어머니의 얼굴을 보니 가슴이 조여들었다. 얼마나 그리던 얼굴인가! 나는 어머니가 아무리 환하게 웃어도 두려움에 떨고 있다는 걸 알았다. 법정에서 오가는 말을 도통 알아들을 수 없어서 마치 다른 나라 말처럼 혼란스럽기만 하리란 것도 알았다. 지난번 면회 때 나는 곧 집에 돌아가서 어머니가 일요일 오후에 만들어주던 케이크를 먹게 될 거라고 했고, 어머니는 그 말을 듣고 웃음 지으며 돌아섰다. 어머니가 구운 케이크는 정말 맛있었다. 악마도 지은 죄를 고백하면서 부디 한 입만 먹게 해달라고 애원할 정도였다. 늦은 밤이면 나는 가끔 눈을 감고 어머니가 버터크림을 입혀 구운 벨벳처럼 부드러운 빨간 케이크를 떠올리곤 했다. 그러면 고소하고 달콤한 냄새가 코끝을 간지럽히는 것 같았다. 그런 내 상상력은 장단점이 있었다. 힘겨운 시간을 견뎌내고 좀 더 성숙해지도록 도와주기도 했지만 문제에 빠뜨리기도 했다. 그래도 지금 같은 문제에 빠진 적은 없었는데.

체포된 후로 나는 매일 생각했다. 오늘은 밝혀질 거야. 내가 일하고 있었다는 사실을 사람들이 알게 될 거야. 경찰이 진짜 범인을 찾아낼 거야. 누군가는 나를 믿어줄 거야.

하루하루가 깨어날 수 없는 악몽 같았다.

나는 어머니에게 웃음을 지어 보이고 나서 2주째 나를 노려보고 있는 맥그리거 쪽으로 시선을 돌렸다. 피고가 움츠러들 때까지 노려보는 것은 그의 유명한 전략이었다. 누가 우두머리 알파독인지 보여주려는 심산이겠지만, 나는 우두머리에게 무조건 꼬리를 내리는 개가 아니었고 움츠러들 생각 또한 없었다. 속으로는 나도 죽음이 두려웠고 집으로 돌아가고 싶었다. 죽고 싶지 않았다. 하지만 어머니와 내 친구를 위해서 겉으로나마 의연한 모습을 보여야 했다. 마틴 루터 킹이 말하지 않았던가. "등을 굽히지 않으면 아무도 올라탈 수 없다"고. 그 말을 되뇌며 나는 되도록 등을 펴고 앉아있었고 맥그리거가 노려볼 때는 더욱더 등을 꼿꼿이 펴고 그의 눈을 주시했다. 그가 내 등에 올라타서 나를 죽이려고 하지만 나는 맥그리거든 다른 누구든 내 등에 쉽게 올라타게 할 마음이 조금도 없었다.

변호사가 말했다. "판사님, 힌턴 씨가 진술할 기회를 요청했습니다. 최후 진술을 한다고 해서 판결에 무슨 영향이 있을지 모르겠지만, 저는 진술 내용에 대해 특별히 아는 바가 없어 심문할 것이 없습니다."

내 변호사라는 사람이 내가 마지막으로 토로하려는 말을 모른다고? 내가 하려는 말은 이 법정이 아무런 증거도 없이 나를 두 번이나 냉혹한 살인을 저지른 범죄자로 판단했다는 것이다. 내가 일하고 있는 동안에 일어난 또 다른 살인 미수 사건을 빌미로 나를 두 번이나 살인을 저지른 범인으로 덤터기를 씌우는데도 내 변호사란 사람은 뒷짐만 지고 있었다. 변호사는 눈도 성치 않은 총기 전문가를 증인으로 고용했다는 것, 앨라배마 주 검찰이 내가 저지르지도 않은 범죄들 때문에 나를 전기의자에 묶어 살해하려 한다는 것, 누군가 나를 죽이려 하지만 나는 끝까지 필사적으로 싸울 거라는 것이 내가 하려던 말이었다.

나는 숨을 깊이 들이마셨다 내쉰 뒤 눈을 감고, 속으로 수천 번도 넘게 했던 기도를 읊었다. '하느님, 저 사람들이 진상을 알도록 해주십시오. 저 사람들이 제 마음속과 머릿속을 꿰뚫어보고 진실을 알아내도록 해주십시오. 저 판사와 검사와 큰 슬픔 속에 빠졌을 피해자 가족에게 은혜를 베풀어주십시오. 하느님, 정의가 살아나게 해주십시오. 진정한 정의가요.'

"우선, 저는 아무도 죽이지 않았습니다. 피해자 가족에게 이 사실을 꼭 밝히고 싶습니다. 부디 제 말을 믿어주시기 바랍니다. 저는 그 누구도 제가 사랑하는 사람의 목숨을 빼앗아가기를 바란 적이 없습니다. 그런 고통은 차마 상상도 못 했습니다. 저는 아버지가 없는 삶이 어떤지를, 울타리가 돼주는 아버지 없이 자라는 것이 어떤지를 잘 압니다. 그래서 누구든 그런 삶을 겪게 할 생각은 꿈에도 하지 않았습니다. 저 위에 계신 분은 제가 그런 짓을 하지 않았다는 사실을 아실 겁니다. 언젠가 제가 이 세상을 떠난다고 해도 저 위에 계신 그분이 제가 그런 죄를 범하지 않았다는 것을 알려주실 겁니다. 저는 감히 사람의 목숨을 뺏을 상상조차 해본 적이 없습니다. 저는 생명을 줄 수 없으니 생명을 앗아갈 권리도 없다고 생각합니다."

목소리가 떨렸다. 나는 다시 한번 심호흡을 하고, 남편을 잃은 데이비슨 부인을 똑바로 쳐다보았다. "만일 부인이 … 피해자 가족분들이 정말로 살인을 저지른 범인을 이 법정에 세웠다고 생각하신다면 참으로 유감입니다. 부인께서 정녕코 남편을 살해한 사람이 정의의 심판을 받기를 원하신다면 무릎 꿇고 하느님께 비셔야 합니다. 저는 그런 일을 저지르지 않았으니까요."

나는 가렛 판사를 올려다보며 말을 이었다. "판사님께서 옳다고

28

생각하시는 대로 판결을 내려주십시오. 하지만 제게 사형을 선고한다면 판사님 손에도 피를 묻히는 거나 다름없습니다. 저는 모든 사람을 사랑합니다. 제 평생 다른 사람에게 큰 피해를 끼친 적이 결코 없습니다. 학교에 다닐 때도 모든 친구들하고 잘 어울렸고 싸움에 휘말린 적이 없습니다. 전 다른 사람에게 폭력을 가한 적이 없습니다."

어머니가 고개를 끄덕이며 학예회나 낭독회에서 발표하는 아들을 지켜보기라도 하듯 웃음 띤 얼굴로 나를 쳐다보았다. 나는 말을 이어나갔다. "저는 검사님과 판사님을 위해, 특히 피해자분들을 위해 기도하고 있습니다. 죄를 지었다면 피해자분들께 마땅히 용서를 구해야겠지만 그건 제가 할 일이 아닙니다. 제가 아는 한 예수님도 하지 않은 일로 억울하게 기소되고 비난받았죠. 그런데도 예수님은 세상을 사랑하고 구하려 했고 고통 속에서 죽어갔습니다. 저 또한 하지 않은 일 때문에 죽어야 한다면 받아들이겠습니다. 하지만 제 목숨은 판사님의 손에 달려있지 않습니다. 제 목숨은 다른 어떤 사람들의 손이 아닌 하느님의 손안에 있습니다."

나는 거짓 증언을 한 집행관들에게도 말했다. 주님이 그들을 용서해주기를 빌겠다고. 아버지, 저 사람들을 용서하여 주십시오! 그들은 자기가 하는 일을 모르고 있습니다(누가복음 23장 34절).

"여러분은 무고한 사람을 잡아 가뒀습니다. 아무 죄 없는 사람을 잡아서 2년 동안이나 철창 안에 가뒀습니다. 그래서 저는 여러분이 믿는 어떤 방법을 써서라도 사실을 밝혀달라고 간곡히 청하고 애원했습니다. 자백제(사람이 정직하게 질문에 답하는 상태를 유도할 수 있다고 추정되는 약물)를 쓰든, 최면을 걸든, 어떤 방법이든 좋다고 말입니다. 저는 감출

게 조금도 없으니까요."

맥그리거가 고개를 절레절레 흔들며 눈동자를 굴리더니 코웃음을
쳤다.

나는 그를 정면으로 보며 같은 말을 되풀이했다. "저는 검사님을
위해 기도하고 있습니다. 하느님께 검사님이 한 모든 일을 용서해달라
고 기도하고 있습니다. 또한 검사님이 하느님께 용서를 구하기를 바
랍니다. 제가 죽는 것처럼 검사님도 언젠가 죽을 겁니다. 저는 전기의
자에서 죽을지 모르지만, 여하튼 검사님도 역시 죽을 겁니다. 다만 한
가지 다른 점은 저는 죽은 뒤 천국에 갈 거라는 거죠. 검사님은 어디로
갈까요?" 나는 판사, 집행관들, 검사, 형사들을 죽 둘러보았다. "여러분
은 어디로 갈까요? 거짓으로 하느님의 눈을 속일 수는 없습니다. 경찰
이 불쑥 들이닥쳐 체포했을 때, 저는 왜 체포되는지도 몰랐습니다. 제
가 만일 누군가를 죽였다면 제 어머니 집 마당의 잔디를 깎다 잡히지
는 않았을 거라는 말을 피해자 가족분들께 꼭 해드리고 싶습니다. 저
는 감출 게 없었고 그 살인 사건들에 대해 아무것도 몰랐습니다."

변호사가 고개를 숙이고 메모장에 뭔가를 끼적거렸다. 나는 두서
없이 하고 싶은 말을 모두 토해냈다.

"저는 수감된 뒤로 매일 신문을 읽으면서 냉장창고에 갇힌 사람들
얘기가 없는지 찾아봤습니다. 여러분은 그런 기사를 다시 읽게 될 테
고 누군가 또 살해당할 겁니다. 그러면 그제서야 엉뚱한 사람을 잡아
들였다는 사실을 깨닫게 되겠죠. 하지만 저는 그런 일이 다시는 일어
나지 않기를 바랍니다. 그저 주님께서 실제로 그런 짓을 저지른 사람
의 가슴속에 무거운 죄책감을 심어주셔서, 그 사람이 마음의 짐을 견

디지 못하고 여러분께 찾아가 사실대로 털어놓기만을 바랍니다. 하지만 그런다고 해도 여러분은 진범의 말을 믿지 못할지도 모르죠. 하느님이 이 모든 일을 계획하신 거라면, 저는 여러분이 뭘 믿든 걱정하지 않습니다. 제가 전기의자에 앉는 일은 없기를 바라지만, 하느님이 저한테 그 길로 가라고 하시면 그대로 따를 겁니다. 저는 이 법정에서 편견을 보고 느꼈습니다. 진실을 밝혀내고 진범을 찾아내기보다는 아무한테나 유죄 판결을 내리고자 한다는 것을 깨달았습니다.

저는 결코, 절대로 그런 폭력적인 범죄를 저지른 적이 없습니다. 네, 잘못된 길을 간 적은 있습니다. 도둑질을 하고 부도 수표를 쓴 적이 있죠. 하지만 그런 사실을 숨기고 발뺌하지는 않았습니다. 모두 사실대로 인정하고 대가를 치렀습니다. 지난 잘못에 대해 얼마나 더 오래 대가를 치러야 하는 건가요? 지금까지 해온 재판을 처음으로 되돌리고 싶어서 여기 올라온 건 아니지만, 여러분 모두 제가 진범이 아닐 수도 있다는 의구심이 분명히 들 겁니다.

우리가 사는 세상이 공평하지 않다는 사실이 안타까울 뿐입니다. 제가 갖고 있는 성경에는 '모든 이가 무릎을 꿇을 것이요, 모든 이의 혀가 고백하리라'고 나와 있습니다."

로즈메리가 "아멘!" 하고 소리치자, 어머니가 그녀의 팔을 토닥였다.

나는 맥그리거의 눈을 빤히 쳐다보았다. "제가 보기에 여러분은 누가 무고하든 말든 관심이 없습니다. 여러분에게 저는 아무 의미 없는 한낱 흑인에 불과하죠. 하지만 하느님은 피부색이 어떻든 저나 여러분이나 똑같이 사랑하십니다. 이 세상에선 여러분이 우월하다고 생

31

각할지 모르지만 주님의 나라에선 그렇지 않습니다. 다른 모든 사람에게 삶이 있듯 저한테도 삶이 있습니다. 저는 여러분을 미워하지 않습니다. 맥그리거 검사님, 저는 당신을 미워하지 않습니다. 하지만 재판 동안에는 순간순간 검사님이 미웠습니다. 그렇지만 감사하게도 누군가를 미워하면 천국에 갈 수 없다는 생각을 떠올리게 됐죠."

"아멘." 또 다시 같은 목소리가 들려왔다.

"저는 검사님을 사랑합니다. 저를 기소해서 전기의자에 보내려는 사람을 사랑한다니 미쳤다고 생각할지도 모르지만 그래도 사랑합니다."

"아멘." 로즈메리가 교회에서 감동적인 설교를 들었을 때처럼 두 손을 뻗어 올리며 말했다. 누나는 눈을 감고 있었고 어머니는 소리 없이 웃으며 고개를 끄덕였지만, 레스터의 표정은 어두웠다.

"어디서도 떠벌린 적은 없지만, 학교에 다닐 때 상법을 배웠는데 법 공부가 아주 재미있고 좋았습니다. 그래서 판사가 되고 싶기도 했고 검사가 되고 싶다는 생각도 했습니다. 하지만 지금은 그러지 않길 잘했다는 생각이 듭니다. 어떤 사람이 유죄인지 무죄인지 사실대로 가려내지 못할 수도 있으니까요. 검사님이 여실히 보여주셨죠."

나는 말을 멈추고 두 눈을 감았다. 내 심장을 꺼내 판사의 심장 속에 넣을 수 있다면 내가 진범이 아니란 걸 판사가 알 텐데. 내가 폭력을 쓰는 사람이 아니란 걸 알 텐데. 나는 피부색이 희든, 검든, 푸르든, 붉든 모든 사람을 진심으로 대했고 그들이 도움을 요청하면 도와주려고 했다. 그래야 한다고 배웠고 배운 대로 행동하려고 했다. 또한 옳은 일과 잘못된 일을 분간할 줄도 알았다. 이 법정에서 일어난 일은 모두 잘못되었다.

"여러분은 저를 죄인으로 몰아가며 즐거워했습니다."

정확히 어떻게 표현해야 할지 모르겠지만 재판정에는 뭔가 들뜬 분위기가 느껴졌다. 재판 내내 맥그리거나 형사들, 그리고 검찰 측 전문가들이 나를 범죄자로 몰아가는 걸 즐기고 있다는 기분이 들었다. 내 목숨을 빼앗는 일이 무슨 스포츠 경기라도 되는 듯이 말이다.

"저에 대해 증언한 사람은 모두 진실을 말했지만, 검사님이 부른 증인들은 그렇지 않았습니다. 그 사람들은 그에 대한 대가를 치르게 될 겁니다. 뿌린 대로 거두는 법이니까요. 저한테 유죄 평결을 내린 열두 분의 배심원에 대해서도 안타깝게 생각합니다. 화가 난다기보다 안타깝죠. 만일 그분들을 만나게 되면, 제가 원망하지 않았다고 전해주십시오. 하느님께 그분들을 모두 용서해달라고 기도할 거라는 말도요. 저는 하느님이 용서하는 신이란 걸 믿어 의심치 않습니다.

미친 소리로 들릴지도 모르지만, 저는 쇠고랑을 차고서도 기쁨을 얻었습니다. 제가 얻은 기쁨은 세상이 준 것이 아니기 때문에 세상이 빼앗아갈 수 없습니다. 정말로 그렇습니다. 판사님, 제 마음속 얘기를 할 수 있게 해주셔서 감사합니다. 검사님, 저는 당신을 위해 진심으로 기도하고 있습니다. 처음 만난 날부터 줄곧 검사님을 위해 기도했고 앞으로도 계속 그럴 겁니다. 저를 어디로 보내든 하느님은 제 기도를 들으실 테니까요. 저를 하느님한테서 떼어놓으면 어쩌나 걱정도 했지만, 검사님은 그럴 수 없을 겁니다. 비록 제 가족한테서는 떼어놓을 수 있어도 하느님에게서 떼어놓을 수는 없습니다.

저는 흑인이라서 자랑스럽습니다. 백인이었더라도 자랑스러웠을 겁니다. 그런데 법을 지켜야 할 경찰이 제가 흑인이고 배심원단과 검사는 모두 백인이기 때문에 십중팔구 유죄 판결을 받을 거라고 말할 때는 가슴이 아팠습니다. 정말 슬펐습니다. 애커 형사를 만날 기회가 생기면 제가 그 사람을 위해서도 기도하고 있다고 전해주세요.

지금 저 뒤에 어린아이들이 보이는데 이제 더는 아빠가 저 아이들 곁에 없다는 건 참으로 슬픈 일입니다. 아빠 없이 살아가는 것이 어떤지 저는 너무도 잘 알거든요."

나는 다시 레스터에게 눈길을 돌렸다. 레스터가 나를 대신해 어머니를 잘 돌봐드릴 거라 생각하니 마음이 놓였다. 하지만 나한테 일어난 일이, 레스터한테도 일어날 수 있다고 생각하니 불안한 마음이 다시 고개를 들었다. 내 형제들도, 앨라배마에 있는 여느 흑인도, 세상 어디에 있든 흑인이라면 나 같은 일을 겪을 수 있었다.

"제가 유죄 평결을 받은 유일한 이유는 다른 누군가처럼 보였기 때문입니다. 여러분은 늘 흑인들은 다 비슷해 보인다고 말하죠. 그런데 용의자를 찾을 때는 어떻게 그렇게 콕 짚어낼 수 있는지 참 이상한 일입니다. 애커 형사가 저한테 그러더군요. '체포된 걸 인정하고 받아들여. 네가 안 했으면 네 형제들 중 하나가 했겠지. 너희는 늘 한통속이잖아. 그러니까 그냥 받아들여.' 그 또한 슬픈 일입니다."

나는 말을 멈추고 한번 더 심호흡을 했다.

"무엇보다 슬픈 일은 이 재판을 이대로 끝내려 하는 겁니다. 재판이 끝나면 판사님은 홀가분해 하실 테고, 피해자 가족은 범인이 법의 심판을 받았다고 생각하며 돌아갈 테고, 경찰은 수사를 종료하겠죠. 하지만 하느님은 이 사건을, 이 재판을 이대로 끝내지 않고 다시 여실 겁니다. 일 년 후가 될지, 내일이 될지, 오늘이 될지 모르지만 반드시 다시 심판하실 겁니다."

레스터가 나를 보며 고개를 끄덕였고 나도 답으로 끄덕였다. 언젠가 하느님이 재판을 다시 열 때, 레스터와 나는 하느님께 조금이라도 도움이 되기 위해 할 수 있는 모든 걸 할 생각이었다.

판사가 선고를 내릴 때가 되었다. 나는 체포된 순간부터 이런 상황에 처할 운명이었다. 그래도 언젠가 사람들은 내가 진범이 아님을 알게 될 것이다. 그러면 그때 가서 뭐라고 할까? 범인으로 몰았던 사람이 그렇지 않은 것으로 밝혀지면, 그때 가서 그 사람에게 무슨 말을 할까? 나는 등을 꼿꼿이 세우고 앉았다. 구차하게 목숨을 구걸할 마음은 조금도 없었다.

"저는 전기의자에 앉는 것이 두렵지 않습니다. 판사님이 저한테 사형을 선고할 수는 있어도 제 생명을 빼앗을 수는 없습니다. 그건 여러분 권한 밖의 일입니다. 여러분은 제 영혼에 손댈 수 없습니다."

잠시 휴정이 되고 세 시간 후 나는 나무 집기류와 흰 피부색의 얼굴들이 그득한 법정 안으로 다시 이끌려 들어갔다. 변호사가 최후 변론으로 정황상 추측만 있을 뿐 아무런 확실한 증거 없이 두 건의 살인 사건과 관련지어 나를 재판하는 것은 불합리하다고 주장했다. 그렇지만 앨라배마 주는 두 살인 사건과 강도 및 살인 미수 사건을 통합하여 재판했고, 사형을 선고할 수 있었다. 이런 것이야말로 살인 범죄가 아닐까.

판사가 법봉을 치고는 목을 가다듬었다.

"이들 각 소송에 대한 배심원단의 평결에 준하여 피고 앤서니 레이 힌턴에게 사형을 선고한다. 피고 앤서니 레이 힌턴을 앨라배마 주의 항소 절차 규칙 8-D에 따라 앨라배마 대법원에서 지정한 날짜에 전기 사형에 처하도록 한다.

앨라배마의 제퍼슨 카운티 법원은 상술한 피고 앤서니 레이 힌턴을 앨라배마 주 몽고메리에 있는 교도소에 수감할 것을 명한다. 지정된 전기 사형은, 전기 사형 집행실에서 상술한 앤서니 레이 힌턴이 사망에 이를 때까지 죽음을 유발하기에 충분한 강도의 전류를 몸에 흐르게 함으로써 집행하도록 한다."

나는 고개를 떨궜다. 가렛 판사가 법봉을 친 뒤 변호사가 항소에 대해 뭐라 말했지만, 토할 것처럼 속이 울렁거렸고 벌집을 들쑤셔놓은 것처럼 귓가에 윙윙거리는 소리만 요란했다. 어머니가 토해내는 울음소리가 들린 것 같아서 고개를 돌렸으나 돌리 누나와 로즈메리가 어머니를 둘러싸고 있는 모습만 보였다. 집행관들이 법정 뒤편으로 통하는 문으로 나를 이끌었지만, 나는 어머니를 향해 몸을 돌렸다. 집행관 하나가 내 팔을 움켜잡았는데 그의 손가락들이 살을 파고들었다. 어머니한테는 한 발짝도 다가갈 수 없었다. 내가 어머니를 위로할 수 있는 길은 없었다. 어머니에게 가려고 버티면 그들이 나를 죽일 수도 있었다. 그렇게 할 수는 없었다. 나는 어머니에게 돌아가야 하고 어머니는 나를 돌려받아야 하니까. 나는 아무런 죄가 없는 어머니의 막내 아기였으니까. 마치 물속에 가라앉은 것처럼 레스터와 어머니가 일어서는 모습이 뿌옇게 보였다. 레스터의 얼굴도 눈물범벅이었다. 집행관들이 나를 문 밖으로 끌어낼 때 어머니가 나를 향해 두 팔을 내밀었다. 그런 어머니의 모습을 뒤로하기가 너무도 고통스러웠다.

'하느님, 제발 진실이 밝혀지게 해주세요.

하느님, 제가 이렇게는 죽지 않게 해주세요.

하느님, 저는 무고합니다.

하느님, 제 어머니를 지켜주세요.

저는 결백합니다.

저는 무죄입니다.'

집행관들에게 법정 뒤편 통로로 끌려가면서 마지막 진술을 할 때 본 레스터의 어두웠던 눈빛이 떠올랐다. 가진 것 없는 사람이 어떻게 사법제도의 수렁으로 휘말려들 수 있는지 레스터도 알고 있었던 것이다. 맥그리거가 이겼다고 할 수 있을지도 모르지만, 내가 무죄를 증명할 또 한 번의 기회를 얻었다는 것을 맥그리거나 판사는 깨닫지 못했을 것이다. 사형 선고와 동시에 나는 항소와 변호사의 변론을 보장받을 수 있었다. 만일 종신형을 선고받았더라면 항소하기 위해서 내가 변호사를 고용해야 했다.

내가 살 수 있는 최고의 길은 사형을 선고받는 것이었다. 나는 변호사를 사서 무고함을 증명할 돈이 없었다. 나는 홀먼 교도소로 이송되었다. 고통의 집, 죽은 자의 나라, 남부의 도살장, 홀먼 교도소에는 여러 가지 별칭이 있었다. 나는 두려웠지만 이런 부당함에 맞서 싸울 유일한 힘은 내 안에서 나오는 것임을 알고 있었다.

하느님, 제 영혼을 지켜주세요.

2장

당연한 차별 사회

> 이 배심원단의 한 명으로 선택될 경우, 여러분 중에 누구든
> 평결에 영향을 줄 만한 선입견이나 편견이 있는 사람이 있습니까?
>
> _제임스 S. 가랫 판사

1974년 5월, 웨스트 제퍼슨 고등학교

나는 모든 소리를 귓등으로 흘리고, 왼발을 좀 더 깊숙이 디뎠다. 헬멧을 썼는데도 5월의 뜨거운 햇볕이 정수리를 뚫고 들어와 구멍을 낼 것만 같았다. 나는 투수를 곁눈질하면서 스윙 연습을 몇 차례 했다. 나와 시선이 마주친 투수는 왼쪽 어깨 너머로 침을 뱉었다. 등 뒤에서는 포수가 나지막이 무슨 말인가를 중얼거리고, 심판이 코웃음 치는 소리가 들렸지만, 나는 포수가 무슨 말을 하든지 심판이 뭘 비웃든지 신경 쓰지 않았다. 욕을 한두 번 들은 것도 아니고 앞으로 또 듣겠지만 물이 바위 위로 굴러 떨어지듯, 그 욕들이 내게서 굴러 떨어지도록 가만히 있었다.

투수가 슬로모션처럼 왼다리를 들고 오른팔을 뒤로 젖혔다. 그 투

39

수와는 전에도 이 경기장에서 마주한 적이 있다. 시즌마다 그와 나는 서로를 노려보았다. 그는 경기에 지면 결과를 순순히 받아들이지 못하고 글러브나 모자를 내던지거나 펜스를 걷어찼다. 나는 이기든 지든 감정대로 행동하지 말고 침착해야 한다고 배웠다. 그렇다고 이기는 데 관심이 없다는 말은 아니다. 나도 이기고 싶었다. 야구를 하든 다른 뭘 하든 지고 싶지 않았다. 하지만 어머니는 경기장에서 성질을 부리면 상대 팀 선수들이 내가 화난 걸 알게 될 테고, 그러면 두 번 지는 거나 마찬가지라고 가르쳐주었다. 어머니는 늘 말했다. "다른 사람들이 너를 이길 수도 있지만, 그렇다고 그들이 너를 무너뜨릴 수 있는 건 아니다. 네가 어떤 사람인지, 어떻게 배우고 자란 사람인지는 바뀌지 않아. 난 내 자식 누구한테도 야구 경기장 한가운데서 성질을 부려도 된다고 가르치지 않았다. 다른 어디서도."

그래서 투수를 빤히 쳐다보며, 포수와 심판이 한 말들이 물방울처럼 내 등에서 굴러 떨어지기를 기다렸다. 그 어리석은 세 사람보다 어머니가 백배는 더 무서웠기 때문에.

나는 계속 공을 노려보았다. 그리고 있는 힘껏 배트를 휘두르려는 순간, 제구력을 벗어난 변화구가 본루 바깥쪽으로 나가더니 가까스로 포수의 글러브 안에 떨어졌다.

"스트라이크!"

나는 심판을 돌아보았다. 저 심판이 돌았나?

"뭘 봐?" 심판이 말하자 이번에는 포수가 웃었다.

그 공이 스트라이크라니!

고개를 들고 관중석을 둘러보았다. 온통 하얀 얼굴들 천지였고 심판의 판정에 흥분하거나 항의하는 사람은 보이지 않았다. 그래서 더 그아웃으로 고개를 돌렸다. 무어 코치는 내게 등을 돌리고 1루수에게 뭔가를 얘기하고 있었다.

이곳 카운티가 정부 정책에 따라 마지못해 학교를 통합하면서, 우리는 프라코에서 버스를 타고 백인 학교로 왔다. 그 후 지난 4년에 걸쳐 이런 일이 수없이 벌어졌다. 우리가 지나가면 사람들은 우리를 투명인간 취급하거나 낮은 소리로 수군거렸다. 백인 남학생은 여럿이 모이면 더 용감해졌다. 레스터와 나는 둘 다 덩치가 컸기 때문인지 우리 면전에서 욕하는 백인은 없었다. 백인은 우리를 두려워했다. 레스터도 나도 백인을 조심하라고 배웠는데 이상한 일이었다. 버스를 타고 웨스트 제퍼슨 고등학교에 다니게 된 첫날, 집을 나서기 전에 어머니가 나를 앉혀놓고 백인 여학생 앞에서는 입도 벙긋하지 말라고 신신당부했다. "백인 여학생 쪽으로는 눈도 돌리지 말고 공부만 해. 고개를 숙이고 아래만 봐. 선생님이 말씀하시면 공손하게 대답하고, 규칙 어기지 말고. 학교가 파하면 곧장 집으로 와."

"알았어요." 이미 수도 없이 들은 말이지만 나는 처음 들은 척 대답했다.

어머니가 덧붙였다. "백인 여학생들한테 껄렁대지 말란 말이야. 백인 여학생은 아예 없는 사람인 셈 쳐." 나는 속으로 웃으며 고개를 끄덕였다. 어머니는 바보가 아니었다. 내가 여자에 약하고 여자들도 나를 따르는 걸 알고 있었다. 그때 나는 열여덟 살이 채 안 됐지만 나이에 비해 키가 훤칠하게 컸다. 고등학교 1학년쯤부터 프라코 주변이나 교회에 가면 여자들이 주위에 모여들었다. 그런 일은 나이가 들수록 빈번해졌다. 그렇지만 백인 여자애들하고 어울릴 생각은 추호도 없었다. 농구나 야구를 할 때는 백인들이 나를 응원하기도 했지만, 그건 어디까지나 경기가 끝나기 전까지였다. 내가 옮겨간 학교에서 배운 한 가지는 스포츠 시즌 동안은 인종 차별이 다소 약해진다는 것이다.

나는 곧 졸업을 하는데 레스터는 졸업하려면 2년이나 남았다. 레스터 혼자 하교할 생각을 하면 걱정이 이만저만이 아니었다. 학교에서 집까지 거의 8킬로미터나 되는데, 우리 어머니도 레스터의 어머니도 운전을 못 했고 차를 살 형편이 안 됐다. 어머니는 매달 집세로 내는 44달러 29센트를 벌기 위해 온갖 힘든 일을 다 해야 했다.

경기를 시작하기 전에 레스터를 보지는 못했지만, 어디선가 경기를 지켜보며 나를 기다리고 있을 게 틀림없었다. 경기가 있는 날은 스쿨버스를 탈 수 없어서 혼자 집까지 걸어가야 했기 때문이다. 그럴 때면 집에 돌아가는 길이 마치 전쟁터의 한복판 같았다. 한시도 경계를 풀지 못했고 공격에 맞서거나 숨을 준비를 해야 했다. 같이 가는 사람이 있을 때는 그나마 견딜만했지만, 혼자 갈 때는 언제 어디서 살인마가 튀어나올지 모르는 공포 영화를 볼 때처럼 내내 마음을 졸였다. 그래서 우리는 함께 집으로 돌아가면서 레스터는 나를, 나는 레스터를 지켜주었다.

우리가 경기를 하고 있는 타이거 구장은 앨라배마의 다른 고등학교 야구장에 비해 볼품이 없었다. 나는 칙칙한 갈색 경기장 주변을 두리번거렸다. 더그아웃 앞에는 회색 시멘트벽이 있었는데, 더그아웃 안에 앉아서 경기장을 둘러싸고 있는 낡은 철망 울타리를 보면 꼭 교도소에 있는 것 같은 느낌이 들었다. 게다가 경기장은 학교에서 몇 킬로미터나 떨어져 있었다. 원래 '타이거 팀 홈구장'이었는데, 이름 때문인지 우리 안에 갇혀있는 것 같기도 했다.

조지아 대학교 스카우트 담당자들이 경기를 보러 왔다는 소문이 돌았다. 지난번에 왔던 스카우트 담당자는 타율이 6할 1푼 8리인 내게 깊은 인상을 받았지만, 경기가 끝난 후에는 스피드가 더 빠른 선수를 찾는다며 나를 외면했다. 나는 강타자였고 타이거 구장 밖으로 공을 날려 보낼 때만큼 기분 좋은 일은 없었다. 물론 야구 특기생 장학금을 받고 싶기도 했다. 특히 오번이나 캘리포니아에 있는 학교에서 나를 데려가줬으면 했다. 하지만 졸업이 한 달밖에 남지 않았고, 스카우트 담당자에게 좋은 인상을 줄 기회는 그리 많지 않아 보였다. 나는 앨라배마의 전체 고등학교 야구 선수 중에서 최소한 열 손가락 안에는 들었다. 하지만 우리 형제 중에 대학에 간 사람은 없었다. 10남매 중 막내인 나와 누나 둘을 제외한 다른 형제들은 모두 고등학교를 졸업한 후 많은 흑인들이 남부를 떠나 클리블랜드로 가듯이 다른 주로 떠났다.

버밍햄과 달리 클리블랜드에서는 백인들이 흑인 교회나 흑인 동네에 폭탄을 던지지 않았다. 여기서는 백인들은 버밍햄에, 흑인들은 바밍햄(흑인에 대한 차별과 폭탄 테러가 빈번해 붙여진 버밍햄의 별명)에 산다고 말할 정도였다. 버밍햄에서는 개가 흑인 아이에게 달려들어도 문제 삼지 않았다. 나는 어릴 때부터 그런 걸 보고 들으며 자랐다. 여자아이 넷이 교회 폭탄 테러로 죽었고, 다이너마이트 힐에 사는 사람들은 집 안으로 폭탄이 날아들어 욕조에 숨어야 했다. 상점도 흑인 손님은 받지 않으려고 했다. 빌어먹을! 나는 대형 마트에 갈 수도 없고 치

즈버거와 셰이크를 주문할 수도 없었다. 몇 년 전까지만 해도 그랬다. 지금은 백인들이 마지못해 흑인 손님을 받았지만 탐탁지 않아 했다. 1954년이나 1964년이나 1974년이나 크게 다를 게 없었다.

내가 일곱 살 때 마틴 루터 킹의 교회가 폭격당한 날, 어머니가 우리 10남매를 집에서 꼼짝 못 하게 했던 일이 기억난다. 그날은 우리가 교회에 가지 않은 유일한 일요일이었다. 어머니는 우리 10남매에게 차를 타고 지나가던 백인이 차를 세우면 무조건 달아나라고 했다. 우리는 프라코가 내려다보이는 산비탈에 철퍼덕 앉아서 백인들이 우리를 해치러 오면 어떻게 할지 대책을 세웠다. 윌리 형은 맞서 싸우겠다고 하고 달린 누나는 숲속으로 뛰어 들어가 숨을 거라고 했다. 레스터와 나는 그냥 나란히 기대앉아 있었다. 다섯 살인 레스터를 돌보는 일은 거의 내 차지였다. 우리 가족과 레스터 가족의 아이들을 합치면 열여섯 명이었는데, 두 가정 모두 아버지가 집에 없었다. 그래서 우리 두 집 형제들은 스스로를 소규모 부대라고 생각했다. 백인들이 공격하러 오면 어떻게 해야 할지는 몰랐지만, 그래도 언제든 뛰어가서 숨을 수 있는 우거진 숲이 있었고 우리 스스로를 지킬 용기와 굳은 각오가 있었다.

프라코 마을에 사는 사람들은 모두 탄광에서 일하거나 탄광회사에서 일했다. 마을과 집들 모두 탄광회사 소유였고 식료품이든 옷이든 필요한 건 뭐든 탄광회사에서 운영하는 상점에서 구입했다. 지붕이 새도 회사에서 수리할 사람을 보내줬다. 교회도 하나 있었다. 그래서 사실상 학교에 갈 때를 제외하고는 마을 밖으로 나갈 일이 거의 없었다. 우리 아버지는 탄광에서 일하다 머리를 다치는 바람에 보호 시설에 들어갔다. 그 뒤로 어머니가 10남매를 떠맡아 기르면서 집세를 내고, 우리를 먹이고 옷을 사 입힐 돈을 벌어야 했다. 뿔뿔이 흩어지지 않고 다 같이 살려고 무척 애를 썼다. 레스터의 아버지도 집에 없었지만 프라코에서는 다들 사정이 비슷해서 왜 그런지는 굳이 묻지 않았다. 흑인들은 위쪽 산자락에서 살았고, 백인들은 아래 평평한 지역에서 살았다. 모든 집이 회사 소유였지만 다른 점이 있었는데 백인들 집에는 실내 화장실과 제대로 된 주방과 욕실이 있는 반면, 흑인들 집에는 밖에 변소가 있고, 욕실은 뒤뜰에 있는 큰 통이었다. 우리 집은 방이 네 개로 그중 하나인 주방에서 식사도 하고, 숙제도 하고, 텔레비전도 봤다. 그리고 나머지 세 방에 하나씩 있는 침대에서 서너 명씩 모여 잤다.

그래도 우리는 행복했다. 어머니가 만들어주는 맛있는 음식을 먹고, 어두워질 때까지 밖에서 뛰어놀고, 일요일엔 교회에 갔다. 형편도 다 비슷해서 누가 누구보다 더 낫거나 못하다고 생각하지 않았다. 온 마을 사람들이 대가족처럼 가까웠고 서로 사랑했다. 어른이면 어느 집 아이한테든 이래라저래라 할 수 있었고 아이들은 그 말에 따랐다. 모두 서로를 지켜주었다. 만일 내가 집 밖에서 무슨 일을 당하면 집에 돌아가 말을 꺼내기도 전에 어머니가 이미 그 일을 알고 있는 일이 허다했다. 어른들끼리도 서로 도왔고 어른들이 만나서 얘기를 나누면 아이들은 자리를 비켜주었다. 숨어서 어른들 말을 엿듣기도 했지만 대개는 장난치며 뛰어다니기 바빴다. 우리는 텔레비전으로 보는 것 말고는 바깥세상이 어떻게 돌아가는지 잘 몰랐다.

그런 중에 학교들이 통합되었다.

그때 나는 고등학교 졸업반이었는데 거의 하루도 빠짐없이 누군가 "깜둥이!"라고 소리치는 말을 들었다. 길을 걸을 때도, 사물함 앞에 있을 때도, 심지어 야구 경기에서 팀 우승에 큰 역할을 할 때조차 그런 소리가 들려왔다. 졸업을 앞두고 보니 생물학과 수학을 제외하고 가장 크게 배운 것은 단지 피부색 때문에 사람들이 나를 지독히 싫어할 수 있다는 것이었다. 겉모습과 말투와 사는 형편이 다르다는 것 외에 어떤 이유도 없이 누군가를 해치고 싶어 하는 사람들이 있다는 것이었다. 백인과 함께 학교에 다녔을 뿐 정치인들이 뜻했던 교육은 받지 못했다.

"저 애가 우리 막내예요!"

어머니의 고함소리가 들렸다. 어머니는 관람석 옆 철망 울타리 밖에 서 있었다. 집에서 야구장까지 어떻게 온 걸까? 남의 집 청소를 해주고 돈을 버는 어머니는 야구 경기를 보러 올 만큼 시간이 여유롭지 않았고 차도 없었다. 어머니가 나를 향해 흰 손수건을 흔들며 다시 소리쳤다.

"막내야, 잘해! 저 애가 우리 막내 아기예요!"

나는 웃었다. 체중이 100킬로그램이 넘고, 키가 어머니보다 훨씬 큰 것은 중요하지 않았다. 어머니에게 난 아기일 뿐이었다. 앞으로도 늘 그럴 테고. 나는 투수를 쳐다보면서 다시 연습 스윙을 했다. 경기를 지켜보는 사람들 중에 대학교 스카우트 담당자가 정말로 있을지 모를 일이었다. 하지만 그 사람이 "내가 네 대학 학비를 해결해주고, 너를 대학까지 태워다 주고, 그리고 다시 여기로 돌아와서 네가 없는 동안 네 어머니가 장을 보러 가고 허드렛일하는 것을 도와주겠다."고

제안하지 않는 한, 내가 갈 수 있는 대학은 없을 듯했다. 졸업하면 바로 탄광으로 가는 수밖에는 없었다.

그 순간 버밍햄에서, 어쩌면 앨라배마 주 전체에서, 내 타율 기록이 최고라는 생각이 스쳤다. 행크 아론(미국 메이저리그 최다 홈런 기록을 보유하고 있는 강타자)도 앨라배마 출신이고, 윌리 메이스(메이저리그 최고의 중견수)도 그랬다. 메이스는 바로 여기 제퍼슨 카운티 출신이다. 그리고 나는 기적을 믿었다.

포수가 신호를 보내자 투수가 고개를 가로저었다. 그들은 내가 칠 수 있는 공을 던지고 싶어 하지 않았고, 심판은 그 공을 공정하게 판정하지 않을 게 뻔했다. 하지만 걷기 시작하면서부터 야구를 해왔던 나는 그런 것 따위 신경 쓰지 않았다. 우리는 상점 뒤편에서 종이상자들을 가져와서 조각조각 자른 뒤 으깨서 뭉쳤다. 야구공만큼 딱딱해질 때까지 종이를 뭉친 다음 그 위에 까만 절연 테이프를 감아서 야구공을 만들었다. 배트는 낡은 빗자루 손잡이로 대신했고 베이스는 신발한 짝이나 누군가의 셔츠, 혹은 운 좋게 구한 판지로 대신했다. 백인들은 규칙대로 야구를 했지만 우리는 길거리 야구를 했다. 아무튼 난 어떻게든 투수가 던지는 공을 칠 생각이었다. 어머니를 기쁘게 해드리고 싶었다. 내가 경기하는 모습을 보러 그 먼 길을 달려온 어머니에게 실망을 안기고 싶지 않았다. 물론 관중 속에 있을지 모르는 스카우트 담당자도 신경이 쓰였지만 어머니가 훨씬 더 신경 쓰였다.

투수가 침을 뱉더니 예비 투구 동작을 했다. 어떤 공을 던질까? 변화구? 빠른 공? 느린 공? 어떤 공이든 칠 생각이었다. 공이 바깥쪽으로 오든, 낮게 오든, 안쪽으로 오든. 길거리 야구는 정식 야구처럼 세

세하게 이것저것 따지지 않았다. 물론 규칙은 있었다. 투수가 어느 쪽으로든 공을 던지면 타자는 배트를 휘둘러 있는 힘껏 쳤다. 프라코의 맨 땅에서 야구를 할 때 타자가 치기 좋은 공을 기다리는 일은 결코 없었다. 투수가 공을 던지면 최선을 다해서 그대로 받아 쳤다.

나는 공을 칠 만반의 준비를 했다. 양손에 쥔 배트의 무게가 느껴졌고, 소나무 향이 코끝을 스쳤다. 나는 루이스빌 슬러거라는 상표가 앞을 향해 있는지 배트를 확인했다. 배트의 나뭇결이 가장 강한 곳, 그러니까 스위트 스폿(배트로 공을 치기에 가장 효율적인 곳)이 투수를 향해야 했다. 투수가 예비 동작을 끝내고 공을 던지는 순간 나는 계속 그 공을 노려보았다.

양 손바닥 안에서 배트가 떨리는 것이 느껴졌다. 관중의 소리도 어머니의 소리도 공정하지 않은 심판의 소리도 포수의 소리도 신경 쓸 겨를이 없었다. 오로지 내가 쥐고 있는 배트와 공만 생각했다. 나는 점점 가까이 다가오는 공을 노려보면서 조금이라도 더 세게 치려고 배트를 약간 뒤로 젖혔다. 하지만 공이 곧장 내 얼굴을 향하는 것을 깨달았다. 그 즉시 배트를 떨어뜨리고 최대한 빨리 몸을 뒤로 뺐지만 공이 광대뼈를 스친 듯한 느낌이 들었다. 왼쪽 엉덩이가 땅바닥에 닿는 순간 나는 뒤로 나동그라지지 않으려고 한쪽 손바닥으로 땅을 짚었다. 드릴이 손목을 타고 어깨로 올라오는 것처럼 찌르르했다. 포수가 땅에 떨어진 공을 집으려고 몸을 돌리면서 비웃었다. 난 그저 심판이 그런 공을 스트라이크로 판정할 정도의 편견을 가진 사람은 아니기를 빌었다.

"볼!" 심판이 외치는 소리를 들으며 일어나서 바지에 묻은 흙을 털어냈다. 팔이 지독하게 아팠지만 내색하지 않았다.

이죽거리며 비웃는 투수를 보면서 나는 다시 타석에 자리를 잡은 뒤 배트를 뒤로 젖혔다. 투수가 이죽거리든 말든 신경 쓸 겨를이 없었다. 그가 어디로 어떻게 던지든 그 공을 쳐내야 했다. 다시 내 머리를 향해 공을 던지면 또 넘어지겠지만 그래도 다시 일어설 생각이었다. 어떤 공이 오든 똑같은 결과를 보여주리라. 그의 공이 또 나를 치든, 내가 그 공을 치든, 반드시 출루할 생각이었다.

다음 공은 체인지업(투수가 타자를 속이려고 빠른 공을 던지는 듯한 동작으로 느린 공을 던지는 짓)이었다. 투수가 공을 던지는 순간 난 이미 알아차렸다. 대부분의 사람들은 빠른 공으로 생각했겠지만, 1.5킬로미터쯤 떨어진 곳에서도 체인지업이란 걸 알 수 있었다. 나는 체중을 뒤로 싣고 그대로 버텼다. 체인지업은 배트를 너무 빨리 휘둘러서 놓치는 경우가 많은데 그보다 더 우스운 꼴은 없다. 이미 웃음거리가 된 내가 또 그런 꼴이 될 수는 없었다. 나는 기다리고 또 기다렸다. 그러고는 온 힘을 다해 배트를 휘둘렀다. 정말 공이 느려지는 순간을 포착했고 우리 팀을 위해, 어머니를 위해, 레스터를 위해, 오늘도 욕을 들을 프라코의 모든 아이들을 위해 배트를 휘둘렀다. 타석에 선 타자가 제일 듣고 싶어 하는 소리가 들렸다. 타자가 원하는 바로 그 지점에 날아온 공이 딱 맞는 순간 나는 날카로운 소리였다. 바라마지 않던 큰 소리에 정신이 퍼뜩 들었다. 햇볕이 쨍쨍한 8월의 한낮에 별안간 천둥이 치는 소리 같았다. 그런 소리가 날 때는 공이 어느 쪽으로 날아가는지 확인할 필요조차 없었다. 나는 배트를 내던지고는 고개를 숙인 채 뛰기 시작했다.

"저 애가 우리 막내예요! 저 애가 우리 막내 아기예요!"

1루를 돌 때 어머니가 공중으로 두 팔을 들고 흔드는 모습이 설핏 보였다. 2루를 향해 달리면서는 고개를 들고, 공이 중견수 위로 높이 솟아 펜스를 넘어가는 것을 보았다. 그러고는 달리는 속도를 늦췄다. 수많은 백인이 나를 보고 환호하는데 서두를 이유가 뭐 있겠는가. 나는 2루를 밟고 3루로 향하면서 달콤한 시간을 만끽했다. 유격수가 뭐라고 투덜거렸지만 무슨 말인지 알아들을 수도 없을 뿐더러 알고 싶지도 않았다. 바라마지 않던 순간에 그런 것까지 신경 쓸 필요는 없었다. 박수갈채와 함께 "홈런! 홈런! 홈런!" 하며 연호하는 소리가 마냥 듣기 좋았다.

전에 농구 시즌 중에 굿호프 시로 원정 경기를 갔을 때, 나 혼자 전반전에만 30점을 득점한 적이 있다. 학교 신기록이었다. 전반전이 끝나고 관중이 "힌턴! 힌턴! 힌턴!" 하고 외치는 소리를 들으며 코트에서 걸어 나오는데 나는 왜 굿호프 팬들이 내 이름을 외쳐대는지, 벤치로 가서 앉을 때 왜 우리 팀 선수들은 아무도 웃거나 하이파이브를 건네지 않는지 이해할 수 없었다.

우리 팀 코치가 코트 중앙으로 나가서 관중을 향해 소리쳤다. "이제 그만하면 됐어요! 그만해요!"

나는 옆에 있는 포인트가드에게 물었다. "저 사람들이 뭐라는 거야?" 그는 고개를 가로저었다. 그래서 다시 물었다. "저 사람들이 뭐라는 거야?"

"뭘 물어. '깜둥이! 깜둥이!'라고 외치고 있잖아!" 그는 신경질적으로 대답하고는 고개를 숙였다.

관중이 그렇게 외치는 소리를 나는 "힌턴!"이라고 알아들은 것이다. 자부심이 순식간에 수치심으로 변했다. 전반전 신기록을 세운 내게 환호하는 사람은 아무도 없었다. 한 시간 거리의 학교로 돌아가려고 버스에 탔을 때 코치는 우리에게 그 도시를 벗어날 때까지 통로 바닥에 앉아있으라고 했다. 흑인이 창 쪽에 앉는 것은 안전하지 않았다.

홈베이스를 밟을 때 투수가 글러브를 땅바닥에 던지는 모습이 눈에 들어왔다. 어떤 이유에선지 홈런을 쳤을 때보다 관중이 환호할 때보다 그 모습에 더 신이 났다. '그 사람들이 너를 이길 수는 있지만 너를 무너뜨릴 수는 없어.' 어머니가 내게 가르쳐준 것을 그 투수의 어머니는 가르쳐주지 않은 모양이었다.

내가 3루타와 홈런을 친 덕에 우리 팀이 7대 2로 이겼다. 정말로 그 경기를 지켜본 스카우트 담당자가 있었는데 그가 찾는 선수는 3루수나 강타자는 아닌 모양이었다. 어머니를 찾는 사람도 나를 찾는 사람도 없었으니까. 학교로 돌아와 옷을 갈아입고 나오니 레스터가 기다리고 있었다. 우리는 해가 뉘엿뉘엿 기우는 저녁에 프라코를 향해 걸음을 재촉했다.

"힘들었지?"

나는 고개를 끄덕였다. 우리 팀이 이겼지만 내게는 힘든 경기였다. 엉덩이와 어깨가 찌릿찌릿 아파왔다.

레스터가 내 등을 툭 쳤다. 우리는 묵묵히 걸음을 옮겼다.

2차선 도로를 지나는데 도로 옆 도랑을 경계로 그 길이 거의 끝날 때까지 숲이 이어져 있었다. 레스터는 앞을 살피고 나는 뒤쪽을 보았다. 그래야 차 소리가 나기 전에 가까이 오는 차가 있는지 알 수 있었다. 다가오는 차가 아는 사람의 것이면 우리는 그 차를 세워 프라코까지 얻어 타고, 모르는 사람의 차면 도랑으로 뛰어들어 몸을 숨겼다. 한 시간 반을 걸어서 집으로 돌아가는 동안 네다섯 번 정도는 그렇게 숨어야 했다.

나는 아는 사람이 지나가기를 빌었다. 어머니가 저녁을 준비하고 있는 집으로 얼른 돌아가고 싶었다. 집으로 걸어가는 동안 우리는 말이 없었다. 길 양쪽 방향을 살피느라 바쁘기도 했고 얘기를 하다 보면 신경이 분산돼서 차가 바로 뒤에 다가온 뒤에야 알아채고 놀랄 수 있었다. 그리고 그 도로 주변엔 인가가 없어서 우리가 위험에 빠져도 도와줄 사람이 없었다.

보이지는 않았지만 차 소리가 들렸다. 잠시 후 모습을 드러낸 차는 선홍색이었는데 우리가 아는 사람 중엔 그런 색 차를 가진 사람이 없었다.

"차다!" 나는 소리치면서 레스터와 함께 오른쪽으로 돌아 덤불숲으로 향했다. 하지만 그 차가 너무 빨리 다가와서 펄쩍 뛸 수밖에 없었고 이내 나란히 도랑으로 떨어졌다. 내 발에 레스터가 머리를 맞은 것 같기도 했지만, 아무튼 나란히 도랑 바닥으로 떨어졌다. 나는 숨을 죽이고 혹시 차를 세우는 소리가 들리는지 귀를 기울였다. 차가 휙 지나갈 때까지 우리는 숨소리마저 죽였다.

심장이 고동쳤다.

"괜찮아?" 내가 레스터에게 물었다.

"어. 너도 괜찮지?"

나는 잠시 생각했다. 내가 괜찮은가? 그날 나는 두 번째로 흙바닥에 넘어졌다. 집에 도착하기 전까지 몇 번은 더 그래야 할지도 몰랐다. 뒷머리에 날카로운 돌멩이가 찍힌 느낌이 들었고 팔은 나무 가시에 긁혀 있었다. 차가 있다면 오줌을 지리기 직전의 개처럼 벌벌 떨면서 땅바닥에 엎드려 있을 일은 없을 텐데. 내가 졸업하면 레스터 혼자이 길을 어떻게 다닐까? 나는 괜찮지 않았다. 레스터도 괜찮지 않았다. 이런 건 괜찮은 게 아니었다. 하지만 우리는 또 다시 그래야 했다.

"이상한 게 뭔지 아냐?" 내가 물었다.

"우리가 이런 도랑에 누워있는 거 말고?"

"그래, 그런 뻔한 거 말고."

"네 머리 말고?"

나는 픽 웃었다. "그래, 내 머리나 내 발이 큰 거나 그런 거 말고."

"그래, 그럼 이상한 게 뭔데?"

나는 하늘을 올려다봤다. 낮의 밝은 파란색에서 밤의 어두운 파란색으로 변해가는 중간의 파란색 하늘이었다. 그런 색을 뭐라고 하는지 알면 좋으련만, 그 색은 끝이면서 또 시작인 것 같았다. 이름이 뭐든 그 색을 보면 슬프기도 하고 행복하기도 했다. 어떤 사람에게 희망을 품게 하면서 동시에 그가 구원을 필요로 하는 불행한 사람임을 떠오르게 하는 노래, '어메이징 그레이스'를 교회에서 합창할 때처럼.

"이런 것에 익숙해질 수 있다는 게 이상해."

레스터가 툴툴거렸다. 나는 그러는 것이 내 말에 동의한다는 뜻임을 알았다. 레스터는 말이 없는 편이었다.

"익숙해지면 안 되는 것들이 있어."

레스터가 내 쪽으로 고개를 돌리고 맞장구를 치듯 턱을 약간 들었다. 멀찍이서 또 다른 차가 오는 소리가 들렸다. 우리는 아직 흙바닥에서 일어나면 안 된다는 걸 알았다.

나는 숨을 깊이 들이마셨다. 내게는 선택의 여지가 있었다. 하늘을 올려다보면서 화를 낼 수도, 믿음을 가질 수도 있었다. 늘 그런 선택을 해야 했다. 화를 내기는 쉬웠다. 어쩌면 화를 내는 게 당연했지만 그래도 이곳은 하느님의 나라였다. 그래서 나는 화를 내는 대신 하늘이 보여주는 다양한 밝기의 파란색을 사랑하기로 했다. 오른쪽으로 고개를 돌리자 열 가지도 넘는 다양한 초록빛 숲이 눈에 들어왔다. 땅바닥에 누워 숨어있을 때조차 찾으려고만 한다면 아름다운 걸 찾을 수 있다는 생각이 들었다. 나는 다시 숨을 깊이 들이마셨다. 흙에서 탄 설탕 냄새가 났다. 어머니가 빻은 옥수수로 만든 음식과 칠면조 스튜와 달콤한 과일 파이를 준비해놓고 나를 기다리고 있을 게 틀림없었다. 스카우트 담당자나 코치나 대학들이 관심을 주지 않는다고 해도, 나는 오늘 경기에서 우리 팀이 이기는 데 큰 몫을 했고, 다른 누구보다 공을 잘 칠 수 있다는 걸 알았다. 그리고 이런 흙바닥에 누워있을 때조차 내 옆에는 최고의 친구가 있다는 것도 알았고, 상황이 계속해서 더 나빠질 수 있다는 것도 알았다.

차 소리가 점점 가까워졌다. 끽끽거리고 털털대는 소리가 승용차 소리라기보다는 낡은 트럭 소리였다. 나는 두 눈을 감고 그 차가 지나가기를 기다렸다. 그 차가 멈추려고 하는 소리도, 다른 차가 다가오는 소리도 들리지 않았다. 나와 레스터의 숨소리만 들릴 뿐이었다. 나는 레스터를 지켜주고 싶었고 나 자신도 지키고 싶었다. 어머니와 누나들과 형들을 지켜주고 싶었다. 두려움에 떨지 않고는 거리를 걸을 수 없는 모든 사람들을 지켜주고 싶었다. 앨라배마의 땅에는 우리처럼 단지 피부색이 다르다는 이유로 땅바닥을 기어야 하는 사람들의 땀과 눈물, 피와 두려움이 배어 있었다.

나는 이런 것에 익숙해지고 싶지 않았다.

결코 이런 일이 예사로워져서는 안 됐다.

"이제 가자."

우리는 도랑에서 나와 집으로 가는 먼 길을 다시 걷기 시작했다.

3장

철없는 범죄

돌을 던질 만큼 크고 용감한 사람이라면, 잡혔을 때도
손을 뒤로 숨기지 않을 만큼 크고 용기있는 사람이 돼야 한다.
내 손을 보여주고 네가 저지른 일을 숨김없이 자백하거라.

_불라 힌턴

1975년, 메리 리 탄광

사방이 피로 얼룩졌다. 얼굴에도 피가 흐르는 게 느껴졌다. 피가 폭포
처럼 흘러내려 입 속으로 들어가고, 턱으로 흘러 셔츠 속으로 떨어졌
다. 입에 고인 피를 뱉으려고 했지만 입술이 움직이지 않았다. 그래서
피가 목으로 넘어가지 않게 하려고, 비릿한 피 냄새 때문에 속이 울렁
거리는 걸 피하려고 고개를 돌리려는 순간 지독한 통증이 밀려왔다.
머리가 두 동강으로 쩍 갈라지는 것 같았다. 입술 아래 붙은 무언가를
떼어내려 손을 들어 올리려다, 그게 뭐든 탄광의 지독한 오물이 입안
으로 들어가는 걸 조금이나마 막아준다는 것을 깨달았다.

　내가 결국 탄광에서 일하게 될 줄은 몰랐다. 하지만 고등학교를
졸업하고 곧바로 상당한 급료를 받을 수 있는 유일한 직장이 탄광이

었다. 장학금도 못 받고, 대학도 못 가니 스스로 먹고 살 길을 찾는 것 외에 달리 할 수 있는 일이 없었다. 빌어먹을, 우리 집은 가욋돈 10달러도 없어서 나는 고등학교 졸업 기념 반지도 만들지 못했다. 무슨 일이 있어도 탄광에서는 일하지 않겠다고 맹세했던 만큼 더 괜찮은 일을 찾으려고 했지만, 괜찮은 일은 흔치 않았고 탄광에서 일하고 싶어 하는 사람들의 줄은 길고 길었다. 나는 프라코에서 살았고 아버지가 회사 편에 섰던 광부였기 때문에, 그리고 같은 고등학교 출신의 백인 몇이 나를 관리자에게 추천해줬기에 긴 줄의 앞에 설 수 있었다. 백인들하고 잘 어울리는 능력이 도움이 됐고, 학교에서도 마을에서도 내가 문제를 일으킨다는 말은 없었다.

내가 맡은 일은 탄광 지붕이 무너지지 않게 길쭉한 강철 볼트로 떠받치는 것이었다. 탄광 지붕이 무너져 광부들이 깔리든, 헐거워진 볼트 사이로 바위가 떨어져 내리든, 탄광에서 사망 사고는 위에서 비롯됐다. 우리 아버지처럼 정신 줄을 놓을 수도 있고, 떨어진 바위에 두개골이 으스러질 수도 있으며 12미터 높이에서 비처럼 쏟아지는 날카로운 셰일(점토가 굳어 만들어진 암석으로 얇은 층으로 되어 있다) 조각에 베일 수도 있었다. 강철 볼트를 설치하는 건 쉬운 일이 아니었다. 탄광에서 쉬운 일은 없었다. 광부들은 거의 매일 겨우 1미터 높이의 좁은 갱도나 터널에서 일했다. 승강기를 타고 1.5킬로미터 남짓 내려가서 아무런 빛도 색깔도 없이 어둡고 축축한 터널 속을 셔틀카를 타고 수 킬로미터씩 오가며 일했다. 탄광은 아침에 내려가도 캄캄하고, 낮에도 캄캄하고, 밤에는 밖으로 나와도 캄캄하다. 아무튼 1미터에서 2.5미터에 이르는 기다란 볼트와 기계들을 조작하고 드릴로 단단한 암석에 구멍을 뚫고 강판으로 볼트를 고정하는 일은 꽤나 어려웠다. 일은 끝이 없었고 제대로 잘해내야 했다. 그렇지 않으면 사람들이 목숨을 잃을 수도 있으니까. 때로는 탄광 지붕이 잘 버티기를 비는 것이 내가 할 수 있는 최선이란 생각이 들기도 했다.

나는 그 일이 한 순간도 좋지 않았다.

좁은 공간에 갇혀있고 싶지 않았다. 몸을 굽혀야 하는 것도 싫었고, 피할 데라곤 없는데 벽이 서서히 좁아지는 것 같은 느낌도 싫었고, 숨 쉴 공기도 빛도 없는 곳에 있어야 하는 것도 싫었다. 하느님이 땅속 비좁은 공간에서 살게 하려고 나를 만들지는 않았을 텐데 하는 생각도 들었다. 매일 스스로 관 속에 들어가는 것 같았다. 제정신으로는 그런 일을 하기 힘들었다. 그래서 세상 밖으로 나가 숲속을 거닐거나 길게 뻗은 고속도로를 달리는 상상을 했다. 차는 없었지만 나는 드라이브하는 걸 좋아했다. 승강기를 타고 탄광으로 내려가면서 상상 속에서는 앨라배마를 가로질러 서부를 향해 달렸다. 텍사스를 지나 뉴멕시코까지 달렸다. 어떤 때는 그 너머로 계속 달려 태평양까지 갔고, 또 다른 때는 텍사스에서 왼쪽으로 방향을 틀어 멕시코를 지나 중앙아메리카까지 가기도 했다. 중앙아메리카의 온두라스나 파나마에 가서 아름다운 여자들과 춤을 췄다. 북쪽으로 달리는 상상을 할 때도 있었다. 5대호를 돌아 몬태나의 광활한 하늘을 보면서 캐나다까지 올라갔다. 캐나다를 지나 북쪽으로 얼마나 더 멀리까지 갈 수 있는지는 잘 몰랐다. 그린란드까지 계속 달릴 수 있을까? 알래스카나 북극까지 차를 타고 갈 수 있을까? 그런 건 잘 몰랐고 너무 추운 곳을 좋아하지도 않았다. 그래서 언제나 캐나다 부근에서 상상 속의 차를 돌리곤 했다.

어떤 날은 메인 주까지 올라가서 버터를 듬뿍 바른 바닷가재를 먹고, 또 어떤 날은 플로리다 주의 키웨스트 섬에 내려가서 수영을 했다. 상상 속에서는 어디든 갈 수 있었다. 하지만 실제로는 캄캄하고 어두운 갱 속으로 들어가 애초에 그곳을 어지럽힌 벌이라도 받듯, 숨을 쉴 때마다 떠다니는 가루를 들이마시고 폐 속에는 탄가루와 돌가루와 흙먼지만 쌓여갔다.

어릴 때부터 내 주변에는 탄광 일을 그만둔 지 20년이 넘었는데도 기침을 하거나 코를 풀거나 뜨거운 여름 날 이마를 훔쳐내면, 여전히 손수건이 까매지는 노인들이 수두룩했다. 그뿐인가? 퇴직할 기회를 얻기도 전에 죽는 사람들도, 폐에 이름 모를 병균이 가득 차서 숨 쉬기마저 힘들어하는 사람들도 심심찮게 볼 수 있었다. 그리고 어머니가 수프나 케이크를 만들어서 탄광에 남편을 빼앗긴 부인들에게 가져다주는 일도 가끔 있었다. 너무나 많은 수프와 케이크가 만들어지고 너무나 많은 부인들과 아이들이 남겨졌다. 프라코에서는 거의 매달 남자 어른들이 사라졌다. 마치 탄광 입구가 땅속에 사는 엄청나게 큰 괴물의 입이라서 사람들이 들어가면 잡아먹혔다가 우리 아버지처럼 몸이 으스러져 뱉어지거나, 아니면 삼켜져서 영원히 나오지 못하는 것 같았다. 나는 탄광 속에서 죽고 싶지 않았다. 남은 평생 시커먼 땀을 흘리며 살고 싶지도 않았고, 폐 속에 탄가루가 계속 쌓여 결국 질식해 죽고 싶지도 않았다. 하지만 내 힘으로 살기 위해 할 수 있는 일이 세상에는 없었다. 백인들이 그들의 음식에 흑인 손이 닿는 것을 싫어하기 때문에 패스트푸드점에서 최저 임금을 받고 일하기도 여의치 않았다. 안타깝지만 세상 위로 올라가기 위한 최선의 길은 땅 밑으로 내려가는 것이었다. 그리고 하는 일이 위험할수록 보수는 좋았다.

구급차로 실려 가는 동안 의식이 몽롱했지만, 사람들이 나를 갱 밖으로 끌어냈을 때 탄광 위에 서 있던 누나를 본 것이 기억났다. 누나는 피범벅이 된 나를 보며 울었고, 나는 구급대원들이 왜 내 얼굴에 산소마스크를 씌울 수 없다고 하는지 이해할 수 없었다. 나는 괴물들이 어떻게 나를 잡아먹었다가 뱉어냈는지 말하려고 했지만 입 속에 피가 가득 차서 괴물 얘기는커녕 입술도 움직일 수 없었다. 나는 그냥 눈을 감고 파나마에 도착한 상상에 빠져들었다. 갈색 어깨가 드러난 빨간 드레스를 입은 아름다운 여자가 춤을 추자고 했다. 나는 구급차 사이렌이 연주하는 음악 소리에 맞춰 그 여자를 품에 안고 빙글빙글 돌며 춤을 추었다.

그날 나는 6미터 높이에서 떨어진 돌에 맞아 코의 살점이 떨어져 나갔다. 뇌진탕을 일으킬 만큼 무겁고 버터를 자르듯 얼굴을 베어낼 만큼 날카로운 돌이었지만, 그래도 운이 좋았다. 떨어진 살점을 다시 붙이느라 코에 스무 바늘을 꿰맨 큰 흉터가 남은 것 말고 아주 못쓰게 망가진 부위는 없었으니까. 그날 이후 다시는 탄광 속으로 내려가고 싶지 않았지만 나는 그 후로도 5년 동안 탄광에서 일했다.

탄광 일을 그만두게 된 큰 사건 같은 건 없었다. 느지감치 잠에서 깬 어느 날, 햇빛이 환하고, 새들이 지저귀는 소리가 들리고, 하늘은 그 어느 때보다 파랗고 맑았다. 다시는 캄캄한 탄광으로 내려가고 싶지 않았다. 그때 나는 스물네 살이었고, 머릿속이 여자 생각으로 가득 차 있었는데 탄광 속에는 여자가 한 명도 없었다.

고등학교를 졸업한 뒤 레스터와 취미 삼아 소프트볼 모임을 만들어 경기를 했다. 하지만 멤버들 대부분이 먹고 사는 게 바빠 정기적으로 참석하지 못하는 일이 잦아서 결국 그만두게 되었고, 레스터는 다시 탄광으로 내려갔다. 레스터가 일한 곳은 메리 리 탄광이 아니라 베시 탄광이었지만 어쨌든 그는 벌이가 좋은 일을 그만둘 생각이 없었다. 내가 캄캄한 데서 일하는 부자보다 밝은 데서 일하는 가난한 사람이 되겠다고 했을 때 레스터는 말없이 고개만 가로저었다. 레스터는 잠깐 자고 일어나서는 일하러 갔고 아무리 힘들어도 불평하지 않았다. 정말이지 성실했다. 하지만 나는 좀 달랐다. 나는 대단한 모험과 아름다운 여자들을 좇았고, 생명이 위태로워지는 일 없이 열심히 일한만큼 보상받을 수 있는 삶을 꿈꿨다. 로스쿨이나 심지어 경영대학원에 다니는 상상에 빠지기도 했다. 실크 정장을 입은 CEO나 법정에서 패소하는 일 없이 승승장구하는 변호사를 꿈꾸기도 했고, 때로는 의사나 소방관이 된 나를 상상하기도 했다. 야구는 더 이상 꿈꾸지 않았다. 야구는 내 마음의 응어리로 남아있었다. 만일 내가 다른 피부색으로 태어났더라면, 장학금을 받으면서 대학에 다니고 어쩌면 프로팀에 선발될 수도 있었을 것이다. 그걸 알았기 때문에 마음이 아파서 야구에 대한 꿈은 밀어냈다.

소프트볼 리그를 이끌었던 4년여 동안 나는 동시에 두 자매와 사귀었다. 팀은 다르지만 같이 소프트볼 경기를 했던 레지는 그런 사실을 알고 몹시 화를 냈다. 자매 중 동생에게 데이트 신청을 했는데, 그녀가 거절하면서 나와 몰래 만나고 있다는 얘기를 밝혔기 때문이다. 나는 자매 중 언니와는 공개적으로 만났지만 동생하고는 몰래 만나고 있었다. 레지는 온 시내를 돌아다니며 나를 묵사발을 만들어버리겠다고 떠벌렸다. 하지만 그보다 적어도 15센티미터는 더 크고, 30킬로그램이나 더 나가는 나는 그다지 걱정하지 않았다. 몸집이 작은 레지는 늘 음흉한 눈빛으로 나를 노려보았다. 레지와 나는 같이 알고 지내는 친구가 많아서 그가 나에 대해서 하고 다니는 말이 다 내 귀에 들어왔다. 레지는 소리 없이 기어 다니는 뱀처럼 내 주변을 맴돌았지만, 쉭쉭거리기만 할뿐 나를 물지는 못했다.

물론 자매를 동시에 만난 건 자랑할 만한 일이 아니다. 어머니가 그 사실을 알았다면 내 얼굴 가죽을 벗겨버리려고 했을 거다. 하지만 나는 여자들에게 약했다. 사실 내 유일한 약점이었다. 나는 술을 안 마셨다. 담배도 안 피우고 마약도 하지 않았다. 하지만 날마다 여자들한테 빠져들었다 나오길 반복했다. 여자를 쫓아다니는 것보다 더 짜릿한 일은 없었다. 결혼을 했든 안 했든, 남자친구가 있든 없든, 혹은 내가 만나는 여자의 동생이든 언니든, 상관하지 않았다. 그렇게 많은 여자를 만났던 건 선물이기도 하고 저주이기도 했다. 하지만 한 시간을 보내든 같이 밤을 새우든, 한 여자와 함께할 때는 오로지 그 여자뿐이었다. 게임하듯 여자를 만났던 건 아니다. 그런 걸 내 머릿속에서 어떻게 정당화했는지 정확히 설명할 수는 없지만 어떤 여자든 내 앞에 있는 여자에게만 관심과 사랑을 쏟았다. 친구들이 "저 여자는 네가 넘볼 대상이 아니야."라고 말하면 그 여자를 원하는 마음이 더 강해졌다. "5분만 기다려 봐." 하고는 어떤 여자든 5분 안에 꾀어서 나한테 관심을 갖도록 했다. 그리고 여자들에게 내가 한 말은 모두 진심이었다. 나는 내 마음이 진심이라고 믿었고, 여자들도 그렇게 믿었다.

앞에서 말한 것처럼 여자들은 내 치명적 약점으로 크립토나이트(슈퍼맨 이야기에 나오는 가상적 화학원소로 슈퍼맨의 약점)이자 아킬레스건이었다. 남자친구나 남편이 집에 도착하기 직전에 여자의 집을 빠져나온 일도 적지 않았다. 나는 의심의 여지없이 죄인이었다. 그런 죄를 짓고는 일요일마다 어머니와 함께 교회에 가서 용서를 빌었다. 하지만 월요일이 되면 내 머릿속은 다시 여자들로 가득 찼다. 잘못인 줄 알면서도, 그러면 안 된다는 걸 알면서도 이 여자 저 여자한테 관심을 가졌다.

그런데 직장 생활을 하고 여자를 만나는 데 반드시 필요한 것이 있었는데 바로 자동차였다. 우리 가족이 프라코에서 이사를 해야 했기 때문이다. 이미 그전에 앨라배마 바이프로덕츠 회사는 프라코에 있던 매장을 폐업했고, 이후 사택 운영 사업이 종료됐다고 공식적으로 통보했다. 1981년 크리스마스 직전 그들은 최종적으로 퇴거를 요구했고, 프라코를 못 떠나고 있던 사람들은 울적한 크리스마스를 보내야 했다. 사실 프라코에 있는 탄광들이 문을 닫은 건 그보다 훨씬 전이었다. 그때까지도 실내 화장실이 없는 집에서 살았지만, 그래도 나는 프라코가 좋았고 떠나고 싶지 않았다.

우리는 트럭에 짐을 싣고 프라코에서 좀 떨어진 번웰로 집을 옮겼다. 형과 누나들은 이사를 한 뒤에도 막내인 내가 어머니와 함께 살며 돕기를 바랐다. 누나 둘을 제외하고 모든 형제가 앨라배마를 떠나 살아서 더욱 그랬다. 앨라배마는 살기 쉬운 데가 아니었다. 형들 중 몇은 북쪽의 오하이오로 갔고, 루이스 형은 멀리 캘리포니아에 가서 살았다. 어쨌거나 어머니와 함께 사는 건 구속이 아니라 기쁨이었다. 나는 누구보다 어머니를 사랑했다. 어머니를 도와줄 사람이 아무도 없는 걸 알면서 다른 데로 가서 살 수는 없었다. 어머니가 행복하면 나도 행복했고, 내가 행복하면 어머니도 행복해했다. 늘 그래왔고 앞으로도 언제까지나 그럴 터였다. 나는 어머니가 만들어주는 음식이 좋았다. 어머니는 낮이든 밤이든 언제든지 사랑이 담긴 맛있는 음식을 챙겨주었다.

프라코에서 이사를 한 뒤로 차가 더욱 필요해졌다. 더는 태워달라고 할 이웃이 없어 매번 생판 모르는 사람들의 차를 세워 태워달라고 부탁해야 했기 때문이다. 길에서 낯선 차를 보면 숨기 바빴는데 이제 모르는 사람들의 차를 얻어 탈 수밖에 없게 되었다. 세상이 흑인에게 조금이라도 더 안전한 곳으로 바뀐 게 아니었기에 모르는 사람의 차를 얻어 타는 건 위험한 일이었다. 하지만 행여 문제가 생기더라도 나 자신을 지킬 수 있다고 생각했다. 게다가 여기저기 다녀야 하고, 돈을 벌어야 하고, 여자들을 만나야 하기 때문에 어쩔 수 없었다. 차가 없으면 일을 구할 수 없고 일이 없으면 차를 살 수 없는 난감한 처지에 빠졌다. 차 없이 사는 것이, 돈에 쪼들리는 것이, 탄광 밖에서는 1달러도 벌기 어려운 것이 너무 싫었다. 힘든 일도 마다하지 않았지만, 20여 킬로미터를 걸어서 일하러 갔다가 다시 그 길을 걸어 집으로 돌아올 수는 없는 일이었다. 뭔가 다른 수를 찾아야 했다.

어느 일요일, 뭔가 다른 수가 생겼다. 나는 아침 일찍 일어나서 교회 갈 때만 입는 제일 좋은 옷을 차려입고, 어머니와 아침을 먹고는 다녀오겠다는 인사를 한 뒤 친구 차를 얻어 타고 베스타비아 힐스로 향했다. 그리고 미리 봐둔 자동차 매장에서 몇 블록 떨어진 곳에서 내렸다. 그다음에 일어난 일은 계획을 했던 건지 아닌지 나도 잘 모르겠다. 아무튼 그때 나는 영화 속 주인공이라도 되는 양, 대단한 일을 하는 사람 행세를 했다. 언젠가 대단한 사람이 되고 싶은 마음이 간절해서 정말 그런 상상 속의 인물이 된 줄로 믿었다고나 할까? 나는 일자리를 구하려고 발버둥치는 프라코 출신의 가난뱅이가 아니라 대학을 막 졸업하고 큰 회사에 취직해 중요한 직책을 맡고는 새 차를 보러 다니는 사람이었다. 신형 몬테카를로나 뷰익 리갈 혹은 폰티악 그랑프리를 운전하는 내 모습을 상상하며 수많은 밤을 보냈던 나는 진열된 자동차들 사이를 누볐다. 그중 내 눈을 사로잡은 차는 커틀래스 슈프림이었다. 차 문은 두 개였고 파란색 벨벳 시트는 너무 부드러워 구름 같은 촉감이었으며, 네 개의 헤드라이트가 꼭 사람 얼굴처럼 보이는, 반짝거리는 하늘색 차였다. 그 얼굴이 나를 보고 웃는 것만 같았다. 나는 판매원이 사냥감을 포착하고 다가올 때까지 꽤 오랫동안 그 차 옆을 맴돌았다.

"아주 멋진 아가씨죠."

판매원의 말에 나는 웃음으로 답했다. 판매원은 구레나룻이 길고 머리칼은 갈색인 백인이었는데 머리 윗부분이 거의 대머리처럼 숱이 없었다.

"정말 멋진 아가씨네요. 아주 기막힌 미인이에요." 내가 말했다.

"이 커틀래스만큼 손님한테 어울리는 차는 없을 겁니다."

나는 판매원이 내민 손을 잡고 흔들었다.

"시운전을 해보시겠습니까?"

"그래 보고 싶네요. 얼마나 잘 달리는지 확인하고 싶습니다."

판매원은 주머니에 들어올 영업 수당을 생각하는지 빙긋 웃더니 단층 건물로 들어가서 열쇠 꾸러미를 들고 나왔다.

"차 열쇠입니다."

그가 손을 내밀자 나도 모르게 손을 뻗어 그 열쇠들을 받아들고 있었다.

"속도는 고속도로에 나가서 내셔야 합니다. 얼마나 부드럽게 잘 나가는지 감탄하실 겁니다." 판매원이 웃는 얼굴로 운전석 문을 열어 주었다. 내가 차에 타자 판매원이 문을 닫고 차 지붕을 툭툭 쳤다. 나는 점화 장치에 열쇠를 꽂고 돌렸다. 벨벳 시트에서 새 장난감과 새 배트와 새 신발 같은, 새롭고 멋진 모든 것을 합쳐놓은 듯한 냄새가 났다. 크리스마스 아침, 부활주일, 추수감사절 만찬, 내 생일을 모두 합쳐 하나로 만든 것 같은 냄새였다. 시동이 걸렸을 때 차 안 공기는 더없이 달콤했다.

나는 자동차 매장에서 차를 끌고 나온 뒤 우회전해서 20분쯤 시내의 좁은 거리를 누비고 다녔다. 이 세상에 못할 일이 없는, 막강한 힘과 권력을 가진 사람이 된 것 같았다. 마침내 진입 차선으로 들어가 고속도로로 나갔을 때 유지 가속 페달을 밟고 엔진이 내는 소리에 귀를 기울였다. 그리고 남쪽의 몽고메리를 향해 한 시간이 넘게 달린 뒤에 버밍햄으로 다시 돌아가기 위해 차를 돌렸을 즈음엔 자동차 매장으로 향하는 출구를 지나서 어머니가 저녁을 차려놓고 기다리고 있을 집으로 돌아가는 것이 당연한 일처럼 느껴졌다. 조금이라도 빨리 어머니에게 새 차를 보여주고 싶었다. 이제는 우리 삶이 달라질 거라고 조금이라도 빨리 얘기하고 싶어 견딜 수가 없었다. 그 순간 가슴이 희망으로 가득 차올라서 심장이 밖으로 튀어나올 것 같았다. 속도를 한껏 올려 얼마나 부드럽게 달릴 수 있는지 알아보기로 마음먹은 바로 그때 나는 모든 게 달라지리란 걸 알았다. 그 차는 정말 멋진 아가씨였고 이제 내 것이 됐다.

나는 그 차를 2년 동안 타고 다녔다. 그 차 덕에 새 직장인 가구점에 취직할 수 있었고, 그 일 덕에 새로 나온 파이오니아 스테레오 시스템을 구입해서 차에 달 수 있었다. 나는 주말마다 세차를 하고 왁스로 광을 내면서 계속 새 차처럼 유지했다. 어머니는 장을 보러 갈 때나 이런저런 볼 일이 있을 때 차로 다닐 수 있어서 만족스러워했다. 그 차에 탈 때면 언제나 함박웃음을 짓고 꼿꼿한 자세로 앉아있었다. 정당하게 구하지 않은 차에 어머니를 모시고 다닌 일이 떳떳하다는 건 아니지만 노란불인데 그냥 달리거나 빨간불에 정지하지 않거나 제한속도를 어긴 적은 한 번도 없었다.

자동차 매장에서 몰고 나와서 2년 뒤까지, 맹세컨대 그 차는 처음보다 더 좋아졌으면 좋아졌지 나빠지지는 않았다. 하지만 나는 갈수록 좌불안석이 되었다. 나를 믿어주는 어머니를 옆에 태우고 다닐 때면 사고를 당하면 어쩌나, 길 한가운데서 고장이 나면 어쩌나, 경찰이 오면 어쩌나 하는 걱정에 조마조마했다. 어머니가 내가 한 짓을 알면 뭐라고 할까? 차를 돌려주고 싶었지만 어머니한테 갑자기 차가 없어진 이유를 어떻게 말해야 할지 생각이 나지 않았다. 되돌릴 수 없는 거짓의 덫에 갇힌 것 같았다.

친구한테서 경찰이 나를 찾고 있다는 말을 들었을 때 더는 그대로 있어선 안 된다는 생각이 들었다. 어머니에게 사실대로 말할 때가 된 것이다.

다른 누구에게 그 어떤 얘기를 할 때보다 무섭고 두려웠지만 피할 방법이 없었다. 속이 울렁거려 토할 것 같았다. 원하는 건 뭐든 상상으로 얻을 수 있지만 몇 년 동안 커진 죄책감은 상상으로도 어쩔 수 없었다. 죄책감이 내 안의 좋은 건 뭐든 다 곪게 하고 썩게 하는 것 같았다. 무슨 일이 있어도 어머니 마음을 아프게 하는 일은 피하고 싶었건만. 나는 싱크대 앞에 서 있는 어머니의 뒤로 가서 두 팔로 어깨를 감싸 안았다. 어머니는 작은 체격이 아니었지만 내 옆에 서면 늘 작아 보였다.

어머니가 젖은 손을 들어 어깨를 감싸고 있는 내 팔을 토닥였다.

"무슨 일로 이러실까?"

"말씀드릴 게 있어요. 심각한 일이에요."

어머니가 싱크대에서 돌아서 행주에 손을 닦았다. "그럼 앉아서 얘기하자. 심각한 얘기를 서서 할 수는 없지."

내가 식탁에 앉아 기다리는 사이, 어머니는 냉장고에서 달콤한 차가 든 주전자를 꺼내고 유리잔도 두 개 꺼냈다.

"심각한 얘기를 하는데 마실 게 없으면 안 되지." 어머니가 유리잔에 차를 따른 뒤 내 왼쪽에 앉았다. "무슨 일로 이러는지 한번 들어보자."

"제가 어떤 일을 저질렀어요. 그것도 나쁜 일을 저질렀어요."

어머니가 말없이 내 눈을 보면서 차를 한 모금 마셨다. 어머니는 사람들이 10분 동안 할 수 있는 말보다 침묵으로 더 많은 걸 얘기할

69

수 있었다. 어머니는 계속 내 눈을 응시하며 차를 한 모금 더 마신 후 고개를 끄덕였고, 나는 모든 얘기를 털어놓았다. 시운전에 대해서, 현실의 나와 다른 사람이 되고 싶었던 것에 대해서, 차 대금을 지불하지 않은 것에 대해서. 그리고 이제 모든 것이 무너져 내린 것 같아 앞으로 어떻게 해야 할지 모르겠다는 말까지.

어머니는 다시 차를 마시며 내가 본 중에 가장 슬픈 눈빛으로 나를 쳐다보았다. "후회하니?"

"네."

"잘못된 걸 바로잡고 싶니?"

"네, 어머니."

"그래, 그러면 바로잡아야지. 경찰서에 가서 사실대로 얘기해라. 그리고 벌을 받아. 난 남의 걸 맘대로 가져오라고 가르친 적 없다. 잘못을 인정하도록 키웠지. 넌 이제 애가 아니야. 그러니 내가 어떻게 해줄 수 없어. 경찰서에 가서 네가 한 일을 자백하고, 하느님께도 말씀드려. 하느님이 널 용서해주시면, 나도 용서하마. 하지만 어떤 사람이 될지는 네가 선택해야 한다, 레이. 어떤 사람이 될지 선택해. 지금 당장. 난 네가 올바른 선택을 하리라 믿는다."

어머니는 울컥한 듯 목소리가 갈라졌다. 수치심이 밀려들었다. 그런 모습을 보여주고 싶지는 않았다. 어머니가 자랑스럽게 여길 만한 올바른 길을 가고 싶었다. 어머니가 한 손을 들어 내 얼굴을 어루만지며 고개를 가로저었다. 그때 나는 어머니가 그토록 아픈 표정을 짓게 하는 일은 앞으로 절대 하지 않겠다고 다짐했다. 올바른 길을 갈 수 있다면 남은 평생을 걸어 다녀야 한대도, 다시 탄광으로 돌아가야 한

대도 상관없었다. 어머니가 키운 대로, 어머니가 바라는 아들이 되기로 했다.

레스터는 일을 하러 가서, 다른 친구에게 경찰서까지 태워다 달라고 부탁했다. 나는 홀가분한 마음으로 지은 죄를 실토하고 구치소에 수감되었다. 1983년 9월, 법정에서 내 죄를 인정하고 1년 6개월 형을 선고받았다. 하지만 재판이 열리고 판결이 나기를 기다리는 동안 수감됐던 기간을 제하고 몇 개월 동안 노동석방프로그램(죄수가 낮 시간 동안 교도소 밖으로 노동을 하러 나가는 것을 허용하는 제도)에 따르며 복역했다.

노동석방프로그램을 마친 날, 어머니가 이웃의 차를 얻어 타고 버밍햄으로 나를 태우러 왔다. 집에 돌아오던 길로 나는 레스터를 만나러 갔다.

"정말 그런 말도 안 되는 짓을 했던 거야?" 레스터가 물었다.

나는 어머니와 주방 식탁에서 나눴던 얘기를 골똘히 생각했다. 그리고 수감됐던 일이 내게 그 무엇보다 큰 가르침을 주었다는 걸 깨달았다. 교도소는 갈 만한 데가 아니었다. 괜찮다 싶은 게 하나도 없었다. 음식도 끔찍했고 냄새도 지독했다. 자유를 뺏기고 보니 온몸의 세포가 하나하나 다 아팠다. 자동차도, 돈도, 직업도, 여자도, 그 어떤 것도 자유와 비교조차 되지 않았다. 1985년 8월까지 일 년 반 남짓 가석방 상태로 있어야 했지만 개의치 않았다. 50년 동안 가석방 상태라도 견딜 수 있었다. 앞으로 법의 테두리를 벗어나는 일은 절대 하지 않을 테니까. 자유로운 삶을 빼앗길 일이나 어머니의 눈빛을 슬프게 만들 일은 결코 하지 않을 생각이었다. 집에서 떠나 있는 동안 내 인생에서 중요한 사람이 누구인지, 중요한 것이 무엇인지 깊이 생각했다.

하느님은 중요했다.

레스터도 중요했다.

내 자유도 중요했다.

무엇보다 어머니가 중요했다.

그 외에 다른 것들은 하루하루 변하는 날씨와도 같았다.

"하느님께 맹세코…." 나는 오른손을 들어 올리고 레스터에게 말했다.

레스터가 픽 하고 웃었다.

"장난치는 거 아니야. 다시 할게. 하느님께 맹세코 다시는 남의 것을 훔치지 않겠습니다."

레스터가 나를 물끄러미 쳐다보며 농담인지 아닌지 살폈다. 내가 가만히 마주보자 레스터는 계속 해보라고 했다.

나는 호흡을 가다듬고 말했다. "생전 처음 보는 무지막지하게 멋진 콜벳(쉐보레 사의 스포츠카)이라고 해도, 하느님이 직접 하늘나라에서 내려와 '이건 네 차니라.' 하고 말씀하셔도, 차가 필요하다면 대출을 받아서 사겠습니다. 수표를 쓸 때는 충당할 돈이 있는지 반드시 확인하겠습니다. 누가 차 열쇠를 건넨다고 해도 제 것이 아니면 돌려주겠습니다. 네가 네 차 열쇠를 줄 때는 빼고. 또 나를 원하는 어떤 멋진 여자가 술을 거나하게 마시고 운전 좀 해달라고 차 열쇠를 건네줄 때도 빼고. 하지만 그런 경우를 제외하고 나, 앤서니 레이 힌턴은 다시는 어떤 것도 훔치지 않을 것을 엄숙히 맹세합니다. 비록…."

레스터가 웃으며 끼어들었다. "알았으니까 그만해. 바비큐가 눈앞에 있는데 언제까지 맹세만 하고 있을 거야?"

4장

냉장창고 살인 사건

캡틴 D 사건 이후, 이 카운티의 모든 보안관과 경찰관들은
이제껏 없던 잔인하고 냉혹한 살인마가
거리를 활보하며 다녔다는 사실을 깨달았습니다.
_더그 애커 경위

1985년 2월 25일, 버밍햄

| 식당 강도 사건, 총상 입은 직원 사망 |

사우스사이드의 한 식당 부지배인이 어제 새벽 강도가 쏜 총에 머리를 맞아,

지난밤 사망했다. 노스이스트, 서드 플레이스 2249에 거주하는 존 데이비슨

(49세)은 어제 이른 아침 이스트 메디컬 센터에서 수술을 받았지만 밤 10시

55분 뇌사 판정을 받았다. 데이비슨은 총상 외에도 심한 구타를 당한 것으로

밝혀졌다.

(1985년 2월 26일 자 〈버밍햄 포스트 헤럴드〉 "식당 강도 사건, 총상 입은 직원 사망" -

마이크 베니호프)

존 데이비슨이 살해되던 밤, 나는 어디에 있었는지 모른다. 밤의

알리바이를 계획하며 낮 시간을 보내지 않았다. 사우스사이드에 있는 '미세스 위너스 치킨 앤 비스킷츠'엔 발걸음조차 한 적이 없다. 그런데 2월 23일, 누군가 그 식당을 털고 존 데이비슨을 냉장창고로 끌고 가 머리에 총을 두 발 쐈다. 누군가가 그의 부모로부터 아들을 빼앗고 그의 아내로부터 남편을 빼앗았다. 지문도 목격자도 DNA도 발견되지 않았다. 그러므로 누구라도 용의선상에 오를 수 있었다. 살인자는 2,200달러를 가지고 사라졌다. 한 사람의 인생을 돈으로 환산하면 얼마나 될까? 얼마 정도면 사람이 영혼을 바꾸려 할까? 나는 답을 모른다. 하지만 그 남자가 그토록 극단적인 행동을 하게끔 이끈 것이 무엇인지는 궁금했다. 강도짓을 하고 살인을 저지르려고 어둠 속에 앉아 기다리면서 무슨 생각을 했을까? 극단적인 모든 행동에는 대가가 따른다. 그렇지만 그때는 그 대가를 치러야 할 사람이 나라는 걸 꿈에도 알지 못했다. 존 데이비슨이 살해되던 밤에 어디에 있었느냐고? 모르겠다. 침대에서 자고 있었나? 레스터하고 낄낄거리고 있었나? 어머니와 식사를 하고 있었나? 여자친구 집에 갔었나? 낮이든 밤이든 내 하루는 평범하기 그지없었다. 나는 침대를 조립해서 배달하는 가구점에서 일주일에 6일을 일했다. 나쁜 일은 절대 하지 않겠다고 나 자신과 한 약속을 지키고 있었다. 그날 밤에 내가 어디에 있었는지, 무엇을 했는지는 알 수 없지만 누군가를 폭행하거나 강도짓을 하지도, 살인을 저지르지도 않았다는 것만은 분명했다.

다른 누군가가 살인을 저지르고 달아났다는 것도.

1985년 7월 3일, 버밍햄

브래스 워크스 가구점 일은 내가 오래 계속할 수 있는 일이 아니었다. 토요일까지 일해야 하는 걸 견딜 수 없었기 때문이다. 내게 토요일은 교회로 음식을 가져가서 나눠 먹거나, 친구들하고 바비큐 파티를 하거나, 어머니 심부름을 하거나, 대학 미식축구를 보는 날이었다. 우리 교회에는 남자 교인이 많지 않았다. 그래서 토요일마다 남자 교인들이 모여 세차를 하거나 교회 건물을 수리했다. 6개월이 넘도록 브래스 워크스에서 나름대로 열심히 일했지만 토요일까지 일하는 건 받아들이기 쉽지 않았고 결국 속마음이 드러났다. 월요일부터 금요일까지 있는 힘껏 일했다. 정각에 출근해서 최선을 다했다. 하지만 토요일이 되면 내 안의 스위치가 탁 바뀌는 것 같았다. 토요일에 일을 안하려고 온갖 핑계를 만들어냈다. 그래도 열심히 해보려고 애썼지만 결국 나한테 맞지 않는 일이란 결론을 내리게 됐다. 토요일만 되면 고용주가 원하는 직원이 되기가 점점 더 힘들어졌다. 내 생일이 지나고 2주쯤 뒤에 나는 별 미련 없이 가구점 일을 그만두고, 버밍햄 인근 업체에 임시직 노동자를 파견하는 맨파워라는 회사와 계약을 맺었다.

막 스물아홉이 된 나이였지만 그때까지도 나는 딱히 하고 싶은 일이 없었다. 때로 삶은 선택의 연속이라기보다 하나씩 지워가는 과정 같다. 나는 석탄 광부가 되고 싶지 않았다. 교도소에 수감되고 싶지 않았다. 강을 오가며 석탄을 실어 나르는 예인선의 갑판원이 되고 싶지도 않았다. 토요일에는 일하고 싶지 않았다. 어머니가 혼자 지내도록 하고 싶지 않았다. 그런 걸 제하고 나서 생계를 꾸려갈 생활비를 벌고 싶었고, 좋은 차를 운전하고 싶었고, 사랑에 빠져 결혼을 하고, 함께 아이들을 키울 수 있는 멋진 여자를 만나고 싶었다. 그리고 그 여자가 어머니 집에서 기꺼이 같이 살겠다고 말해줬으면 했다. 그런 걱정은 그때 가서 해도 되는 거지만.

맨파워에서 소개하는 일은 수입이 많지는 않았지만 그래도 나쁘지 않았고, 이 일 저 일 하다 보면 나중에 하고 싶은 일을 배우는 데 도움이 될 것 같았다. 일하면서 어떤 사람을 만날지, 어떤 자극을 받게 될지 모르는 일이니까. 고등학교를 졸업한 지 10년이 됐지만 여전히 나는 새로운 일을 배우는 걸 좋아했다. 각양각색의 사람들과 얘기하는 걸 좋아했고, 가보지 않은 곳에 가는 걸 좋아했고, 사람들이 어떻게 사업하는지 보는 걸 좋아했다. 스스로 사업 수완이 괜찮은 편이라고 생각했기 때문에, 어머니가 오랫동안 내게 만들어준 음식을 파는 식당을 열까 하는 생각도 했다. 그래서 어머니에게 요리법도 배웠다.

어머니의 요리 수업은 늘 이런 말과 함께 시작되었다. "어떤 음식을 먹고 행복해진다면, 네가 직접 그 음식을 만들 수 있어야 해. 내 보기에 네가 조만간 결혼하긴 힘들어 보이니까."

어머니는 정곡을 찌르는 말을 잘했다.

어머니는 나를 웃게 하고, 내가 올바른 길을 가도록 하면서, 어떤 일에서든 다그친 적이 없다. 내가 기억하는 한 어머니는 언제나 변함없이 나를 사랑했다. 무조건, 절대적으로.

| 식당 지배인, 치명적 총상 입은 채 발견 |

캡틴 D의 5년 차 직원이 어제 새벽 우드론의 식당 냉장창고에서 치명적인 총상을 입은 채 발견되었다. 그는 강도 사건 피해자였다.

버밍햄 경찰은 뉴캐슬, 오크가 11번지에 사는 토머스 웨인 베이슨(25세)이 머리에 총상을 입고 사망했다고 밝혔다. 저항 흔적은 없고, 금고에 있던 돈이 없어졌지만 정확한 액수는 밝혀지지 않았다.

살인 사건 담당 형사 C. M. 퀸은 베이슨 살해 사건과 2월에 있었던 미세스 위너스 치킨 & 비스킷츠의 부지배인 살해 사건과 유사점이 있지만, 두 사건이 공범의 소행인지는 아직 알 수 없다고 밝혔다.

(1985년 7월 3일 자 <버밍햄 포스트 헤럴드> "식당 지배인, 치명적 총상 입은 채 발견" – 캐슬린 M. 존슨 & 마이크 베니호프)

우리는 매년 그랬던 것처럼 7월 4일을 기념했다. 교회 친구들과 함께 상상할 수 있는 최고의 바비큐 파티를 하고 향긋한 차도 마셨다. 앨라배마에서 독립기념일보다 큰 명절은 없었다. 길을 걷다 보면 모르는 사람들이 뭐 좀 먹고 가라며 그들의 식탁으로 불러들이는 일이 다반사였고 불꽃놀이와 수박 파티에 아이들은 어른들이 호스로 뿌려대는 물을 피해 뛰어다니며 즐거워했다. 일 년 내내 물과 기름처럼 섞일 수 없을 것처럼 보이는 사람들이 독립기념일에는 서로 거리낌 없이 어울렸다. 모두들 흑인도 백인도 아닌 미국인으로, 함께 어울려 웃으며 퍼레이드 행렬에 박수를 보냈다. 일 년 중 단 한 번 모든 버밍햄 사람들이 서로 사랑하는 날이었다.

1985년도 다르지 않았다. 마대자루를 입고 달리기 시합을 하고, 달걀을 던지고, 상상할 수 없을 만큼 푸짐한 음식을 즐겼다. 어머니는 소매에 빨간색 가두리 장식이 있는 파란 드레스를 입고 제일 좋은 모자를 쓰고 기념일을 맞았다. 레스터와 나란히 접이식 의자에 앉아 이웃 아주머니들과 웃음꽃을 피우는 어머니를 보니 가슴이 터질 듯 행복한 마음이 밀려들었다. 이제 두어 달만 지나면 가석방이 끝나고 지난날 저지른 실수에 대해 대가를 치르는 일이 끝이 난다. 게다가 새로 만난 특별한 여자친구 실비아가 있었고, 다음 날 맨파워에서 소개하는 좋은 업체에 계약하러 가기로 되어 있었다. 나는 레스터를 돌아보며 말했다. "이번 기념일은 꼭 국기에 대한 맹세 같아."

"그게 무슨 말이야?"

나는 왜 그런 느낌이 드는지 설명하려고 애썼다. "그러니까 하느님의 보호 아래 만인을 위한 자유와 정의가 있는 하나의 국가 같다는 거지. 오늘은 모든 게 그런 거 같지 않아? 희망적이고, 자유와 정의가 있고, 모든 게 가능할 것 같고?"

"그러네. 난 그냥 무더운 7월 4일 같았는데 네 말을 듣고 보니 무슨 뜻인지 알겠어."

"내년에 우리 중 한 사람이 결혼하면 어쩌지? 내가 애를 갖게 되면? 아니, 누구든 뭐가 달라지면?" 나는 말을 이을 수 없었다. 레스터에게, 레이스 장갑에 모자를 쓰고 있는 어머니에게, 앨라배마에, 가슴속까지 시원하게 해주는 향긋한 차와 함께하는 뜨거운 7월에…. 사랑의 감정이 벅차올라서 말문이 막혔다.

"애들이 하루아침에 만들어지는 줄 알아?" 레스터가 웃었다.

"누가 아냐? 왠지 뭔가 변할 것 같은 느낌이 든단 말이야." 나는 목이 메어서 침을 삼켰다.

"글쎄, 천둥이 칠 것 같긴 하네." 레스터가 잔뜩 흐린 하늘을 올려다보며 웃었다.

1985년 7월 25~26일, 엔슬리

나는 밤 11시 57분에 브루노스 물류창고로 출근했다. 야간 근무라서 일하기 싫다는 생각 같은 건 하지 않았다. 자정이 되었을 때, 열두 명 정도의 다른 계약직 근로자들과 함께 업무 배당을 기다렸다. 브루노스는 거대한 물류창고였고 계약직 근로자들은 밖에 있는 경비소를 거쳐 현장 감독에게 출근한 사실을 알려야 했다. 회사 측은 우리를 세심히 지켜봤다. 아마도 계약직 근로자들이 일은 열심히 하지 않고 물건을 훔쳐갈 틈만 노린다고 생각하는 모양이었다. 계약직 근로자들은 정규직이 되고 싶어서 오히려 더 열심히 일하건만, 그렇게 생각하는 것이 이해되지 않았다.

내 주 업무는 지게차를 끄는 일이었다. 지게차에 빈 화물 운반대를 싣고 트럭 뒤로 가면, 다른 근로자들이 그곳에 상품을 실었다. 그러면 상품이 실린 운반대를 물품을 보관하는 제일 높은 선반으로 다시 옮겼다. 단순하기 짝이 없는 일이었지만 지게차를 운전하는 일은 재미있었다.

내가 교대근무를 시작한 건 7월 26일 자정이었다. 직원들이 출근하면 10~15분에 걸쳐 현장 감독인 톰 달이 우리 얼굴과 이름을 확인하고 기록한 뒤에 각자 할 일을 배분해주었다. 내가 처음 배당받은 일은 지게차 화물 운반대에 양동이와 대걸레 같은 청소용품을 싣고 다니면서 청소 일을 맡은 사람들에게 나눠주는 것이었다. 10여 분 만에 그 일이 끝나자 감독이 화장실 바닥에 붙은 껌들을 모두 긁어내라고 지시했다. 하루 만에 화장실 바닥에 붙은 껌의 양은 가히 놀라웠다. 남녀노소 불문하고 왜들 그렇게 화장실 바닥에 껌을 뱉는 걸까? 하지만 내가 할 일은 의문을 제기하는 게 아니라 바닥에 붙은 껌을 긁어내고, 대걸레질을 하고, 화장실 바닥에서 천장까지 반짝반짝 빛나게 하는 것이었다. 썩 마음에 드는 일은 아니었지만 부지런히 했다. 새벽 2시쯤 배당받은 일을 다 끝내고 감독에게 승인을 받은 뒤 15분 정도 쉬었다. 그런 뒤에 밖에서 고장 난 화물 운반대를 골라내고, 또 고장 난 것들 중에서 고쳐 쓸 수 있는 것들과 버리는 게 나은 것들을 분리했다. 그날 밤은 안개가 짙어서 별이 전혀 보이지 않았다. 새벽 3시인데도 온도가 20도 중반에 이르는 데다 비가 쏟아지기 직전처럼 습했는데 그나마 소매 없는 셔츠를 입고 있어서 참을만했다. 그날 밤 특별한 일은 없었다. 나는 새벽 4시에 새참을 먹고 쓰레기통을 깨끗이 비운 다음 그날 일을 끝마쳤다.

1985년 7월 27일, 버밍햄

| 강도-총격 사건, 살인 사건과 연관 가능성 |

경찰이, 금요일 새벽 베서머에서 발생한 식당 지배인 강도-총격 사건이 올해 들어 버밍햄에서 일어났던 두 건의 식당 지배인 살인 사건과 연관이 있는지 수사 중이다.

세 지배인 모두 새벽에 그들이 일하는 식당에서 일어난 강도 사건으로 머리에 총상을 입었다. 하지만 베서머 시 SW 9번가 1090에 있는 퀸시스 패밀리

스테이크 하우스의 부지배인은 부상을 딛고 생존해 경찰의 수사에 협조하고 있다.

캐러웨이 메소디스트 메디컬 센터의 대변인은 금요일 새벽, 휴이타운(제퍼슨 카운티의 도시) 베리 드라이브 3341에 거주하는 시드니 스모더맨이 안정적인 상태라고 밝혔다. 경찰에 따르면 스모더맨은 머리와 손에 총상을 입었다.

베서머 경찰서장 J. R. 페이스는 처음엔 스모더맨이 한 발의 총상을 입은 줄 알았지만, 현재는 두 발의 총상을 입은 것으로 보고 있다고 전했다. 또한 스모더맨의 가슴에도 상처가 있는데, 원인은 아직 확인되지 않았다고 한다.

세 건의 강도 사건 모두 식당이 문을 닫은 직후 일어났고, 지배인들 모두 식당 뒤편으로 끌려가서 총상을 입었다.

경찰은 2월부터 사우스 29번로 737에 위치한 미세스 위너스 치킨 앤 비스킷츠에서 머리에 두 발의 총상을 입고 사망한 채 발견된, 존 데이비슨(센터포인트 거주, 49세) 강도 살인 사건을 수사해왔다. 식당 뒤편에 혈흔이 있는 것으로 봐서 부지배인 데이비슨이 냉장창고로 끌려가 총격을 입은 것으로 추정된다.

7월 2일, 노스 1번가 5901 캡틴 D의 야간 지배인 토머스 웨인 베이슨(25세)이 영업 준비를 하던 직원들에 의해 냉장창고에서 발견되었다.

페이스는 사건 진상을 자세히 밝히지는 않았으나 스모더맨이 경찰에 제출한 진술서를 공개했다.

스모더맨의 진술서와 베서머의 다른 경찰의 말에 따르면, 금요일 새벽 퀸시스 식당에서 발생한 강도 총격 사건의 정황은 다음과 같다.

12시 30분(a.m.)경, 스모더맨은 다른 네 명의 직원과 함께 퀸시스 식당 문을 닫고 각자 차량으로 퇴근했다. 스모더맨은 혼자 1985년형 폰티악 피에로를 타고 가던 중 식품점에 들렀다.

식품점에서 나온 뒤 스모더맨이 9번가와 메모리얼 드라이브 교차로에서 멈췄을 때 검은색 쉐보레 뷰익이 차 뒤쪽을 들이받았다.

스모더맨은 피해 상황을 확인하려고 차에서 내렸다. 그때 그 검은 차량의 운전자가 스모더맨에게 권총을 들이대며 다시 피에로에 타도록 했고, 무장 강도도 그의 차에 따라 탔다.

무장 강도는 스모더맨에게 4번가와 메모리얼 드라이브로 가도록 지시했고, 그곳에서 둘 다 내려 거리 한편에 스모더맨의 피에로를 세워둔 채, 무장 강도의 세단으로 옮겨 탔다.

무장 강도는 스모더맨을 태우고 다시 퀸시스 식당으로 가서 문을 열고 안으로 들어가라고 지시했다. 그리고 식당 안에 들어간 뒤 스모더맨에게 금고를 열라고 지시했고, 쓰레기통에서 검은 비닐봉지를 꺼내 금고에 있던 돈을 담았다.

그 후 스모더맨을 냉장창고로 몰았다. 스모더맨이 그곳은 너무 춥다며 밖에 있게 해달라고 하자 무장 강도가 저장실로 들어가라고 했다. 몸을 돌리는 순간 무장 강도가 그의 머리에 총을 쐈다.

스모더맨은 바닥으로 쓰러졌고 강도가 떠날 때까지 죽은 척 꿈쩍도 안 했다.

강도가 떠난 뒤 스모더맨은 음식점 옆에 있는 모텔 6로 가서 도움을 청했다.

스모더맨이 경찰에 제보한 내용에 따르면, 그를 공격한 사람은 180센티미터에 85킬로그램 정도의 흑인으로 콧수염을 길렀고, 청바지와 붉은색 체크무늬 셔츠를 입고 있었다.

페이스는 금요일, 그의 수사팀이 버밍햄 형사들과 퀸시스 강도 사건에 대한 정보를 주고받았다고 밝히면서 "하지만 우리는 우리 구역 내 사건을 수사하는 데 집중하고 있다."고 말했다.

한편 캡틴 D에서 일어난 베이슨 살인 사건을 수사 중인, 버밍햄의 살인 사건 담당 하워드 밀러 경사는 금요일 오전 베서머의 수사팀과 정보를 교환했다고 밝히면서 "우리는 베서머와 협조 중"이라고 말했다.

애틀랜타에 거주하는 스모더맨의 딸, 마티 해밀턴 부인에 따르면 스모더맨은 퀸시스에서 지배인 연수를 시작으로 8년째 일해왔다. 해밀턴 부인은 금요일 밤, 그녀의 아버지가 "건강도 기분도 아주 좋은 상태"였다고 말했다. 그리고 "우리 모두 아버지가 운이 좋았다고 생각해요. 돌아가시지 않을 운명이었던 거죠. 어서 빨리 그 사람(무장 강도)이 잡혀서 또 다른 피해자가 없기를 바랍니다."라고 덧붙였다.

(1985년 7월 27일 자 〈버밍햄 뉴스〉 "강도-총격 사건, 살인 사건과 연관 가능성" - 페기 샌포드 & 케이 디키)

1985년 7월 31일, 번웰

앨라배마의 7월은 언제나 무덥다. 구름이 낀 날마저 무덥다. 그래서 어머니가 잔디를 깎으라고 했을 때 내키지 않았다. 솔직히 다른 어떤 일보다 더 하기 싫었다. 좀 이따 실비아와 함께 교회 부흥회에 갈 생각이었기 때문에 뜨거운 햇볕 아래서 땀 흘리며 잔디를 깎는 일은 정말 하고 싶지 않았다. 지난날 먹칠한 신용을 아직 회복하지 못했기 때문에 실비아의 이름으로 임대한 빨간색 닛산까지 이미 세차해놓은 뒤였다. 몸의 열기도 식힐 겸 그늘진 거실에서 시원한 음료나 마시고 싶었다.

"잔디는 내일 깎을게요." 나는 낡은 소파에 누운 채 대답했다.

어머니는 예의 그 진지한 표정으로 가만히 내 눈을 보면서 말했다. "내가 지금 잔디를 깎으라는데, '내일 깎을게요.'라니. 어떻게 그런 대답을 할 수 있는지 모르겠구나."

오늘 할 일을 내일로 미루며 혼자 힘으로 10남매를 키우지는 못한다. 그래서 우리 10남매는 어머니가 어떤 일을 시키면 당장 해야 한다는 걸 알고 있었지만, 어머니에게 어리광을 부려 일을 미룰 수 있는 유일한 아들이 바로 나였다.

그렇지만 그날은 어리광이 통하지 않았다.

나는 낡아빠진 잔디 깎기를 준비하면서 나중에 교회에서 암송할 구절을 고르기 위해 머릿속으로 성경 구절을 이것저것 떠올렸다. 하느님께도 실비아에게도 잘 보이고 싶었다. 잔디를 깎으면서 마침내 그날 상황에 딱 맞는 구절이 생각났다. 빌립보서 2장 14절, "무슨 일을 하든지 불평을 하거나 다투지 마십시오"라는 구절로 암송을 시작하면 어머니가 웃음을 지을 거라는 생각이 들었다.

왜 그랬는지 모르겠지만 그 순간 고개를 들었고, 백인 두 사람이 우리 집 뒷문가에 서 있는 것이 보였다. 그들은 무표정한 얼굴로 계속 나를 지켜보고 있었다. 나는 잔디 깎는 일을 잠시 멈추고 그다음 구절을 머릿속으로 외웠다. "그리하여 여러분은 나무랄 데 없는 순결한 사람이 되어 이 악하고 비뚤어진 세상에서 하느님의 흠 없는 자녀가 되어 하늘을 비추는 별들처럼 빛을 내십시오."

"앤서니 레이 힌턴?" 한 남자가 다가오며 내 이름을 소리쳐 불렀다. 두 남자 모두 허리춤에 찬 총에 손을 대고 있었다. "경찰이다!"

경찰들이 왜 우리 집 뒷문에 와 있는지 영문을 알 수 없었지만 두렵지는 않았다. 잘못한 게 없으면 두려워할 이유가 없고 달아날 이유 또한 없다고 배워왔으니까. 교도소에서 나온 이후로 그 어떤 나쁜 일도 하지 않았고, 가석방 상태였기 때문에 규칙적으로 확인도 받았으니 두려워할 게 없었다.

나는 진입로를 지나 집으로 향했다.

"얘기 좀 합시다." 그들이 내 양옆으로 붙더니 경찰차를 세워둔 곳으로 잡아끌었다. 양쪽 어깻죽지 뒤로 찌릿한 느낌이 오면서 가파른 고갯길을 전속력으로 내려가는 차에 탔을 때처럼 속이 울렁거렸다.

"가석방 됐는데 교도소로 데려가려는 건가요?"

그들은 내 몸을 툭툭 치며 몸수색을 하고 두 손을 등 뒤로 잡아끈 뒤 수갑을 채웠다.

"내가 무슨 짓을 했다고 이래요? 왜 이러는 건데요?" 목소리가 뜻하지 않게 높고 날카로워졌다. 한 경찰이 차 뒷문을 열면서 대답했다.

"베서머로 연행해가면 거기서 말해줄 거요."

"집에 들어가서 어머니한테 나갔다 오겠다고 말하고 오면 안 돼요?" 잘못한 일이 없었으므로 무슨 일이든 금방 해결될 거라고 생각했다.

그들이 나를 집 옆으로 이끌었고, 나는 소리쳐 어머니를 불렀다. 그리고 경찰에게 붙잡힌 채 문을 열고 나온 어머니와 마주쳤다.

"경찰이 저를 잡아가려고 체포했는데 걱정하지 마세요. 나쁜 짓한 게 없으니까요. 걱정 마세요." 나는 당황한 기색의 어머니가 경찰들한테 소리치거나 울음을 터뜨리지 않기를 바라면서 재빨리 말했다. 말이 끝나기 무섭게 경찰이 나를 돌려세워 차가 있는 곳으로 다시 이끌었다. 한 사람이 자신을 콜 경사라고 밝히면서 내가 행사할 수 있는 권리들을 열거했다.

"저게 당신 차요?" 다른 경찰이 빨간색 닛산을 가리키며 물었다.

"네, 제 여자친구가 빌려줬어요. 여자친구 이름으로 돼 있지만 제 차입니다."

"차를 수색해도 되겠죠? 당신 방도요."

상관없었다. 수색한 뒤 수갑을 풀어줄지도 모르고, 그러면 아무 이유 없이 유치장에 들어가는 고생을 안 할 수 있으니까. "그럼요. 얼마든지요. 차도 방도 수색해보세요." 그들이 빨리 수색할수록, 빨리 그 상황에서 벗어나 잔디를 마저 깎고 실비아와 함께 부흥회에 갈 수 있을 거라 생각했다. 어머니도 경찰들이 내 방을 수색하는 걸 적극적으로 도와줄 게 분명했다. 어떤 착오가 있어서 내게 수갑을 채우고 경찰차에 태워가려는지 모르지만 어머니는 경찰들이 그 실수를 바로잡는 걸 돕고 싶어 할 것이다.

나는 콜 경사와 함께 경찰차 안에 있고, 앰버슨이라는 다른 경사가 내 차와 방을 수색했다. 그는 빈손으로 다시 경찰차로 돌아왔다. 아무것도 찾지 못했으니 그대로 풀려날 줄 알았다.

어머니가 뒷문으로 나와 경찰을 쫓아왔다.

"가지!"

뒷자리에 올라탄 앰버슨 경사가 문을 쾅 닫고 불쑥 소리치자 차의 시동이 걸렸다. 어머니가 차 앞쪽으로 다가오면서 야구 경기를 보러 왔을 때처럼 소리치기 시작했다.

"그 애가 우리 막내예요! 우리 막내 아기예요!"

다만 그때하고 다르게 어머니는 울면서 소리치고 있었다. 흐느끼며 울었다. 경찰이 진입로 끝에서 차를 홱 돌릴 때 두 손이 뒤로 묶여 있는 나는 있는 힘껏 소리쳤다.

"어머니, 괜찮아요! 괜찮을 거야!"

경찰차가 거리로 들어선 뒤 뒤를 돌아보니 어머니는 두 팔을 앞으로 내밀고 진입로 끝에 서서 울부짖고 있었다. 옆집 사람이 문을 열고 나와서 어머니에게 다가가는 것이 보였다.

가슴이 찢어지는 것처럼 아팠다.

"괜찮아. 아무 일 없을 거야." 나는 중얼거렸다.

차창 밖으로 나무들이 획획 지나쳐 가더니 이윽고 차 밑에서 덜커덩거리는 소리가 났다. 차가 거리 끝에 있는 철길을 건너고 있었다. 난 정말로 나쁜 일을 하지 않았으니 이 일은 저절로 금방 해결될 게 분명했다. 그러니 곧 풀려나 집으로 돌아가서 어머니를 안아줄 수 있을 터였다. 어머니는 밤에 혼자 있는 걸 좋아하지 않았다. 그래서 무슨 일 때문이든 몇 시간 안에 사실이 제대로 밝혀지길 마음속으로 기도했다.

베서머로 향하는 동안 나는 계속 눈을 감고 있었다. 경찰들은 아무 말도 하지 않았고 나 역시 마찬가지였다. 누구든 무슨 일로 이러는 건지 말해주기 전까지는 입을 열지 않을 생각이었다. 일단 그들이 얘기를 해주면 오해가 말끔히 풀리도록 해명하고 수갑에서 벗어나 집으로 돌아갈 생각이었다.

집으로.

그저 집으로 돌아가고 싶었다.

1985년 8월 2일, 버밍햄

| 강도 용의자 살인 혐의로도 구속 |

어제 일급 살인 영장이 발부되어, 베서머에서 발생한 강도 총격 사건과 버밍햄에서 일어났던 두 식당 지배인 살인 사건의 용의자가 구속되었다.

워커 카운티, 도라 인근의 번웰에 사는 앤서니 레이 힌턴(29세)이 용의자로 보석 없이 구속됐다. 그는 2월 23일에 존 데이비슨을, 7월 2일에 토머스 웨인 베이슨을 살해한 혐의를 받고 있다. 두 피해자 모두 머리에 총상을 입고 사망한 채 식당 냉장창고에서 발견되었다. …

힌턴은 또한 지난 일요일에 발생한 퀸시스 패밀리 스테이크하우스 강도 사건을 저질렀다는 혐의도 받고 있다. …

경찰에 먼저 강도의 인상착의를 제공했던 스모더맨은 나중에 그를 쏜 범인으로 힌턴을 지목했다. …

버밍햄 살인 사건 담당 형사 C. M. 퀸은 경찰 당국이 베이슨과 데이비슨을 살해하고 스모더맨에게 총상을 입힌 38구경 권총을 힌턴의 집에서 찾아냈다고 밝히면서 말을 이었다.

"탄알들이 서로 일치한다는 증거는 이미 확보하고 있었습니다. 한 가지 아쉬운 점이 범행에 쓰인 무기를 찾지 못한 것이었는데 어제 그 무기를 압수해서 즉시 탄도학 연구소에 보냈습니다. 연구소에서 거의 밤을 새워 분석한 결과를 알려왔습니다."

힌턴은 베서머 시티 구치소에서 제퍼슨 카운티 구치소로 이송되었다.

(1985년 8월 3일 자 〈버밍햄 포스트 해럴드〉 "강도 용의자 살인 혐의로도 구속" - 닉 페터슨)

/5장/
예정된 판결

사회적 지위나 종교·정치적 신념에 상관없이
모든 사람에게 평등하고 엄밀한 정의
_제퍼슨 카운티 법원에 새겨진 말

베서머 경찰서에 도착해 차에서 내렸을 때 눈에 보이는 건 번쩍이면서 터지는 플래시뿐이었다. 나는 고개를 숙이고 눈을 감았다. 불빛과 웅성거리는 소리와 고함 소리에 갈피를 잡을 수 없이 혼란스러웠다. 누가 기자들을 불렀는지, 기자들이 무슨 말을 듣고 몰려든 건지는 알 수 없지만 텔레비전에서 본 적이 있어서 그것이 포토라인에 선 범죄자를 촬영하는 상황이란 것을, 그 범죄자가 나라는 것을 알 수 있었다. 밑도 끝도 없이 범죄자 취급을 받는 것이 짜증스럽기도 하고 화도 났다. 물론 곧 엉뚱한 사람을 잡아들였음을 밝혀야 할 경찰들도 나도 망신살이 뻗쳤다는 생각이 들었다.

나는 경찰서 안에 있는 한 방으로 끌려들어갔다. 방에는 바사, 밀러, 애커라는 세 명의 형사와 버밍햄의 지방 검사 데이비드 바버가 나를 기다리고 있었다. 검사는 말없이 앉아있고 형사들이 내가 행사할

89

수 있는 권리를 읊었다. 그러고 나서 애커라는 형사가 빈 종이 한 장을 들이밀더니 서명하라고 했다.

"이게 뭡니까?" 내가 물었다.

"그냥 서명이나 해. 거기다 미란다 원칙을 적을 거니까. 당신의 권리를 고지했다고 알리려는 거야."

"저기, 제가 거짓말할 사람으로 보입니까? 판사든 다른 경찰이든 누구든 물어보면 당신들이 말했다고 할게요."

애커가 종이 위에 펜을 놓으며 대꾸했다. "수갑 풀어줄 테니까 서명해. 물도 한잔 마시고. 그럼 우리가 단박에 처리할 테니까."

나는 잘못한 게 없었고 바보도 아니었다. 뭔지 모를 빈 종이에 서명할 수는 없었다. 나를 둘러싼 사람들은 즐거워 보였고 신이 난 것 같기도 했다. 엄청난 비밀을 폭로하고 싶어 몸이 근질거리는 것처럼 보이기까지 했다. 순간 두려움이 밀려오면서 찌릿한 느낌이 들었다. 왜 빈 종이에 서명을 하라는 거지? 그건 옳지 않은 일이었다. 그 모든 상황이 옳지 않았다.

"이런 종이에 서명할 순 없습니다."

단호한 내 말에 수사관들이 눈길을 주고받더니, 그중 한 명이 종이를 집어 들었다. 그러고는 경쟁이라도 하듯 내게 질문을 퍼붓기 시작했다.

"2월 23일 밤에 어디 있었지?"

"모릅니다. 그걸 어떻게 기억합니까?"

"7월 2일 밤에는? 7월 2일 밤에는 어디 있었어?"

그날 내가 뭘 했지? 7월 3일엔 실비아와 함께 내 조카들을 데려다주러 애틀랜타에 갔다. 그런데 그 전날 밤엔 뭘 했는지 도통 기억이 나지 않았다.

"2일엔 아마 집에 있었을 겁니다. 달리 뭘 했는지는 기억이 안 나요. 2월에도 집에 있었을 거예요. 밖에 자주 나가는 편이 아니니까."

"증명할 수 있나?" 낮은 목소리로 조용히 묻는 형사의 말에 등줄기가 오싹해졌다.

"그걸 어떻게 증명합니까! 형사님은 2월 며칠에 어디 있었냐고 물으면 대답하실 수 있어요? 정말로?"

"난 체포돼서 끌려온 사람이 아니야."

"네, 저도 체포될 이유가 없는 사람입니다. 나쁜 짓을 한 적이 없으니까요. 왜 이러는지 모르겠지만 엉뚱한 사람을 잡아 오셨습니다."

냉정하고 침착하게 보이려고 가슴께로 팔을 들어 팔짱을 꼈지만 심장이 쿵쾅대는 것이 두 팔에 고스란히 느껴졌다.

"7월 25일 밤에는 어디 있었어?"

그날 뭘 했는지 골똘히 생각했다. 일주일 전쯤은 기억할 수 있어야 했다. 나는 하루하루 거슬러가며 일주일 동안 한 일을 떠올리기 시작했다. 그러는 중에 25일에 어디서 뭘 했는지 퍼뜩 생각이 났다.

"우리 집에서 3킬로미터쯤 떨어진 여자친구 집에 있었어요. 그날이 목요일일 걸요, 맞죠?"

수사관들 중 한 명이 수첩에 뭔가를 적었다.

"그 친구 이름은?"

나는 여자친구의 이름을 말했다.

"그 여자 집에서 몇 시간 있었지?"

다시 그날 밤을 떠올렸다. 어머니와 함께 저녁을 먹고 나서 여자 친구 집에 갔던 것이 기억났다.

"저녁 8시쯤 도착해서 11시 15분에 나왔습니다."

"11시 15분 이후에는 어디에 있었나?"

"차를 타고 엔슬리에 있는 일터로 가서 밤새 일했어요. 야간 근무였거든요. 자정부터 아침 8시까지 브루노스 물류창고에서 일했습니다. 일이 다 끝나면 일찍 퇴근하는 때도 가끔 있는데, 그날은 아침 6시쯤 퇴근했을 겁니다. 그러니까 26일 아침에요."

그 대답 이후 더 이상 질문 없이 침묵이 이어졌다.

나는 그날 밤을 구치소에서 보내야 한다는 것을 깨달았다. 구치소 침상은 너무 작아서 나처럼 몸집이 큰 사람은 편히 눕기가 쉽지 않았다. 거의 뜬눈으로 하룻밤을 보낸 나는 버밍햄에 있는 카운티 구치소로 이송되었다. 애커가 나를 호송했다.

"정확히 제가 무슨 죄목으로 체포된 겁니까? 다른 경찰들 말로는 강도 사건 때문이라던데, 제가 누구한테 강도짓을 했는데요?"

"왜 체포됐는지 알고 싶다고?"

"네, 알고 싶습니다."

"넌 일급 납치, 일급 강도, 일급 살인미수로 체포됐어."

"이런, 사람 잘못 봤습니다."

"혐의가 그걸로 끝나는 게 아니지. 다른 건으로도 기소될 거야."

애커가 몸을 돌렸다. 그리고 내가 25일에 근무했다는 대답을 한 이후 처음으로 내 눈을 쳐다보았다. "이봐, 난 네가 그런 짓을 했든 안 했든 상관 안 해. 솔직히 네가 안 했다고 생각해. 하지만 그런 생각은 중요하지 않아. 네 짓이 아니라면 네 형제들 중 하나가 했겠지. 아무튼 넌 유죄일 거야. 왜인지 알고 싶나?"

나는 고개를 가로저었다.

"네가 유죄 판결을 받게 될 근거를 다섯 가지는 들 수 있지. 말해줄까?"

나는 다시 고개를 저었다. 싫다고. 하지만 애커는 말을 이었다.

"첫째, 넌 흑인이고. 둘째는 네가 자기를 쐈다고 증언할 사람이 백인이야. 셋째는 백인 검사가 네 사건을 맡을 거고, 넷째는 백인 판사가 네 사건을 심리할 거야. 다섯째로는 네 재판의 배심원이 모두 백인들일 테고."

그가 말을 마치더니 나를 보며 빈정댔다.

"그게 무슨 뜻인지 알지?"

나는 고개를 가로저어 부인했지만 남부에서 자란 사람이라면 그 말의 의미를 모를 수 없었다. 한겨울에 얼음물로 샤워를 한 것처럼 온몸이 굳었다.

"유죄, 유죄, 유죄, 유죄, 유죄." 그가 왼손 손가락들을 하나하나 짚어가며 말하고는 다섯 손가락을 쫙 펴더니 내 앞에 들이밀었다.

나는 의자에 머리를 기대고 눈을 감았다. 어머니는 늘 우리 형제들에게 공권력을 가진 사람들을 존중하라고 가르쳤고, 나는 네 살 때부터 그 말을 가슴에 새겨왔다. 어머니는 거의 맹목적으로 권위에 따랐고 "사실대로 말하면 두려울 게 없다."고 했다. 내가 곤란한 입장에 처했을 때조차 이렇게 이야기했다. "네가 피해를 입게 되더라도 사실대로 말해. 그러면 어둠 속에서 행해진 일도 반드시 빛을 보게 될 테니까." 어머니의 세상에 회색 영역은 없었다. 경찰은 어려움에 처했을 때 찾아가는 사람이지 피해 달아나야 할 대상이 아니었다. 경찰은 항상 도움을 주는 사람이었다. 내가 경찰에게 내 차와 방을 수색해보라고 한 것도 그런 이유에서였고 어머니에게 총이 있다고 말한 것 역시 그런 이유 때문이었다. 사실대로 말했고, 경찰은 늘 도움을 주는 사람들이니 두려울 게 없었다.

졸업 후, 어머니가 나를 앉혀놓고 말했다. "잘 듣거라. 네 피부색만 보고 너를 싫어하는 사람들이 있을 거다. 네 피부색이 검어서 싫어하는 사람도 있을 테고, 네 피부색이 별로 검지 않아서 싫어하는 사람도 있을 거야. 세상이 그렇지. 하지만 네가 책임지고 감당해야 하는 건, 사람들이 널 어떻게 대하느냐가 아니라 네가 다른 사람들을 어떻게 대하느냐 하는 거다. 네가 그런 사람들 수준으로 떨어지지만 않는다면 난 사람들이 너에 대해 뭐라고 하든 신경 쓰지 않는다. 사람들이 너를 어떻게 대하든 네가 더 진심으로 마음을 써야 한다. 언제나."

집에 혼자 있을 어머니가 생각났다. 걱정하실 텐데 전화를 할 수도 없었다. 이웃 사람들이 어머니 곁을 지켜주면 좋으련만. 레스터의 어머니, 피비가 얘기를 들었다면 당장 어머니한테 달려갔을 텐데. 레스터는 내가 체포 되었다는 소식을 들었을까? 그랬다면 분명히 어머니를 찾아가 안심시켜 드렸을 거다. 레스터에게 같은 상황이 생기면 나 역시 그럴 것이다. 그런 생각을 하니 그나마 위안이 되었다. 나는 곧 돌아갈 수 있을 것이다. 일급 강도에 일급 살인미수, 일급 납치? 젠장, 납치된 사람은 바로 나였다. 내가 일하고 있었다는 걸 경찰이 곧 알게 될 것이다. 친구에게 확인도 해볼 테고. 2월 며칠 밤에 뭘 했는지는 아무리 애를 써도 기억나지 않았지만, 경찰이 나를 믿게 될 거라고 자신했다. 어떤 나쁜 일도 하지 않았으니까. 그래서 경찰의 수사에 협조할수록 조금이라도 더 빨리 집에 돌아갈 수 있을 거라 믿었다. 애커가 뭐라고 하든 상관없었다. 내가 하지도 않은 일을 두고 유죄 판결을 내리는 사람은 없을 것이다. 나는 결백했다. 그러니 아침이면 순리대로 다 해결될 것이다.

버밍햄 구치소 앞에도 기자들이 모여있었다. 그들이 나를 에워쌌다. 나는 또 한번 내가 행사할 수 있는 권리들을 듣고 구치소에 수감되는 절차를 밟았다. 지문을 등록하고, 범인 식별용 사진을 찍고, 살인죄로 기소될 거란 얘기도 들었다. 두 건의 살인 사건에 대한 증거도 있다고 했다. 범행에 사용된 탄알이 어머니 집에서 찾은 권총에 딱 맞는다면서 살인 무기도 찾았고 목격자도 있으니 순순히 자백하라고 했다. 그들의 얼토당토않은 말에 나는 입을 다물었다. 잠깐이라도 머릿속을 정리하고 어떻게 된 일인지 알아보고 싶었다. 어머니와 얘기할 수 있다면⋯. 나는 녹색과 흰색 줄무늬로 된 죄수복을 받아들고 교도관을 따라 7층 C블록으로 갔다. 그리고 거기서 2.5센티미터 두께의 얇은 매트리스, 플라스틱 면도기, 플라스틱 머그컵, 칫솔, 두루마리 휴지 하나를 받았다. 나는 일주일쯤 아무 생각 없이 푹 자고 싶다고 생각하면서 받은 물건들을 침상 위에 내려놓았다.

"다들 수감실에서 나와서 벽을 등지고 서!"

교도관이 인원 점호를 하는 동안 나는 다른 사람들과 같이 나란히 서서 대답 소리가 날 때마다 머릿속으로 인원수를 셌다. 모두 24명이었다. 둘러보니 백인이 가끔 끼어 있었지만 대부분 흑인이었다.

인원 점호가 끝난 뒤, 수감실로 들어가려고 돌아섰을 때 교도관이 불렀다.

"힌턴!"

나는 다시 교도관을 향했다.

"오늘 일정이 끝날 때까진 수감실로 돌아갈 수 없다. 공동 구역에 있도록."

공동 구역에는 금속 재질로 된 의자와 볼트로 바닥에 고정시킨 탁자들이 있었는데, 벽에 설치된 작은 텔레비전을 향하도록 정렬되어 있었다. 나는 어머니와 레스터에게 전화해서 어떻게든 이 터무니없는 상황을 바로잡을 방법을 알아보고 싶은 마음뿐이었다. 그러고는 눈을 감고 잠이 들었다가 집에 있는 내 침대에서 깨어나고 싶었다. 그저 지난 24시간 동안의 지독한 악몽에서 벗어나고 싶었다.

나는 차가운 의자에 앉아 맞은편에 앉은 백인 남자에게 고개를 까딱여 인사를 했다. 밝은 빨간색 머리칼을 한 남자가 웃는 얼굴로 답했다. 웃는 얼굴이 친근해 보이기도 하고, 연쇄 살인마 분장을 한 광대 같기도 했다.

"C블록에 잘 왔수다. 여긴 일급 살인범들이 놀러오는 데요."

/6장/
묵살당한 진실

검사자의 소견으로 볼 때,
피검자는 거짓말 탐지기 검사 동안 진실을 말했습니다.
_클라이드 울프

나는 체포됐을 때 몇 주 남아있던 가석방 기간을 끝마치도록 킬비 교
도소로 이송되었다. 그동안 대응할 준비 시간을 벌 수 있을 거란 생
각이 들었다. 어머니나 레스터와 통화하기는 여전히 여의치 않았다.
무료로 걸 수 있는 전화기가 없는 데다 수신자 요금 부담 전화는 너
무 비쌌다. 레스터와 어렵게 연락이 닿았을 때 나는 이렇게 말했다.
"다 잘못됐어. 얼른 제대로 돌려놔야 해. 변호사를 구해서 자초지종
을 밝히면 경찰이 엉뚱한 사람을 잡았다는 걸 깨닫고 나를 풀어줄 거
야." 그렇게 어머니와 레스터와 나 자신을 안심시켰다. 이 모든 오해
가 풀리면 이제 완전히 자유로워질 거라고 생각했다. 가석방 기간이
끝나면 매달 확인받아야 하는 일도 없을 테고, 경찰이 집으로 들이닥
치는 일도 더는 없을 거라고 생각했다. 나는 킬비 교도소에서 몇 주
를 보내고, 다시 제퍼슨 카운티 구치소로 돌아와 판사 앞에 설 날을

기다렸다.

1985년 11월 8일, 대배심(일반 시민이 재판에 참여해 기소 여부를 결정하는 배심제의 한 종류)이 나를 기소했다. 모든 지역 신문에 내 얼굴이 실렸다. 사람들은 나를 목매달아 죽여야 한다고, 세금이 아까우니 즉시 총살해야 한다고 떠들어댔다. 그 모든 일이 내가 법정에 발을 들이기도 전에, 국선 변호사를 지명받기도 전에, 법원 심리에서 앤서니 레이 힌턴은 '무죄'라고 소견을 밝히기도 전에 일어났다.

1985년 11월 13일, 기소된 사건을 재판할 판사가 배정되었다. 제임스 S. 가렛 판사였다. 그리고 나는 국선 변호사 셸던 퍼핵스를 만났다. 그는 182센티미터 정도로 나와 엇비슷한 키에 근육질의 다부져 보이는 몸집이었고 머리칼은 매끄럽게 뒤로 빗어 넘겼다. 그 모습이 이탈리아 갱 같기도 하고, 영화 〈록키〉에 나오는 권투 선수 같기도 했다. 나는 〈록키〉 영화 세 편을 모두 봤고, 4편은 아직 개봉 전이었다. 죄상인부절차(공판정에서 피고인에 대한 기소 사실에 대해 유죄냐 무죄냐 답변을 구하는 절차) 때 퍼핵스는 나를 제대로 쳐다보지도 않았다. 법원의 명령에 따라 내 소송을 맡았을 뿐이었다. 내 앞에서 "무료 변론이나 하자고 로스쿨에 다닌 건 아닌데."라고 중얼거리기도 했다.

내가 헛기침을 하자 퍼핵스가 처음으로 내 눈을 보았다. 수갑이 채워지고 쇠사슬로 묶여있으면서도 나는 한 손을 내밀어 악수를 청했다.

"제가 변호사님한테 결백하다고 말하면 뭐가 달라지나요?"

"네, 당신네들 모두 늘 일을 저질러놓고 결백하다고 하죠."

나는 손을 떨궜다. 보통 그런 식이었다. 그가 "당신네들 모두"라고 할 때 그 모두는 전과자들이나 전직 광부들 또는 쌍둥이자리 태생들을 일컫는 것이 아니었다. 심지어 일급 살인죄로 기소된 사람들을 뜻하는 것도 아니었다.

그래도 나는 퍼핵스가 필요했고, 그 말을 무시하는 수밖에 방법이 없었다. 그가 나를 믿어줄 거라고 믿어야 했다. 그는 나를 위해 싸워줄 이탈리아 투사였다. 그는 록키고, 나는 아폴로 크리드였다. 1편에서는 아니지만 후속편에서 그 둘은 서로 협력하고, 더 나아가 친구까지 된다. 〈록키 4〉 예고편에서 본 장면처럼 퍼핵스가 이른 아침 법원 계단을 뛰어오르며 체력을 단련하고, 날달걀을 삼키며 산더미처럼 쌓인 사건 파일을 모조리 다 읽고, 모든 방법을 동원해서 사실을 밝혀낼 거라고 믿고 싶었다. 그가 나를 살리기 위해 필사적으로 싸울 거라고 믿는 편이 마음 편했다.

내가 실제로 〈록키 4〉를 본 건 그로부터 거의 10년이 지나서였다. 록키가 옆에서 지켜보는 가운데 아폴로 크리드가 죽어간 것을 몰랐던 게 다행이다 싶었다.

판사가 공판 기일을 1986년 3월 6일로 정했다.

나는 C블록으로 끌려가기 전에 퍼핵스에게 말했다. "거짓말 탐지기 검사를 받게 해주세요. 자백제를 먹여도 좋고, 최면을 걸어도 좋습니다. 내가 진실을 말한다는 걸 보여줄 수 있는 거면 뭐든 좋아요. 뭐든 상관하지 않고 다 받아들이고 다 하겠습니다. 처음부터 끝까지 다 잘못됐어요. 잘못된 걸 증명할 수 있다면, 어떤 조사라도 받겠습니다."

퍼핵스는 나를 빤히 보더니, 파리를 쫓아버리듯 허공에 한 손을 들어 올리며 말했다. "구치소로 곧 찾아갈게요. 재판에 대해선 그때 얘기합시다. 약속하죠."

물에 빠진 사람이 살기 위해 뭐라도 움켜잡듯 나는 그 약속에 매달렸다.

기밀

날짜: 1986/5/13

피검자: 앤서니 레이 힌턴

SSN(미국 사회보장 번호): XXX-XX-XXXX

수취인: 셸던 퍼핵스 변호사

주소: 앨라배마 주 버밍햄 시 노스 2번가 2026

(우편번호: 35203)

요청에 따라 앤서니 레이 힌턴의 납치·살인 미수·살인 사건에 대한 진실성 여부를 가리기 위해 거짓말 탐지기 검사를 실시했습니다. 모든 검사는 표준 절차에 따라 진행됐습니다.

결과:

검사 전 면담에서 앤서니 레이 힌턴은 앨라배마 주 번웰, XXXXXX-XXXX에 거주하고, 1956년 6월 1일에 제퍼슨 카운티에서 출생했다고 진술했습니다. 피검자는 29세 남성으로 키는 187센티미터, 체중은 100킬로그램이며, 검은 머리칼과 갈색 눈을 가지고 있습니다. 피검자는 고등학교를 졸업했고, 미혼이며 부양가족은 없다고 말했습니다.

피검자는 1982년 앨라배마 주 베서머 시에서 재물 절도로 두 차례 유죄 판결을 받았고, 1982년 재차 차량 절도로 유죄 판결을 받아 15개월을 선고받았으며, 이 세 건의 유죄 판결에 대해 가석방되어 1년 6개월간 보호관찰에 처해졌다고 밝혔습니다. 또한 사소한 수표 문제로 몇 차례 기소되어 벌금형을 받은 사실도 밝혔습니다.

피검자는 줄곧 누구에게도 총을 쏜 적이 없으며 퀸시스, 캡틴 D, 미세스 위너스 식당에서 돈을 강탈한 적이 없다고 대답했습니다. 그리고 문제의 범죄 사건들과 아무런 관련이 없을 뿐더러 그런 범죄를 저지른 사람이 누구인지 모른다고 주장하고 있습니다.

피검자에게 한 질문은 다음과 같습니다.

1차 검사

질문 이 질문들 중 어떤 것에든 거짓말을 하려는 생각이 있습니까?
- 아니요.

질문 이 문제에 대해 있는 그대로의 사실을 말했습니까?
- 네.

질문 무장하고 강도 행각을 벌인 적이 있습니까?
- 아니요.

질문 사람에게 총을 겨눈 적이 있습니까?
- 아니요.

질문 총으로 사람을 쏜 적이 있습니까?
- 아니요.

질문 이 문제에 대해 어떤 정보를 숨기려 하고 있습니까?
- 아니요.

2차 검사

질문 미세스 위너스에서 금품을 강탈하려는 사건이 있었다는 걸 알았습니까?

   - 아니요.

질문 미세스 위너스에서 총을 들이대고 금품을 강탈하려고 한 적이 있습니까?

   - 아니요.

질문 미세스 위너스에서 사람에게 총을 겨눈 적이 있습니까?

   - 아니요.

질문 미세스 위너스에서 사람을 쏜 적이 있습니까?

   - 아니요.

질문 지금까지 전부 사실대로 말했습니까?

   - 네.

질문 이상의 질문들에 대답하면서 의도적으로 거짓말을 하려고 했습니까?

   - 아니요.

3차 검사

질문 미세스 위너스에서 금품을 강탈하려는 사건이 있었다는 걸 알았습니까?

   - 아니요.

질문 미세스 위너스에서 총을 들이대고 금품을 강탈하려고 한 적이 있습니까?

   - 아니요.

질문 미세스 위너스에서 사람에게 총을 겨눈 적이 있습니까?

   - 아니요.

질문 미세스 위너스에서 사람을 쏜 적이 있습니까?
     - 아니요.
질문 지금까지 전부 사실대로 말했습니까?
     - 네.
질문 이상의 질문들에 대답하면서 의도적으로 거짓말을 하려고
     했습니까?
     - 아니요.

4차 검사

질문 퀸시스에서 금품을 강탈했습니까?
     - 아니요.
질문 스모더맨 씨에게 금고를 열라고 했습니까?
     - 아니요.
질문 스모더맨 씨에게 총을 겨눴습니까?
     - 아니요.
질문 퀸시스에서 사람에게 총을 쐈습니까?
     - 아니요.
질문 지금까지 전부 사실대로 말했습니까?
     - 네.
질문 이상의 질문들에 대답하면서 어떤 것이라도 의도적으로 거짓
     말을 하려고 했습니까?
     - 아니요.

5차 검사

질문 퀸시스에서 금품을 강탈했습니까?
     - 아니요.

질문 스모더맨 씨에게 금고를 열라고 했습니까?

- 아니요.

질문 스모더맨 씨에게 총을 겨눴습니까?

- 아니요.

질문 퀸시스에서 사람에게 총을 쐈습니까?

- 아니요.

질문 퀸시스에서 스모더맨 씨를 쐈습니까?

- 아니요.

질문 지금까지 전부 사실대로 말했습니까?

- 네.

질문 이상 질문들 중 어떤 것이라도 의도적으로 거짓말을 하려고 했습니까?

- 아니요.

6차 검사

질문 캡틴 D에서 금품 강탈 시도가 있었다는 걸 알았습니까?

- 아니요.

질문 캡틴 D에서 사람에게 총을 겨눴습니까?

- 아니요.

질문 캡틴 D에서 금품을 강탈했습니까?

- 아니요.

질문 캡틴 D에서 총으로 사람을 쐈습니까?

- 아니요.

질문 지금까지 전부 사실대로 말했습니까?

- 네.

질문 이상의 질문들에 대답하면서 어떤 것이라도 의도적으로 거짓말을 하려고 했습니까?

- 아니요.

7차 검사

질문 캡틴 D에서 금품 강탈 시도가 있었다는 걸 알았습니까?

- 아니요.

질문 캡틴 D에서 사람에게 총을 겨눴습니까?

- 아니요.

질문 캡틴 D에서 금품을 강탈했습니까?

- 아니요.

질문 캡틴 D에서 총으로 사람을 쐈습니까?

- 아니요.

질문 지금까지 전부 사실대로 말했습니까?

- 네.

질문 이상의 질문들에 대답하면서 어떤 것이라도 의도적으로 거짓말을 하려고 했습니까?

- 아니요.

결론

검사자의 소견으로 볼 때 피검자는 이 거짓말 탐지 검사 동안 진실을 말했습니다.

거짓말 탐지 검사자

클라이드 A. 울프

나를 다시 C블록으로 데려갈 교도관을 기다리는 동안 여 교도관이 검사관과 나누는 얘기를 들었다.

"저 사람, 어떻게 됐어요?"

검사관은 내게 별말을 하지 않았지만 여 교도관에게는 이렇게 말했다. "이번 검사만 보면 저 사람은 지금 바로 저하고 같이 여기서 나가야 해요. 거짓말을 한다는 지표가 전혀 없어요. 저 사람은 범인이 아니에요. 살인 사건에 대해서는 아무것도 몰라요. 확실히 그렇다고 말할 수 있어요."

여 교도관이 맞장구쳤다. "전 교도관 일을 27년째 하고 있어요. 그동안 살인자를 수없이 봐왔는데 저 사람은 살인자가 아니에요."

거짓말 탐지기 검사를 통과한 것이다. 그날 밤 나는 새로운 희망을 품고 잠자리에 들었다. 어머니가 어떻게 350달러나 되는 거짓말 탐지기 검사 비용을 융통할 수 있었는지 모르겠으나 나가는 대로 일을 구해서 그 돈을 갚을 생각이었다. 하루하루가 악몽 같았어도 경찰이 진짜 살인범을 잡아들일 거라는 생각은 접지 않았다. 경찰, 판사, 검사, 심지어 내 변호사까지 아주 몹쓸 장난을 하고 있지만 조만간 그들이 내게 그냥 겁을 주려 했던 거라고 말해주기만을 기다렸다.

며칠 뒤 변호사가 접견하러 왔다면서 교도관이 나를 불러냈을 때 마침내 퍼핵스가 내게 나갈 수 있다고 말해주러 온 것이라고 생각했다. 요한복음 8장 32절, "너희는 진리를 알게 될 것이며 진리가 너희를 자유롭게 할 것이다"처럼 이제 자유로워질 수 있다고 기대했다. 퍼핵스가 구치소에 찾아온 것은 두어 번밖에 되지 않았다. 그래도 필요하면 언제든 전화하라면서 전화번호를 가르쳐주었는데, C블록의 대다

수 수감자들이 국선 변호사들에게 받는 대우에 비하면 그것은 큰 호의라고 할 수 있었다. 거짓말 탐지기 검사를 앞두고 퍼핵스와 밥 맥그리거 검사는 결과가 어떻게 나오든 양측 모두 각자의 입장을 주장하기 위해 그 결과를 이용할 수 있다고 합의했다. 그러므로 내가 거짓말 탐지기 검사에 통과하지 못하면 맥그리거 검사는 그것으로 내가 유죄선고를 받도록 할 수 있었고, 내가 그 검사에 통과하면 퍼핵스는 그 결과로 내가 무고함을 증명하고 저들이 엉뚱한 사람을 잡아들였다는 결정적인 증거를 보여줄 수 있었다. 나는 어떤 결과가 나올지 알았기 때문에 그들이 합의한 사항에 대해 조금도 걱정하지 않았다.

"검찰 측이 거짓말 탐지기 검사 결과를 증거로 허용하지 않겠답니다. 맥그리거 검사가 합의를 깼어요."

퍼핵스의 입이 계속 움직였지만 머릿속에 벌떼가 꽉 찬 듯 윙윙거려서 무슨 말을 하는지 하나도 알아들을 수 없었다. 배신감에 온몸이 얼음장처럼 차가워졌다. 그 한기에 감각이 마비되고 머릿속에 있던 벌떼가 온몸으로 흩어져 마구 쏴대는 것 같았다. 두려움이 밀려들었다. 레스터와 하교하던 길에 도로 옆 도랑으로 뛰어들었던 때가 떠올랐다. 그때는 두려우면 가슴이 쿵쾅거리고 심장 박동이 빨라지는 줄 알았는데 이번에는 달랐다. 두려움이 밀려들면서 얼음조각과 송곳과 수많은 칼날이 온몸을 저미는 것 같았다. 무슨 일이 일어나고 있는 건지 이해할 수 없었다. 저들은 내가 살인하지 않았다는 걸 알고 있다. 그런데도 왜 여전히 나를 재판대에 세우려는 걸까? 대체 왜 진짜 살인자는 활보하게 놔두고 나한테 다 덮어씌우려는 거지?

나는 퍼핵스가 얘기한 내용을 천천히 되짚어보았다.

두 건의 살인 사건과 퀸시스의 강도 사건에서 나온 탄알이 모두 어머니의 총에 꼭 들어맞았다고 하는데 사실 그것은 불가능했다. 그 총은 25년이 지나도록 사용한 적이 없으니까. 경찰이 어머니에게서 총을 받아갈 때, 이웃 아주머니도 그 자리에 함께 있었다. 그 아주머니도 경찰이 총 안에 천 조각을 넣었다가 빼면서 너무 오랫동안 사용하지 않아서 먼지가 한가득이라고 말하는 것을 보고 들었다.

스모더맨이 용의자들 사진 중에서 나를 지목했고, 그에게서 돈을 빼앗고 총을 쏜 사람이 바로 나라고 말했다. 나는 그 사건이 일어났을 때 일을 하고 있었다. 근무일지에 서명한 기록이 있는데, 왜 그걸 무시하는지 이해가 되지 않았다. 현장 감독에게 배당받은 일을 밤새도록 했다. 천지가 개벽해도 교대 근무를 시작하자마자 일터를 떠나서 누군가를 협박해 돈을 빼앗을 수는 없었다.

나는 퍼핵스에게 물었다. "내가 어떻게 25킬로미터나 떨어진 두 장소에 동시에 있을 수 있겠어요? 검사는 그런 일이 가능하다고 생각하는 거예요? 귀신이라도 그렇겐 못 해요. 경비도 있고 근무일지에 출퇴근 시간을 일일이 기록해야 한다고요!"

"일하다 몰래 빠져나갔다고 주장할 수 있죠. 베서머로 차를 몰고 가서 퀸시스 식당을 털었다고." 퍼핵스가 머리를 긁적이며 대답했다.

"글쎄, 그럴 수가 없다고요. 재판할 때 판사님한테 자정에 내가 일하던 곳에서 퀸시스까지 똑같은 노선으로 똑같은 시간대에 가서 범행을 저지르는 게 가능한지 확인해달라고 요청할 수는 없어요? 난 동시에 두 곳에 있을 수 없어요. 변호사님도 그 노선을 운전해보면 아실 겁니다. 근무일지에 출근 시간을 기록하고 일을 배정받은 다음 몇 분

지나지 않아서 베서머로 다시 나갈 순 없어요. 거기 가는 데만도 최소한 20분 내지 25분은 걸릴 겁니다. 한번 확인해보세요. 전문가한테 똑같은 노선을 달려서 시간을 재보라고 하면 안 돼요? 그럼 증명이 될 텐데."

뜻하지 않게 목소리가 커졌지만 퍼핵스를 이해시키려면 어쩔 수 없었다. 나는 동시에 두 장소에 있을 수 없었다. 출근해서 근무일지에 시간을 기록하고, 몇 분 뒤에 30분 정도 걸리는 길을 달려가서 누군가를 위협하고 금품을 빼앗았다는 건 얼토당토않은 말이었다. "일터에서 몰래 빠져나가려면 4.5미터 높이의 철조망을 넘어야 한다는 걸 검사 쪽에 제시해주세요. 또 경비들이 어느 위치에 있는지, 근무일지에 어떻게 기록하는지, 근무 교대 시간이 어떻게 되는지도 제시해야 하고요."

"뭡니까? 내가 지금 다른 의뢰인을 위해 변호사를 만나 얘기하고 있는 중인가요?" 퍼핵스가 천천히 말했다. 나는 그 말뜻을 알았다. 상대 주장을 반박하는 것도 변론을 하는 것도 변호사인 그가 할 일이라는 뜻이었다. 그러니 나는 입 다물고 가만히 앉아서 시키는 대로나 하라는 뜻이었다.

내게 무슨 선택의 여지가 있겠는가?

나는 웃어넘겼다. 하지만 해야 할 말이 더 있었다. "신문을 보니까 강도 사건들이 또 일어났던데, 알고 계세요? 다른 식당 지배인들이 문 닫는 시간에 강도를 당했답니다. 제가 여기 수감돼 있으면서 또 그런 일을 할 수는 없잖아요."

"네, 알아보도록 하죠. 이 사건을 맡고 받은 돈이 겨우 1000달러예요. 1000달러면 뭐 아침 한 끼는 먹을 수 있겠네요." 퍼핵스는 웃으며 말했지만, 난 그 말이 조금도 우습지 않았다.

또 다른 큰 난관은 총기 전문가를 찾는 일이었다. 총과 탄알을 살펴보고 법정에 나와서 증언해줄 사람이 필요했다. 나는 경찰들과 검사가 어머니의 총과 범행에 쓰인 총알들에 대해 거짓말을 하고 있다는 걸 알았지만 판사와 배심원이 내 말을 믿어줄 리 없었다. 퍼핵스는 나를 제대로 변론할 수 없는 유일한 이유가 돈이라고 말하며 15000달러 정도를 대줄 사람이 있느냐고 물은 적이 있었다. 하지만 내 주위엔 그런 돈을 가진 사람이 없었다. 어머니가 거짓말 탐지기 검사 비용을 구한 것만도 깜짝 놀랄 일이었다. 나는 퍼핵스에게 그런 사정을 얘기하면서 간청했다.

"제가 그런 짓을 한 사람이 아니란 걸 변호사님이 밝혀줘서 여기서 나가게 되면 죽어라 일해서 갚을게요. 반드시 그러겠다고 약속할 수 있어요. 밤낮으로 일하고, 공휴일도 주말도 일해서 갚을게요. 제발 나갈 수 있게 변호해주세요." 정말 간절히 말했지만 아무 소용없었다.

"앤서니, 약속한다고 되는 일이 아니에요. 당신이 나중에 비용을 치를 수 있다는 근거가 어디 있어요? 당신은 나를 고용할 돈이 없어요. 게다가 나한테 이 일을 맡긴 건 법원이기 때문에 당신은 나한테 수임료를 줄 수 없어요."

퍼핵스는 그래도 총기 전문가를 찾으려 애썼다. 법원이 국선 변호사에게 한 건의 강력 사건 소송에 대해 전문가를 고용하는 데 쓸 수 있도록 허용한 비용은 500달러였다. 두 건의 살인 사건이 연관돼 있으니 퍼핵스는 1000달러로 전문가를 구해야 했다. 8월까지 전문가를 찾

110

아야 하는데 여의치 않아 보였다.

믿을만한 총기 전문가를 구하려면 15000달러는 있어야 했다. 모든 것이 어머니의 총과 범죄 현장에서 나온 총알에 달려있었다. 그 외에 내게 불리한 증거는 아무것도 없었다. 지문도 없고, DNA도 없고, 목격자도 없었다. 하지만 내가 살인 사건들이 일어난 밤의 알리바이를 대지 못하는 것과 총알을 증거로 들어서 검사는 나를 범인으로 단정했다. 심지어 스모더맨 사건에 대해서는 나를 기소하지도 않은 채, 범행 수법과 의도가 비슷하다는 이유만으로 두 살인 사건의 범행을 증명하는 데 이용하기만 했다. 하지만 내가 매일 읽은 신문에 따르면 버밍햄에서 범행 수법과 의도가 비슷한 강도 사건이 매주 일어나고 있었다.

퍼핵스는 내가 누명을 벗을 수 있는 유일한 길은 검찰 측 총기 전문가를 반박할 전문가를 찾는 것뿐이라고 못을 박았다. 나는 내키지 않았지만 클리블랜드에 사는 큰형 윌리에게 전화해서 돈을 구해줄 수 있는지 물었다.

"전문가만 구하면 변호사가 확실히 널 나오게 할 수 있다는 거야?"

"확실히 그럴 수 있다고 하진 않았어."

"그럼 내가 직접 변호사하고 얘기해볼게. 그 돈이면 확실하게 다 끝낼 수 있는 건지 알아봐야겠어. 내가 헛돈을 쓰는 게 아니라는 확약을 받아야 하니까."

형은 돈을 대주겠다는 말도 그럴 수 없다는 말도 하지 않았다.

만일 형이 지금 나와 같은 상황에 처해 있고 내게 돈이 있다면, 나는 묻지도 따지지도 않고 그 돈을 빌려줬겠지만 그런 생각을 곱씹지

111

않으려 애썼다.

퍼핵스는 형에게 재판에서 이기는 건 장담할 수 없다고 답했다. 사실 누가 장담할 수 있겠는가? 형도 나처럼 경찰을, 변호사를, 판사를 믿으라는 말을 들으며 자랐다. 문제를 일으킨 적도 없고, 문제에 휩싸이고 싶어 하지도 않는 곧은 사람이었다. 형도 내가 그런 짓을 저지르지 않았다는 것을 알고 있다고 나는 믿었다. 그리고 단지 관계자들이 나에게 필요한 모든 것을 제공해줄 거라고 믿기 때문에 도움을 주지 않은 거라고 생각하려고 했다. 그래도 퍼핵스에게 월리 형이 그 돈을 대줄 수 없다고 했다는 말을 들었을 때 가슴이 아팠다. 형제들이 비슷한 상황에 처한다면, 나는 뭐든 다 할 텐데. 가족이라면 그래야 하는 거니까. 그 후로 형을 만나거나 소식을 듣지 못했다. 그리고 30년이 지난 뒤에야 형이 나를 외면한 사실을 받아들이게 되었다. 아마도 형은 나를 살인자라고 생각하는 마음이 아주 조금은 있었던 모양이다. 세상에는 죄인의 가족도 있고 성인의 가족도 있다. 어떤 가족이든 가족이라면 마땅히 서로 사랑하고 도와야 한다. 죄인은 도움을 받지 못하면 마음을 다치기 때문에 성인의 가족보다 더 그래야 한다.

좋은 건 뭐든 하나씩 내게서 떨어져 없어지는 것 같았다. 믿음, 가족, 진실, 신념, 정의…. 이 재판이 끝나면 나는 어떤 사람이 될까? 나에게 어떤 변화가 있을까? 이 재판이 끝나면 내게 남는 게 있을까? 나한테 정말로 유죄 판결을 내리면 어쩌지? 그다음엔 어떻게 되는 걸까? 아무도 나를 믿지 않았다. 레스터와 어머니를 제외하고 온 세상이 나를 모략하고 있다는 생각이 들기도 했다. 앞으로 재판이 어떻게 진행될지, 배심원들은 어떤 사람들일지 생각하느라 밤늦도록 잠을 설치곤 했다. 배심원들도 나한테 등을 돌릴까? 공정하고 공평하게 판단할까? 작은 구멍으로 독가스가 스며들듯 생각 언저리를 떠돌던 극심한 공포가 꿈틀거리며 머릿속으로 파고드는 것 같았다. 아무리 다른 생각을 하려고 해도 희망이 자꾸 어둠에 밀려 잡을 수 없는 곳으로 멀어지는 것 같았다.

내게 남은 마지막 유일한 희망은 변호사뿐이었다. 내 목숨 줄이 그에게 달려있었다. 경찰과 검찰은 나를 범인으로 착각해서 잡아두고 있는 것이 아님이 분명해졌고, 실수를 하고 있는 것이 아니었다. 그들은 다 알면서도 거짓말을 서슴지 않으면서 무고한 사람을 사형수로 몰아가고 있었다.

나중에라도 퍼핵스에게 전화해서 훌륭하게 잘 변호해줘서 정말 감사하고 있다고 말해야겠다는 생각이 들었다. 법정에서 나를 위해 소리 높여 말할 수 있는 사람은 그 사람뿐이다. 배심원들에게 앤서니 레이 힌턴이 어떤 사람인지, 진실이 무엇인지 보여주려면 그가 필요했다. 나는 그를 통해 내가 어머니를 사랑하고, 주변의 사랑을 듬뿍 받고 자랐고, 평생 폭력을 써본 적이 없는 사람이라는 것을 보여주어야 했다. 나는 사랑이 많고, 유머를 잃지 않았고, 도움을 필요로 하면 누구든 도와주는 사람이다.

어둠 속에 숨어있다가 남의 돈과 목숨까지 빼앗는 사람이 아니다.

피도 눈물도 없는 살인자가 아니다.

나는 그런 사람이 아니다.

아니다.

7장

유죄, 유죄, 유죄

그는 무고하다는 변명 속에 숨어있습니다.
앨라배마 주 검찰이 이 공소장들에 제기된 사실들을 합리적 의심의 여지없이
증명해 보일 때까지, 결코 그가 무고하다고 생각해서는 안 됩니다.

_밥 맥그리거 검사

1986년 9월 12일, 제퍼슨 카운티 법원

돈과 복수심에 눈 먼 사람이 보여주는 모습은 참으로 놀랍다. 그 사람
의 겉과 속이 완전히 뒤바뀌고, 하느님이 그를 창조한 것을 수치스럽
게 여길 만큼 인간의 추악함을 뻔뻔하게 드러낼 수도 있다. 증인석에
앉아있는 레지를 보면서 여자에게 거절당한 일로 남자가 저토록 졸렬
하고 비열해질 수 있을까 하는 생각이 들었다. 하느님은 아시리라. 내
가 두 자매를 동시에 사귀었던 과거로 돌아갈 수만 있다면, 절대 그런
만남을 갖지 않으리란 것을. 그 일이 레지에게 그토록 심한 질투심과
분노를 일으켰다면, 그래서 서슴없이 내게 살인죄를 뒤집어씌워 사형
대로 보낼 수도 있다는 걸 알았더라면, 나 스스로 그런 만남을 가진 대
가를 치렀을 것이다. 스모더맨을 위협해 돈을 빼앗고 총을 겨눈 강도

115

의 인상착의와 꼭 맞아떨어지는 남자를 알고 있다고 제보한 장본인이
바로 퀸시스에서 일하던 레지다.

이제서야 어떻게 내 이름이 이 말도 안 되는 진창 속에 등장하게
됐는지 알게 되었다. 레지날드 페인 화이트에게는 내 목숨 값이 5000
달러밖에 되지 않는다는 것 또한 알게 되었다. 레지가 사건 해결의
실마리를 제공하고 살인자를 잡는 데 기여한 대가로 받은 보상금이
5000달러다. 몇 년이 지난 뒤 마침내 일격을 가할 기회를 잡은, 뱀처
럼 사악한 그에게 그 보상금은 뜻하지 않은 횡재였을 것이다.

| 식당 살인 사건 재판에서 나온 피고에 대한 증언 |

힌턴이 강도임을 알아본 최초 인물은 퀸시스의 직원 레지날드 화이트다.
1979년부터 힌턴과 알고 지낸 레지날드는 강도 사건이 발생하기 2주 전, 힌
턴이 퀸시스의 영업 실태와 폐점 시간을 물었다고 말했다.

(1986년 9월 15일 자 <버밍햄 뉴스> "식당 살인 사건 재판에서 나온 피고에 대한 증언"

- 닉 페터슨)

배심원들이 법정에서 나간 뒤, 검사와 변호사가 레지를 증인으로
부르는 걸 두고 논쟁을 벌였는데 변호사가 패했다. 레지는 증언하는
내내 내 눈을 피했다. 그래도 양심이 있어서 내 눈을 보고는 거짓말
을 할 수 없었던 거라고 믿고 싶었다. 레지는 검사가 나를 죽이고 싶
어 안달하는 것을 알까? 그가 무슨 말을 하고 있는 건지 알고는 있을
까? 어릴 때 데이트하고 싶은 여자에게 거절당한 일과는 비교도 안 될
만큼 엄청난 일이란 것을 알까? 제퍼슨 카운티의 가난한 흑인 젊은이

들 중에 하나쯤은 없어져도 괜찮다고 생각한 걸까? 어쩌면 그토록 사람의 목숨을 하찮게 여길 수 있는지 이해할 수 없었다. 그때까지 우리가 친구는 아니었지만 철천지원수 지간일 줄은 꿈에도 몰랐다. 어쩌면 처음으로 자신을 대단한 사람인 양 생각하며 증인석에 앉아있을지도 모르는 그를 나는 빤히 지켜보았다.

"화이트 씨, 이름을 말해주시겠습니까?"

"레지날드 페인 화이트입니다."

"사는 곳이 어딥니까? 그러니까 어느 카운티죠?"

"제퍼슨 카운티의 베서머에 삽니다."

"일하는 곳은 어딘가요?"

"퀸시스 패밀리 스테이크 하우스입니다."

"거기서 얼마나 오래 일했죠?"

"9년 일했습니다."

야구 경기가 끝난 뒤, 퀸시스에서 레지를 본 적이 있다. 주로 샐러드 바만 이용했지만 나는 어머니와 가끔 그 식당에 갔다. 내가 동시에 만나던 두 자매의 오빠도 퀸시스에서 일했는데, 자매와 동시에 데이트한다는 게 밝혀진 후로는 그가 나를 보고 싶어 하지 않아서 몇 년 동안 퀸시스에 가지 않았다. 두 자매의 어머니도 나를 보고 싶어 하지 않았고, 아무튼 나 때문에 한동안 그 가족 모두 힘들어했다. 그 사람들에게 상처를 준 일이 새삼 후회스러웠다. 그래도 그 가족이 그때 일을 과거지사로 잊었듯 나도 잊고 있었는데, 레지의 기억 속엔 생생하게 남아있었나보다. 체포되기 몇 주 전인 7월 초에 우연히 레지를 만난 적이 있었다. 별다른 감정 없이 안부를 묻고 헤어졌는데, 레지는 없는 얘기까지 덧붙여 소설을 쓰고 있었다. 속이 울렁거렸다. 공개 법정에서 토한 사람이 있을지 모르겠지만 토할 것만 같았다.

"1985년 7월로 가봅시다. 그달 언젠가 앤서니 레이 힌턴이라는 사람과 얘기를 나눈 일이 있죠?"

"네, 그렇습니다."

"지금 이 법정에 앤서니 레이 힌턴이 있나요?"

"네, 그렇습니다."

"그 사람이 어디 있죠?"

"저기 있습니다." 레지가 나를 가리켰다. 하지만 그의 시선은 내 머리 위쪽을 향했다.

"저 의자 끝에 앉아있는 피고가 그 사람인가요?"

"네, 그렇습니다."

"앤서니 레이 힌턴을 얼마나 오래 알고 지냈습니까?"

"6년 정도 될 겁니다."

나와 만났던 얘기를 시작하자 레지가 초조한 기색을 드러냈다. 내가 그를 만난 건 실비아가 퇴근하기를 기다리고 있을 때였다. 그가 차를 몰고 와서 내 옆에 주차를 했다. 우리는 인사를 나누고 하고 있는 일에 대해 얘기했다. 그는 여전히 퀸시스에서 일한다고 했고, 나는 사귀던 자매의 오빠가 아직 거기서 일하는지 묻고 나서 내가 아는 다른 직원의 안부를 물었다. 그 후 나는 내 갈 길을 갔고, 그도 갈 길을 갔다. 한여름 무더위가 식어가는 저녁 무렵에 우연히 만나서 잠깐 얘기를 나눴을 뿐이다. 그런데 레지는 내가 거기서 그를 기다리고 있었다고 증언했다. 그가 거기 올 줄 어떻게 알고서 기다리고 있었다는 거

지? 게다가 나를 만났을 때 너무 무서워서, 차에 둔 총을 꺼내려고 했
단다! 그가 증언을 이어가는 동안 다리가 부들부들 떨렸다. 끝없이 얘
기를 지어내고 있었다. 진실만을 말하겠다고 선서까지 하고는 새빨간
거짓말을 하고 있었다.

"좋습니다. 또 다른 얘기를 한 건 없나요?"

"힌턴이 저한테 식당에 손님이 많으냐고 물었습니다. 제가 그저
그렇다고 했더니, 예전하고 똑같은 시간에 문을 닫느냐고 물었습니
다. 그래서 제가 그렇다면서 평일엔 10시에 닫고, 주말엔 11시에 닫는
다고 대답했습니다."

"퀸시스가 몇 시에 문을 닫는지 피고가 물었다고요?"

"네, 그렇습니다."

"퀸시스의 다른 직원들에 대한 얘기도 피고한테 했나요?"

"시드 얘기를 했습니다. 아, 스모더맨 씨 말입니다. 나이 든 친절
한 지배인이 있는데 그분이 얼마 전 폰티악 피에로를 새로 샀다는 얘
기를 했습니다."

"피고한테 무슨 얘기를 했다고요?"

"나이 든 친절한 지배인이 얼마 전 새 피에로를 샀다고 했습니다."

"피고한테 차 종류도 얘기했다고요?"

"네, 그렇습니다."

그러니까, 내가 레지를 이용해서 퀸시스 식당이 문 닫는 시간과
지배인의 차가 뭔지 알아냈다는 것이다. 나는 퍼핵스에게 시선을 돌
렸다. 그가 허점을 포착했을까? 설령 이 미친 소리가 사실이라고 해
도 식당이 11시에 문을 닫는다는 얘기를 들은 내가 자정에 교대 근무

를 시작하는 밤을 범행 날짜로 정해서, 잠긴 문을 열고 일터를 빠져나와 경비의 눈을 피해 날카로운 철조망을 넘은 뒤, 차로 몇 십 분을 달려 한 식당으로 가서 사람을 협박해 돈을 뺏고 총질까지 하고 다시 몰래 일터로 숨어들어 갔다는 게 말이 되는 소린가? 내가 터미네이터라도 되는 줄 아는 건가? 난 왜 밤 근무가 없는 날을 놔두고 출근하자마자 강도짓을 하러 간 걸까? 있을 수 없는 일이다. 이미 두 번이나 살인을 저질렀다는 내가 그런 무모한 알리바이를 세울 리 만무하다. 내가 내 자신의 변호사가 되어 반박하고 싶었다. 배심원들에게 검사 쪽이 만들어낸 얘기는 앞뒤가 전혀 맞지 않는다고 조목조목 짚어주고 싶었다. 저들은 이미 나를 살인자로 정해놓고 만들어낸 이야기를 끼워 맞추려 사실을 비틀어대고 있었다.

먼저 두 번의 살인 사건에서 그랬던 것처럼 왜 나는 좀 더 일찍 범행 현장에 가서 스모더맨이 떠날 때를 기다리지 않고, 식품점까지 뒤따라가서는 도로 한복판에 내 차를 세워두고 주행 중이던 그의 차를 강탈했을까? 그들이 말하는 나는 거리를 활보하고 다니는 약삭빠르고 냉정한 살인자가 아니라 세상에 둘도 없는 바보 멍청이였다. 코앞에서 총을 쏘면서도 스모더맨을 제대로 맞추지 못한 내가 어떻게 날카로운 철조망을 기어올라 넘고, 달리던 그의 차에 옮겨 타서 광속으로 달려 식당으로 돌아가 범행을 저지른 뒤, 다시 철조망을 넘어 경비를 따돌리고 잠긴 문을 따고 들어가 화장실 바닥에 붙은 껌을 주어진 시간 안에 다 벗겨냈다는 걸까? 뺏은 돈은 어디 있다는 거지? 피가 묻었을 내 옷은 어디 있을까? 4.5미터가 넘는 날카로운 철조망을 넘으면서 찢어졌을 내 옷은 어디 있지? 시드 스모더맨의 차를 강탈할 때 타고 갔던 검은색 중형 세단은 또 어디 있고, 그 차는 어디서 구했지? 언제 또 차를 빨간색 소형 닛산으로 바꿨을까? 그 모든 일을 감쪽같이 해치우고 현장 감독이 시킨 대로 쓰레기통까지 깨끗이 씻어냈다니 내가 슈퍼히어로나 제임스 본드라도 되나?

수많은 의문이 솟구치는 것이 내 얼굴에 드러났는지 퍼핵스가 목청을 가다듬고는 레지에게 질문하려고 일어섰다.

"화이트 씨, 괜찮습니까?"

"괜찮냐고요?"

"화이트 씨는 함께 소프트볼 경기를 하면서 제 의뢰인을 알게 됐죠, 그런가요?"

"네, 그렇습니다."

"하지만 같은 팀은 아니었죠?"

"네, 아니었습니다."

"퀸톤 리스라는 사람을 통해서 제 의뢰인을 알게 된 게 맞나요?"

"네, 그렇습니다."

"퀸톤은 누이들이 여럿이죠?"

"네, 그렇습니다."

"제 의뢰인이 그중 한 여성과 사귀었다는 사실을 화이트 씨도 알고 있었죠?"

"네, 그렇습니다."

"그 일이 있던 때가 79년에서 80년 사이인가요?"

"네, 그렇습니다."

"그리고 몇 년 동안 증인이 가끔씩 만나서 격 없이 얘기를 나눴던

121

사람이 지금 여기 있는 사람 맞나요?"

"네, 그렇습니다."

"이 사람을 만나면, 증인은 우호적으로 대했나요?"

"네, 그렇습니다."

"그러면 둘이 만날 때, 증인 앞에 있는 그 사람도 친절했나요?"

"네, 그렇습니다."

그냥 앉아서 듣고 있기가 힘들었다. 퍼핵스가 자매에 대한 얘기를 끝내고 정작 해야 할 얘기는 입도 벙긋 않고 다른 질문을 이어가고 있었다. 나는 이전에 퍼핵스에게 레지에 대한 얘기를 모조리 했다. 무슨 일이 있었는지, 그가 나에 대해 무슨 말을 하고 다녔는지. 그리고 그가 왜 거짓말을 하는지 모두 말했다. 그런데 퍼핵스는 쓸데없는 이야기만 늘어놓으면서 헛다리를 짚고 있었다.

"자, 후버(제퍼슨 카운티에 있는 도시)에서 증인과 제 의뢰인이 만났을 때, 증인이 제 의뢰인에게 그 식당에서 일하는 사람에 대해 얘기했습니까?"

"네, 그렇습니다."

"제 의뢰인이 연필로 메모지에 뭘 적거나 했나요?"

"아닙니다."

퍼핵스는 계속해서 레지에게 결혼을 했는지, 할 계획이 있는지 물었다. 밑도 끝도 없이 왜 그런 질문을 하는지 납득이 가지 않았다.

"좋아요. 오간 얘기는 그게 전부인가요?"

"네, 그렇습니다."

"그 후 증인은 그 자리를 떠나 일을 보러 갔죠?"

"네, 그렇습니다."

"제 의뢰인도 그곳을 떠났고요?"

"네, 그렇습니다."

"이상입니다."

그걸로 끝이었다. 보상금에 대한 질문은 없었다. 레지가 거짓말을 하고 있다는 것도 짚어내지 못했고, 그가 몇 년 동안이나 내게 앙심을 품었다는 것도 밝히지 못했다. 오후 늦은 시간에 어머니의 뒤뜰에서 나 들을 법한 얘기가 전부였다.

재판이 끝나고 수감실로 돌아간 뒤, 밤마다 수없이 그날을 떠올렸다. 검찰 측은 이미 피해자들을 비롯해 병원, 경찰, 과학 수사 연구소를 통해 모든 총알을 추적하고 있었다. 연계보관성(조사를 위한 증거 수집부터 법정 제출까지의 여러 단계 중 해당 증거물에 어떤 변경도 발생하지 않았다는 것을 보장하기 위한 절차와 과정)이란 것을 위해. 경찰은 나를 체포했을 당시에 대해 증언했다. 나에게 빈 종이를 들이밀며 서명하라고 했던 얘기나 어머니의 총이 오랫동안 사용된 적이 없다고 했던 말은 쏙 빼놓고, 내가 살인자가 아님을 보여주는 사실은 아예 빼거나 거짓말로 뒤바꿨다. 이제 마지막 남은 희망은 우리 측 총기 전문가뿐이었다. 퍼핵스가 고용한 총기 전문가는 어머니의 총은 범죄에 쓰인 무기가 아니라고 결론지었다. 너무나 당연한 말이었지만 검사 측 전문가들은 범죄 도구가 맞다고 주장했다. 그들은 전문적이지 못하거나 거짓말을 하는 게 틀림없었다. 왜 모두들 나를 사형대로 보내려고 안달인지 정말 이해할 수 없었다. 내가 그 사람들에게 무슨 잘못이라도 했나? 왜 나일까? 그런 생각에 빠지면 밤새 잠을 이룰 수 없었다.

체포되던 날 오후에 대해서도 수없이 많은 생각이 들었다. 이렇게 될 줄 알았다면 경찰들에게 다가갔을까, 아니면 달아났을까? 대부분 아무 죄가 없는 사람들은 달아나지 않는다. 하지만 죄 없는 사람들도 달아나야 할 때가 있다. 앨라배마뿐만 아니라 다른 어디에서도 마찬가지다. 가난한 데다 흑인이라면, 달아나는 것이 최선의 방법이자 유일한 방법일 수도 있다. 나는 숲으로 숨거나 골목을 빠져나가 큰길로 달아나는 모습을 상상했다. 하지만 우리 집 반경 몇 킬로미터 안에 내가 사랑하고 아끼는 모든 것이 있는데 내가 어디로 달아날 수 있을까? 달아났다면 경찰들이 쐈을까? 아마 그랬을 것이다. 도망치다 등에 총을 맞고 쓰러진 나를 보고 울부짖는 어머니와 놀라서 나타난 레스터와 실비아와 이웃 사람들에게 둘러싸인 채 마지막 숨을 거두는 장면을 상상해 보기도 했다. 여하튼 달아나는 상상이 좋은 결말을 맺은 적은 없었다. 그런데도 법정에서 내가 무고하다는 걸 증명하느니 길바닥에 쓰러져 죽는 편이 훨씬 더 나을 것 같은 생각이 든 게 한두 번이 아니었다. 이런 법정에서는 애초에 결백함을 증명하려 애쓸 필요가 없었는지도 모른다. 어떻게든 나를 유죄로 몰아가려고 하니까.

어머니와 레스터가 보고 싶으면서도 두 사람이 법정에 앉아 거짓말을 들어야 하는 건 정말 싫었다. 실비아와는 헤어진 지 일 년이 되어가고 있었다. 이 터무니없는 상황에 얼마나 더 빠져있어야 할지 모르기 때문에 실비아를 떠나보낼 수밖에 없었다. 온갖 신문마다 살인자로 이름을 올린 내 곁에 실비아가 있는 걸 그녀의 가족이 좋아할 리 없었고, 나 자신도 이 악몽이 언제 끝날지 모르는데 실비아의 발목을 잡을 수는 없었다. 카운티 구치소에 있는 것도 영원처럼 길게 느껴지는데, 유죄 판결을 받는다면 어떻게 견뎌야 할지 상상조차 할 수 없었다. 생각하려고 하면 머릿속이 하얘졌다. 기적을 믿어야만 했다. 하느님은 결코 실패하지 않는다. 내가 걷기 시작할 때부터 어머니가 걸핏하면 말하지 않았던가? 하느님은 결코 실패하지 않는다고. 나는 진범이 잡히기를 빌었다. 우리 측 총기 전문가가 증인석에 올라 내 어머니의 구식 총으로 사람을 죽였을 가능성은 전혀 없다는 걸 증명해주기를 바랐다.

그가 내 유일한 희망이었다.

1986년 9월 17일, 수요일

| 검찰 측, 힌턴의 집에서 나온 총이 살인 무기가 아니라는 증언에 대한 반박 |

오늘 검사들은 1985년에 두 식당 지배인을 살해하고, 또 다른 한 명에게 총상을 입힌 총알들이, 도라 시 인근 앤서니 레이 힌턴의 집에서 찾은 총에서 발사된 것이 아니라는 증언을 반박했다.

스티브 마흔 검사는 오늘 오전 마무리 발언에서 "그는 자신이 무슨 말을 하고 있는지도 모릅니다."라고 했다.

마흔 검사는 또한 "앤드류 페인은 퇴역한 육군 대령으로 법원에 출두해서 온갖 잡다한 것에 대해 증언하는, 증언이 직업인 사람입니다. 컨설팅 엔지니어로 약 1000건의 법정 소송에서 증언을 했다고 주장하는데, 그중 총기 감식에 관련된 소송은 단 두 건이었습니다."라고 덧붙였다.

그리고 페인의 조사 보고서를 "무책임의 극치"라고 했다. 총기 증거는 검찰 측이 힌턴을 살인 사건들과 연관 지은 주요 연결고리다.

(1986년 9월 17일 자 <버밍햄 뉴스> "검찰 측, 힌턴의 집에서 나온 총이 살인 무기가 아

니라는 증언 반박 - 캐시 로)

앤드류 페인은 결코 승산이 없었다.

페인이 퍼핵스의 질문에 답할 때까지만 해도 더할 나위 없었다. 그는 그 총알들이 어머니의 총에 맞지 않는다는 사실을 차근차근 설명했다. 배심원단 눈에는 사회성이 부족하고 외골수처럼 보였을지 몰라도, 전문가로서의 증언은 부족함이 없었다. 그가 발견한 사실들은 내가 무죄임을 입증했다. 내 가슴을 무겁게 짓누르던 돌덩이가 사라진 듯 마음이 편해져서 어머니와 레스터를 돌아보며 설핏 웃기도 했다. 이윽고 검사 측이 반대 심문할 차례가 되었다. 마혼은 여유롭고 친절한 말투로 질문을 시작했다. 그런데 그런 말투는 처음부터 의도된 것이었다.

"증언하신 바로는 1000배율 이상의 비교현미경을 사용하셨다고요?"

"그렇다고 할 수 있습니다. 대략 1000배율이었습니다."

"그러면 예이츠 씨가 갖고 있는 비교현미경도 익숙했겠네요?"

"음, 익숙하진 않았습니다. 아메리칸 옵티컬 현미경을 본 것도, 사용해본 것도 처음이었습니다."

"아메리칸 옵티컬이 잘 알려지지 않은 상표인가요?"

"음, 잘 알려지지 않은 상표라고 할 수는 없겠지만 저는 이전에 써본 적이 없습니다."

"사실대로 말하자면, 증인은 법의학과 실험실에서 스모더맨 씨를 저격했던 무기를 검사할 때 비교현미경을 사용하기 위해 예이츠 씨한테 광원을 조절하는 법을 물어봤죠. 맞습니까?"

"그랬다고 할 수 있습니다. 그랬을 수 있습니다. 네, 그렇습니다."

"또 사실대로 말하자면, 증인은 예이츠 씨한테 사용법을 듣고 나서 곧바로 오른쪽으로 손을 뻗어 현미경 옆 선반에 있는 전기 기구의 스위치를 켰습니다. 그런가요?"

"그랬을 수 있습니다. 네, 그렇습니다."

"증인이 그랬다는 거죠?"

그 뒤로 상황이 갈수록 나빠졌다. 페인이 현미경을 쓰기 위해 광원조차 제대로 찾지 못했다는 것이 드러났다. 게다가 렌즈를 올리고 내리는 장치도 몰랐고 대물렌즈를 바꾸는 방법도 몰랐다. 검찰 측 전문가들에게 도움을 구했다고? 총알을 떨어뜨리기까지 했다고? 나는 퍼핵스를 돌아보았다. 물론 그의 잘못은 아니었다. 하지만 그런 걸 전혀 몰랐을까? 퍼핵스도 놀란 표정이었다. 페인이 실험실에서 일어난 일을 그에게 전혀 말하지 않았을까?

"자, 이렇게 질문해보겠습니다. '반사경도 보이고 내 손가락도 잘 보이는데, 총알은 보이지 않는 것 같은데요.'라고 말했죠?"

"그렇게 말했던 것 같습니다. 고성능 렌즈의 위치를 찾을 때 흔히들 그런 문제를 겪습니다. 그래서 사용 설명서를 요구했던 겁니다."

나는 숨을 크게 내쉬었다. 우리 측 전문가가 증인석에서 상대 측 전문가들이 도와주지 않았다고 하소연하며 투덜대고 있었다. 페인이 제시한 슬라이드 중 일부가 검찰 쪽 사람들이 들고 있는 총기 관련

127

서적에서 나온 것임이 밝혀졌을 때 상황은 더욱 악화되었다. 그 책은 1956년에 출판된 것이었다. 마혼이 책을 들고 있는 사람에게 6페이지를 찾아달라고 요청했다.

"6페이지요? 6페이지라고 하셨죠?"

"네, 그렇습니다."

"여기 있습니다."

"이 페이지 맨 아래 단락에 '사기꾼들'이라는 제목으로 시작하는 데서부터 읽어보겠습니다." 마혼이 책을 읽기 시작했다. "'사진을 조작하거나 합성 효과를 낼 수 있게 되면서 사기꾼들이 들끓었다. 총기류에 대해 잘 아는 판사는 극소수였지만 판사들도 놀라운 신기술이 나왔다는 소문은 들어서 알고 있었다. 세상은 특정적이라고 언급되는 것을 기꺼이 받아들였다. 거의…'"

"특정적이라고가 아니라 과학적이라고인데요."

맙소사! 페인은 자신을 사기꾼이라고 말하는 글을 검사가 정확히 읽도록 돕고 있었다. 법정에서 탄식 소리가 일었다.

"네, 과학적이라고가 맞군요. 죄송합니다. '누구나 법정에서 전문가로서 증언하는 것이 허용되었다. 그들 중 많은 이들이 지식은 없으면서 타고난 뻔뻔함과 능청스러움은 다분했다. 당시에는 꽤 큰돈인 일당 50달러가 주어졌기 때문에 사람들은 기꺼이 법정에 출두해 망설임 없이 선서를 해댔다. 외경 캘리퍼스(안쪽으로 휘어진 두 개의 다리를 조절하여 물건의 바깥지름을 측정하는 기구), 보통 확대경, 강철 측정기, 그리고 제3의 기구를 가지고….'"

"좀 더 주의 깊게 보면 강철 측정기가 아니라 강철 눈금자인데요."

"증인이 7월 29일 가지고 왔던 눈금자를 지금도 갖고 있나요?"

"네, 물론이죠."

"그걸 배심원단에게 보여주시겠습니까?"

페인이 사기꾼이 지닌 물건 중 하나라는 눈금자를 들어 올렸다. 페인은 상황 파악을 못 하고 있었다. 법정에 있는 모든 사람이 아는 걸 혼자 모르고 있었다.

"물론이죠. 저는 경박한 걸 싫어합니다. 그래서 이처럼 중대한 문제를 다루는 이런 특별한 시점에 가볍게 행동할 생각은 없습니다만, 제 눈금자는 그 책에서 말하는 것보다 두 배는 더 좋은 겁니다. 왜냐하면 눈금이 64분의 1로 매겨져 있거든요."

마혼은 페인의 말을 무시하고 계속 책을 읽었다.

" '그들은 선서를 하고는 무고한 사람의 생명이나 자유를 거침없이 빼앗는다. 그것은 사회를 더욱 깊이 파괴하는 행위이며, 극악한 범죄다.' "

"아무렴요."

"페인 씨, 시력에 문제가 있습니까?"

"아, 네."

"볼 수 있는 눈이 몇 개죠?"

"하나입니다."

"이상입니다."

나는 고개를 떨구고 눈물을 흘릴 수밖에 없었다. 살인죄로 유죄 판결을 받을 것이 거의 확실하다는 생각이 들었다. 나는 무고했다. 그런데 우리 측에서 내세운, 눈이 한쪽밖에 안 보이는 총기 전문가가 검사 측에 막 유죄 판결을 내준 거나 다름없었다.

더는 아무것도 중요하지 않았다.

배심원은 두 시간 만에 유죄 평결을 내렸다.

그리고 45분 만에 내 형벌 수위를 결정했다.

사형이었다.

그 순간 내 모든 삶이 수백 만 조각으로 갈기갈기 찢어지는 것 같았다. 세상이 갈라지고 무너졌고, 내 안의 선한 모든 것도 산산조각이 났다.

두 달 후, 가렛 판사가 배심원 평결을 받아들여 사형을 선고하기 직전에 나는 법정의 모두에게 내가 바라는 것은 하느님이 이 재판을 다시 여는 것뿐이라고 말했다. 그리고 만일 재판이 다시 열리지 않는다면, 그들이 내 목숨을 빼앗을 수는 있겠지만 내 영혼은 빼앗을 수 없고, 건드릴 수도 없을 거라고 말했다.

8장

침묵의 저항

죽은 자는 말이 없다.
_밥 맥그리거 검사의 최종 의견

1986년 12월 17일, 버밍햄

참으로 묘하게도 인생은 너무 빨리 흘러가는 동시에 너무 천천히 흘러간다. 판사가 사형을 선고하고, 나를 호송해갈 교도관들이 오기까지 24시간 동안 일어난 일을 정확히 설명할 수는 없다. 내가 공식적으로 사형수가 되자 교도관들도 다른 수감자들도 나를 슬슬 피했다. 사형이라는 전염병이 옮을까 두려운 모양이었다. 나는 충격에 휩싸인 채 끓어오르는 분노를 가까스로 눌렀다. 나는 이제 최악 중의 최악인 인간이었다. 이 세상에 어울리지 않는 인간으로 곧 죽을 운명에 처한 하느님의 아들이었다. 내 머리로는 도저히 이해할 수 없었다. 어쩌다 하룻밤 사이에 가장 위험한 사람이 된 걸까?

지난 일 년 반 동안 카운티 구치소는 내 집이었다. C블록에서도 돈이 있는 사람들은 나처럼 가난한 사람들보다 훨씬 더 빨리 나갔다. 퍼핵스 같은 국선 변호사를 두게 되면 소송이 지연되기 일쑤에다 걸 핏하면 공판 기일이 미뤄지고 심리가 지연되었다. 나보다 늦게 들어온 사람들 중에 벌써 재판을 받고 사형수로 홀먼 교도소로 이감되거나 종신형을 선고받은 사람들이 몇이나 있었다. 무죄 선고를 받는 사람은 거의 없었다. 월요일과 목요일이 되면 사형수를 이송하는 승합차가 왔기 때문에 나는 다음 월요일에 C블록을 떠나게 될 거라 예상했다. 어머니와 레스터에게 연락하고 싶었지만 선고를 받은 이후로 전화를 쓸 수가 없었다. 어머니가 괜찮은지 확인하고, 나는 괜찮으니 내 걱정 말라고 전하고 싶었지만 그럴 수 없었다.

하지만 나는 괜찮지 않았다. 법정에서 나와 36시간 동안 재판에서 오간 모든 말과 판결이 머릿속을 떠나지 않았다. 잠을 잘 수도, 먹을 수도, 누군가와 얘기를 할 수도 없었다. 퍼핵스가 판사와 검사에게 스스로 진범이라고 밝힌 남자가 그의 사무실과 집으로 전화를 했다고 말했지만, 아무도 그를 추적하지 않았다. 법정 밖에서 배심원들에게도 얘기했지만 들은 체하는 사람조차 없었다. 누구도 그 남자를 추적하지 않았다. 맥그리거는 차량 절도를 포함해 다른 전과가 있는 내가 체포되면 가석방 없는 종신형을 선고받을 거라는 생각에 그 사람들을 죽였다고 주장했다. 나는 그렇게 악랄하지 않으며 그가 생각하는 냉혹한 살인마가 아니었다. 맥그리거를 생각하면 증오심이 끓어올랐다. 하필 왜 나를 골라 누명을 씌웠을까? 그는 오늘밤 잠이 올까? 그가 다른 검사들과 하이파이브를 하던 장면도 떠올랐다. "우리가 또 한 명의 깜둥이를 거리에서 내쫓아 사형대로 보냈어!"라는 뜻이었을까?

어쩌면 판사나 내 변호사와도 하이파이브를 했을지 모른다. 모두 한 통속이 아닐까? 어떻게 다른 사람들한테 거짓말까지 시켜가면서 그럴 수 있었을까? 집행관들도 레지도 거짓말을 했다. 한 번 본 적도 없는 식품점 점원 클라크 헤이스도 푸드 월드 근처에서 내가 스모더맨을 뒤따라가는 것을 봤다고 거짓말을 했고, 검찰 측 총기 전문가들인 히긴스와 에이츠도 거짓말을 했거나 분석을 잘못한 게 틀림없다. 살인에 쓰인 총알이 어머니의 총에 맞을 리 없었으니까. 증인석에 앉아 창피를 당하고 조롱거리가 되고, 스스로 망가졌던 우리 측 총기 전문가 페인도 생각났다. 재판 과정의 모든 장면이 머릿속을 끊임없이 맴돌았다. 퍼핵스는 왜 어머니와 레스터, 그리고 이웃과 교회 사람들을 증인으로 세워 내가 어떤 사람인지 배심원단에게 알리려 하지 않았을까? 그는 별다른 변론조차 하지 않고 사형 판결을 순순히 받아들였다. 납득하기 어려웠지만 그래도 항소심에선 내 무죄를 주장하리라 믿고 싶었다. 내가 결백하다는 걸 그도 알 것이고 거짓말 탐지기 검사가 증명해주지 않았던가.

여기서 이송되기 전에 어머니와 레스터가 면회를 오면 앞으로 어떻게 대응할지 계획을 세울 수 있을 거라고, 앞으로의 일은 모르는 거니까 사형 선고를 너무 절망적으로 받아들이지 말자고 나 자신을 다독였다. 그러면서도 당장 집으로 돌아가고 싶었다. 집에 가서 잔디를 깎고 어머니와 밖에 앉아 저녁노을을 보고 싶었다. 낚시도 같이 가고. 아, 어머니가 그토록 좋아하는 낚시를 왜 좀 더 자주 같이 하지 못했을까? 앞으로 누가 어머니를 모시고 외출하지? 누가 집을 관리하고 수리할까? 물론 레스터가 돕겠지만, 내가 있을 때와 똑같지는 않을 것이다. 내 일이니 만큼 내가 그 일을 하고 싶었다. 실비아가 보고 싶었다. 그녀와 나눈 달콤한 키스도, 비 온 뒤 피어난 봄꽃 같은 그녀의 향기도 그리웠다. 일 년 반 동안 좋은 냄새를 맡은 적이 없었다. 맡을 수 있는 냄새라고는 몇 주 동안 같은 옷을 입는 남자들의 땀 냄새뿐이었다. 내 목 줄기로 떨어지는 비를, 얼굴에 쏟아지는 햇살을 느끼고 싶었다. 동 틀 무렵 산책을 하고 싶었다. 야구도 농구도 하고 싶었다. 향긋한 차 를 마시고 싶고, 어머니가 만든 그리츠(거칠게 간 옥수수에 우유나 버터 등을 넣고 구운 음식)를 먹고 싶고, 코블러(과일 파이)도 먹고 싶었다. 음식다운 음식을 먹어본 게 언제던가.

소박한 내 삶으로 돌아가고 싶었다. 내 침대에서 자고, 뜨거운 물 로 샤워하고, 푹신한 베개에 얼굴을 묻고 싶었다. 발아래 카펫을, 잔 디를, 부드러운 무언가를 느끼고 싶었다. 달콤한 냄새와 부드러운 촉 감들이 너무도 그리웠다. 운전도 하고 싶었다. 내 작은 차를 타고 상 상 속에서 갔던 모든 곳을 가보고 싶었다. 앨라배마를 벗어나 다른 주 에도 가보고 싶었다. 나는 집에서 몇 시간 이상 걸리는 먼 곳에 가본 적이 없었다. 캘리포니아의 바닷가도 보고 싶고, 하와이도 가고 싶고, 영국과 남아메리카도 여행하고 싶었다. 결혼해서 아이들을 낳아 내 가 어릴 때 받았던 것처럼 사랑을 듬뿍 주고 싶었다. 사람들과 어울려 웃고 떠들며 살고 싶었다. 내 삶으로 돌아가고 싶었다. 프라코로 돌아 가고 싶었다. 자유를 되찾고 싶었다. 광견병에 걸려 갇힌 짐승처럼 우 리에 갇혀있고 싶지 않았다. 명령에 따르지 않고 내 맘대로 먹고 싶었 다. 다른 사람의 시선을 느끼며 샤워하고 싶지도 화장실을 같이 쓰고 싶지도 않았다. 품위를 지키면서 자유를 누리고 싶었다. 뒤뜰 잔디도 깎고 싶었다. 빌어먹을, 경찰이 나를 잡아가려고 나타나는 일 없이 정의로운 세상에서 그냥 잔디를 깎고 싶었다.

맥그리거를 죽이고 싶었다.

그런 마음을 깨달은 순간 느닷없이 날아온 주먹에 맞은 것처럼 정신이 번쩍 들었다. 사람을 죽이고 싶다고 생각하는 내가 두려웠다. 그가 내 삶을 쑥대밭으로 만든 것처럼 나도 그를 무너뜨리고 싶었다. 나는 살인자가 아니었지만, 만일 그가 옆에 있다면 내 두 손으로 그의 목을 조르면서 거짓으로 가득 찬 그의 눈에서 생명이 빠져나가는 것을 즐기며 지켜볼 수 있을 것 같았다. 그렇게 그를 죽이는 장면을 상상했다. 어둠 속에서 허공에 두 손을 들어 그의 목을 움켜잡는 장면을 상상했다. 그는 뭐라고 할까? 내가 원하는 대로 울며불며 살려달라고 애원할까? 그가 저지른 거짓과 죄를 이실직고하고, 그에겐 없었던 자비를 구할까?

내 손아귀에 잡힌 그의 목이 느껴지는 것 같았다. 어둠 속에서 내두 손에 움켜잡힌 그의 목뼈가 부러지고 으스러지는 것을 상상했다. 그의 눈이 튀어나오고, 혀가 입 밖으로 늘어지고, 얼굴빛이 시퍼래질때까지 온 힘을 다해 그의 목을 졸랐다. 거짓과 증오와 인종 차별로 똘똘 뭉친 그의 몸뚱이에서 마지막 숨이 빠져나갈 때까지, 더는 버둥대지 않을 때까지, 그래서 다시는 또 다른 사람에게 피해를 줄 수 없을 때까지, 그 안에 도사리고 있는 모든 거짓이 그와 함께 남김없이 사라질 때까지 그의 목을 조르고 또 졸랐다.

나는 살인자로 이 구치소에 들어온 게 아니었지만 법이 살인자라고 하면 살인자가 됐다.

"힌턴, 얼른! 얼른!"

인터콤 소리에 놀라 벌떡 일어나자마자, 수감실 자동 잠금 장치가 열렸다. '얼른'의 의미는 급하게 짐을 챙기라는 뜻이었다. 이렇게 일찍 이송하다니 믿을 수 없었다. 겨우 새벽 4시였다. 어머니에게 연락도 못 했고 난 홀먼 교도소로 갈 준비가 되어 있지 않았다. 인터콤이 다시 떠들어댔다.

"힌턴, 얼른! 서둘러!"

나는 재판 서류와 사진 몇 장을 챙겼다. 달리 뭘 가져갈 수 있는지 몰라서 다른 물품은 누구든 원하는 사람이 쓸 수 있도록 남겨두었다. 수감자들이 잠에서 깨면 독수리 떼처럼 몰려들어 내가 남긴 물품을 채 가리라.

나는 소지품을 들고 휴게소를 통해 바깥문 쪽으로 갔다. 매트리스도 말아서 챙기고, 시트와 담요도 가져가야 했지만 다 놔두고 왔다. 더는 규칙에 따르고 싶지 않았다. 규칙을 따랐건만 이 꼴이 됐잖은 가. 나는 최악 중에서도 최악인 인간이었다. 그래서 그에 걸맞게 행동하기로 했다.

그들은 나를 유치장에 넣더니 삶은 달걀과 딱딱하게 굳은 비스킷과 젤리를 아침으로 주었다. 음식을 입에 넣었지만 아무 맛도 느껴지지 않았다. 어떻게 음식에서 아무 맛도 나지 않을 수 있을까? 알몸검사와 항문검사를 받았고, 그동안 낄낄거리며 농담을 하던 교도관들이 내 허리춤에 묵직한 쇠사슬을 채우고, 손목과 발목에 채워진 쇠고랑을 허리춤 쇠사슬에 연결했다. 나는 제대로 걸을 수도 없었다. 누군가 내 허리춤에 걸터앉아서 '짐승만도 못한 인간이 옴짝달싹 못 하게 묵직한 쇠사슬을 만든 사람이 바로 나야.'라며 깐죽거리는 것 같았다. 이런 몹쓸 걸 만든 사람에게도 증오심이 일었다. 교도관들이 나를 호송차로 데려가면서 말을 걸었지만 그들이 불편한 기색을 드러내든 말든 나는 한 마디도 답하지 않았다. 구치소에 있는 동안 그들에게 어깃장 놓는 일 없이 늘 협조했지만 더는 그러기 싫었다. 그들을 편하게 해주고 싶지 않았다. 그래서 호송차 앞에서 몸을 축 늘어뜨린 채 그대로 서 있었다. 90킬로그램이 넘는 나를 그들이 들어 올리도록. 나를 죽이려 데려가는 그들이 내 무게를 느끼도록. 나도 엄연한 사람이란 걸 느끼도록.

그들이 버둥거리는 모습을 보는데도 조금도 마음이 풀리지 않았다. 결국 나는 입을 꾹 다문 채로 호송차에 올라 조금씩 몸을 움직여 뒷자리로 갔다. 그들에게 다시는 말을 안 할 작정이었다. 내 말을 아무도 믿어주지 않을 때는 말을 하지 않는 게 상책이니까.

호송차를 타고 출발한 지 세 시간이 넘었다. 그렇게 멀리 가본 건 처음이었다. 마치 세상 끝으로 가는 것만 같았다. 탈주 계획이라도 세울까 우려했는지 호송 전에 그들은 전화를 일절 허용하지 않았다. 어머니와 레스터에게 인사라도 하고 싶었는데 그럴 기회조차 주지 않은 그들이 더욱더 싫어졌다. 앞에 앉은 두 교도관과 나 사이에는 철망이 있었다. 창문에도 철망이 덧대어 있었지만 그래도 밖은 내다보였다. 교도관들은 앞에서 잡담을 나눴고, 나는 스쳐가는 시골 풍경을 멍하니 내다보았다. 다시 풀밭의 감촉을 느낄 수 있을까? 이 땅은 늘 하느님의 나라라고 말해왔는데 하느님은 지금 어디 있는 걸까? 노예시장에 끌려나온 노예처럼 쇠사슬에 쇠고랑을 차고 있는 나는 사람이 아니라 차라리 짐짝이었다. 이웃에 좋은 소식이 있으면 어머니는 늘 이렇게 말했다. "하느님이 이 집을 축복해주셨네. 하느님 은혜로 우리 이웃이 이렇게 잘됐어. 우리 이웃을 돌봐주신 하느님께 감사드리자." 하느님은 왜 어떤 사람은 축복하고 어떤 사람은 벌하는 걸까? 우리 이웃에 은혜를 베푸셨던 하느님이 왜 나는 쇠사슬에 묶여 호송차에 실려 가게 하시는 거지? 내가 하느님한테 뭘 어쨌다고?

호송차가 어딘가에 부딪혀 한없이 굴러 떨어지면서, 나를 옭아맨 쇠사슬이 다 벗겨지고, 호송차 밖으로 자유롭게 벗어났으면 싶었다. 나는 하염없이 뛰어 사형 선고가 없는 곳에 이르고 사형수라는 굴레를 훨훨 벗어던지는 상상에 빠졌다. 앨라배마를 벗어나 아무도 내 목숨을 빼앗을 수 없는, 진정한 자유가 있는 곳에 다다르는 상상에….

또 한 시간쯤 지났을까. 창밖으로 자동차들, 사람들, 탁 트인 길, 드넓은 하늘이 보였다. 나는 오랜만에 보는 바깥 풍경을 머릿속에 담았다. 차 뒷좌석에 따분한 표정으로 앉아있는 어린 남자아이와 파란 차를 운전하는 예쁜 여자, '휴업' 팻말이 붙은 음식점을. 그리고 차 안에서 웃고 있는 가족, 짧은 치마를 입고 빨간 스포츠카 조수석에 앉아 다리를 드러내놓고 있는 여자도. 차창 밖에는 아무 걱정 없이 수요일 오전을 즐기는 세상이 있었다. 마음대로 하고 싶은 일을 하는 사람들을 보면서 저 사람들은 자유로운 게 어떤 건지 알까 하는 생각이 들었다. 내 또래로 보이는 흑인 남자가 뷰익 자동차를 타고 지나가는 모습이 보일 때는 나도 모르게 "조심해, 경찰이 언제 당신을 잡으러 갈지 모르니까."라는 말이 나왔다.

"이봐요!" 나는 교도관들에게 소리쳤다.

"왜?"

"화장실에 가야겠어요."

교도관 중 한 명이 뭐라고 중얼거리자, 다른 한 명이 웃었다.

결국 그들은 상점에 붙어 있는 주유소 앞에 호송차를 세웠다. 그리고 한 교도관이 나를 이끌고 화장실에 다녀오는 사이, 다른 한 명은 차에 기름을 넣었다. 상점 밖에 있던 흑인 아이들이 동물원의 신기한 동물을 구경하듯 나를 빤히 쳐다봤다. 머리부터 발끝까지 쇠사슬에 묶인 흑인의 모습을 그 아이들이 보고 기억할 수 있도록 나는 말없이 그들의 눈길을 받았다.

호송차가 홀먼 교도소 앞에 멈췄을 때, 높은 철조망 너머로 건물 밖에 나와 있는 수감자들이 보였다. 교도소 직원 둘이 큰 문을 열자 호송차가 안으로 들어갔다. 육중한 문 안에 들어서자 교도관들이 내 손에 채운 수갑만 남기고 쇠사슬과 쇠고랑을 벗겨냈다.

"이곳으로 이송된 죄수입니다." 카운티 교도관이 나를 땅딸막하고 구레나룻이 길고 머리를 뒤로 빗어 넘긴 홀먼 교도소의 담당자에게 인계했다. 뒤이어 그곳 교도관들이 나를 의자에 앉히고 이름을 물었다. 나는 대답하지 않았다.

"사회 보장 번호는?"

그때도 어깨만 으쓱했다.

교도관이 서류를 소리 내어 읽고 나서 물었다. "이거 맞아?"

나는 고개를 끄덕였다. 그들이 애를 먹든 말든 아무 말도 하지 않을 셈이었다.

"여기 흰옷으로 갈아입고 의무실에 가서 다시 한번 간단하게 검사를 받아. 신체검사는 나중에 받고. 그 뒤에 수감실로 가도록."

나는 한 마디도 하지 않았다.

묵묵히 등판에 '앨라배마 교정부'라고 쓰인 흰색 점프수트 죄수복으로 갈아입고, 수감번호 Z468을 받았다. 의무실에서는 내 체중을 재고 의료적 문제가 있는지 알아야 한다면서 복용하는 약이 있는지, 마약에 중독됐는지를 물었다. 나는 말은 한 마디도 하지 않고 모든 질문에 고갯짓으로 대답했다.

의료 검진이 끝난 뒤, 교도관들을 따라 통로로 나가자 재소자들이 보였다. 교도관들이 긴장한 목소리로 재소자들에게 벽에 코를 대고 앉아있으라고 했다. 왜 그런 지시를 내리는지 이해할 수 없었다. 벽을 향해 있던 재소자 한 명이 곁눈으로 나를 쳐다봤다. 그의 눈엔 두려움이 스며있었다.

교도관이 그 재소자에게 소리쳤다. "쳐다보지 마! 무릎 꿇고 앉아! 양손을 뒤로 하고 무릎 꿇고 앉아서 벽에 코를 대고 있어! 모두 다!"

별일이 없는 듯한데 교도관이 이상하게 수선을 피워댔다. 곁눈질을 했던 재소자는 내 나이대로 보이는 백인 남자였는데, 그를 보고서야 내가 그들에게 덤벼들까 봐 그런다는 걸 알 수 있었다. 교도관들이 사형수로부터 일반 재소자들을 보호하려고 한 것이다. 그곳에서도 나는 가장 무서운 인간이었다.

나는 사형수 수감동의 교도관장에게 넘겨졌다.

"네가 어떻게 여기 오게 됐든 내 일은 너를 여기 가둬두는 거다. 홀먼 교도소에 있는 한 이런 푸른 제복을 보면 경의를 표하도록. 푸른

제복을 입은 사람 명령에 무조건 따르고, 모든 규칙과 규정을 지켜야
한다. 알겠나?"

나는 고개를 끄덕였다.

"너 하기에 따라서 여기 생활이 편할 수도 어려울 수도 있으니까
알아서 해. 넌 일단 90일 동안 보호 관찰을 받게 되고, 수감실 밖으로
나올 때는 항상 수갑이 채워질 거다. 문제를 일으키지 않으면 샤워할
때나 산책 시간엔 풀어줄 거야. 산책은 교도소 구내에서 하루에 15분
씩 하고, 그 외 시간엔 수감실에 있어야 한다. 문제 없이 잘 따르도록,
알았나?"

나는 시선을 떨군 채 다시 고개를 끄덕였다.

"경사, 수감실로 데려가."

그를 따라 긴 통로를 지나서 '사형수 수감동'이란 팻말이 있는 입
구로 들어가 계단을 올라갔다. 그러고는 교도관이 수감실 열 번호를
소리치며 앞으로 나가더니 8열 수감실 앞에서 멈췄다.

"8열 수감실!"

그 말을 복창하는 소리가 들리고 철커덩 소리와 함께 문이 열렸
다. 수감실 안에는 얇은 플라스틱 매트리스가 깔린 작고 좁은 침대가
있었다. 또 다른 교도관이 시트, 담요, 수건, 휴지를 들고 와서 침대에
내려놓았다. 카운티 구치소에서 가져온 내 갈색 가방도. 그 안에는 성
경책과 편지 몇 통, 재판 서류들이 있었다. 이윽고 사람들 소리가 들
렸다. 다른 사형수들이 수감실 밖으로 거울을 내밀고 바깥 동정을 살
피면서 교도관들이 데려온 사람을 보려고 내는 소리였다. 멀찌감치
고함 치는 소리와 웃는 소리, 그리고 계속 "어이! 어이! 어이!" 하고 외

치는 소리가 들렸다.

내가 수감실 안으로 들어가자, 교도관들이 나가며 말했다.

"우리가 문을 닫으면, 여기로 두 손을 내밀어. 그러면 수갑을 풀어줄 테니까." 나는 대답하지 않았다. 교도관이 한심한 듯 쳐다보며 덧붙였다. "올해 크리스마스 소포 신청은 기한이 지났어. 내년에나 해."

크리스마스? 크리스마스 따위 생각도 하기 싫었다. 크리스마스 소포를 신청할 생각도 없었고 예수님 생일을 축하하고 싶은 마음도 없었다.

철창문이 쾅 닫히는 소리에 머릿속이 울리면서 입으로 쇠 냄새가 올라와 구역질이 났다. 속이 뒤집힌 것처럼 울렁거리고, 무릎이 부들부들 떨렸다. 문에 난 작은 구멍으로 손을 내밀자, 교도관들이 수갑을 풀어주었다. 나는 손목을 털며 돌아서서 수감실을 둘러봤다. 너비 1.5미터에 길이가 2미터쯤 되어 보이는 방에 세면대가 붙어있는 철제 변기와 선반 하나, 그리고 작은 침대가 있었다. 그게 전부였다.

침대 가에 앉아서 소지품이 든 가방을 열고 성경책을 꺼냈다.

이제 내겐 신이 없었다. 내가 믿던 신은 나를 저버렸다. 용서하는 신이 아니라 벌하는 신이었다. 실패 없는 신도 아니었다. 무고한 나를 죽음으로 몰고 있는 그런 신은 필요 없었다. 용서해주세요, 어머니. 속으로 중얼거리며 성경책을 침대 밑으로 내던졌다. 이제 내게는 아무 소용없는, 거짓으로 가득한 책일 뿐이었다.

시트를 펴지도 않고 그대로 침대에 누워 눈을 감았다. 교도관들이 수감실 문에 난 구멍으로 저녁을 넣어주려 할 때도 일어나지 않았다. 아무 말도 하지 않고, 아무것도 받지 않을 생각이었다.

나는 철저히 혼자였다.

그 작은 수감실을 채우고 남을 만큼 증오심이 끓어올랐다.

어떻게든 거기서 벗어나고 싶었다. 잘못된 모든 것을 바로잡을 길을 찾고 싶었다. 나의 무고함을 증명하고 복수하고 싶었다.

그렇게 누워 있다 잠이 들었던 모양인지 눈을 떠보니, 수감실 밖에서 들어오는 한 줄기 불빛뿐 사방이 캄캄했다.

쥐죽은 듯 고요한 정적을 깨고 어둠 속에서 비명 소리가 들려왔다.

"안 돼, 안 돼, 안 돼, 안 돼, 안 돼애애!"

베개로 귀를 틀어막아도 그 비명 소리는 귀를 파고들었다.

9장

항소

사형수 변호는 그 어떤 소송과도 같지 않다.
의뢰인의 목숨이 사실상 변호인의 노력 여하에 달려있기 때문이다.
사형수에 대한 소송에서는 변호인을 비롯하여
관련된 모든 사람의 신중하고 양심적이며 헌신적인 노력이 필요하며,
마땅히 그런 노력을 기울여야 한다.
_앨라배마의 사형 판결 후 소송 편람, 4판

사형 선고를 받은 사람이 구할 수 있는 항소심 지침서 같은 안내 책
자는 없다. 항소하려면 어떤 서류를 제출해야 하는지, 얼마만큼의 시
간 내에 제출해야 하는지 설명해주는 사람도 없다. 형사 항소 법원이
나 앨라배마 주 대법원 같은 고등법원에 직접 항소가 보장되기는 하
지만, 보통 어려운 일이 아니다. 앨라배마 주는 항소 제기를 별로 반
기지 않아서 사형수에게 아무런 도움도 주지 않는다. 불공정한 판결
을 받았다? 재판이 편파적이었다? 자백을 강요받았다? 헌법상 권리가
침해됐다? 효과적인 법적 조력을 받지 못했다? 이유가 어떻든 일단 사
형 선고를 받으면 도움을 받기란 하늘의 별따기다. 스스로 알아서 준
비해야 하는데 주 법원은 그 과정을 어렵게 하려고 온갖 수를 다 쓴
다. 출소기한법(소송 원인 발생 후 일정 기간 내로 소송 제기를 제한하는 법률)에
의해 기한을 일 년으로 제한하고, 소송 절차를 제한하거나 연방 사법

부에서 재심리되는 것을 어렵게 하는 법도 있으며, 아무튼 법원이 내린 판결을 재검토하는 것 자체를 막는 듯 보이는 모호한 규정과 절차들이 한두 가지가 아니다. 게다가 앨라배마에서 판사 선출 기준은 얼마나 많은 사람에게 자유를 주었느냐가 아니라 얼마나 많은 사람들을 사형수로 만들었느냐이다.

나는 기회가 생길 때마다 퍼핵스의 사무실에 전화를 했다. 그러면 그의 비서는 번번이 그가 내 항소심을 위해 애쓰고 있다면서 내 말을 전하겠노라 약속했다. 퀸시스, 위너스, 캡틴 D에서 일어난 사건과 똑같은 방식으로 일어난 강도 사건 기사가 거의 매주 신문을 장식했다. 냉장창고 살인범이 여전히 활개치고 있는 것이다. 용의자의 인상착의 또한 스모더맨 사건 때와 비슷하게 180센티미터의 키에 80킬로그램 정도의 흑인 남자였다. 내가 187센티미터에 100킬로그램이 넘는다는 사실이나 내가 수감된 뒤로 같은 범죄가 계속 일어나고 있는 것은 중요하지 않았다. 희생자들의 가족도 신문을 읽었을까? 비슷한 사건들이 계속 일어난다는 걸 알고 있을까? 법원이 엉뚱한 사람에게 유죄 판결을 내렸을지 모른다고 생각하지는 않았을까? 나는 신문에서 찾은 유사 범죄 기사들과 "도와주려고 애써주셔서 감사합니다."라고 쓴 쪽지를 퍼핵스에게 보냈다.

그가 나를 생각하며 잠 못 이룬 적이 있을까? 아무 죄 없는 내가 사형수 수감실에 갇힌 것에 대해서는 어떻게 생각할까? 아무 생각도 없을까? 나는 어머니가 퍼핵스에게 아들을 살려달라고 간절하게 애원하는 편지를 보내고 있는 줄은 꿈에도 몰랐다. 어머니는 법정에서 오간 나에 대한 증언에 가슴 아파했다. 어머니의 막내 아기에 대해 터무니없는 거짓말을 하는 사람들을 가만히 보고 있어야 했으니 얼마나 힘들었을까? 90일의 보호관찰이 끝나고 면회가 허용됐을 때, 어머니는 이웃에 사는 웰시 메이 부인과 함께 홀먼 교도소를 향해 길을 나섰다. 장거리 운전을 해본 적이 없는 메이 부인은 애트모어 시로 들어서는 길을 찾지 못해 헤맸고, 면회 시간이 끝나고 두 시간이 지나서야 교도소에 도착했다. 다행히 교도소장이 교회 갈 때 차림으로 먼 길을 온 두 노부인을 안쓰럽게 여겨 20분간 면회를 허락했다.

원래 허용되지 않는 일이었지만 나는 한참 동안 어머니를 끌어안고 있었다. 비누와 장미 향수 냄새가 나는 어머니는 많이 지쳐 보였다. 눈 밑에 다크 서클도 있었고 입가에는 몇 달 전만 해도 없던 주름이 자글자글했다. 어머니는 "하느님이 바로잡아 주실 거다. 아가야, 하느님은 실패 없이 모든 일을 하실 수 있어. 하느님이 너를 위해 모든 걸 바로잡아 주실 거야."라는 말만 연신 되풀이했다.

"네, 그렇게 될 거예요." 내가 입을 열자, 교도관들이 놀란 표정을 지었다. 더 이상 하느님을 믿지 않는다는 말은 차마 할 수 없었다. 그곳에 하느님은 없었다. 있다고 해도 내가 생지옥에 떨어져도 괜찮다고 생각하는 하느님이었다. 그러니 내 하느님이 아니었다. 더는 아니었다.

"다음에는 레스터하고 오세요. 이 먼 길을 두 분만 오시는 건 안 돼요. 아셨죠?"

"아가야, 괜찮니?" 어머니가 한 손을 뻗어 내 얼굴을 어루만졌다. 없던 주름이 생기고 다크 서클이 짙어진 건 어머니만이 아니었다. 어머니의 눈에 눈물이 맺혔다.

"난 괜찮아요. 내 걱정은 마세요. 다들 잘해줘서 편히 지내고 있으니까." 거짓말을 하면 안 되지만, 어머니의 아픈 마음을 조금이나마 달래주기 위해서는 괜찮다는 생각이 들었다. 아들과 헤어져 살게 된 것만도 힘들 텐데, 앨라배마 주가 고집을 꺾지 않는다면 아들이 사형당하는 일까지 겪어야 하는 어머니에게는 해도 되는 거짓말이었다. 수백만 번 거짓말을 해서라도 어머니를 위로하고 싶었다. "이제 5분밖에 안 남았는데, 우는 데 시간을 다 써버릴 거예요? 어머니가 해주는 음식을 못 먹는 건 힘들지만 난 정말 괜찮아요. 아, 갑자기 맛있는 햄버거가 당기네."

어머니가 웃었다. 나는 그 웃음소리를 기억 속에 간직하려 애썼다. 사형수 수감동에서 온종일 새어나오는 한탄 대신 어머니의 웃음소리를 기억 속에 새겨두고 언제든 꺼내 듣고 싶었다.

"변호사님한테 편지를 두어 통 받았다. 그분이 너를 여기서 꺼내주려고 백방으로 애쓰고 계셔."

어머니가 가져온 편지 두 통을 조심스럽게 펼쳤다. 어머니 앞으로 보낸 편지들이었다. 나는 아직 퍼핵스에게 연락을 받은 적이 없었지만 그의 비서에게 항소 신청을 했다는 말을 전해 들어서 알고 있었다.

첫 번째 편지는 내가 선고를 받기 몇 주 전에 보낸 것이었다.

"이 편지는 내가 여기로 오기 전에 받은 거네요."

"그래, 내가 변호사님한테 네가 어떤 애인지 보여주려고 그전부터 편지를 보냈거든. 재판 때 사람들이 한 말은 다 거짓이란 걸 알려주고 싶었지. 그 사람들이 네 이름을 더럽혔잖니. 내 아들은 결코 살인자가 아닌데." 어머니가 하얀 손수건으로 눈물을 찍어냈다.

"괜찮아, 괜찮아요. 내가 좀 읽어볼게요." 나는 어머니 손을 토닥였다. 편지 봉투 윗부분에는 셸든 퍼핵스 변호사 사무소의 주소가, 아래엔 어머니 집 주소가 쓰여 있었다.

1986년 11월 25일

힌턴 부인께,

1986년 11월 17일에 보내주신 편지에 감사드립니다. 부인의 아들을 위해 제가 할 수 있는 모든 방법을 동원해 애쓰고 있다는 걸 알아주셨으면 합니다. 아드님의 재판은 항소로 이어질 것이고, 항소심에서는 우리가 이길 수 있을 겁니다. 항소 신청이 받아들여지기까지 1, 2년쯤 걸리겠지만 그 후에 아드님은 다시 재판을 받게 될 겁니다. 다음 재판 때는 몇 가지 전략을 새로 짤 계획입니다. 저는 여전히 아드님이 무죄 방면될 가능성이 높다고 생각합니다.

앞으로도 계속 모든 노력을 다하겠습니다.

셸든 퍼핵스 드림

나는 2년이나 더 사형수 수감동에 있고 싶지 않았다. 당장 여기서 나가고 싶은 마음이 간절했지만 그럴 수 있는 방법은 없었다. 퍼핵스는 무슨 전략을 새로 짜겠다는 걸까? 증인석에 앉아 조롱거리가 됐던 우리 측 총기 전문가를 생각하면 아직도 진절머리가 났다. 다시 재판을 받게 되면 법원에서 더 나은 전문가를 구하도록 좀 더 많은 비용을 줄까? 가난한 것이 죄라는 생각이 들었다.

두 번째 편지는 한 달 전에 보낸 것이었다.

힌턴 부인께,

아드님을 위해 제가 아는 모든 방법을 써보려 애쓰고 있습니다. 지금은 항소 제기를 하려고 준비 중인데, 신청 후 결과를 얻기까지 상당한 시간이 소요될 겁니다. 제 소견으로는 십중팔구 신청이 받아들여져 재심을 받게 될 것이고 그때는 다른 총기 전문가를 구해서 총알에 대한 분석을 의뢰할 겁니다.

저 또한 아드님의 살인 혐의는 유죄가 아니라고 믿고, 아드님을 위해 할 수 있는 모든 걸 하고 있습니다. 며칠 전 부인의 전화를 받지 못한 점 죄송하게 생각하고 편지로 알려주신 것에 감사드립니다. 필요하면 언제든 연락 주십시오.

셸든 퍼핵스 드림

행간에 드러나는 사실에 마음이 아렸다. 나를 구해달라고 어머니가 퍼핵스에게 전화도 하고 편지도 쓰고 있었다. 하지만 어머니가 퍼핵스에게 도와달라고 애원하는 편지를 보낼 때마다 25달러짜리 송금수표를 같이 보낸다는 건 꿈에도 몰랐다. '이것이 제가 가진 돈 전부입니다. 제 아들을 구해주세요.' 퍼핵스는 몇 푼 안 되는 송금수표를 보고 얼마나 비웃었을까? 1000달러짜리 아침 식사를 하는 사람에게 25달러는 돈 같지도 않았겠지만, 어머니에게 25달러는 10만 달러와도 같은 큰돈일 수 있었다. 퍼핵스는 가난한 생활이 어떤 건지 몰랐다. 급한 일로 가욋돈 10달러를 쓰면, 한 달 동안 수돗물이나 전기 없이 살아야 하는 것이 가난이었다. 아니, 전기나 수도를 다시 연결하려면

150

또 돈이 들어가니 한 달 이상을 그런 것 없이 살아야 할 수도 있었다. 어머니가 돈을 보낸 얘기를 왜 안 했는지 짐작이 갔다. 어머니는 아들을 살리기 위해 할 수 있는 일은 뭐든 하고 있다는 위안이 필요했을 거다. 그런데 그 돈을 보내는 걸 내가 알게 되면, 어머니의 마음을 헤아리지 못하고 보내지 말라고 할 게 뻔했다. 마음으로나마 느끼는 작은 위안을 빼앗기고 싶지 않았을 것이다.

어머니가 느꼈을 무력감이 절절히 느껴졌다.

우리 모두 무력감을 느꼈다.

그리고 그때는 내 변호사가 그런 무력감을 이용하고 있다고 생각하고 싶지 않았다. 그가 내게 남은 유일한 기회였기 때문에 그렇게 생각할 수 없었다. 나는 퍼핵스가 자동으로 보장받는 항소 제기를 하고 할 일을 다한 듯 더이상의 행동을 하지 않는다는 말을 어머니에게 하지 않았다. 퍼핵스는 벌써 질 생각부터 하고 있는 것 같았지만, 나는 그가 마음을 바꾸기만을 바랐다. 내가 재판을 받는 동안 퍼핵스에게 전화해서 자신이 진범이라고 밝혔다는 남자가 다시 전화하기만을 빌었다. 기적이 일어나서, 탈옥할 생각을 하지 않아도 되기만을 빌었다.

작별 인사를 하면서 어머니가 다음에는 레스터와 함께 오겠다고 약속했다. 그 말에 메이 부인이 한시름 더는 표정을 지었다. 처음엔 매주 금요일에 면회가 허용됐는데, 나중에 사형수는 한 달에 한 번으로 규정이 바뀌었다. 그 하루가 주말로 정해지는 일은 거의 없었다. 그들은 사형수들이 한 달에 한 번 가족과 친구를 편히 만나는 것조차 달가워하지 않았다. 레스터는 면회를 오기 위해 휴가를 신청해야 했고 금요일마다 나를 만나려고 왕복 7시간 거리를 오갔다. 목요일에 밤

근무를 하고서도 어김없이 금요일이면 몇 시간씩 운전을 했다. 나는 레스터가 졸음운전을 하게 될까 봐 걱정했다. 다행히 그는 언제나 내 어머니와 그의 어머니를 모시고 제일 먼저 도착해서 면회 신청을 했다. 그들은 캄캄한 암흑 속의 유일한 빛이었다.

그즈음 머릿속이 온통 증오와 분노로 가득 차서 실없는 잡담이나 하며 웃었던 것밖에는 면회 때 장면이 잘 기억나지 않는다. 어머니와 레스터는 이상한 낌새를 채고도 모른 체했지만, 이따금 걱정스런 레스터의 눈길을 느낄 수 있었다. 레스터는 어느 누구보다 나를 잘 알았지만, 그때는 내 속을 알 수 없다고 생각했을 거다. 그때만큼 내 머릿속이 악으로 가득 찼던 적은 없었고 사나운 생각을 억누를 수 없었다. 매일 매시간 어떻게 맥그리거를 죽일까 고심했다. 밤이고 낮이고 그를 죽이는 장면을 상상했다. 그리고 면회를 하는 동안에도 교도관들의 일과를 머리에 새기며 그곳을 빠져나갈 방법을 궁리했다. 몰래 철망 울타리를 넘어서 차 안으로 숨어들어 도주하는 순간을 상상했다. 물론 어처구니없는 생각이었다. 하지만 나는 탈주할 길이 있을 거라고 생각하고 교도관들을 지켜보며 때를 노렸다. 그렇게라도 해야 했다.

전기의자에 묶여 죽임을 당하느니 탈옥을 시도하다 죽는 게 낫지 않을까? 탈옥을 망설인 유일한 이유는 지은 죄가 있어서 도망갔다는 오해를 받고 싶지 않아서였다. 내가 가장 원하는 일은 무고함을 증명하는 것이었다. 나는 살인자가 아니었다. 하지만 이제 사람을 죽이고 싶었다. 내 머릿속은 세상 사람들이 생각하는 괴물이 되어가고 있었다. 그런 것을 어머니와 레스터가 눈치챌까 두려웠다. 그래서 어떻게 지내냐고 물을 때마다 거짓말을 했다. '음식이 괜찮아. 교도관들이 잘해줘. 수감자들 모두 조용해서 신경 쓸 일이 없어.' 나는 매번 어머니와 레스터에게 거짓말을 했다. '잠도 잘 자. 아무 문제없어.' 거짓말이 산더미처럼 쌓여갔다.

실상은 새벽 세 시에 아침을 먹고, 열 시에 점심을 먹고, 오후 두 시에 저녁을 먹었다. 매일 밤 나는 굶주림에 허덕였다. 교도소로 옮겨갔을 때 체중이 100킬로그램이었다. 카운티 구치소에서 4.5킬로그램쯤 빠졌지만, 여기서는 체중이 훨씬 더 줄었다. 아침 식사로 나오는 음식은 달걀가루, 바닥에 던져서 깨뜨려야 할 만큼 딱딱한 비스킷 하나, 만들다 만 것 같은 젤리 한 스푼이 전부였다. 교도소 전체에 식사를 배급하려다 보니 사형수들의 아침 시간은 새벽에 맞춰졌다. 새벽 2시 45분이면 교도관들이 "아침! 아침! 아침!" 하고 소리쳤다. 간신히 잠이 들었다가도 그 소리에 화들짝 놀라 어둠 속에서 벌떡 몸을 일으키곤 했다. 점심에는 뭔지 모를 고기를 다져서 만든 음식이 나왔다. 말고기라는 말이 돌았지만, 나는 그 말이 짓궂은 농담이기를 바랐다. 저녁에도 점심 때와 비슷한 모양의 고기가 나왔는데 그것에 붙여진 이름은 커틀릿이었다. 매주 금요일에는 눅눅한 생선 튀김, 통조림 콩이나 완두콩, 입에 들어가면 마른 가루처럼 부서지는 인스턴트 으깬 감자, 채소가 들어있는 멀건 국물이 나왔다. 그 국에선 꿈꿈한 곰팡이 냄새가 나고 쇠를 우린 것 같은 씁쓸한 맛이 났다. 나는 매일 굶주렸다. 육체적으로도 정신적으로도 굶주려서 빈 쭉정이만 남은 것 같았다. 가족이 있는 집이, 내 침대가, 교회가, 같이 어울려 이야기꽃을 피우던 사람들이 너무도 그리웠다. 하루 종일 그 모든 것에 대한 굶주림이 너무 컸지만, 아무것도 잡을 게 없어 허우적거리다 그냥 쓰러질 것 같았다. 의자를 뒤로 젖히고 앉아있다 뒤로 넘어가는 바람에 팔다리를 마구 버둥거릴 때처럼, 매일 쓰러지기 직전의 공포를 느꼈다. 자유를 되찾고, 내 품격을 지키고, 다시 사람 대접을 받고 싶은 마음이 간절했다. 수감번호 Z468로 불리고 싶지 않았다. 나는 앤서니 레이 힌턴이었다. 사람들이 나를 레이라고 부르고, 별일 아닌 일에도 잘 웃던 때로 돌아가고 싶었다. 내 이름을, 내 삶을, 내 집을 되찾고 싶었다. 여기서는 견디지 못할 것 같았다. 결국엔 빈 껍질만 남아서 형체도 없이 사라져버릴 것 같았다. 그들 모두 나를 죽이려고 안달이잖은가. 달아나야 했다. 그 외에 다른 길은 없었다.

재심을 위한 퍼핵스의 항소 제기는 6개월 이상 지연되었고, 결국 내가 체포된 날로부터 정확히 2년째가 되는 1987년 7월 31일에 기각 판결을 받았다.

그 당시 앨라배마에서는 42일 안에 항소 제기를 고지하고, 그후 28일 안에 항소 준비서면을 제출해야 했다. 퍼핵스가 항소심에 대해 알려준 거냐고? 아니다. 다른 사형수들이 항소에 대해 얘기하는 걸 듣고서야 알았다.

수감동에서는 온종일 법률 이야기가 오갔다. 마치 법률 수업을 듣는 것처럼. 나는 여전히 한 마디도 하지 않았지만, 다른 수감자들이 서로 얘기하는 소리는 귀 기울여 들었다.

"이봐, 브라이언 스티븐슨한테 전화해봐. 그분이 변호사를 보내줄 거야."

"브라이언 스티븐슨이 오하이오 주에 적을 둔 변호사를 보내줬어요. 워싱턴에 있는 변호사도 보내줬고."

"브라이언 스티븐슨한테 자네 재판 기록을 보여주고, 저쪽이 배심원단에게 편견을 갖게 한 건지 아닌지 알아봐 달라고 해."

"누가 거짓말을 했는지 그분한테 말씀드려."

하루 종일 그런 식이었다. 수감자들끼리 판례법에 대해 말씨름을 벌이고, 항소 제기에 대해 얘기했다. 앨라배마 주가 18년 동안 전기 사형을 중단했다가 1983년부터 다시 시작했다는 것도 알게 되었다. 그래서 거기 온 지 얼마 되지 않았거나 의뢰인을 위해 애쓰지 않는 변호사를 둔 사형수들은 사형 집행일이 잡힐까 두려워했다.

"브라이언 스티븐슨이 아는 변호사들이 한둘이 아니야. 굉장한 마당발이지."

"브라이언 스티븐슨이 모든 사형수의 기록을 다 살펴본다더라고요. 그러니까 산타클로스처럼 누가 착한 애인지 나쁜 애인지 다 안다는 말이죠."

하루 종일 브라이언 스티븐슨이라는 이름이 귀에 못이 박히게 들려왔지만, 나는 관심을 두지 않았다. 오직 내 소송을 맡고 있는 퍼핵스에게만 신경을 썼다. 나에게는 이미 변호사가 있었고 그것에 감사했다. 수감자들 대다수가 스티븐슨이라는 변호사가 마법과도 같은 힘을 보여주기를 기다리는 것 같았다. 하지만 나는 하느님도 산타클로스도 믿지 않았고, 그들에게 아무것도 묻지 않았다. 사람들이 내가 한 말을 어떻게 뒤집어 거짓말을 하는지 재판을 받으면서 뼈저리게 깨우쳤기 때문이다. 나는 다른 수감자들도 교도관들도 믿지 않았다.

퍼핵스조차 믿지 않았지만, 그래도 그는 없는 것보다는 나았다. 교도 관에게 요구할 게 있으면 편지지에 써서 내밀었다. 면회할 때는 내가 말을 한다는 걸 교도관들도 알았다. 그리고 내가 입을 다물고 있는 것 을 다행스럽게 여겼을지도 모른다. 상대해야 할 수감자가 하나 줄었 으니까.

교도관들은 나를 하루건너 한 번씩 샤워실로 데려갔다. 어느 때는 오후 6시에 데려가고, 또 어느 때는 자정에 데려갔다. 일정한 시간이 없었다. 처음 석 달 동안은 수갑이 채워진 채 내 앞뒤로 교도관이 한 명씩 붙었지만, 석 달이 지나자 수갑을 풀어주었다. 그렇다고 샤워실 을 혼자 쓸 수 있는 건 아니었다. 항상 두 사람이 같이 샤워를 해야 했 고 교도관들이 지켜봤다. 물 온도는 머리 가죽이 벗겨질 만큼 뜨겁거 나 얼음장처럼 차가웠다. 그날그날 교도관들의 기분에 따라 달랐다. 샤워하는 데 주어진 시간은 고작 2분이었다. 교도관들이 감시하는 눈 길을 받으며 2분 안에 비누칠을 하고 다 씻어내야 했다. 심지어 여자 교도관이 지켜볼 때도 있었는데, 여자가 쳐다봐서 좋기는커녕 치욕스 러웠다. 헛간 밖에서 호스로 몸이 씻겨지는 가축이 된 기분이었다.

수감자들은 하루에 한 번 운동장에 있는 1인용 우리로 나가서 운 동을 하거나 서성댈 수 있었다. 교도관들은 그걸 '산책'이라고 불렀는 데, 의무가 아니라서 그냥 수감실에 있는 사람들이 더 많았다. 수감자 들 대부분이 샤워하는 것도 산책하는 것도 귀찮아했지만, 나는 20분 쯤 되는 산책 시간을 늘 지켰다. 탈출 방법을 찾기 위해서였다. 운동 장 우리에서는 교도소 주차장과 흘면 교도소에서 멀어지는 도로가 보 였다. 매일 매순간 나는 그 길로 나가기 위해 경비 시스템의 허점을

156

찾았다. 검사들이 주장했던 것과 달리 나는 4.5미터 높이의 철조망을 기어오를 수 없었다. 더구나 총을 들고 지키는 교도관들의 눈을 피하는 건 더더욱 어려웠다. 그래서 땅굴을 팔까, 수감실 천장에 있는 작은 환기구로 빠져나갈까 하는 생각도 했다. 그 구멍으로 쥐와 바퀴벌레들이 드나들었는데, 그것들이 드나들 수 있으면 나도 빠져나갈 수 있지 않을까 싶었다. 그런 생각을 하며 매일 환기구를 노려볼 때마다 수감실 안을 엿보는 더듬이나 수염이 있는 것들이 눈에 띄었다. 밤이면 쥐들이 바닥을 긁어대거나 기어 다니는 소리가 들렸다. 바퀴벌레들도 밤에는 내 수감실 안을 활보하며 기어 다니다 날이 밝으면 환기구에 숨어 나를 지켜보는 것 같았다. 나는 바퀴벌레보다 자유롭지 못한 벌레였다.

사형수 수감동의 밤은 공포 영화 속 같았다. 소름끼치는 생물들이 기어 다니고, 신음 소리, 우는 소리, 비명 소리가 끊이지 않았다. 밤이 되면 너도나도 울었는데 한 사람이 그치면 또 다른 사람이 울었다. 누군지 드러내지 않고 울 수 있는 시간이었다. 나는 귀를 틀어막았다. 울음소리도 비명 소리도 듣고 싶지 않았다. 때로 미친 듯 웃는 소리도 들렸는데, 웃음소리가 제일 무서웠다. 사형수 수감동에 진짜 웃음소리가 퍼질 리 없었으니까. 겨우 잠이 든 사람들도 악몽에 시달리는 듯 소리를 지르거나 욕을 해댔다. 처음 몇 달, 아니 몇 년 동안은 내리 15분을 자본 적이 없었다. 잠을 못 자면 사람이 미친다. 희망도, 꿈도, 구원의 기회마저 빼앗긴 절망 속에서 암흑과 악마, 죽음과 복수를 쫓게 되고, 죽임을 당하기 전에 누군가를 죽일 생각을 하게 된다.

사방에 죽음의 기운이 감돌고 유령들이 떠돌았다. 사형수 수감동에는 전기의자에 묶여 죽은 사람들의 혼령이 떠돌았다. 죽임을 당하기 전에 스스로 죽음을 택한 사람들의 혼령이 떠돌았다. 그들의 피가 서서히 흘러가는 강물처럼 콘크리트 바닥 갈라진 틈 사이로 스며들었다. 그리고 말라붙은 뒤, 밤마다 바닥을 기어 다니는 것들의 몸에 붙어 여기저기로 흩어졌다. 피딱지가 들러붙은 바퀴벌레들이 여기저기 휘젓고 다니고, 쥐들은 마른 피를 갉아먹었다. 그러면서 벽이며 환기구에 피 가루를 묻혔고, 그 가루가 다시 바람에 날리다 우리 머리 위로 내려앉았다. 수감실에서 목을 매기는 어려웠지만, 시멘트벽에 머리를 찧는 건 어려울 게 없었다. 그래서 빨간 피가 사방으로 튀고, 끈적끈적한 살점이 벽의 갈라진 틈새를 메우면 굳어서 지워지지 않는 얼룩이 되었다. 사형수 수감동에는 죄를 짓고 죽은 사람들과 무고함을 끝내 밝혀내지 못하고 억울하게 죽은 사람들의 회한과 슬픔과 한이 스며있었다. 그런 으스스한 기운에 더해 되돌아가서 바꿀 수 없는 과거를 한탄하며 괴로워하는 소리도 끊이지 않았다. 진실이 받아들여지지 않는 것에 대한 차가운 분노와 상실감과 비통함이 우리 머리 위에 내려앉은 피 먼지 속에 깃들어 있었다. 지옥은 정말 있었다. 주소도 있고 이름도 있는 지옥이.

홀먼 교도소, 사형수 수감동.

그곳엔 단 한 줄기의 사랑도 희망도 없었다.

1988년, 형사 항소 법원이 1심 판결을 확정했다. 퍼핵스는 그 소식조차 알려주지 않았고 항소장 사본과 법원의 답을 통해 알았다. 퍼핵스가 항소 이유로 제기한 쟁점은 다섯 가지였다. 먼저, 가렛 판사가 일급 살인 사건 두 건을 연관시키는 데 있어서 오류를 범했는데, 두 사건을 분리해야 한다는 그의 의견을 받아들이지 않았다는 점을 들었다. 그리고 증거로 채택된 표준 총알들이 없었다는 점에서 두 가지 실수가 더 있었다고 했다. 마지막으로 내가 범행 현장에 있었다는 직접적인 증거가 없기 때문에, 법정이 두 살인 사건과 내가 연관되어 있다는 걸 증명하지 못했다는 점과 거짓말 탐지기 검사를 증거로 허용하지 않은 점을 문제로 제기했다. 형사 항소 법원은 다섯 가지 모두에 동의하지 않았다. 1989년 4월, 퍼핵스가 앨라배마 주 대법원에 항소할 거라는 편지를 보냈다. 내가 사형수로 2년이 넘는 시간을 보낸 후였다.

1989년 4월 11일

앤서니 레이 힌턴 (수감번호 Z468)
앨라배마 주 애트모어 시 홀먼 교도소 #37 (36506)

앤서니에게,

어제 앨라배마 대법원에 가서 당신을 위해 구두 변론을 했는데, 내가 제기한 주장에 관심을 기울인다는 인상을 받았어요. 재심을 받으면 1심 판결이 파기될 가능성이 꽤 높을 것 같습니다. 법원에서 추가 변론취지서를 제출하라는데, 대략 2주쯤 걸릴 겁니다. 그 뒤에 법원이 그걸 심리할 텐데, 그들의 의견이 정확히 언제 나올 거라고 장담할 수는 없지만, 좋은 결과가 나올 것 같은 느낌이 들어요. 만일 1심 판결이 뒤집히면 이 사건들에 대한 변론을 다시 준비해야 할 겁니다. 퀸시스 건에 대한 변론도 준비해야 하고요. 세 가지 각 사건에 대해 어떻게 새로운 방법으로 접근할지 생각이 아주 많습니다. 세 사건 모두 법적으로 심각하게 다툴 여지가 많겠지만, 법적으로 이용할 수 있는 방법은 모두 써볼 생각입니다.

우리가 해야 할 일들 중 한 가지는 다른 총기 전문가를 구하는 겁니다. 이전 우리 측 전문가가 도움을 주려고 애는 썼지만 배심원들을 설득하기에는 역부족이었죠. 내가 심문할 때는 페인 씨가 배심원들 마음을 돌리는 것 같았는데 반대 심문의 압박을 견디지 못했던 것 같습니다. 새로운 전문가를 구하는 일 외에 우리가 할 일들이 정말 많습니다.

만일 주 대법원이 재심을 허용하지 않으면, 다시 연방 대법원에 항소를 제기하는 것도 아주 좋은 방법일 겁니다. 다만 연방 대법원에 항소를 제기하면 변론하는 데 드는 비용이나 수임료를 전혀 지원받을 수 없어요. 누구든 당신 가족이 변호사 수임료를 마련할 방법을 찾아야 하죠. 이 소송은 아주 특별해서 연방 대법원이 항소 제기에 귀를 기울여줄 겁니다. 내 생각엔 재심을 얻어낼 확률이 높아요.

궁금한 점이 있으면 언제든 연락해요.

셀든 퍼핵스 보냄

나는 그 편지를 다섯 번도 더 읽었지만 풀리지 않는 의문이 있었다. 퍼핵스는 왜 첫 재판에서 그 모든 '다른 것들'을 하지 않았을까? 그리고 내가 무고하다는 사실은 어떻게 주장할 셈이지? 그들이 엉뚱한 사람을 잡아들인 사실에 대해서는 왜 아무런 이의도 제기하지 않은 걸까? 연방 대법원에 항소하겠다고? 미친 소리. 내 가족 중에 변호사 수임료를 댈 수 있는 사람이 없다는 걸 그 역시 알았다. 그러므로 앨라배마 주 대법원이 재심을 명령하도록 빌어야 했다. 난 여전히 탈출할 방법을 찾지 못했고, 아직 스스로 목숨을 끊을 준비도 안 되어 있었다.

내가 무고하다는 걸 증명하고 싶었다.

하지만 더는 견딜 자신이 없었다. 이곳에서 나가야만 했다.

어떻게든지.

10장

살인반

제가 살아남지 못하더라도 잊지 마십시오.
하느님은 제가 그 일을 저지르지 않았다는 걸 보여주실 겁니다.
_앤서니 레이 힌턴

살이 타는 냄새가 날 때서야 웨인 리터가 사형당했다는 걸 알았다. 나는 웨인을 알지 못했다. 그때까지 사형수 누구에 대해서도 몰랐다. 그런데 1987년 8월 28일 자정 무렵, 발전기 돌아가는 소리가 나더니 쉭쉭 파곽 하는 소리가 들리고, 수감실 밖 통로의 전등이 깜박거리다 꺼졌다. 그러더니 밤새 그 냄새가 났다. 죽음의 냄새. 뭐라고 말해야 할지 모르겠지만 코에서는 탄내가 나고, 목은 따끔거리고, 눈물이 흐르고, 속은 울렁거렸다. 그다음 날까지도 비위가 상하고 헛구역질이 났다. 사형수 수감동 곳곳에서 그 냄새를 떨쳐내려 코를 푸는 소리가 들렸다. 제대로 된 환기 장치가 없어서 공기 순환이 되지 않았기 때문에 대변과 썩은 쓰레기와 토사물이 뒤섞인 것 같은 악취에 탁한 공기가 더해진 죽음의 냄새가 내 머릿속에도 목에도 입에도 내려앉는 것 같았다. 모래가 낀 것처럼 뻑뻑하고 벌게진 눈을 연신 비벼대고 있을 때

163

누군가 교도관에게 그 냄새 때문에 못 견디겠다고 하소연하는 소리가 들렸다.

교도관이 웃으며 대꾸했다. "익숙해져야지. 내년이든 언제든 다들 네 냄새를 두고 똑같은 말을 할 텐데. 네 냄새는 뭐 다를 것 같아? 똑같이 엿 같을 거야."

교도관이 다시 웃었다. 나는 메스꺼운 느낌을 참을 수 없어 변기로 달려갔다. 숨을 쉴 때마다 웨인 리터가 입속으로 들어왔고, 사형수 수감동의 악몽은 갈수록 지독해졌다.

리터가 얼마나 수감되어 있었는지 알고 싶었다. 매주 사형이 집행되는 건가? 아니면 매달? 리터가 그날 죽음을 맞게 될 걸 알았는지도 궁금했다. 하지만 난 여전히 그 누구와도 말을 하지 않았고, 그들이 나를 언제 데리러 올지 알 길이 없었다. 항소를 제기했는데도 사형 집행일이 잡힐까? 만일 퍼핵스가 제기한 항소가 기각되면, 곧바로 교도관들이 한밤중에 나를 끌어내 전기의자에 묶고 내 몸에 전기를 통하게 해서 내장기관과 심장이 멈추고, 몸이 타들어가는 냄새가 온 건물을 떠돌다 내려앉고, 다른 수감자들을 불안에 떨게 할까? 전기의자에 앉는 것이 어떨지 멋대로 생각이 뻗어나가면서 두려움이 밀려들어 숨을 쉬기 힘들 만큼 가슴을 짓눌렀다. 내 안에서 달아나라고 아우성치는 소리가 들려왔지만 갈 곳이 없었다. 있는 힘을 다해 악을 써도 소리는 나지 않고, 그저 입을 벌린 채 다가오는 위험을 망연히 보고 서 있는 악몽을 꾸는 것만 같았다. 샤워실로 가는 중에 교도관을 밀고 총을 빼앗아서 이 지옥을 벗어나는 건 어떨까? 전기의자에 앉아 죽어 끔찍한 냄새로 남느니 그게 더 낫지 않을까?

몇 달 동안 리터에 대한 생각을 떨칠 수 없었다. 마지막 순간에 울면서 살려달라고 애원했을까? 그는 정말 죄를 지었을까? 억울하게 누명을 썼을까? 홀먼으로 오기 전까지, 나는 사형에 대해 생각해본 적이 거의 없었다. 내가 신경 써야 할 일이 결코 아니었다. 재판 중에 맥그리거가 어떤 사람이 내가 기소된 것과 같은 범행을 저질렀다면 어떤 형벌이 적당하다고 생각하느냐고 물었을 때, 나는 사형이라고 대답했다. 정말 그럴까? 어떤 사람이 살 가치가 있는지 죽어야 마땅한지 내가 어떻게 알 수 있을까? 어떤 사람이 유죄인지 무죄인지 어떻게 알 수 있을까? 내 보기엔 리터에게 일어난 일이 바로 살인 같았다. 누가 어떤 사람을 죽였다고 해서 그 사람을 죽여도 괜찮은 걸까? 수감자들 말에 따르면 사형 집행 후 사망 진단서에 기록하는 사망 원인이 살인이라고 했다. 그 말이 사실인지 아닌지 확인할 길은 없었지만, 어떻게 사실일 수 있을까. 낮에도 밤에도 그런 생각들이 내 머릿속을 휘저었다. 교도관들이 다음으로 데려갈 사람이 누구일까 하는 생각도 머릿속을 떠나지 않았다.

다음 사형 집행이 있기 한두 달 전, 그들이 예행연습을 했다. 그들은 스스로를 사형 집행 팀이라고 했지만, 사실은 살인집단이란 것을 모두 알았다. 열두 명으로 구성된 살인반이 열을 지어 사형수 수감동으로 행진했다. 한 교도관이 사형수 역할을 하고, 나머지 교도관들은 사형실로 그를 이끌었다. 사형실은 내 수감실에서 9미터쯤 떨어져 있었다. 내 수감실 번호는 8열 상단이었고, 8열 하단에는 나보다 몇 살 어린 남자가 수감되어 있었다. 나는 그와 얘기를 나눈 적은 없지만 그의 이름이 마이클 린제이고, 웨인 리터 다음으로 사형당할 사람이라는 것을 알았다.

사형 집행이 예정된 달로 접어들자 그는 수감실에서도 운동장에서도 매일 울었다. 수감동에서 그렇게 우는 사람은 처음이었지만, 나는 아무 말도 하지 않았다. 그는 살인반이 그의 수감실 앞에서 행진 연습을 할 때도, 사형실로 들어가서 옐로마마(노란색 전기의자)를 시험하기 위해 발전기를 켰을 때도 울었다. 전등이 깜박거릴 때도, 밤에 불이 꺼질 때도 울었다. 교도관은 그를 죽이는 의식을 연습하고 나서 마치 그를 살해하기 위한 연습이 아닌 것처럼 그에게 기분이 어떤지, 필요한 건 없는지 물었다. 그런 의식은 지켜보기에도 소름끼쳤고, 마이클 린제이의 공포심만 키울 뿐이었다. 사형 집행 전 월요일, 린제이가 제시라는 남자에게 살려달라고 애원했다. 제시는 홀먼 교도소에서 사형 집행을 없애기 위한 희망 프로젝트를 시작했지만 아무런 힘이 없는 사람이었다. 그 또한 사형수였다. 그런데도 린제이는 그에게 살려달라고 매달렸다. 너무 가슴 저리고 고통스러웠다.

사형 집행일이 가까워지면 날마다 하루 종일 면회 온 사람들을 만날 수 있었다. 또 보통 때는 허용되지 않지만, 면회 온 사람을 안을 수도 있고 손을 잡을 수도 있다. 하지만 사형수로 복역한 지 8년 가까이 된 린제이를 찾아오는 사람은 단 한 명도 없었다. 1989년 5월, 살인반이 스물여덟 살의 린제이를 데려갔다. 그는 한 여자를 죽이고 그녀의 크리스마스 선물을 훔친 죄로 유죄 판결을 받은 사형수였다. 그가 사형 집행을 앞두고 살려달라고 애원하며 울던 모습이 떠올랐다. 자신을 구해줄 사람이 아무도 없다는 걸 알았을 때 그의 마음이 어땠을까?

갑자기 친절하게 굴던 교도관들이 그를 전기의자에 묶고, 머리를 깎고, 두려움에 휩싸인 눈을 보지 않으려고 그의 얼굴에 검은 자루를 씌울 때 어떤 기분이 들었을까? 그는 나보다 다섯 살 적었는데 종신형을 평결한 배심원단 의견을 무시한 판사 때문에 사형을 선고받은 건장한 젊은이였다. 앨라배마에서는 얼마든지 가능한 일이었다. 린제이는 8년 가까이 복역한 뒤 사형당했다. 누군가 사형이 집행되면 수감자들은 그 기간을 헤아렸다. 사형당한 사람이 복역한 기간과 자신들의 수감 기간을 비교했다. 나는 사형 집행이 있기 한 달 전쯤 교도관들이 사형수에게 집행 날짜를 알려준다는 사실을 알게 되었다. 한 달이나 두려움에 떨며 목숨을 구걸하고 애원해야 하다니, 아예 모르는 게 나을 듯 싶었다. 죽을 날짜를 헤아리며 이 세상에서의 마지막 한 달을 살려달라고 울며불며 보내고 싶지 않았다. 살인반이 갑자기 찾아오는 것보다 미리 죽을 날을 아는 것이 더 힘들 것 같았다.

마이클 린제이는 마지막 말을 남기지 않았다. 교도관들이 사형실로 데려간 목요일 밤, 그의 울음 소리가 사형수 수감동을 뒤덮었다. 며칠 전, 몇 시간 전까지도 그를 찾아온 사람은 없었고 그는 오롯이 혼자 죽음을 맞았다. 자정 직전, 우리는 교도관들이 그를 전기의자에 묶고 있다는 걸 알았고 일제히 소리를 내기 시작했다. 모든 사형수들이 철창살과 문을 두드려댔다. 교도관들에게 "살인자들아!"라고 외치기도 했다. 그들은 생전 처음 들어보는 소리들을 냈다. 비명을 지르는 사람, 마이클 린제이의 이름을 목청껏 외치는 사람, 들짐승처럼 울부짖는 사람도 있었다. 손이 찢어지고 피투성이가 될 때까지 나는 주먹을 쥐고 수감실 문을 쾅쾅 쳤다. 일반 수감동에서까지 고함치는 소리가 들렸다. 나는 마이클 린제이를 잘 몰랐지만, 그가 혼자가 아니란 걸 알려주고 싶었다. 그의 삶에도 죽음에도 의미가 있다는 것을 알려주고 싶었다. 전기의자에 전기를 공급하는 발전기가 꺼져 더는 불빛이 깜박이지 않을 때까지 강렬한 소리는 계속되었다. 결국 죽음의 냄새가 풍겨오기 시작했다. 나는 철창 두드리기를 멈추고 침대로 가서 담요를 뒤집어쓰고 울었다. 혼자 죽음을 맞은 남자를 위해, 그리고 그다음으로 죽을 사람을 위해 울었다. 더 이상은 죽음을 보고 싶지 않았다. 그다음 날 교도관들을 보고 싶지도 않았고, 어떤 교도관이 린제이를 죽이고 나서 내게 음식을 가져다주는지 궁금해하고 싶지도 않았다. 사형 집행실 옆에서 살고 싶지 않았지만 갈 데가 없었다. 석방될 때까지 참는 수밖에. 린제이가 어쩌다 크리스마스 선물을 훔쳤을까 생각하면서 우리 가족이 보낸 크리스마스가 떠올랐다. 크리스마스라고 해서 선물을 주고받지는 못했지만, 그런 걸 속상해한 일은 없었다. 크리스마스는 그저 서로 사랑하고, 예수 그리스도의 탄생을 축하하고, 가족과 함께 맛있는 음식을 먹으며 웃음꽃을 피우는 날이었다. 집에 사람들이 북적거리는 것이 마냥 즐거운 날이었다. 프라코에서 레스터와 함께 공놀이를 하고, 들과 산으로 뛰어다니던 어린 시절로 돌아가고 싶었다. 햇빛이 환히 비추는 탁 트인 곳으로 나가 갓 벤 풀 냄새를 맡고 싶었다. 한밤중에 끌려가서 검은 자루를 뒤집어쓴 채 죽음을 맞고 싶지는 않았다. 눈을 감고 잠을 청했지만 마이클 린제이가 살려달라고 애원하는 소리가 귓가를 떠나지 않았다.

린제이가 사형당하고 몇 주 후에 스물여덟 살의 딘킨스라는 사람이 사형 집행일을 통고받았다는 말이 돌았다. 그의 사형 집행이 좀 '늦어졌다'는 것을 다들 알았지만, 얼른 죽여야 한다고 생각하는 사람은 없었다. 하지만 앨라배마 주는 늦어진 시간을 메울 작정인지 또 다른 사람에게도 사형 집행일을 알렸다. 던킨스는 1989년 7월, 리처드슨은 8월이었다. 한 달에 한 명씩 없애기로 계획한 듯 보이는 조치에 사형수들은 긴장했고 조용해졌다. 린제이의 죽음 이후, 날이 더워지기 시작하더니 갈수록 더위가 심해졌다. 공기가 전혀 순환되지 않는 수감실은 사우나 실이나 다름없었다. 물속에 오래 있었던 것처럼 손에 땀이 차서 쭈글쭈글해졌다. 지독하게 덥고 습했다. 시원한 물에 뛰어들고 싶은 마음이 굴뚝같았다. 그래서 시원한 개울물에 몸을 담그는 상상을 시작했을 때, 교도관이 내 수감실 문을 열었다.

"468번!"

나는 멀뚱멀뚱 그를 쳐다보았다.

"468번, 편지!"

나는 대답하지 않았다. 숫자로 나를 부르는 그에게 아무 말도 하지 않을 작정이었다.

"언제까지 벙어리 행세할 거야? 면회하러 온 사람들하고 수다 떠는 거 다 봤다고."

나는 그저 바닥만 내려다봤다.

"변호사가 보낸 편지 같은데 안 받을 거야? 받고 싶으면 받고 싶다고 말을 해."

교도관의 손에 들린 편지의 겉봉이 보였다. 셸든 퍼핵스 법률 사무소 도장이 찍혀있었다. 앨라배마 주 대법원에서 내가 바라마지 않던 답을 보내줬는지도 몰랐다. 이제 자유를 찾는 걸까? 가슴속에 희망이 차올랐다. 진범을 잡았을지도 몰라. 재심을 승인하면서 더 나은 전문가를 구해줄지도 모르고. 드디어 내가 동시에 두 장소에 있을 수 없다는 걸 깨달았나? 레지가 거짓말을 했다고 자백했나? 나 스스로 놀랄 만큼 내 안에서 희망이 부풀어 올랐다. 나는 교도관을 향해 웃었다. 나도 모르게 웃음이 나왔다.

"뭐, 그 정도로 봐주지. 바닥만 노려본다고 달라지는 건 없어. 협력하는 걸 배워야 여러 가지로 편해지지. 조금이라도 더 편하게 지내고 싶으면 고분고분하는 게 좋을 거야!"

여기서 편하게 지내고 싶지는 않았다. 밖으로 나가고 싶었다. 하루는 먹을 걸 갖다주고, 그다음 날은 목숨을 빼앗는 사람들로부터 벗어나고 싶었다. 하루 종일 죽음의 냄새와 지독한 더위에 시달려야 하는 좁은 상자에서 나가야만 했다. 나가지 못하면 돌아버릴 것 같았다.

나는 숨을 깊이 쉬며 한 손을 내밀었다. 그 편지를 내게 줘야 한다는 걸 교도관도 나도 알았다. 그가 먼저 읽어서는 안 된다는 것도.

"자, 받아. 오늘밤에 샤워 좀 해야겠군. 냄새가 지독해." 그가 편지를 내밀며 말했다.

문에 있는 구멍으로 편지를 넣어줘도 되는데 시비를 걸려고 들어온 걸지도 모르기 때문에 교도관이 나가서 수감실 문을 잠글 때까지, 나는 고개를 숙이고 그의 눈을 피했다. 침대 맡에 앉아서 편지를 들어 올리는 내 손이 떨렸다.

1989년 6월 19일

앨라배마 주 애트모어 시 홀먼 교도소 #37

제목: 앨라배마 대법원에 신청한 항소에 대해

앤서니에게,

아직 문건으로 전달받지는 못했지만, 금요일 오후에 앨라배마 대법원 직원으로부터 재심 요청이 기각됐다는 전화를 받았어요. 대법원이 항소 논거 심리를 마쳤기 때문에 이제 신속히 대응책을 마련해야 합니다. 난 여전히 재심 요청이 받아들여질 걸로 믿고 있어요. 당신이 받은 재판은 공정하지 않았다고 생각하니까요. 재심을 요구할 수 있는 기회가 한 번 더 있습니다. 연방 대법원에 신청할 수 있죠. 연방 대법원 규칙 20항에 따르면 앨라배마 주 대법원의 판결을 재심사받기 위한 이송 명령 청원은 판결 등재 후 60일 이내에 해야 합니다. 정당한 이유가 있을 시 30일을 연장받을 수 있고요. 그러니까 조속한 시일 내 결정해서 즉시 조치를 취해야 한다는 말입니다.

법원이 임명한 당신의 변호사로서 내 역할은 여기까지입니다. 당신이 연방 대법원에 재심을 신청하려면 변호사를 새로 선임해야 해요. 당신이 나를 변호사로 선임하겠다는 요청도 없고 연방 정부가 당신을 변호할 사람을 임명하겠다는 요청도 없지만, 연방 대법원에 할 재심 요청을 내게 맡긴다면 기꺼이 받아들이겠습니다. 수임료는 15000달러입니다. 수임료가 부담되겠지만 수임료를 지급받는 즉시 항소를 시작하겠습니다. 가족과 상의 후 어떻게 할 건지 일간 알려주시길 부탁드립니다.

셸던 퍼핵스

그 편지를 읽고 24시간 동안 꼼짝도 할 수 없었다. 교도관들이 와서 샤워실에 가자고 했지만, 나는 대답도 하지 않고 침대에서 일어나지도 않았다. 결국 교도관들은 다른 수감자를 데리러 갔다. 이번에도 문제는 돈이었다. 퍼핵스는 나를, 내 가족을 쥐어짜면 돈이 나올 줄 안 모양이다. 빌어먹을, 돈을 빼앗고 사람들을 죽였다는 이유로 사형수가 된 내가 15000달러를 어딘가에 숨겨놨을 거라고 생각한 걸까? 그의 사무실로 전화를 걸었을 때, 그의 비서가 말했다. "어머님께서 집을 담보로 대출을 받을 수 있지 않나요? 변호사님은 그렇게 할 걸로 생각하시는 것 같던데요."

"변호사님한테 두루 감사하다고 전해주세요." 내가 대답했다.

"더 전할 말은요?"

"그게 다입니다. 변호사님이 수임료 없이는 변호할 수 없다는데 더는 같이 할 수 없죠. 저나 우리 가족은 그런 돈이 없으니까요. 제 어머니 집을 담보로 대출을 받을 순 없습니다."

퍼핵스의 비서가 한숨을 내쉬며 그대로 전하겠다면서 퍼핵스가 교도소로 소식을 전하거나 직접 찾아갈 거라고 덧붙였다.

하지만 나는 그를 다시는 볼 수 없으리란 걸 알았다.

그 주에 레스터가 우리 어머니들을 모시고 면회를 왔을 때 나는 어머니들 없는 데서 얘기하려고 레스터를 한 귀퉁이로 이끌었다.

"빨리 말할게. 잘 들어. 퍼핵스 변호사하곤 끝났어. 항소 신청이 기각됐거든. 퍼핵스가 전화해서 뭐라고 하든 절대로 우리 어머니한테 접근하지 못하게 해야 돼. 집을 담보로 대출을 받으라고 할 테니까. 우리한테서 어떻게든 돈을 빼내려는 속셈이지. 이제 다 끝났어."

레스터가 고개를 가로저었다. "끝났을 리 없어. 뭔가 할 수 있는 일이…."

나는 레스터의 말을 가로막았다. "아니, 사형 집행일이 정해지면 그걸로 끝이야. 난 누구한테든 죽는 모습을 보이고 싶지 않아. 그러니까 그날이 되면 어머니들을 모시고 와서 이 근처에 있는 호텔에 묵어."

레스터가 거세게 고개를 저었지만, 얘기할 시간이 많지 않았다. 나는 급히 말을 이었다.

"자정이 조금 지나면 숨이 멎을 거야. 어머니를 깨우지 말고 아침까지 기다렸다가 말씀드려. 내가 갔다고. 어머니를 사랑한다는 말을 남기고 떠났다고."

레스터가 두 손으로 얼굴을 감쌌다. "난 못 해."

나는 심호흡을 하고 말을 이었다. "이런 부탁을 해서 미안하지만, 네가 말씀드려 줘. 어머니가 항상 '살아야 할 때가 있고 죽어야 할 때가 있다'고 말씀하시지 않았느냐고 이야기해줘. 내가 어머니를 사랑한다는 말도. 그리고 두려워하지 않았다고 전해줘. 언젠가 누구나 다 떠나는 길을 내 차례가 돼서 갔을 뿐이라고. 어머니가 이 세상을 떠날 차례가 되면, 내가 하늘나라에서 어머니가 좋아하는 음식을 차려놓고 기다리고 있을 거라는 말씀도 드려 줘. 어머니가 머물 좋은 곳을 마련해놓고 기다릴 거라고."

레스터가 눈물을 훔쳐냈다.

"어머니가 늘 하셨던 말을 몇 번이고 말씀드려. 어머니한테 도움이 될 말은 그 말뿐일 테니까. 알겠지? 하느님은 어떤 실수도 하지 않으신다고, 모든 일에는 다 이유가 있는 법이라고. 어머니가 아무리 울고 힘들어하셔도 녹음기처럼 계속 우리 어머니가 했던 말을 반복해서 말씀드려. 하느님이 하느님의 아들을 거둬가신 거라고. 살아야 할 때가 있고 죽어야 할 때가 있는 거라고. 어머니가 늘 그러시지 않았느냐고."

"왜 내가 그래야 해? 친형제들이 있는데." 레스터의 얼굴이 고통으로 일그러졌다. 처음 보는 얼굴이었다. 내가 아픔을 줬다는 생각에 가슴이 미어졌다.

"넌 내 형제야, 레스터. 나한테 제일 가깝고 제일 좋은 가족이 너야. 면회일에 내 형들을 여기서 본 적 있어? 누나나 형들이 나를 보려고 줄 서서 기다린 적이 있냐고. 내가 이런 부탁을 할 사람은 너밖에 없어. 우리 어머니도 네 말은 들으실 거야. 누구보다 너를 필요로 하실 테고. 우리 어머니를 잘 위로하고 보살펴드리겠다고 약속해줘. 어머니가 많이 슬퍼하시겠지만, 하느님이 내가 필요해서 데려간 거라고 말씀드려줘. 누구든지 살아야 하는 때가 있고 죽어야 하는 때가 있는 거라고, 그렇게 말씀드려. 갈 때가 돼서 간 거라고, 두려워하지 않고 기쁜 마음으로 하느님 옆으로 갔다고."

나는 레스터의 팔을 잡았다. "레스터, 우리 어머니 마음이 편해지실 때까지 계속 거짓말을 해야 돼. 알았지?"

"그렇게 죽게 놔두지 않을 거야."

"그냥 약속해줘."

"여기서 빼낼 방법을 찾고 말 거야. 내가 다른 변호사를 찾아볼게. 퍼핵스 같은 변호사 말고."

"그자는 어머니 집 근처에 얼씬도 못 하게 해줘. 알았지?"

레스터가 고개를 끄덕였다. 어렸을 때부터 봐온 고집스러운 표정을 짓고 있었다.

"살아야 할 때가 있고 죽어야 할 때가 있다는 건 맞는 말이야." 내가 말했다.

"오늘만큼은 그 말이 틀렸어."

"오늘도 그래, 레스터. 여기서는 항상 그래."

7월 14일, 호레이스 던킨스가 죽임을 당했다. 나는 철창문을 쾅쾅 두드렸다. 전깃불이 더 이상 깜박거리지 않자 소리 내는 걸 멈췄다. 그런데 10분 후에 발전기가 다시 돌아가면서 전깃불이 또 깜박거렸다. 교도관들은 실수라고 했다. 그들이 전선을 잘못 연결하는 바람에 던킨스는 19분에 걸쳐 두 번이나 전기 사형을 당해야 했다. 그리고 한 달 후에 베트남 참전용사인 허버트 리처드슨이 사형당했다. 그는 국가를 위해 싸웠건만, 국가는 멋대로 그의 삶을 끝내라고 명령했다. 그는 사형실로 가기 전에 사형실도, 그를 지켜보는 사람들도, 다른 아무것도 볼 수 없게 눈을 가려달라고 부탁했다. 우리는 던킨스도 리처드슨도 혼자가 아니란 걸 알려주기 위해 철창을 두드렸다.

리처드슨은 혼자 죽음을 맞지 않았다. 브라이언 스티븐슨이라는 젊은 변호사가 리처드슨이 마지막 숨을 거두기까지 내내 함께 있었다는 것을 다른 수감자들이 나누는 얘기를 통해 알게 되었다. 다시 한번 브라이언 스티븐슨이라는 사람이 누구인지, 의뢰인이 죽어가는 모습을 지켜봐야 했던 그의 마음은 어땠을지 궁금해졌다.

나는 낮이면 언제 죽을 날을 받게 될지 불안해하며 보내고, 밤이면 재판받던 모든 순간을 되살려 곱씹으면서 보냈다. 해야 하는데 못한 말들을 떠올리고, 퍼핵스가 부를 수 있는데 부르지 않은 증인들을 떠올렸다. 퍼핵스는 왜 우리 가족과 레스터와 교회 사람들과 이웃 사람들을 증인으로 불러 내가 살인을 저지를 사람이 아니라는 것을 배심원단에게 보여주지 않았을까? 맥그리거에 대해서도 생각했지만, 그에 대한 증오심은 어느 정도 흐릿해져 냉담한 무관심으로 변해 있었다. 그는 악마였다. 하지만 그런 악마에 대해 뭐라도 하려는 나는 어떤 사람인가 하는 생각이 들었다. 내가 갖고 있던 성경책은 거의 3년째 침대 밑에 처박혀있었고, 사형수 수감동에서는 누구와도 말을 섞지 않았다. 우연히 듣게 된 얘기 말고는 교도관들이나 다른 수감자들에 대해 아는 것이 없었다. 나는 완전히 혼자였다. 비열한 퍼핵스조차 내 곁을 떠났다. 아무 죄 없이 죽임을 당해도 나와 어머니와 레스터 말고는 알아줄 사람이 아무도 없을 터였다.

"힌턴!" 교도관이 내 이름을 부르는 소리에 벌떡 일어나 앉았다.

수감실 문이 열렸다. 무슨 일이지? 사형 날짜를 알려주러 왔나? 사형실로 데려가려는 걸까? 결국 죽을 때가 된 건가?

나는 두 주먹을 꽉 쥐었다. 순순히 끌려가지는 않을 생각이었다. 나는 죄를 짓지 않았으니까. 전기 사형을 당할만한 사람이 아니니까. 그렇게 죽어도 될만한 사람은 아무도 없었다. 우리 모두 하느님의 자녀들이잖은가. 침대 밑으로 손을 뻗어 성경책을 꺼내고 싶었다. 내가 왜 하느님을 저버렸을까? 왜 하느님이 주는 위안에서 등을 돌렸을까? 이제 하느님이 절실했다. 곧 머리를 깎이고, 얼굴에 자루가 씌워지고, 누구의 눈도 볼 수 없게 되겠지? 그리고 사람들은 억울하게 죽임을 당하는 나를 지켜볼 테고.

나는 일어섰다. 이제는 맞서야 했다. 교도관의 총을 낚아채서 필사적으로 도망치리라. 자유로운 사람으로 죽고 싶었다. 내가 선택한 방식으로 죽고 싶었다. 머리가 빙빙 돌고 심장이 쿵쾅거리고, 아드레날린이 치솟았다. 내 뜻대로 할 때가 되었다. 양처럼 순순히 도살장으로 끌려갈 순 없었다. 그럴 수 없었다. 이렇게 죽임을 당하는 건 하느님의 뜻이 아니었다. 이런 일을 당하라고 하느님이 나를 이 세상에 보낸 건 아닐 테니까. 분명히 잘못된 일이었다. 이런 죽음엔 끝까지 맞서야 했다. 집에 가고 싶었다. 집으로 돌아가야 했다. 집에 돌아가고 싶을 뿐이었다.

"힌턴! 변호사 접견이다!" 교도관이 총에 한 손을 올려놓은 채 나를 빤히 쳐다보았다. 내가 직전까지 그에게 덤벼들 생각을 하고 있었던 것을 눈치챈 걸까?

나는 교도관을 따라 면회실로 갔다. 내 나이 정도로 보이는 짧은 갈색 머리칼의 백인 여자 혼자 탁자 앞에 앉아있을 뿐 다른 사람들은 없었다.

여자가 나를 보고 일어서면서 활짝 웃었다. 그러고는 한 손을 내밀어 악수를 청했다.

나는 그녀를 쳐다보기만 했다.

"힌턴 씨, 저는 워싱턴에서 온 산다 소넨버그예요. 새 변호사로 왔어요."

나는 그녀의 손을 맞잡고 악수를 했다. 하지만 내 표정이 여전히 혼란스럽고 의심이 가득해 보였던 모양이다.

그녀가 고개를 갸웃 기울이고는 내게 다시 웃음을 지었다.

"힌턴 씨, 앉으세요."

나는 자리에 앉았다.

"제가 연방 대법원에 힌턴 씨 소송에 대해 이송 명령 청원을 제기할 거예요."

"전 돈이 한 푼도 없습니다."

그녀가 날카로운 눈빛으로 쳐다보며 대답했다. "제가 지금 돈을 요구하는 걸로 보이세요? 힌턴 씨한테 돈을 바라는 사람은 없어요."

"이전 변호사는 그 이송 명령 뭐라는 걸 하는 대가로 15000달러를 요구했는데요. 제 어머니가 집을 담보로 대출받기를 원했죠. 그럴 일은 없을 겁니다. 제가 먼저 죽을 테니까요."

산다가 숨을 깊이 들이마셨다가 내쉬었다. "좋아요. 한 가지씩 차근차근 얘기하죠. 돈은 한 푼도 받을 생각 없어요. 제가 이송 명령을 청원해도, 연방 대법원이 받아주지 않을 수도 있어요. 대개는 받아주지 않죠. 이송 명령 청원은 기본적으로 하급법원의 판결을 재검토해달라고 요청하는 건데, 대법원이 그걸 승인하는 경우는 흔치 않아요. 어쨌든 청원을 준비하는 건 그다지 큰일이 아니니까 정해진 기한 안에 할 수 있을 거예요. 그런 다음에 조사를 하고, 제퍼슨 카운티 순회 재판소에 규칙 32항에 따른 청원을 할 거예요."

나는 계속 그녀를 빤히 쳐다보기만 했다. 무슨 말인지 다 알아듣지는 못했다. 앞으로 조사를 할 거고 새로운 무슨 청원을 하겠다고?

"제가 무고하다는 걸 아셨으면 합니다. 전 아무도 죽이지 않았어요. 저를 믿어주시면 좋겠습니다."

"전 힌턴 씨를 믿어요." 그녀가 숨을 크게 내쉬었다.

"제 재판 기록을 보면, 퍼핵스가 스스로 진범이라고 밝힌 사람의 전화를 받았다는 걸 알 수 있을 거예요. 제 어머니도 그런 전화를 받으셨답니다. 그 전화번호를 알아낼 방법을 찾아야 해요. 그 사람이 가명을 써서 찾지 못했는데, 어떻게든 찾아야 합니다. 그 사람을 찾아주세요."

산다가 다 알고 있다는 듯 고개를 끄덕였다. "우리가 전부 다 조사할 거예요. 하지만 먼저 힌턴 씨한테 어떻게 살아왔는지, 성장 배경은 어떤지, 가족들과의 관계는 어떤지 이것저것 물어볼 겁니다. 재판에 대해서도요. 재판 기록하고 퍼핵스 변호사 기록도 다시 검토할 거고요. 증거도 전부 다시 살펴보고, 우리가 뭘 할 수 있는지 알아볼 거니까, 힌턴 씨도 약해지지 말고 버티셔야 해요. 지내는 건 괜찮으세요?"

"변호사님이 다시 조사를 하고, 재심 청구를 하는 동안에 제가 사형당할 수도 있는 건가요?" 나는 질문을 던지고는 숨을 참았다.

"아니에요. 소송이 법원에 계류 중인 동안엔 힌턴 씨를 사형할 수 없어요."

탁자에 머리를 대고 몇 번 호흡을 한 뒤 다시 머리를 들었을 때 눈에 눈물이 맺혔다. 산다는 짐짓 모른 체했다.

"당신의 도움이 필요해요. 함께 힘을 모아서 이 일을 풀어가야 해요. 저를 변호인으로 승낙하시겠어요? 힌턴 씨, 괜찮겠어요?" 그녀가 내 얼굴을 응시했다.

나는 웃음 띤 얼굴로 대답했다. "네, 승낙할게요. 레이라고 불러주세요."

"좋아요, 레이. 그럼 잘해봐요."

"한 가지 더 궁금한 게 있는데, 어떻게 제 변호사가 된 거죠? 레스터한테 전화를 받으셨어요?"

그녀는 고개를 가로저었다. "전 레스터가 누군지도 몰라요."

"그럼 어떻게 여기 오셨어요? 저에 대해 어떻게 아셨죠?"

산다 소넨버그가 웃었다. "브라이언 스티븐슨 변호사가 보냈어요. 그분은 이곳에 있는 모든 사람을 알죠."

11장

죽음을 기다리며

저는 아무도 나쁘게 생각하지 않고 탓하지도 않습니다.
_허버트 리처드슨의 마지막 말

1989년 11월 13일, 연방 대법원은 아무 의견 없이 우리가 한 청원을
기각했다.

나흘 후, 아서 줄리어스가 사형당했다.

나는 다른 수감자들과 함께 자정을 지나 10분이 지나도록 철창을
두드렸다. 그러자 교도관들이 와서 조용히 하라며 화를 냈다. 그중 한
교도관은 말했다. "그 사람이 당신들 소리를 들었으니 그만해. 다 들
었다고."

아서 줄리어스는 교도소의 허가를 받고 밖에 나가 있는 동안 사촌
을 강간하고 살해한 혐의로 유죄 판결을 받은 사형수였다. 그가 살아
있을 때 무슨 일을 했는지, 어떻게 강간을 하고 살인까지 할 생각을 했
는지, 정말로 그런 죄를 저질렀는지는 몰랐다. 하지만 그런 범죄를 저
질렀을 수는 있다고 생각했다. 사형수로 수감된 사람들 모두 무고하

다고 생각하진 않았지만, 모두 사형당할 만한 죄를 지은 건 아니라는 것 또한 알았다. 긴 법복을 입은 사람들과 한 무리의 백인들에 의해 부당하게 사형수가 된 사람이 나 혼자라고 생각하지는 않았다.

산다가 나를 변호하게 된 것을 아무에게도 말하지 않았다. 교도관들이 밤에 나를 데려가 노란 의자에 묶는 일은 없을 거라고 생각하면서도 여전히 두렵고 불안했다. 레스터가 우리 어머니들과 함께 면회 왔을 때를 제외하고는 거의 대부분 침대에 누워 천장을 바라보며 시간을 보냈다. 내 인생 위에 먹구름이 드리운 것 같았다. 먹을 힘도, 얘기할 힘도, 수감실을 청소할 힘도 없었다. 청소를 안 한다고 뭐 어떻겠는가? 그들이 뜻한 대로 생지옥을 내 집으로 만들고 싶지 않았다. 맥그리거의 얼굴과 그가 했던 말이 시도 때도 없이 떠올랐다. 그는 나를 비열한 강도이며 살인자라고 했다. 재판을 받기 전 구치소에서 보낸 1년 6개월 동안 판사 앞에서 예비 심문을 할 때마다 맥그리거는 나를 차갑게 노려보았다. 왜 나였을까? 왜 논리적이지도 않고 상식적이지도 않은 방식으로 사실을 비틀고 왜곡하면서까지 나를 악랄한 인간으로 만들려고 했던 걸까? 그에게 묻고 싶었다. 왜 나였느냐고. 아니, 흑인이면 누구든 범인이 될 수 있었던 건가? 체포되어 재판을 받을 때마다 그런 의문이 머릿속을 맴돌았다. 그런 생각을 억누를 수도 멈출 수도 없었다. 항소심이 시작되기도 전에 미쳐버릴 것만 같았다. 맥그리거는 나를 죄인으로 만들려고 온갖 수단을 다 썼다. 그야말로 내 목숨을 강탈해갔으므로 살인자였고, 비열한 거짓말쟁이였고, 강도였다. 배심원단 앞에서 그가 했던 말들이 불쑥불쑥 떠올랐다. "찬찬히 증거를 살펴보고 진상을 알아내길 부탁드립니다. 이 사건의 진상을 밝혀

내십시오. 증거를 보고, 증언을 기억하십시오. 사실을 알아내고 정의를 실현해주십시오."

그 말들이 돌림노래처럼 꼬리에 꼬리를 물고 이어졌다. 그중에 중요해보이는 뭔가가 있었지만, 죽은 거나 다름없는 사람들이 끔찍한 소리를 내는 한밤중에 잠 못 이룬 채 누워서는 그것이 어떤 의미인지 파악할 수 없었다. 죽어 마땅한 사람은 내가 아니라 맥그리거였다. 죄를 지은 사람은, 살인자는 다름 아닌 그였다. 다른 사형수들 속에서 두려움에 떨거나 전기의자에서 사람이 타는 냄새를 맡아야 하는 건 바로 그였다. 맥그리거야말로 유죄 판결을 받아야 할 죄인이었다.

흐느끼는 소리를 처음 들은 건 별다른 일 없이 자정을 넘긴 때였다. 사형수 수감동에서는 매일 밤, 소리치고 신음하고 울부짖는 소리가 났다. 하지만 그날은 이상하게도 20분쯤 정적이 감돌더니 이윽고 흐느끼는 소리가 들렸다. 매일 밤 끊이지 않는 고통의 소리엔 이미 익숙해졌고, 그런 소리는 나와 상관없는 잡음에 지나지 않았다.

하지만 흐느끼는 소리를 들은 건 그때가 처음이었다.

울음소리라기보다 낮게 으르렁거리는 목 쉰 소리가 나고, 얼마 후 교도관이 내 수감실 앞을 지나갔다. 복도 불빛에 그의 실루엣이 보였다. 그러고는 누가 옆에서 울지 말라고 달래는 듯이 다시 흐느끼는 소리가 들렸다 끊겼다 했다. 그 소리는 정확히 알 수는 없지만 내 수감실 가까이서 나는 소리임에는 틀림없었다. 이내 흐느껴 우는 소리가 좀 더 커졌다. 나는 그 소리를 무시하고 맥그리거, 레지, 퍼핵스, 가렛 판사에 대한 생각으로 돌아가려고 했다. 그들은 왜 퍼핵스에게 전화해서 진범이라고 밝힌 남자를 찾지 않았을까? 진범을 조사하려면 일이 너무 번잡해질 것 같아서 나를 그냥 범인으로 굳히기로 했던 걸까? 그러면 그들은 그 사건에서 손을 뗄 수 있고, 희생자들 가족은 조금이나마 마음이 편해질 테니까. 전화했던 남자는 누구였을까? 진범일까, 아니면 어떻게든 신문에 나고 싶어 안달이 난 미치광이일까? 퍼핵스의 사무실과 집에만 한 게 아니라 어머니에게도 전화를 했다는데, 장난으로 그렇게 수고스러운 일을 했을까? 엉뚱한 사람을 범인으로 잡아들이고 진범을 찾는 일엔 아무도 관심을 기울이지 않는 걸 보고는 그도 놀랐을 것이다. 나를 안쓰럽게 생각했을지도 모른다. 나는 그가 제 발로 교도소에 들어가거나 언론매체에 찾아가는 걸 상상했다. 자신의 영혼을 구하기 위해서 지은 죄를 자백하고 나 대신 사형수로 수감되는 장면을 상상했다. 진짜 범인이 하느님 앞에서 자신의 죄를 털어놓고 회개한 다음 맥그리거나 판사에게 전화해서….

"오, 하느님… 제발 도와주세요. 견딜 수가 없어요. 더는 못 참겠어요."

나는 일순간 상상에서 벗어나 흐느껴 우는 소리에 귀를 기울였다. 다른 말은 더 이상 들리지 않았지만 흐느끼는 소리는 더욱 깊고 무거워진 듯했다. 저 사람은 정말 하느님이 도와줄 거라고 믿는 걸까? 이곳에 하느님은 없었다. 더는 참지 못하고 스스로 삶을 끝내거나 죽임을 당할 때까지 견디는 수밖에 다른 길은 없었다. 높은 곳에 앉아있는 하느님은 아래쪽을 내려다보지 않았다. 여기 있는 우리를 보지 않았다. 이 암흑 속에 빛이라곤 없었다. 하느님도, 도와주는 손길도, 희망의 빛도 전혀 없었다.

머릿속으로는 그렇게 생각해도 흐느껴 우는 소리를 차마 흘려들을 수 없었다. 다시 맥그리거에 대한 생각으로 돌아가려 했지만, 너무도 낮고 깊게 흐느끼는 소리가 라디오 볼륨을 갑자기 확 높였을 때처럼 가슴을 쿵 치는 것 같았다. 하지만 내가 상관할 일이 아니었다. 모든 사형수 각자가 알아서 할 일이었다. 나는 누구도 믿지 않았고, 앞으로도 그럴 생각이었다. 사람들은 거짓말을 하고, 돈 몇 푼을 위해 다른 사람을 팔아넘기고, 진실 따위 상관하지 않으니까. 그래서 나도 다른 사람들에게 신경 쓰지 않을 생각이었다. 내가 신경 쓰는 사람들은 매주 나를 보러오는 사람들뿐이었다.

나는 침대에서 일어나 몇 발자국 안 되는 수감실 안을 오락가락했다. 변기 앞에서 수감실 출구까지.

하나

둘

셋

넷

다섯

머릿속으로 발걸음을 세고, 돌아서서 다시 걸으면서 발걸음 수를 세고, 그러고는 또 다시 돌아섰다. 울음소리가 그치면 나도 침대로 돌아가 누울 생각이었다. 그가 한쪽 발이 덫에 걸린 짐승처럼 흐느껴 우는 동안에는 누워있을 수가 없었다.

"하느님, 도와주세요. 오, 하느님. 더 이상 못 참겠어요. 참을 수가 없어요. 못 견디겠어요. 도저히…." 그 남자가 탄식하며 울었다. 나는 그저 발걸음을 세며 걷고 다시 돌아서 걸음 수를 세고 또 돌아서는 수밖에 달리 할 수 있는 게 없었다.

하나

둘

셋

넷

다섯

나는 어머니에 대해 생각했다. 그날 낮에 어머니에게 전화를 했는데, 어머니는 축하할 일이 있어 레스터를 위해 저녁상을 차리던 중이라고 했다.

"축하할 일이 뭔데요?"

"레스터가 결혼하잖니."

"무슨 말도 안 되는 소리예요!" 나는 코웃음 쳤다. 레스터가 결혼한다면, 내게 말을 안 했을 리 없었다. 지난주에 나를 만나러 왔던 날 이후로 여자를 만난 거라면 모를까, 결혼한다는 말은 전혀 없었다.

"말이 안 되긴, 실비아랑 곧 결혼해. 우리 교인 중에 화재 사건으로 남편을 잃은 참한 여자, 너도 알지?"

"그런 소문이 있는 모양인데 진짜처럼 얘기하시면 어떡해요?" 나는 계속 웃어 넘겼다. 레스터가 내게 말을 안 했을 리 없으니까.

"아이쿠, 내가 소문하고 사실도 못 가릴 것 같니? 레스터가 제 엄마랑 실비아랑 지금 우리 집으로 오는 중이다. 내가 아무 일 없는데 축하한다고 저녁을 차리는 바보인 줄 아니? 말도 안 되는 소리를 하는구나." 어머니의 웃음소리를 들으며 나는 화제를 돌렸다.

"다음에 면회 오실 땐 파이 좀 구워다 주세요. 복숭아 파이로 교도관들을 어머니 편으로 구워삶아 보세요." 내가 이런 말을 하면 어머니는 그저 웃었다. 아마도 법을 어기는 순간 머리에 뿔이 날 거라고 생각하는 모양이었다. "전화요금 많이 나오겠어요. 이만 끊을게요. 금요일에 봬요. 사랑해요."

"나도 사랑한다, 막내야."

나는 전화를 끊고 레스터가 결혼한다는 사실을 머릿속에서 밀어내려고 애썼다. 하지만 누군가 흐느껴 우는 소리를 들으며 좁은 수감실 안을 오락가락하다보니 어쩔 수 없이 또 생각이 났다. 레스터가 말을 하지 않은 것이 서운했지만, 왜 그랬는지 알 것 같았다. 내가 사형수로 수감되어 있는 동안 데이트를 하고, 사랑에 빠지고, 결혼을 하게 된 얘기를 피한 이유를. 내가 다시 사랑에 빠지거나 결혼하기 전에 죽을 수도 있다고 생각하니 너무도 가슴이 아팠다. 떠나보낼 수밖에 없었던, 내가 만나던 실비아도 떠올랐다. 이제 레스터에게도 실비아란 여자가 있었다. 레스터는 사람답게 살고 있었다. 모름지기 삶이란 변화가 있어야 한다. 매일 새벽 3시에 아침을 먹고, 오전 10시에 점심을 먹고, 오후 2시에 저녁을 먹는 것은 삶이라고 할 수 없었다. 보통 사람들은 비좁은 상자 안에서 어제와 똑같은 오늘을 보내고, 오늘과 똑같은 내일을 보내지 않았다. 레스터는 내가 잃고 있는 것들을 생각하며 서글퍼할까 봐 결혼한다는 말을 차마 못 한 것이다.

그는 이미 너무나 가슴 아픈 일을 겪고 있는 내가 더는 상처받지 않기를 바랐다.

사람은 자유를 잃고 나서야 자유의 가치를 온전히 깨닫게 된다. 자유를 잃는 건 날마다 온종일 구속복(행동을 제한하거나 구속하기 위해 정

187

신질환자나 난폭한 죄수 등에게 입히는 옷)이 입혀진 것과 같다. 삶에 대해 선택할 수 있는 게 없다. 아, 내가 원하는 대로 살 수 있다면 얼마나 좋을까? 잠이 안 오면 산책을 하러 나갈 수 있고, 저녁으로 닭고기를 먹고, 가고 싶은 데까지 차를 타고 달릴 수 있다면 얼마나 좋을까? 선택하며 살아갈 수 있는 레스터의 삶을 시기하지는 않았다. 레스터가 행복하기를 바라마지 않았다. 하지만 바로 곁에서 결혼을 축하해줄 수 없는 것이 슬펐다. 여기서 나가야겠다는 생각이 더 절실해졌다. 여기서 나가지 못하면 아이도 가질 수 없다. 나는 아들을 낳고 싶었다. 언젠가 아들과 함께 야구도 하고 싶고, 미식축구 경기에 데려가고도 싶었다. 숲과 강을 보여주고 싶고, 조용한 시골 밤의 아름다움을 느끼게 해주고 싶었다. 낚시와 운전을 가르쳐주고, 믿음만 있으면 뭐든 할 수 있다는 것을 일깨워주고 싶었다.

나는 걸음을 멈추고 숨을 죽였다.

믿음. 믿음이 없는 내가 다른 사람에게 믿음에 대해 가르쳐줄 수 있을까?

"하느님, 도와주세요, 하느님….." 간간이 흐느끼는 소리가 들렸다. 울음소리가 멈추면 나도 모르게 숨을 죽이고 다시 소리가 나기를 기다렸다. 사형수 수감실에서 자살하는 사람들이 드물지 않았기에 흐느끼는 소리와 정적 중에 어느 것이 더 나쁜지 가늠이 되지 않았다. 나는 다시 수감실을 오락가락했다. 여하튼 울음소리는 내가 상관할 일이 아니었다.

하나

둘

셋

넷

다섯

레스터의 행복을 빌며 레스터가 결혼한다고 직접 말해주기를 기다리기로 마음먹었다. 서운한 기색을 내비쳐서 레스터의 마음을 아프게 하고 싶지 않았다. 그런 게 진정한 우정이니까. 어떤 인간관계에서든 나의 행복만큼, 아니 그 이상 상대의 행복을 바랐다. 레스터는 사랑받을만한 사람이다. 젠장, 모든 사람이 다 사랑받을만하다.

그 남자가 다시 울기 시작했다. 나도 눈물이 흘렀다. 침대 밑에서 누군지 모르는 사람을 위해 조용히 울었다. 십중팔구 살인자이자 앨라배마의 애트모어 시에 있는 철창 안 어둠 속에서 혼자 외로이 울고 있는 사람을 위해서. 사형수 수감동에만 혼자라고 외로워하는 사람이 있는 건 아니었다. 전 세계에 침대 밑에 앉아 울고 있는 사람이 어디 한둘이겠는가. 하지만 여기서는 그 어디서 느끼는 것보다 더 슬픈 기운이 감돌았다. 나는 몇 분 더 그대로 앉아서 울음소리에 귀를 기울였다.

레스터가 이런저런 선택을 하며 살아가는 것이 기쁘면서도 한편으로 선택할 수 없고 자유를 누릴 수 없는 내 자신이 서글퍼졌다. 그때 그 남자의 울음소리가 그치고 아무런 소리도 들리지 않았다. 정적의 소리가 그토록 크게 느껴진 적은 없었다. 저 사람이 오늘밤 목숨을 끊는데 내가 아무것도 하지 않는다면 그것도 일종의 선택일까?

사형수가 된 것은 내 선택이 아니었지만, 나는 맥그리거를 죽이고, 내 목숨을 끊을 생각을 하면서 지난 3년을 보내는 선택을 했다. 절망도 증오도 분노도 선택이다. 내게도 여전히 선택의 여지가 있다는 깨우침이 나를 뒤흔들었다. 레스터만큼 선택의 폭이 넓지는 않았지만, 여전히 내가 선택할 수 있는 일들이 있었다. 포기하고 죽음을 받아들일 것인지 꿋꿋하게 버틸 것인지 선택할 수 있었다. 희망이나 믿음을 갖는 것도 선택이다. 그리고 내 앞에는 사랑과 동정심이라는 선택지도 있었다.

"이봐요! 괜찮아요?" 나는 수감실 문에 다가서서 울음소리가 나던 방향으로 소리쳤다.

아무 소리도 들리지 않았다. 너무 늦은 걸까?

"이봐요, 괜찮아요?" 다시 물었다.

"아뇨." 마침내 대답 소리가 들렸다.

"무슨 일 있어요? 교도관 불러줄까요?"

"아뇨, 막 왔다 갔어요."

"알았어요, 그럼."

어떻게 해야 할지 몰라서 철창 앞에 그냥 서 있었다. 면회실에서만 입을 열었기 때문에 사형수 수감동에 울려 퍼지는 내 목소리가 낯설었다. 내가 내 목소리에 놀란 것처럼 그 사람도 놀랐을까 하는 의문이 들었다. 그가 얘기를 하고 싶지 않은 모양이라고 생각하며 침대로 몸을 돌리려는데, 그가 흐느끼며 했던 말이 떠올랐다. '제발 도와주세요. 더는 못 견디겠어요.'

나는 다시 돌아서서 말했다. "이봐요, 무슨 일인지 몰라도 괜찮아질 거예요. 괜찮을 거예요."

5분은 족히 지나서 대답이 돌아왔다.

"좀 전에… 소식을 들었어요… 우리 어머니가 돌아가셨다고."

그가 울음을 참으려고 안간힘을 쓰는 게 느껴졌다.

마음이 열리는 과정을 정확히 표현할 수는 없지만, 그 순간 내 마음이 활짝 열리면서 나는 살인을 저지르고 유죄 선고를 받은 사형수가 아니라 프라코 출신의 내 어머니의 아들, 앤서니 레이 힌턴이란 생각이 들었다.

"아, 너무 안타까운 소식이네요. 뭐라고 위로를 해야 할지…."

그는 대답하지 않았다. 그 대신 내 아래쪽에서 누군가 소리쳤다. "조의를 표합니다." 왼쪽에서 또 다른 사람이 소리쳤다. "고인의 명복을 빌어요." 다들 듣고 있으면서 아무 말도 하지 않고 있었던 것이다. 하긴 흐느껴 우는 소리를 어떻게 못 듣겠는가? 내 주위에 나와 같이 잠 못 이루는 사람들이 200명이나 있었으니 침대 맡에 앉아서 울고 있을 전 세계 사람들을 떠올릴 필요도 없었다. 나와 똑같이 두려움에 떨면서 울고 있는 사람들이, 희망이라곤 없이 두려움에 휩싸여 혼자라고 느끼는 사람들이 이곳에 있었다.

나는 그 사람들에게 손을 내밀지, 어둠 속에 혼자 있을지 선택해야 했다. 나는 두 무릎을 바닥에 대고 엎드려 침대 밑으로 팔을 뻗었다. 그리고 먼지 속을 더듬어 너무 오래 침대 밑에 처박아뒀던 성경책을 끄집어냈다. 저 사람은 어머니를 잃었지만 내겐 여전히 어머니가 있고, 내 어머니는 성경책 위에 먼지가 쌓이는 것을 원치 않으실 터였다. 이곳에서도 여전히 나이기를 선택할 수 있었다. 나는 다시 문앞으로 가서 소리쳤다.

"저기요! 하느님은 높은 곳에 계셔도 낮은 데를 다 보세요. 여기 이 어둠 속도 내려다보고 계실 거예요. 하느님은 높이 계셔도 낮은 곳을 내려다보신다는 걸 믿으세요." 나 또한 이 말을 믿어야 했다.

누군가 "아멘!" 하고 소리쳤다.

"어머님 잃은 슬픔을 견디기 힘들겠지만, 이제 어머님도 당신을 내려다보고 계실 거예요."

"네, 고마워요."

나는 그의 어머니가 어떤 사람이었는지 묻고 나서, 두 시간 동안 이어지는 그의 얘기에 귀를 기울였다. 그의 어머니도 우리 어머니처럼 억척스럽지만 사랑이 가득한 사람이었다.

그는 어머니가 식탁보와 실크 베갯잇으로 여동생이 학교 댄스파티에 입고 갈 드레스를 만들어줬다는 일화를 끝으로 어머니에 대한 얘기를 마쳤다. "그 드레스는 정말 예뻤어요. 어머니가 공들여 만든 드레스를 입은 여동생은 댄스파티에서 다른 누구보다 아름다웠죠. 우리 어머니는 어떻게든 해결책을 찾아내셨어요. 언제나 길을 찾아내셨죠."

그가 다시 울음을 터뜨렸지만, 처음보다는 한결 차분해진 것 같았다.

아기든 슬픔에 빠진 여자든 고통에 몸부림치는 남자든, 왜 다른 사람의 울음이 뜻하지 않게 우리 마음을 움직일까 하는 생각이 들었다. 그날 밤 나는 내 마음이 그렇게 갑작스레 바뀔 줄 몰랐다. 그날, 3년 동안의 묵언을 끝내게 될 줄은 예상하지 못했다. 그 일로 사형 선고를 받은 사람이 나만은 아니란 걸 새삼 깨달았다. 모든 사람이 다른 사람에게 손을 내밀어 아픔을 나누려는 마음을 타고났다. 그것은 일종의 재능이었다. 그 재능을 사용할지 썩힐지는 각자 선택할 일이었다.

나는 그가 무슨 일을 하며 어떻게 살아왔는지, 나하고 비슷한지 다른지 몰랐다. 심지어 백인인지 흑인인지도 몰랐다. 하지만 사형 선고를 받은 사람들에게 그런 것은 중요하지 않았다. 오로지 살아남기 위해 애쓰는 사람들에게 표면적인 것은 더 이상 중요하지 않게 된다. 밧줄 끝에 매달린 사람이 도움을 주려고 내민 손의 피부색을 따져가며 잡겠는가? 내가 알게 된 건, 그도 나처럼 어머니를 사랑했다는 사실뿐이었지만 그의 아픔을 절절히 느낄 수 있었다.

"어머님이 돌아가신 건 슬픈 일이지만 생각을 달리 해봐요. 하늘나라로 가신 어머님이 하느님께 당신을 잘 보살펴달라고 말씀드릴 거예요."

얼마 동안 아무 소리도 들리지 않더니 놀라운 일이 일어났다. 칠흑 같은 밤, 세상에서 가장 삭막하고 살벌할 사형수 수감동에서 누군가 웃음을 터뜨렸다. 진짜 웃음. 그 웃음소리를 들으며, 앨라배마 주가 내 미래와 자유를 빼앗을 수는 있어도 내 영혼이나 인성은 빼앗을 수 없다는 생각이 들었다. 당연히 내 유머 감각도 빼앗을 수 없었다. 내 가족과 레스터가 그리웠지만 새로운 가족을 찾든지, 고독하게 홀로 죽든지 선택해야 할 때가 있다. 나는 아직 죽을 마음도 순순히 죽임을 당할 마음도 없었다. 내게 얼마만큼의 시간이 남았든 나로서 살아갈 길을 찾아내리라 다짐했다.

모든 것이 내 선택에 달려있었다.

또 죽음을 기다리며 세월을 보내는 건 진짜 삶이 아니란 것도 깨달았다.

12장

상상 여행

이 시점에서 당신에게 제 입장을 정확히 알려드려야겠습니다.
힌턴의 '규칙 20항 청원서'를 기한 내 제출하지 않는다면,
앨라배마 주 대법원에 사형 집행일을 지정해달라고 청원할 수밖에 없습니다.
_1990년 5월 1일, 부검사장 캐니스 S. 너넬리

교도소에서는 시간의 속도가 다르다. 시간이 슬로모션처럼 흐를 때가
있다. 그래서 한 시간이 세 시간 같고, 하루가 한 달 같고, 한 달이 1년
같고, 일 년은 십 년 같다. 일반 수감동에서 시간은 석방 일에 맞춰진
다. 하루하루 날짜를 지워가면서 시간이 지나는 것을 기뻐하고, 자유
를 되찾을 날이 가까워지는 것에 감사한다. 하지만 사형수 수감동에
서는 다르다. 사형 집행일은 날짜를 헤아리며 기다려야 하는 유일한
날이다. 그런데 그날이 정해지면 누군가 빨리 감기 버튼을 누른 것처
럼 시간이 빨라진다. 그래서 하루가 한 시간 같고, 한 시간이 일 분 같
고, 일 분이 일 초 같다. 교도소에서, 특히 사형수 수감동에서 시간은
참 묘하게 비틀어진다.

사형수 수감동에서 나갈 수 있는 방법은 딱 두 가지다. 바퀴 달린
들것에 실려 나가거나 법적 절차를 통해 석방되는 것이다. 나는 바퀴

195

달린 들것에 실려 나가고 싶지 않았다. 그래서 밤마다 나를 도와줄 새 변호사를 위해 기도하고 마침내는 사실이 밝혀지기를 빌었다. 사실이 밝혀지는 것만으로 충분했기에, 석방되게 해달라고 기도하지 않았다. 내가 무고하다는 것이 알려지기를 바랐고, 맥그리거가 사과하기를 바랐으며, 배심원단이 잘못 판단한 걸 깨닫고 실수를 통해 배우기를 바랐다. 그렇게 될 수 있는 유일한 길은 내 무고함이 밝혀지는 것이었다. 한편 약간은 미심쩍은 마음으로 기도하기도 했다. 보편적인 방식으로 이런저런 것을 바라며 기도한 사람들이 기도한 대로 답을 얻었지만, 그것이 오히려 그들에게 나쁜 결과로 돌아온 얘기를 어릴 때부터 들은 적이 있기 때문이다.

실제로 카운티 구치소에 있을 때, C블록을 떠나게 해달라고 매일 기도한 남자가 있었다. 그가 재판을 받기 전까지는 그곳에서 나갈 수 없다는 것을 모두 알았지만, 그는 계속 기도를 하면 하느님이 반드시 응답해주실 거라고 했다. 그런 중에 담배를 피우다 적발되었고, 교도관들이 그의 수감실을 수색했는데 식판 플라스틱 조각으로 만든 흉기가 발견되었다. 그는 정말로 C블록을 떠나게 됐지만 감옥 밖으로 나간 것이 아니라 독방에 감금되고 말았다.

나는 기도할 때 단어를 신중하게 선택했다. 레스터와 우리 두 어머니들을 위해, 레스터의 새 신부를 위해, 교회 신도들을 위해, 이웃 사람들을 위해, 내 형들과 누나들과 조카들을 위해 기도했다. 또 시드 시모더맨을 위해 기도했고, 존 데이비슨과 토머스 베이슨의 가족을 위해 기도했다. 하지만 사실이 밝혀지기를 제일 간절히 빌었다. 사실이란 말이 다소 광범위하긴 하지만 구체적이지 않아야 내 기도가 잘

못 해석될 여지가 없다고 생각했기 때문에, 그저 사실이 밝혀지게 해달라고 기도했다. 내가 무고하다는 것이 증명되든, 진짜 범인이 잡히든, 레지가 거짓말을 했다고 고백하든, 사실이 어떤 식으로 밝혀지느냐는 중요하지 않았다. 요한복음 8장 32절 "그러면 너희는 진리를 알게 될 것이며 진리가 너희를 자유롭게 할 것이다"처럼 사실이 밝혀지면 풀려날 수 있을 테니까.

마가복음 11장 24절도 소리 내어 읽었다. "그러므로 내 말을 잘 들어두어라. 너희가 기도하며 구하는 것이 무엇이든 그것을 이미 받았다고 믿기만 하면 그대로 다 될 것이다." 이 구절을 되풀이해서 읽으면서 나갈 수 있는 길을 구했다. 하느님이 정말 실패 없이 모든 일을 할 수 있다면 반드시 사실이 밝혀져야 했다. 그 사실이 나를 자유롭게 해야 했다. 그렇게 되리라고 믿으면 그대로 될 테니 믿어야 했다.

산다 소넨버그에게서 몇 통의 편지를 받고, 그녀가 진상을 파악하려고 애쓰고 있다는 사실을 알게 되었다. 그녀는 로라라는 여자와 함께 어머니와 친구들에게 전화해서 이것저것 조사하고 있었다. 나와 통화할 때 산다는 교도소로 접견을 오지 못해 미안하다면서, 유죄 판결과 사형 선고로부터 나를 구제하기 위해 규칙 20항에 의거한 청원서를 준비하느라 바쁘다고 했다. 그녀가 워싱턴에서 일하며 어떻게 면밀히 조사할 수 있을까 의문이 들었지만 따져 묻지는 않았다. 나를 전기의자에서 벗어나게 해주려 애쓰는 것이 고마울 따름이었다. 나는 그저 기도하고 믿어야 했다.

유죄 판결 후 항소 절차에서 검찰 측을 대변한 사람은 케니스 S. 너넬리라는 앨라배마의 부검사장이었다. 산다는 그가 8월 안으로 청원서를 제출하라고 했다면서, 나중에 그 사본을 보내주겠다고 했다. 수감자들은 일주일에 한 번, 한 시간 동안 교도소 내 법률 도서관에 가는 것이 허용되었다. 지난 3년 동안 한 번도 그곳에 가지 않았던 나는 이제 매주 도서관을 찾았다. 수감실로 책을 가져오는 것은 허용되지 않았다. 수감실에 반입이 허용된 책은 성경이나 다른 종교 경전뿐이었다. 나는 매주 한 시간 동안 앨라배마의 법에 관한 책을 읽으면서, 사형 판결이 실제로 어떤 것인지, 정상 참작 여부는 어떻게 결정되는지 알게 되었다. 앨라배마에서는 배심원단이 종신형을 평결해도 판사가 그 의견을 무시하고 피고를 전기의자로 보낼 수 있다는 것 또한 그때 알게 되었다. 그런 것을 '사법적 무효화'라고 하는데, 내게는 무고한 사람을 죽음으로 모는 또 다른 방법에 지나지 않는 것처럼 보였다.

판사가 원하는 대로 할 수 있다면 배심원단은 뭐 하러 앉아있는지, 그런 것이 어떻게 정의라고 불리는지 이해할 수 없었다. 왜 앨라배마 주는 사람들을 처형하는 데 그토록 집착하는 걸까? 도서관에서 한 시간 동안 법률에 대해 이것저것 읽고 수감실로 돌아올 때면, 수많은 의문이 머리를 어지럽혔다.

"사법적 무효화에 대해 들어본 사람 있어?" 나는 소리쳐 물었다.

"그거 아주 빌어먹을 거지."

누가 대답했는지는 알 수 없었다. 교도관들이나 다른 수감자들과 말을 튼 지 얼마 안 된 나는 마치 새로운 학교에 전학 온 학생 같았다.

몇몇 사람이 그 말에 동의했다.

"판사가 원하는 대로 다 할 수 있다면, 배심원단은 허수아비로 앉혀놓은 건가! 애초부터 우리를 여기로 보내려고 꼼수를 부린 거지."

"거, 얘기 한번 잘하시네!"

또 다른 목소리에 이어 웃음소리가 들려왔다.

"다음 주에 그것에 대해 좀 더 찾아봐야겠어. 다들 한번 읽어봐." 나는 말했다.

처음 듣는 목소리가 소리쳤다. "내가 여기 온 것도 판사란 작자 때문이야. 배심원단은 종신형을 말했는데."

또 다른 목소리가 말했다. "나도 그렇지. 그게 다 그런 판사들이 선출돼서 그런 거야. 사형 집행을 많이 할수록 표를 많이 받거든."

나는 수감실 문 앞으로 다가섰다. 누가 말하는지 볼 수도 알 수도 없는 사람들끼리 얘기를 나누는 것이 묘하게 느껴졌다. 나는 목소리와 억양으로 사람들을 구별하기 시작했다. 하지만 알 수 있는 건 누가 좀 더 교육받은 티가 나는지 정도뿐이었다.

"난 경찰이 거짓말로 내가 어떤 남자애한테서 1달러를 빼앗았다고 하는 바람에 강력 사건으로 재판을 받게 됐어. 내가 저지르고도 안 했다고 하는 게 아니야. 다만 경찰이 내가 1달러를 빼앗았다고 거짓말을 했다는 거지, 단돈 1달러를. 그 일로 강력 사건 재판을 받았어. 배심원들이 '종신형'을 평결했는데 판사가 '안 됩니다. 사형에 처해야 합니다.'라고 하더군." 맨 처음 들렸던 목소리가 다시 말했다.

목이 메이는 듯 그의 목소리가 갈라졌다.

"그쪽 이름이 뭐야?" 나는 소리쳐 물었다.

그는 한참 동안 대답하지 않았다. 사형수 수감동이 묘하게 조용해졌다. 그 주변 수감자들은 그의 이름을 알 텐데 아무도 말하지 않았다. 말을 하고 말고는 그의 마음이었다. 이름은 말할 것도 없고 누구도 다른 사람을 대신해 말하지 않았다.

"내 이름은 레이야. 앤서니 레이 힌턴. 사람들은 그냥 레이라고 부르지."

정적이 흘렀다. 나는 왼쪽 뺨을 수감실 철창에 대고 대답을 기다렸다. 기다리는 것 말고는 할 일이 없었다. 그 사람의 목소리에는 색다른 느낌이 있었다. 왠지 쓸쓸하게 들렸다.

"난 프라코 출신이야. 이 세상 최고의 어머니 불라 힌턴의 아들인 걸 자랑으로 알고 컸지. 우리 어머닌 천사처럼 파이를 맛있게 굽는데, 먹으라고 하기 전에 손을 대면 악마처럼 매섭게 휘갈기지."

몇 사람이 웃었는데, 그중에 내가 이름을 물었던 사람이 있는지는 알 수 없었다.

"우리 어머니 파이 굽는 솜씨도 일품이지. 내 이름은 헨리야." 마침내 그가 입을 열었다.

헨리는 성은 밝히지 않았고, 나도 캐물을 마음이 없었다. 교도관들은 우리를 수감번호나 성으로 불렀다. 이름으로 부르는 일은 드물었다. 내가 성을 묻는 것은 무슨 일 때문에 여기 왔느냐고 묻는 거나 다름없었다. 사형수 수감동에서는 결코 하지 않는 질문이 몇 가지 있었다. 자진해서 말하지 않는 한 절대로 묻지 않았다. 수감자들은 모두 조심스러웠고, 스스로를 지키려 하면서 동시에 손을 내밀었다. 달리 뭘 할 수 있겠는가?

"헨리, 반가워. 언젠가 독립기념일에 우리 어머니들을 경쟁에 붙여볼까? 누가 더 맛있는 파이를 굽는지. 그동안 우리는 시원한 그늘에 앉아 향긋한 차나 한잔씩 마시고."

헨리가 웃었다. "뭐, 그럴 수 있는 날이 온다면야. 레이, 앞일은 모르는 거니까 기다려보자고."

"헨리, 그런 일로 여기까지 왔다니 정말 유감이야. 어떻게 그런 일이 있을 수 있는지 다음 주에 사법적 무효화라는 것에 대해 좀 더 알아봐야겠어. 자네도 한번 알아봐."

헨리는 대꾸하지 않았고 그래서 나도 화제를 돌렸다.

"저들은 우리가 지식 쌓는 걸 달가워하지 않지. 남부는 아직도 우리가 글을 깨우친 걸 탐탁지 않게 생각한다니까." 나는 소리쳐 말했다.

"형씨 말이 맞아!"

"거기 제시 맞지?" 내가 다시 물었다.

"며칠 전에 확인했잖아. 나 아직 여기 있어. 윌리스, 자네도 아직 그대로 있지?"

"어, 여기 있어!"

사형수들이 위아래로 소리치며 안부를 확인했다. 이름을 부르며 묻기도 하고, 그냥 "아직 거기 있어?"라고 묻기도 했다. 그러면 또 다른 목소리가 "나 아직 여기 있어!"라고 소리쳐 대답했다.

"모두들 아직 그대로군!" 나는 마지막으로 소리치고 나서 침대로 가서 누웠다. 희미하게나마 빛이 보였다.

그날 헨리는 더 이상 말을 하지 않았지만, 강요할 필요는 없었다. 어쩌면 우리는 친구가 될 수도, 그러지 못할 수도 있었다.

나는 윌리스에 대해 생각했다. 같이 소리쳐 얘기를 나누고 웃었지만, 그의 사형 집행일이 2주도 안 남았다는 걸 모두 알고 있었다. 그 생각을 하니 속이 거북해졌다. 윌리스와 제시는 사형제도에 맞서 싸우는 수감자들의 모임인 희망 프로젝트를 시작한 사람들이다. 그런 모임이 현실을 바꾸지는 못하더라도 그들은 뭔가를 하고 있다는 것에 위안을 얻었다. 그들은 허가를 받아 수감실 밖에서 만나기도 했다. 몇몇 사람은 수감실에서 나갈 기회를 얻을 수 있다는 이유만으로 모임에 참가하는 것 같기도 했다. 대개는 수감실 밖에서 있을 수 있는 시간이 하루에 한 시간도 채 안 됐으니까. 원래 면회할 때와 교도소 내 도서관에 갈 때만 수감실 밖으로 나갈 수 있었다. 그런데 교도소장이 희망 프로젝트 회원들의 소모임을 허용한 것이다. 나는 그들이 어떤 문제도 일으키지 않기를 바랐다. 사형수 수감동에서는 누군가 문제를 일으키면 우리 모두의 문제가 되었기 때문이다. 누군가 문제를 일으키면 교도소장이 온종일 수감실에 있게 하거나 면회를 금지할 수 있었다. 나는 모두에게 친절했지만 면회를 가로막는 멍청이는 가만두지 않을 생각이었다. 무슨 일이 있어도 레스터는 매주 나를 보러 왔는데, 레스터와 두 어머니와 함께하는 여섯 시간 동안의 즐거움을 뺏는 사람은 용서할 수 없었다. 나는 또한 성경책을 다시 읽기 시작했다. 하지만 매 끼니 스테이크를 먹을 수 없는 것처럼 성경책만 읽을 수는 없었다. 아무리 스테이크를 좋아해도 일주일 내내 먹으면, 결국 질리게 되니까.

1990년 7월 13일, 윌리스가 사형당하기 전에 나는 성경을 읽었다.

윌리스는 "사형 집행 말고 정의를 집행하라"는 글이 적힌 자주색 리본을 달고 죽음을 맞으러 갔다.

우리는 윌리스 노렐 토머스를 위해 철창을 두드렸다. 어떤 사람들은 사형제도에 저항하기 위해 두드렸고, 또 어떤 사람들은 뭔가를 보여주거나 소리를 내기 위한 방편으로 두드렸다. 나는 윌리스가 중요한 존재였다는 것을, 그가 혼자가 아니라는 것을 알려주기 위해 철창을 쳤다. 마지막 순간에 누군가에게 중요한 존재였다는 것을 알면 덜 외로울 것 같아서였다. 나에겐 나를 소중히 여기는 어머니와 레스터와 레스터의 어머니가 있었다. 하지만 홀먼에 수감된 대부분의 사형수는 찾아오는 이 하나 없이 혼자 외로이 죽음을 맞았다. 아낌없이 사랑해주는 부모가 없는 사람이 대다수였다.

윌리스가 죽임을 당하고 몇 주 후, 산다에게서 손으로 직접 쓴 짧은 편지가 왔다.

1990년 8월 6일, 월요일

힌턴 씨께,

연락이 늦어져서, 그리고 이런 약식 편지를 드려서 죄송합니다. 말씀드린 대로 규칙 20항에 의거한 청원서는 절반 정도 완성했고, 오늘 오전에 브라이언 스티븐슨 씨를 만나 힌턴 씨의 소송에 대해 여러 생각을 나눴습니다.

오늘 접견을 가지 못해 죄송합니다만 청원서 작성에 최선을 다하기 위해서라는 점을 부디 알아주셨으면 합니다.

힘내시고 무슨 일 있으면 연락주세요. 청원서 사본은 다음 주에 보내드릴 수 있을 겁니다.

행운을 빌며, 산다 드림

나는 그 편지를 몇 번이나 읽었다. 산다가 편지지 오른쪽 아래에 빨간 펜으로 그녀의 집 전화번호를 적어준 것에 감사하며 청원서가 잘 마무리되기를 바랐다. 그래서 항소 제기가 잘 진행되고, 또 다른 읽을거리가 생기기를 바랐다. 무언가 전념할 수 있는 일이 생기기를 바랐다.

그즈음 나는 왜 우리에게 책이 허용되지 않는지 이해할 수 없었다. 문득 월리스가 이끌던 모임이 생각났다. 나도 모임을 시작해볼까? 어떤 모임을 시작할 수 있을까? 어떤 모임을 만들어야 여기 수감자들이 외로움을 덜 수 있을까? 어떤 모임이 잠시라도 이곳을 잊는 데 도움이 될까?

탄광에서 일하던 때 기억을 되살리자, 그토록 싫었던 탄광 일이 다시 하고 싶어졌다. 그리고 상상 속 여행을 하면서 지하로 내려가는 고통에서 벗어났던 기억이 떠올랐다.

눈을 감고 내가 이곳을 떠날 수 있다면 어디로 갈까 생각했다.

나는 교도소 문 밖으로 걸어 나가는 상상을 했다. 철조망 울타리 안에 있는 주차장에 비행기가 대기하고 있었다. 흰색 자가 비행기인데 내부에 버터 색 보드라운 가죽 시트가 장착되어 있었다. 내가 앉자마자 아름다운 승무원이 나타났다. 까만 피부에 빨간 입술을 가진 그녀가 환하게 웃는 모습을 보니 그 자리에서 죽어도 괜찮을 것 같았다.

"힌턴 씨, 마실 것 좀 드릴까요? 샴페인 괜찮으세요?"

"네, 고맙습니다."

스피커에서 조종사의 목소리가 들려왔다. "안전벨트를 매주십시오. 곧 이륙하겠습니다. 비행 시간은 8시간 정도 소요됩니다. 힌턴 씨, 비행기 뒤편에 주무실 수 있는 침대도 마련돼 있습니다."

나는 승무원을 올려다보며 물었다.

"어디로 가는 거죠?"

"런던으로 갈 거예요. 영국 여왕님이 힌턴 씨를 기다리고 계세요."

"그렇군요, 감사합니다." 비행기가 이륙한 뒤에 비행기 뒤편으로 갔다. 킹사이즈의 아름다운 침대에 내가 아기 때 어머니가 만들어줬던 담요와 벨벳 이불이 준비되어 있었다. 부드러운 베개도 몇 개나 있었다. 침대에 눕자 갓 벤 풀 냄새와 목련꽃 향기가 났다.

비행기가 착륙한 곳에 리무진이 대기하고 있고, 그 옆으로 영국 왕실 근위병들이 도열해 있었다. 그중 한 사람이 내게 경례를 하고는 차 문을 열어주었다.

나는 크림색 양복에 짙은 감청색 넥타이를 맨 차림이었다. 리무진이 버킹엄 궁에 도착했을 때, 검은색 긴 털모자를 쓴 근위병들이 차렷 자세로 나를 맞았다. 널찍한 통로를 지나 안으로 들어가자, 대연회장 밖에 대기하고 있던 두 명의 시종이 내게 고개 숙여 인사하고는 문을 열어주었다. 나는 안으로 들어갔다. 거기 내 넥타이와 멋진 조화를 이루는 파란색 드레스에, 황금과 루비로 장식된 왕관을 쓴 여왕이 있었다.

"힌턴 씨." 여왕이 한 손을 내밀었다. 나는 허리를 굽혀 인사하고 여왕의 손등에 입을 맞추었다.

"여왕 폐하."

"차 한잔 하시죠, 힌턴 씨. 만나 뵙게 돼서 영광입니다."

"제가 영광입니다. 그리고 레이라고 불러주십시오."

여왕이 웃었다. 시종들이 조그마한 샌드위치, 케이크, 타르트, 우유와 꿀, 그리고 고향의 향기가 뒤섞인 차를 내왔다.

"힌턴 씨, 아니 레이, 내가 어떻게 도와드릴까요? 레이는 사형수 수감동에 있을 사람이 아니에요. 내가 어떻게 도와드리면 될지 말해 줘요."

"이렇게 여왕님을 뵌 것만으로도 충분합니다." 나는 대답했다.

"음, 편할 때 언제라도 나를 보러 와요. 머리를 맞대고 레이가 집으로 돌아갈 방법을 찾아보도록 합시다. 다들 집으로 돌아가야 해요."

"저희가 방법을 찾아내야죠. 저는 집으로 돌아갈 겁니다. 믿음을 갖고 기도하고 있으니 반드시 그렇게 될 거예요."

"당연히 그래야죠. 자, 그럼 궁을 한번 둘러볼까요? 정원도, 이 궁에 있는 비밀의 방들도 모두 보여드리죠."

나는 몇 시간 동안 여왕을 따라 다니며 버킹엄 궁을 구경하고, 크로케(지면에 철주문 아홉 개를 세우고 나무로 만든 공을 나무망치로 때려 두 철주 사이로 통과시켜 다시 되돌아와 속도를 겨루는 경기) 경기도 하고, 차도 더 마셨다. 여왕은 역대 영국 왕들의 침실을 보여주었다. 나는 여왕과 함께 한 나라를 통치하며 모든 국민을 책임지는 일이 얼마나 어렵고 힘든지에 대해 얘기를 나누었다.

힌턴 씨라고 불리며 정중한 대우를 받는 기분이 참으로 좋았다.

"힌턴! 힌턴!"

난데없이 들려오는 목소리에 여왕도 나도 화들짝 놀랐다. 나는 그 소리를 애써 무시하려고 했다. 하지만 갈수록 소리가 커졌고, 침입자라도 있는 듯 버킹엄 궁의 근위병들이 달려 나와서 여왕을 에워쌌다.

"여왕 폐하, 이만 가봐야 할 것 같습니다. 곧 다시 찾아뵙겠습니다."

"힌턴, 정신 차려! 힌턴, 서두르라고!"

눈을 껌벅거리며 어둠에 적응하자 내게 소리치고 있는 교도관이 보였다. 나는 벌떡 일어나 앉았다.

"면회 안 할 거야?"

혼란스러웠다. 면회일은 금요일인데, 그날은 수요일이었다.

"변호사 접견인가요?"

"아니, 정기적인 가족 면회일이잖아. 면회 안 할 거야? 요 며칠 이상하네."

"당연히 하죠. 옷 입게 일 분만 주세요."

"딱 일 분이야."

나는 두 벌의 흰색 수감복 중 면회 날을 위해 보관해두었던 옷으로 갈아입었다. 면회 후 다음 면회일까지 잘 접어 매트리스 밑에 깔아뒀어서 바지 주름이 날카롭게 잡힌 옷이었다. 갑자기 면회일이 잡힌 게 이상했지만, 별도로 면회할 기회를 주는 거라면 하등 불평할 이유가 없었다.

나는 웃음 띤 얼굴로 면회실에 들어섰다. 레스터, 어머니, 레스터의 어머니와 새 신부 실비아까지 와 있었다.

"어떻게 특별 면회를 왔어?" 반가운 얼굴들을 보니 마냥 기뻤지만, 여전히 혼란스러웠다.

"무슨 말이야?" 레스터가 웃었다.

"오늘이 원래 면회일이잖아. 막내야, 무슨 일 있니?" 어머니가 미간을 찡그리고 나를 위아래로 살폈다.

나는 앉아서 네 사람을 보며 물었다.

"오늘이 무슨 요일이에요?"

"금요일이지. 어디 아픈 거니?"

나는 주위를 둘러보았다. 다른 수감자들도 면회를 하고 있었다. 수요일인 줄 알았는데 금요일 오전이었다. 목요일이 온데간데없이 사라졌다.

"배고파 죽겠어. 자동판매기에서 뭐 좀 사다줄 수 있지?"

레스터가 나를 물끄러미 보더니 일어나서 자동판매기를 향해 갔다. 하지만 몇 걸음 가다 돌아서서 물었다. "어디에 정신이 팔려있는 거야?"

"말해도 못 믿을 거야." 내가 대답했다.

레스터가 어깨를 추켜올리며 웃었다.

나도 어떻게 된 영문인지 알 수 없었다.

사형수 수감동을 떠나는 방법은 두 가지뿐이었다.

그런데 방금 세 번째 방법을 찾아낸 것이다. 몇 년 만에 느껴본 좋은 기분이었다. 나는 벌떡 일어나서 어머니를 껴안았다. 교도관들이 앉으라고 소리쳤지만, 나는 그냥 어머니를 안고 있었다. 그리고 나서 웃음을 터뜨렸다.

시간은 참으로 이상하고 묘하게 흘러갔다. 앞으로 나는 시간을 적이 아닌 친구로 여기며 맘대로 접었다 폈다 할 생각이었다. 언젠가 여기서 나가게 될 때까지 상상 속에서 전 세계를 여행할 계획이었다. 갈곳도, 만날 사람들도, 배워야 할 것도 너무나 많았다.

"정말 괜찮니?" 어머니가 여전히 걱정스러운 표정으로 물었다.

"정말 괜찮아요."

"그래. 그런데 집엔 언제 돌아오는 거니? 사람들이 언제 너를 여기서 내보내준다던?" 어머니는 늘 그렇게 물었다. 그러면 마음이 슬퍼졌지만 그날만큼은 달랐다.

"곧 나갈 거예요. 금방 돌아가게 될 거예요."

면회를 마치고 수감실로 돌아온 뒤 나는 수감복을 벗어 매트리스 밑에 넣어두었다.

그리고 나서 침대 맡에 앉아 눈을 감았다.

어머니가 집 앞에 새로 심은 자주색, 흰색, 분홍색 꽃들이 보였다. 나는 살며시 꽃잎들을 만져보고 집 옆을 돌아 뒤뜰로 갔다. 그리고 길쭉이 자란 잔디를 보고는 창고 문을 열고 잔디 깎기를 꺼냈다. 잔디를 깎고 집안으로 들어가서 어머니와 함께 차를 마시며, 마을 주변과 교회에서 일어난 일들에 대해 이러쿵저러쿵 수다를 떨 생각이었다.

"우리 막내 맞니?" 어머니가 문 밖으로 머리를 내밀었다.

"네, 어머니. 저예요. 제가 금방 돌아올 거라고 했잖아요." 어머니가 웃는 얼굴로 손뼉을 치며 나를 맞았다.

13장

괴물은 없다

힌턴 씨는 유무죄를 가리는 형사 소송과 항소 단계에서
변호인의 도움을 효과적으로 받지 못했고, 앨라배마의 법과 헌법은 물론
연방 수정 헌법 제6조, 8조, 14조에 입각하여 권리를 침해당했습니다.
_산다 소넨버그, 1990년, 구제 청원서

산다는 마감 기한 전날, 청원서를 제출했다. 청원서에는 검사의 직권
남용과 인종 차별, 변호사의 무능한 변론, 제대로 된 전문가를 고용하
지 못한 점 등을 비롯해서 내가 재심을 허용받아야 하는 31가지 이유
가 열거되어 있었다. 청원서 사본을 읽고 또 읽으면서 마음속에 희망
이 번졌다. 다른 수감자들도 수감실에서 수감실로 전하며 내 청원서
를 읽었다.

1. 새로 발견된 증거가 있다.
2. 유무죄를 가리는 형사 소송과 항소 단계에서 변호인의 도움을 효과적으
   로 받지 못했고, 앨라배마 주의 법과 헌법 및 연방 수정 헌법 제6조, 8조,
   14조에 입각하여 권리를 침해당했다.
3. 제1심 법원이 별개인 중대한 두 형사 사건을 통합하는 오류가 있었다.
4. 제1심 법원은 유무죄를 가리는 심리 단계와 판결 단계에서 힌턴 씨가

기소된 중범죄들에 관련되지 않았음을 보여주는 거짓말 탐지기 검사에 성공적으로 통과한 증거를 배제하는 오류를 범했다.

5. 주 검찰이 기소된 두 형사 사건과 힌턴 씨를 연관 짓는 주요한 연결 고리인, 기소되지 않은 범죄 사건에 대한 힌턴 씨의 알리바이를 입증하는 기록물을 압수한 것은 그의 권리를 침해한 것이며, 이들 소송에 대한평결 및 선고는 헌법에 위배된다.

6. 제1심 법원은 힌턴 씨가 경찰에게 한 구두 진술을 증거로 채택하는 데 있어서 오류를 범했다.

7. 기소된 두 범죄와 기소되지 않은 범죄를 둘러싼 언론의 관심으로 인해 힌턴 씨는 제퍼슨 카운티에서 공정한 재판을 받을 수 없었다. 그러므로 연방 수정 헌법 조항 제5조, 6조, 8조, 14조에 근거하여, 공정한 배심원단에 의해 공정한 재판을 받아야 할 권리가 침해되었다.

8. 유무죄를 가리는 단계에서 검사의 직권 남용과 부적절한 주장이 있었으며 이는 힌턴 씨의 권리를 침해했다.

9. 제1심 법원이 소송 절차를 온전하게 기록하지 않음으로써 힌턴 씨는 충실한 항소 제기에 만전을 기할 수 없었고, 그에게 내려진 판결과 사형 선고에 관해 법에 명시된 대로 검토할 수 없었다.

10. 검사가 인종 차별적이고 위압적인 태도로 답변을 요구함으로써 힌턴 씨는 공정한 재판과 선고받을 권리를 박탈당했다.

11. 배심원을 부당하게 배제해 연방 수정 헌법 제6조, 8조, 14조를 위배, 배심원 선정이 공정하게 이루어지지 못했다.

12. 힌턴 씨의 배심원단에 부적절한 배심원이 포함된 것은 연방 수정 헌법 조항 제5조, 6조, 14조에 위배된다.

13. 제1심 법원이 배심원 후보들에 대한 예비 심문 조사를 규제하고 배심원 선정 과정에 간섭함으로써, 공정한 배심원단에 의해 공정한 재판을 받을 힌턴 씨의 권리가 침해되었다.

14. 기소된 사건에 대한 유무죄를 가리는 데 있어서 불충분하고 신뢰할 수

없는 증거를 토대로 유죄 선고와 사형 선고가 내려졌으므로, 공정한 재판과 공정한 선고를 받아야 할 힌턴 씨의 권리가 유린되었다.

15. 검찰 측을 위해 증언한 두 총기 전문가에 버금가는 총기 전문가를 고용하기 위한 변호인의 특별비 요청을 법원이 승인하지 않음으로써, 힌턴 씨의 방어권이 침해되었다.

16. 힌턴 씨 모친의 자택에서 압수한 총기는 법적 효력이 없으므로, 그것을 증거로 채택한 것과 압수물을 토대로 한 증언은 적절하지 않다.

17. 제1심 법원이 배심원단에게 비교적 작은 위법 행위들이 있었음을 알리지 않음으로써 힌턴 씨의 권리를 침해하고 공정한 재판을 받을 권리를 빼앗았으므로 그에 대한 유죄 판결과 사형 선고는 유효하지 않다.

18. 일급 살인에 대한 힌턴 씨의 유죄를 뒷받침하는 증거가 전혀 없는, 시모 더맨 사건에 관련된 증거를 인정함으로써, 공정한 재판을 받을 힌턴 씨의 권리가 침해되었다.

19. 레지날드 페인 화이트의 증언을 인정함으로써 공정한 재판과 판결을 받아야 할 힌턴 씨의 권리가 침해되었다.

20. 검찰 측이 편파적이고 선동적인 사진과 증거 서류들을 제출함으로써 힌턴 씨의 인권이 훼손되었다.

21. 양형심리에서 검사가 직권 남용 및 부적절한 주장을 함으로써 기본적으로 공정한 심리와 적절한 절차에 따라 재판을 받을 힌턴 씨의 권리가 침해되었다.

22. 힌턴 씨의 소추 절차에 유가족이 참여한 것은 매우 부적절했으며, 힌턴 씨가 적절한 절차에 따라 공정한 재판과 공정한 선고를 받지 못하도록 했다.

23. 유무죄 판단 단계에서 드러난 가중 사유를, 양형 단계에 부합하는 합리적 의심을 넘어 입증된 것으로 고려한 법률상 추정은 헌법에 위배된다. 그러므로 힌턴 씨에게 내려진 사형 선고는 잔혹하고 예외적인 처벌을 금하는 금지 규정에 적절히 따르지 않은 것이다.

24. 힌턴 씨의 어머니와 누나가 법정에서 퇴장 요구를 받음으로써 공판을 받을 힌턴 씨의 권리가 부정되었다.

25. 힌턴 씨가 일하고 있던 엔슬리와 스모더맨 사건이 일어난 지점까지 모의 주행 증거가 재판에서 부적절하게 인정되었다.

26. 힌턴 씨의 알리바이 답변을 뒷받침하는 어떤 증거도 채택되기 전에, 그의 답변을 반박하는 증거가 인정된 것은 부적절하다.

27. 힌턴 씨의 재판에서 법정 밖 신원 인지 증거가 부적절하게 인정되었다.

28. 힌턴 씨에 대한 재판과 선고가 진행되는 과정에서 공정한 재판과 선고 받을 권리를 보호받지 못했다.

29. 재판에서 인정되지 않은 증거를 토대로 증언이 부적절하게 허용되었다.

30. 판결 과정에서 1심 법원이 법정 집행관들로부터 부적절한 증언을 들음으로써 공정하게 선고받을 힌턴 씨의 권리를 침해했다.

31. 앨라배마 주의 사형 선고는 자의적, 차별적으로 적용됨으로써 연방 수정 헌법 조항 제8조와 제14조에 위배된다.

이내 모두들 내 소송에 대해 한두 마디씩 보탰다. 나는 열거된 항목 중 몇 가지는 무슨 뜻인지 몰라서 도서관에 가서 알아봐야 했다. 고등학교 때 미국 수정 헌법 조항을 배웠지만 다시 찾아봐야 했다. 아무튼 새로운 읽을거리와 얘깃거리가 생긴 것은 좋은 일이었다. 특히 헨리가 내 소송에 관심을 많이 보였다.

"잘됐어, 레이. 넌 곧 풀려날 거야. 네가 무고하다는 확실한 근거가 있으니까."

나는 웃었다. "난 진짜로 결백해. 언젠가 정말로 여기서 걸어 나갈 거야. 두고 봐."

헨리에게도 다른 누구에게도 내가 매일 사형수 수감동을 떠난다는 말은 하지 않았다. 식사할 때와 교도관들이 뭔가 지시할 때를 빼고, 더 이상 신경 쓸 일과가 없으면 곧바로 상상 속 여행을 떠났다. 언제나 비행기가 나를 기다리고 있었고, 머릿속으로 떠나는 여행은 갈수록 편해졌다. 때로 헨리가 뭘 하고 있느냐고 소리쳐 물으면, "헨리, 나 지금 스페인에 있어. 금방 돌아갈게. 무슨 일이야?"라고 대답하곤했다. 사람들은 내가 미쳐간다고 생각했을지 모르지만, 상상 속에서나마 이곳을 떠나 짜릿한 자유를 느끼는 기쁨을 놓칠 수 없었다. 또한탄하는 소리, 바퀴벌레, 죽음의 냄새, 아무 맛도 없는 음식, 다음엔누가 전기의자에 앉아 타 죽을까 하는 끝없는 걱정에서 벗어날 수도있었다. 시간의 흐름을 의식하지 않고 생지옥을 버틸 수 있다는 건 선물과도 같았다. 사형수 수감동에서는 언제나 그날이 그날 같고, 아무일도 없이 지나가는 날이 다반사였다. 어떤 일도 없이 그저 정적이 감돌거나, 한탄 소리나 의미 없는 고함 소리만 있었다.

사형수 수감자들은 나름의 방식으로 시간을 보냈다. 어떤 사람은하루 종일 종이에, 어디가 시작인지 어디가 끝인지 모를 나선형을 그렸고, 또 어떤 사람들은 식사 시간 사이에 미치지 않으려고 콧노래를흥얼거리나 몸을 흔들어대거나 찬송가를 읊조리는 것처럼 낮은 신음소리를 내면서 시간을 보냈다. 인간은 우리 안에 갇혀서는 온전히 견딜 수 없다. 그것은 실로 잔인한 처사였다. 많은 수감자들이 정신 질환을 앓거나 서서히 병들어갔다. 틈이 날 때마다 맨손으로 얼굴을 쥐어뜯는 사람도 있었다. 물론 수감자들 모두가 무고한 피해자들은 아니었다. 나와 같이 웃는 수감자들 중 대다수가 그냥 재미 삼아서, 마약에 취해서, 돈이 절실히 필요해서, 한 치 앞도 생각하지 않고 여자들을 강간했거나 아이들을 죽였거나 아무한테나 칼을 휘두른 사람들이었다. 바깥세상 사람들은 우리를 괴물이라고 했다. 하지만 사형수 수감동에 괴물은 없었다. 내가 아는 한 래리도, 헨리도, 빅터도, 제시도, 버논도, 윌리도, 지미도 모두 괴물이 아니었다. 사랑으로 품어주는 어머니가 없거나 친절하게 대해주는 사람을 못 만났을 뿐이다. 태어날 때부터 혹은 살면서 상처를 입은 사람들이었다. 판사와 배심원단 앞에 서기 오래 전부터 아동 학대를 당하고, 폭력과 무시로 생각도 마음도 비뚤어진 사람들이었다.

나는 몇 시간은 그런 사람들과 함께 거기서 지내고, 나머지 시간에는 그들을 떠나 상상 속에서 대학 미식축구 경기도 보러 가고, 헬리콥터 조종법도 배웠다. 보트도 한 척 있고, 캐딜락도 있었다. 함께 어울리는 여자들도 한둘이 아니었다. 최고급 음식점에서 식사를 하고, 최고급 옷을 입고, 세상에서 가장 아름답고 신비로운 곳을 방문했다. 상상 속 여행은 좋은 책을 읽는 것 같기도 하고, 완전히 다른 세상으로 순간 이동을 하는 것 같기도 했다. 다들 고통받고 있는데 나 혼자 그렇게 딴 세상으로 떠나는 것이 미안하기까지 했다.

앨라배마 주가 내 청원서에 답을 했다. 그들은 재판을 받는 중에나 퍼핵스의 직소를 통해, 혹은 항소 신청을 할 때 제기할 수 있던 문제를 그냥 넘겼기 때문에 내가 주장하는 모든 것을 '절차상 허용 불가'라는 명목으로 받아들이지 않았다. 도무지 납득이 되지 않았다. 그들에게는 내가 결백하고, 사람들이 거짓말을 했고, 내 재판에 심각한 오류들이 있었다는 사실이 조금도 중요하지 않아 보였다. 그들은 오류가 있다는 것 자체를 인정하지 않으려 했다. 오류가 있다는 것을 아무

216

리 알려줘도 외면했고, 잘못이 있는 걸 알면서도 인정하지 않았다. 헨리가 그 이유를 설명해줬다. "만약에 변호사가 재판 중에나 처음 항소할 때 문제를 제기할 수 있었음에도 하지 않았다면, 법원은 나중에 그런 문제 제기를 허용하지 않아. 또 재판 중에나 첫 항소 제기 때 문제를 제기했더라도 기각됐을 거야. 검찰이 그런 주장을 막을 테니까."

"그래도 어떻게 모든 걸 다 덮을 수 있어? 그러니까 계속 호소해도 다 덮을 수 있다는 거야?" 내가 물었다.

"그럴 가능성이 높아."

나를 포함한 우리 모두의 상황이 그렇게 불리한 것은 공정하지도 옳지도 않아 보였다. 재판을 받거나 항소할 때 변호사를 구할 여력이 없으면 결백을 증명할 수 있는 길이 전혀 없는 듯했다. 1991년 4월 23일로 심리 기일이 정해졌지만, 4월 초에 산다로부터 심리 기일이 미뤄질 거라는 연락이 왔다. 그리고 법원에 제출한 변호사 사임서 사본을 함께 보내왔다. 워싱턴에서 새로 구한 일 때문에 그녀는 더이상 나를 변론할 수 없고, 다른 변호사가 내 소송을 인계받을 거라고 했다. 브라이언 스티븐슨의 사무실에서 변호사를 보내주고, 거기서 내 청원서를 수정해 제출하고 심리 기일을 변경할 거라고 했다. 그리고 앨라배마 주가 항소 규칙을 바꿨기 때문에 이제 규칙 32항 심리라고 해야 한다면서 걱정하지 말라고 했다.

걱정하지 말라니.

나는 너무 심각하게 받아들이지 않으려고 애썼다. 레스터에게 몽고메리에 있다는 그들 사무실에 전화를 좀 해달라고 부탁했다. "브라이언 스티븐슨이란 사람을 찾아서 새 변호사에 대해 아는 게 있는지

217

알아봐 줘. 청원에 대한 심리가 곧 열릴 거란 말도 하고."

레스터는 변함없이 나를 위해 여러 가지 일을 도맡아 했다. 교도소에서 면회를 허용하지 않아서 먼 길을 왔다 그냥 돌아간 몇 번을 제외하고는 면회일마다 홀먼 교도소를 찾아왔다.

내 청원서를 돌려본 후로 다른 수감자들의 항소에 대해서도 얘기를 나누게 되면서, 사형수 수감동에서는 법에 대해 열띤 토론이 벌어졌다. 하지만 소리치며 얘기하기가 쉽지는 않았고, 누가 말하는지 누구에게 말하는지 정확히 알기도 어려웠다. 나는 수감실 밖을 향해 내 말 좀 들어보라며 청원서를 큰 소리로 읽었다. "형사 피고인이 공정한 재판을 받을 권리가 그의 재산이 얼마인가에 좌우되어서는 안 된다."

돈이 모든 걸 결정하는 것은 사실이지만 우리 중 돈이 있는 사람은 없었다.

그날 밤 내 옆에서 샤워를 하던 지미가 말했다. "헤이스는 돈이 있지. 여기서 나가는 사람이 있다면, 헤이스일 거야."

"헤이스가 누군데?" 내가 물었다.

"헨리. 헨리 헤이스잖아. KKK(백인 우월주의를 내세우는 미국의 극우 비밀 결사 단체)지. 그자들은 돈이 많아. 그러니까 헤이스는 나갈 거야."

나는 수감실로 돌아가면서 충격에 빠졌다. 헨리 헤이스라면 나도 알고 있었다. 1981년에 모빌(앨라배마 주 남서부의 항구)에서 그와 다른 백인 두어 명이 마이클 도널드라는 흑인 남자아이에게 린치를 가해 죽음에 이르게 한 사건을 앨라배마 사람들은 모두 알고 있었다. 그 아이는 겨우 열아홉 살이었다. 재판을 받던 흑인 아이가 백인 경찰을 죽이고 달아났다고 생각한 KKK 단원들이 광분해서 벌인 사건이었는데,

정확하지는 않지만 미결정 심리 판결이 내려진 것으로 기억한다. 헨리의 아버지가 KKK 단장이라는 소문이 돌았다. 아무튼 가여운 도널드의 어머니가 어떤 법적 조치를 취했는지는 기억이 안 났지만, 그런 살인 행위에 구역질이 났던 건 또렷이 기억났다. 나보다 겨우 대여섯 살 어린 마이클 도널드가 그런 일을 당하고, 백인이 폭탄 공격을 하고, 개를 풀어 흑인을 물게 하고, 교회에 있던 여자들을 살해했던 일이 떠오르면서 분노가 치밀었다.

친구가 된 헨리가 헨리 헤이스일 줄은 생각도 못 했다.

그날 밤 수감실로 돌아와서 멍하니 천장을 보며 생각했다. 헨리는 내가 흑인인 걸 알면서 친구로 받아들였다. 그와 얘기를 해보고 싶었다. 그를 이해하고 싶었다.

"헨리!" 내가 소리쳤다.

"왜 그래, 레이?"

"여태 몰랐는데, 좀 전에 네가 누군지 알았어." 아무런 대답이 없었다. 헨리가 무슨 생각을 하고 있을지 궁금했다.

"레이, 부모님이 나한테 가르쳐준 건 다 거짓이었어. 흑인에 대해 가르쳐준 모든 게 거짓이었어."

무슨 말을 해야 할지 생각이 나지 않았다. "저기, 나도 어머니한테 배운 대로 사람들을 판단해."

"그럼 내 말이 무슨 뜻인지 알지?"

"그래, 알아. 난 다행히 어머니한테 사람들을 사랑하라고 배웠어. 용서할 줄 알아야 한다고 배웠지."

"레이, 넌 정말 운이 좋았구나."

"우리 어머니는 모든 사람에게 온정을 베풀라고 가르치셨어. 헨리, 난 너한테도 그럴 거야. 그리고 네가 부모님한테 다르게 배운 걸 안타깝게 생각해."

"그래, 나도."

우리는 그 후 별다른 말을 하지 않았고, 온 수감동이 조용해졌다. 우리는 괴물들이 아니라 최선을 다해 살아남으려고 애쓰는 사람들이었다. 살다보면 가족을 만들어야 할 때가 있다. 이곳 사형수들은 살아남기 위해서라도 서로를 가족으로 삼아야 했다. 흑인인지 백인인지는 중요하지 않았다. 전기의자에서 겨우 몇 미터 떨어진 곳에서 살아야 한다면 그런 차이는 아무것도 아니다. 우리는 공통점이 더 많았다. 우리 모두 사형 집행을 앞두고 있었고, 우리 모두 살아남으려 안간힘을 쓰고 있었다.

괴물들이 아니었다.

우리가 저지른 최악의 일만큼 그렇게 최악인 사람은 없었다.

그렇게 바닥으로 끌어내려져 작은 우리 안에 갇혀 지내야 하는 무가치한 존재들이 아니었다.

다음 면회 날, 헨리에게도 찾아온 사람들이 있었다. 내가 레스터와 실비아와 함께 앉아서 웃고 있을 때, 헨리가 내 이름을 불렀다.

"레이! 레이, 잠깐만 이리 와봐." 헨리가 내게 그의 부모로 보이는, 나이 지긋한 부부와 함께 있는 자리로 오라는 몸짓을 했다.

나는 교도관을 돌아봤다. 마침 그가 다른 데 정신을 팔고 있어서, 슬그머니 헨리가 앉아있는 탁자로 갔다.

"레이, 우리 아버지한테 소개하고 싶어서 불렀어. 아버지, 제 친구

레이 힌턴이에요."

나는 헨리의 아버지에게 손을 내밀었다. 그는 나를 힐끔 쳐다볼 뿐이었다. 반갑다는 인사도, 악수도 하지 않았다.

"레이는 여기서 제일 친한 친구예요." 헨리의 목소리가 조금 떨렸다.

헨리의 어머니가 엷은 미소를 띠었다. 그때 교도관이 내게 돌아가 앉으라고 소리쳤다.

"앤서니 레이 힌턴이라고 합니다." 나는 정중히 인사를 하고 레스터가 앉아있는 자리로 돌아왔다.

"무슨 일이야?" 레스터가 물었다.

"응, 말도 안 되는 것 같지만 여기도 가끔 좋은 일이 있어."

헨리가 그의 아버지에게 덩치 큰 흑인을 제일 친한 친구라고 소개하기까지 얼마나 많은 용기를 끌어모았을까 하는 생각이 들었다. 우리는 그의 아버지가 악수를 거부한 것에 대한 얘기는 하지 않았다. 서로 변함없이 잘 지내면서 최선을 다해 버티려고 애썼다.

몇 달 후, 보스턴에서 앨런 블랙이라는 새 변호사가 나를 만나러왔다. 나는 양키스 팬이었는데 말이다.

"브라이언 스티븐슨에게 비용을 지원받아서 총알을 다시 분석할 새로운 전문가를 구할 생각입니다. 힌턴 씨 어머니의 총이 살인 도구로 사용됐을 리 없다는 증거가 필요하니까요."

나는 고개를 끄덕였다. 나 역시 전부터 하던 생각이었다. 페인이 증인석에서 어머니 총이 살인 도구일 리 없다는 사실을 밝혔지만 아무도 그의 말을 믿지 않았다. 그가 현미경을 제대로 사용할 줄도 모른다는 것이 드러나면서 호된 비난만 받았을 뿐이다.

"최고 중에서도 최고인 전문가를 구하셔야 합니다." 나는 말했다.

앨런 블랙이 고개를 끄덕이며 신경질적으로 웃었다. 그는 내 눈을 보지 않았다. 내 변호사로 썩 내키는 건 아니었지만 그래도 내 사건을 맡아준 그가 고마웠다.

"성의껏 알아보겠습니다. 뉴저지에 아는 사람이 있는데, 브라이언하고 의논해봐야겠네요."

"네, 하지만 남부 사람이 좋을 겁니다. 여기 판사들은 다른 지역 사람들을 탐탁해하지 않거든요." 내 생각을 말했을 때 퍼핵스가 못마땅해했던 것이 생각나서 더는 이러쿵저러쿵하지 않았다.

수감실로 돌아오니 헨리가 변호사를 잘 만나고 왔느냐고 물었다.

"어, 잘 만나고 왔어. 그런데 KKK였던 너를 친구로 받아들이긴 어렵지 않았는데, 내 목숨이 레드삭스 팬의 손안에 있다는 사실은 받아들일 자신이 없어."

헨리와 몇몇 수감자들이 웃었다.

나도 웃었다. 내가 그들을 웃게 하는 한, 아직은 함께 살아있는 것이다.

하지만 이제 철창에 대고 얘기하는 것에 신물이 났다. 다른 사람과 얘기하고 싶을 때마다 더러운 철창에 입을 대고 서 있어야 하는 것이 넌더리가 났다.

문득 월리스가 이끌던 희망 프로젝트와 수감실 위아래로 내 청원서를 돌려보던 일이 떠올랐다.

"헨리!" 내가 소리쳤다.

"왜?"

"독서 모임을 시작할까 하는데 어때?"

"뭘 한다고?"

"독서 모임. 한 달에 한 번씩 도서관에서 만나서 독서 모임을 해도 되는지 알아봐야겠어. 같이 할래?"

헨리가 잠시 뜸을 들인 후 대답했다. "그러지 뭐."

"나도 하고 싶은데!" 래리라는 남자가 소리쳤다.

"나도!"

"누군데?" 내가 물었다.

"빅터. 나도 같이 하고 싶어. 그런데 무슨 책을 읽을 건데? 성경 공부 모임 같은 건 아니지?"

"아니야. 교도소장한테 책을 몇 권 구해 달래서 읽은 뒤에 만나서 토론할 생각이야."

내가 수감실을 떠나 상상 속 여행을 할 수 있는 것처럼, 다른 수감자들도 그럴 수 있다는 걸 알려주고 싶었다. 학교에서 캘리포니아에 대한 책을 읽고 그곳에 푹 빠졌을 때, 태평양의 바다 냄새가 실제로 코끝을 스치는 것 같았던 기억이 떠올랐다.

책 몇 권만 있으면 됐다.

그러면 다 같이 이곳을 떠날 수 있다.

14장

새로운 가족

변호인은 소송을 준비하는 데 있어서, 요청된 수수료와 비용이
규칙 32항 심리 준비와 청원인의 헌법상 권리 침해 여부를 밝히는 데
큰 도움이 될 것이라 판단했습니다.
_앨런 블랙, 수수료와 비용에 대한 절차 외 신청

앨런 블랙이 처음으로 한 일은 가렛 판사에게 전문가를 고용하는 데
필요한 비용을 청구한 것이다. 가렛 판사는 그 신청을 받아들였다. 가
렛 판사가 왜 정작 재판을 할 때는 그 비용을 제공하려 하지 않았을까
하는 의문이 들었다. 적당한 비용을 지원받았더라면 퍼핵스가 페인보
다는 나은 총기 전문가를 구할 수 있었을 테고, 검찰이 주장하는 시간
대에 내가 일하던 곳에서 퀸시스까지 운전해 갈 수 없음을 입증할 만
한 전문가를 구할 수 있었을 것이며, 시간을 들인 만큼 결과를 얻는다
고 생각하는 변호사를 구할 수 있었을 것이다. 돈이 있었다면 아마 나
는 애초에 체포되지도 않았을 것이다.

결국 문제는 돈이었는지도 모른다.

나는 변호사가 보내주는 법률 서류 사본을 모두 우편으로 받았다.
그런 종류의 우편물은 아무리 교도관이라도 미리 열어볼 수 없다. 하

지만 수감자가 보내는 편지는 뭐든 발송하기 전에 교도관들이 먼저 읽어볼 수 있도록 봉인하지 말아야 했다. 수감자가 받는 우편물 또한 교도소 직원이 먼저 읽어봤고, 전화 통화는 모두 녹음되었다. 왜 그들이 우리가 보내는 편지까지 읽는지 이해가 안 됐지만, 교도소의 처우에 대한 불만이 밖으로 새나가는 것을 막기 위한 방법 중 하나임은 분명했다. 그들은 재소자가 수감동의 상황을 변호사들에게 알리는 것을 원치 않았다. 흔히 교도소는 항상 인원이 부족했다. 사형수 수감동 또한 다르지 않았다. 우리는 행여 폭동을 일으킬까 봐 철저하게 감시받는 실험실의 쥐들 같았다. 그들은 우리를 밖으로 내보내기보다 문제를 일으킬 수 없도록 우리 안에 가둬놓는 쪽을 택했다.

여름은 최악이었다. 교도소는 선풍기마저 허용하지 않았다. 선풍기가 부서지면 그 조각이 무기로 사용될 수 있다는 게 이유였다. 하지만 수감실 문에 철망이 쳐진 데다 환기 장치도 없어서 바람이 전혀 통하지 않았기 때문에, 여름 몇 달 동안 바깥 기온이 37, 38도에 이를 때 수감실 안은 40도가 훌쩍 넘었다. 사우나 안이나 다를 게 없었다. 어떤 날은 정말 더위에 익는 느낌이 들었다. 너무 더워서 움직일 수도, 숨을 쉴 수도 없었다. 그럴 때는 폭동은커녕 말하기도 힘들었다. 교도소 직원들이 우리 우편물을 읽고 통화 내용을 녹음하는 것처럼 더위도 우리를 통제하는 방법 중 하나였다. 하지만 몇몇은 오히려 더위 때문에 미친 듯 폭력적으로 변했다. 교도소장이 원하는 건 아무 일도 일어나지 않는 것이었다. 특히 잃을 게 없으니 기회만 생기면 살인도 서슴지 않을 거라고 여겨지는 사형수들이 모여있는 곳에서는 무사안일이 더욱 절실했다. 더위로 우리를 통제하려는 생각은 오히려 역효과를 내고 있었다.

"힌턴, 점심!" 교도관도 나만큼 더워 보였다. 그도 사형수 수감동에 시원한 공기가 통하기를 바라지 않을까?

"저, 부탁이 하나 있는데요." 내가 말했다.

"무슨 부탁?" 더위에 지친 듯 짜증스러운 말투였다.

"교도관님 트럭 좀 빌려주세요."

"뭐?"

"트럭 좀 빌려달라고요. 잠깐이면 돼요. 기름을 가득 채워서 돌려드릴 테니 기름 걱정은 마시고요."

"대체 무슨 소리를 하는 거야?"

"물놀이하기 좋은 시원한 샘을 아는데, 제퍼슨 카운티 외곽에 있거든요. 아무 이정표도 없는 흙길 끝 숲속에 숨겨져 있어서 아는 사람들이 거의 없어요. 나무 그늘이 드리워져 시원하고 물이 어찌나 맑은지 바닥이 훤히 들여다보이죠. 지하수 샘물이라 맘 놓고 마셔도 돼요. 그러니까 트럭 좀 빌려주세요. 오늘 밤 늦게 돌려드릴게요. 숲속 샘물에 들어가서 몸 좀 식히고 와야겠어요."

교도관이 정신 줄 놓은 사람을 보듯 나를 멀거니 쳐다보았다.

"아, 같이 가서 시원한 물에 더위 좀 식히고 오실래요? 근무 중이라 안 되면 저 혼자 얼른 다녀올 테니 차 좀 빌려줘요. 교대하시기 전에 돌아올게요. 트럭 새로 뽑았다면서요. 조심해서 잘 모시고 다녀올게요."

교도관이 고개를 절레절레 흔들면서 웃음을 터뜨렸다. "그건 안 돼, 힌턴. 점심이나 받아."

그러고는 여전히 웃음 띤 얼굴로 나를 쳐다보았다.

"교도소장님한테 드릴 말씀이 있는데, 제 말 좀 전해주시겠어요?"

나도 같이 웃는 얼굴로 말했다.

"종이 가져다줄 테니까 적어. 그럼 내가 소장님한테 전해 드릴게."

"고맙습니다."

교도관은 도리질을 하면서 여전히 웃는 얼굴로 다른 수감자들에게 점심을 나눠주러 갔다.

"교도관들하고 사이가 좋군, 레이?" 월터 힐이 비웃는 투로 말했다. 월터는 홀먼 교도소로 이송되기 전 교도소에서 다른 수감자를 살해한 것을 포함해서 세 번이나 살인을 저지른 사형수로, 교도소장 생각대로 잃을 것이 없어 무슨 짓이든 할 수 있는 사람이었다. 그는 늘 화가 나 있었다. 그렇지만 그의 사연을 모르기 때문에 그를 비난할 마음도, 가타부타 판단할 생각도 없었다. 그가 어떤 일을 했든, 그건 그와 하느님 사이의 일이었다.

"어이, 월터! 맘씨 좋은 우리 어머니가 늘 뭐라고 하셨는지 알아?"

월터는 내 물음엔 답하지 않고 다른 말을 했다. "교도관은 우리 친구가 아니야. 우리를 죽이려는 놈들이지. 난 교도관하고 시시덕거리는 자도 싫어. 무슨 말인지 알지?"

그가 무슨 말을 하는 건지 알고도 남았다. 보통 교도관들하고 잘 지내는 수감자는 밀고자 취급을 받았다. 홀먼에서 밀고자는 마음 놓고 지낼 수 없었다. 밀고자라는 낙인이 찍히면 목에 칼을 맞을 수도 있었다. 월터가 일반 수감동에서 누구를 왜 죽였는지 모르지만, 그건 중요하지 않았다. 그에게든 다른 누구에게든 협박을 받은 이상 그냥 넘어갈 수는 없었다.

나는 사형수 건물 밖에까지 들릴 만큼 크게 소리쳤다. "우리 어머니가 그러셨지. 식초보다는 달콤한 꿀로 파리를 더 많이 잡을 수 있다고."

"나도 들어봤어." 빅터가 말했다.

"꿀을 내미는 건, 파리가 되려는 게 아니라 파리를 잡으려는 거야. 알겠어, 월터? 우리가 운동장에서 15분을 더 보낼 수 있는 기회가 되는 거라고. 넌 식초를 써. 난 꿀로 파리를 잡을 테니까."

근무 중인 교도관들이 있어서 더 이상의 말은 하지 않았다. 내가 탄광 일을 꿈꾼 적이 없었던 것처럼 대부분의 교도관들도 사형수 수감동에서 일하는 삶을 꿈꾸지는 않았을 것이다. 우리 모두 최선을 다해 버티고 있지만, 죽음에 이르기까지의 시간은 우리에게 달려있었다. 우리가 어떻게 하느냐에 따라 지옥 같은 매순간이 더욱 끔찍해질 수도, 조금은 나아질 수도 있었다. 나는 이 지옥을 조금이라도 나은 곳으로 만들기 위해 내가 할 수 있는 일을 다 할 생각이었다. 어머니는 꿀로 파리를 잡는 법을 가르쳐주었고, 체제에 따라야 한다고 가르쳐주었다. 남부에서 흑인으로 살려면 체제에 순응하는 법을 알아야 했다. 교도소 안도 마찬가지로 몇몇 사람들이 권력을 쥐고 있었다. 그에 맞서 싸울 수 있는 방법은 다양했다. 나는 원하는 것을 얻을 수 있는 수단이 폭력이라고 생각하진 않았다. 바깥세상에서도, 교도소에서도 폭력은 원하는 효과를 내지 못했다. 월터 힐은 폭력을 앞세우는 이의 전형적인 표본이었다. 그래서 폭력으로는 원하는 것을 얻을 수 없다는 사실을 몰랐다.

교도관들의 협력을 바란다면, 나 역시 협력해야 했다. 그것이 세상을 살아가는 이치였다. 월터 힐처럼 다른 수감자들도 내가 협력하는 걸 불쾌하게 받아들이리란 걸 알았지만 생존이 달린 일이었고, 나 혼자가 아니라 우리 모두를 위해서였다. 내게는 변함없는 사랑으로 매주 만나러 오는 사람들이 있었고, 레스터가 넣어주는 영치금도 있었고, 언젠가 여기서 나갈 수 있다고 희망을 주는 믿음과 하느님과 성경도 있었다. 조건 없는 사랑을 듬뿍 받으며 자란 나는 수감실에 갇힌 다수의 사람들보다 형편이 훨씬 나았다. 우리 모두 죽음에 직면해 있었지만, 나는 사랑하는 사람들과 함께였다. 그래서 내 삶을 빼앗겼다는 사실보다 내가 누리고 있는 것들에 더 집중하려고 했다. 이곳에서 누가 무고한지는 알 수 없었다. 어쩌면 쥐덫 같은 수감실에 갇혀있는 모두가 무고할 수도 있다. 어쩌면 모든 수감자가 살인을 저질렀을 수도 있다. 어떻든 우리는 그런 행동에 대한 대가를 치르는 것이 아니라 살인적인 더위에 죽어가고 있었고 그 사실 때문에 더욱 힘들었다. 나는 내가 가진 것으로 뭐든 할 생각이었다. 사형수 수감동에서는 작은 친절도 큰 힘을 발휘했다. 너무 뜻밖의 것이기 때문이다. 소리소리 질러대는 군중 속에서 고함을 쳐봐야 아무도 내 목소리를 알아듣지 못하지만, 침묵 속에서 소리치면 더 크게 들리기 마련이다. 나는 거친 사형수들 사이에서 부드러운 소리를 낼 생각이었다. 그런 소리가 모두에게, 심지어 월터 힐에게까지 도움이 되도록 말이다. 이곳의 수감자들은 다 똑같았다. 모두 다 쓰레기처럼 버려졌고, 살 가치도 없는 사람들로 여겨졌다.

그런 생각이 잘못된 것임을 보여주고 싶었다.

찰리 존스는 남부의 백인 교도소장을 상상할 때 떠오르는 모든 이

미지를 갖고 있었다. 징이 박힌 카우보이 부츠를 신고 다니고, 살이 쪄 둥글둥글하고 뽀얀 얼굴을 하고 있었다. 미국에서 가장 난폭한 사람들이 모여있는 교도소를 관리하는 그의 일은 여간 힘든 것이 아니었다. 교도소 직원들은 물론 언제 들고 일어날지 모르는 수감자들을 책임져야 했다. 나는 그런 얘기로 대화의 물꼬를 트기로 했다.

"힌턴, 말솜씨가 좋아서 수감자들이 자네 말이라면 다 듣는다던데, 왜 제럴드가 왔을 때 카메라 앞에서는 한 마디도 하지 않았나?"

제럴드 리베라가 촬영 팀과 함께 사형수 수감실에 들어와 사형수의 하루를 보여준 적이 있었다. 우리처럼 하얀 점프슈트를 입고 수감실에서 하룻밤을 보냈지만, 그건 장난에 불과했다. 아무 죄 없이 사형수로 갇혀있는 것이 어떤 것인지 그는 결코 알지 못했고, 알 수도 없었다. 자기 자신을 드러내기 위해 잘 알지도 못하는 게임을 하고 간 것에 지나지 않았다. 아무튼 그는 수감자들과 똑같은 대우를 받으며 하루를 보낸다고 생각했겠지만, 교도관들이 건네는 그의 식판 위엔 더러운 먼지나 쥐 털, 바퀴벌레 조각이 들어가지 않도록 다른 식판이 덮여 있었다. 우리 식판에 덮개란 일절 없었다. 그 작은 차이가 모든 것을 말해주었다.

"교도소장님이 저를 뉴욕으로 보내서 그 쇼를 찍으라고 하면, 기꺼이 카메라 앞에 서겠습니다. 그럼 생전 처음 비행기를 타고 가면서 맛있다고 소문난 땅콩을 먹을 수도 있겠죠. 비행기에서 제공하는 땅콩을 먹을 수 있다면 기꺼이 출연하겠습니다."

교도소장이 웃었다. "무슨 모임을 하고 싶다고 했다던데?"

"성경책 말고 다른 책들을 읽고, 한 달에 한 번씩 도서관에서 만나

독서 모임을 했으면 합니다. 모든 사람이 우리처럼 성경을 좋아하는 건 아니니까요. 무슨 말인지 아시죠?"

"그래, 안타까운 일이지." 교도소장이 말했다.

"제 친구 레스터가 우편으로 책을 몇 권 보내줄 수 있다고 하는데, 그 책을 읽고 나서 토론하면 안 될까요?"

교도소장이 시선을 떨구었다. 단칼에 거절할 생각은 없는 듯했다.

"사형수들도 교도관들의 일거수일투족이나 더워나 쓰레기 맛이 나는 음식 말고 집중할 일이 필요합니다. 아시겠지만, 그러면 교도소가 잠잠해질 수 있죠. 독서 모임은 평화를 유지하는 좋은 방법이 될 겁니다."

그가 고개를 끄덕였다.

"하루에 23시간을 죽음만 생각하라고 할 수는 없습니다. 그러면 다들 미쳐버릴 겁니다. 여기 사람들은 미치면 무슨 짓을 할지 모르죠."

그 말은 좀 지나쳤지만 사실이 그랬다. 나는 책이 수감자들을 조용히 만들 거란 말을 교도소장이 믿어주기를 바랐다. 책을 읽으면 수감자들도 세계 여행을 할 수 있고 더 똑똑해지고 더 자유로워질 것이다. 노예 제도가 있던 시절에 농장주가 노예들이 글을 배우는 걸 막으려 한 데는 이유가 있었다. 어쩌면 찰리 존스의 조상이 우리 가족의 주인이었는지도 모르지만, 그런 말을 꺼내지는 않았다. 독서 모임이 평화를 가져올 수 있다는 말 외에 다른 장점을 보여줄 마음은 없었다.

"생각해보도록 하지. 좋은 생각이지만 거기 담당 교도관들하고 먼저 의논해봐야지. 내가 바라는 건 아무 문제도 일어나지 않는 거야, 알지? 운동장에서 보내는 시간을 늘려준 건 잘한 결정이었지. 하지만 독서 모임을 하면서 무슨 문제라도 생기면 24시간 수감실에서 꼼짝 못 하게 할 거야, 알겠나? 면회도 금지할 거고. 내가 관리해야 할 사람들이 한둘이 아니니까."

"알겠습니다. 제 제안을 거절하지 않고 호의적으로 받아주셔서 감사합니다. 저는 책을 허용하면 교도관들 일이 더 편해질 거라고 생각합니다."

예의를 갖춘 내 태도에 교도소장이 익숙하지 않은 듯 얼떨떨한 표정을 지었다. 그리고 장난인지 진심인지 헷갈리는 듯 나를 보며 고개를 갸웃거렸다.

"힌턴, 사형수들이 자네 말을 잘 듣는다니까 계속 별일 없이 조용하면, 내가 할 수 있는 일을 알아보도록 하지. 단 무더기로 도서관에 가는 건 안 돼. 수행할 교도관들도 없고. 대여섯 명 정도가 하는 걸로 얘기해보도록 하지."

"감사합니다."

"그리고 우리는 책을 살 예산이 없어. 외부에 말해서 책을 보내 달라고 하면 우리가 먼저 확인하고 전해주겠네. 한 번에 두 권 이상은 안 돼. 사형수들에게 다른 책을 허용한다고 나쁠 건 없겠지."

"좋은 생각이십니다, 소장님."

"더 할 말 있나? 이만하면 서로 잘 이해한 거 같은데, 내가 더 알아야 할 건 없고?" 말인즉, 교도소장은 내가 밀고자가 되기를 바란다는 뜻이었지만, 나는 그런 놀이를 할 생각이 전혀 없었다.

"저, 제럴드 쇼를 본 몇몇 수감자들이 그러는데 제럴드의 식판을 다른 식판으로 덮은 걸 봤다더라고요. 먼지가 안 들어가게 덮은 게 꽤 인상적으로 보였답니다. 소장님이 그런 좋은 생각을 내신 건가요?" 교도소장이 웃음을 머금고 고개를 끄덕였다.

"정말 좋은 방법 같습니다. 저희한테 음식을 나눠줄 때도 먼지가 안 들어가게 다른 식판으로 덮어주면 좋겠지만 어렵겠죠? 먼지가 얼마나 많은지는 소장님도 잘 아시겠지만요."

"알았네. 크게 어렵진 않을 것 같으니 주방에 얘기해보도록 하지."

"감사합니다, 소장님."

수감실로 돌아오는 내내 웃음이 절로 나왔다.

여섯 명이 참가하는 독서 모임을 교도소장이 허용했다는 소식을 듣고 난 후 나는 면회 온 레스터에게 부탁을 했다.

"교도소로 책 두 권만 보내줘. 교도소장 앞으로."

"책은 왜?" 레스터가 물었다.

"독서 모임을 시작할 거야."

"뭘 해?"

"독서 모임. 책을 읽고, 한 달에 한 번씩 만나서 읽은 책에 대해 얘기하는 거."

시아라는 애칭으로 불리는 레스터의 아내 실비아가 옆에서 웃었다.

"시아, 왜 웃어요? 독서 모임 얘기 처음 들어봐요?"

"수감자들이 빙 둘러앉아 책 얘기를 한다고 생각하니 좀 재미있어서요. 어떤 책들을 읽을 거예요?"

"잘 모르겠어요. 무슨 책을 읽으면 좋을까?"

책이랑은 담을 쌓고 지내는 레스터가 어깨를 으쓱했다. 실비아가 갑자기 생각난 게 있는 듯한 표정을 지었다.

"아, 생각났어요. 제임스 볼드윈, 하퍼 리, 마야 안젤루의 책을 읽어보세요. 얼마 전에 『새장에 갇힌 새가 왜 노래하는지 나는 아네』(I Know Why the Caged Bird Sings)를 읽었는데, 그 책 꼭 읽어보세요. 『앵무새 죽이기』(To Kill a Mockingbird)하고 『산에 올라 고하라』(Go Tell It on the Mountain)도 읽어보시고요." 시아가 신이 나서 책을 추천했다.

"좋아요, 그럼 그 책들을 보내줘요. 책값은 나중에 여기서 나가면 갚을게요. 찰리 존스 앞으로 두 권만 보내줘요. 서로 돌려가면서 읽을 거니까. 뭐든 먼저 읽으면 좋겠다 싶은 걸 보내줘요. 그리고 다음 면회 때, 독서 모임에서 내가 그 책들에 대해 무슨 얘기를 하면 좋을지 시아가 좀 알려줘요. 괜찮죠?"

시아가 고개를 끄덕였다. "제임스 볼드윈의 책부터 먼저 읽어보세요."

"제임스 볼드윈, 좋아요. 그 사람이 사형수들을 수감실에서 나갈 수 있게 해줄 거예요!"

"무슨 말이야?" 레스터가 의아한 표정으로 나를 보았다.

"모두 나 같은 상상력이 있는 건 아니야. 여기 사람들은 날마다 온종일 죽음에 대한 두려움에 사로잡혀 있어. 죽을 날을 통고받았다고 상상해봐. 어떻게 다른 생각을 할 수 있겠어? 여기 사람들도 삶에 대해 생각할 방법을 찾아야 해."

그때 면회실 건너편에서 비명 소리가 들리고, 교도관들이 황급히 달려갔다. 뒤이어 벌떡 일어나는 헨리를 교도관이 잡아끄는 모습이 보이더니 사이렌이 울렸다. 그 소리는 수감자들 모두 바닥에 얼굴을 대고 엎드리라는 뜻이었다.

"걱정 마, 괜찮아." 나는 겁에 질린 레스터와 시아에게 말했다. 어머니가 몇 시간 동안 차를 타는 게 무리일 만큼 허약해져서 면회를 오지 않은 것이 다행이다 싶었다. 이런 모습을 보면 크게 놀랄 게 뻔했다. 나는 고개를 돌려 헨리 쪽을 보았다. 교도관들이 바닥에 쓰러진 헨리 아버지를 둘러싸고 있었지만, 어떻게 된 일인지는 알 수 없었다. 헨리의 눈빛에는 두려움이 가득했다.

"면회가 종료됐으니 모두 수감실로 돌아가도록!"

멀리서 구급차 사이렌 소리가 들렸다. 누가 헨리의 아버지를 찌른 걸까 생각하면서, 레스터와 시아에게 잘 가라는 인사를 하려고 돌아보았지만, 그 둘은 떠밀려 나가느라 나를 보지 못했다. 헨리가 내 뒤로 줄을 섰다.

"어떻게 된 거야?"

"아버지가 곧 있을 재판 얘기를 하면서 버럭 화를 내시더니 쓰러지셨어. 심장마비가 온 것 같아. 얼굴이 하얗다 못해 파래졌어."

헨리의 목소리가 떨렸다. 인종 차별주의자에 살인자였지만, 그래도 그는 여전히 헨리의 아버지였다.

"힘내. 곧 괜찮아지실 거야."

"전에도 심장 때문에 무효 심리가 선고됐어."

"알아." 헨리가 말한 적은 없지만, 베니 헤이스의 재판에 대한 기사가 여러 신문에 나서 모두들 알고 있는 사실이었다.

"헨리, 힘내."

"고마워, 레이."

헨리는 고개를 떨구고 더는 말을 하지 않았다. 다음 날인 토요일에 그의 아버지가 사망했고, 교도관이 헨리에게 그 소식을 전했다. 나는 베니 헤이스를 위해 기도했다. 죽어서는 살았을 때보다 더 많은 것을 깨닫기를 빌었다. 베니 헤이스는 누군가로부터 반감을 품도록 배웠고, 아들인 헨리 헤이스에게 같은 것을 가르쳤다. 하지만 이제 헨리는 반감이나 증오심으로는 어디에도 이르지 못한다는 걸 배워가고 있었다.

앨라배마에서는 누가 죽으면, 유가족에게 음식을 가져다준다. 하루 종일 친구들과 이웃들이 수프나 파이 같은, 집에서 만든 음식을 들고 찾아간다. 그렇게 사랑과 위로하는 마음을 보여준다. 슬픔에 빠진 첫날이 끝나갈 무렵 상을 당한 가족의 냉장고와 식탁과 조리대에는 음식이 넘쳐났다. 슬픔에 빠진 사람들이 든든히 먹고 기운을 차리길 바라는 따뜻한 마음이 넘쳐났다.

교도관이 헨리의 수감실에서 떠나자마자, 나는 헨리에게 커피를 보냈다. 내 옆 수감실에 있는 사람이 팔을 뻗어 커피를 받아 옆에 있는 사람에게 전했다. 길에서 만났더라면 서로 잡아먹지 못해 으르렁댔을지 모르는 사형수들이 하루 종일 헨리의 수감실로 아끼던 음식을 전했다. 초콜릿, 수프, 커피, 심지어 과일까지. 매점에서 산 음식이나 식사 때 남긴 음식도 헨리에게 보냈다. 아무도 중간에 가로채지 않았다. 그 음식이 수감실 위아래로도 옆으로 전달되어 헨리에게 이를 때까지 위로의 사슬을 끊은 사람은 없었다.

우리 모두 애도할 줄 알았다.

슬픔을 알았다.

혼자인 것이 어떤 느낌인지 알았다.

그리고 우리 모두 누구와도 가족이 될 수 있다는 것을 배우기 시작했다.

눈앞에서 헨리의 아버지가 쓰러지는 걸 봤던 교도관들도 안쓰러웠는지 헨리에게 음식을 전하는 걸 도왔다.

뒤틀리긴 했지만 교도관들 또한 사형수 수감동에 생긴 묘한 대가족의 일원이었다. 한시도 관심의 끈을 늦추지 않고 아플 때면 언제든 도와주면서, 한편으론 우리를 사형 집행실로 데려가 전기의자에 묶고 교도소장이 우리 삶을 끝내기 위해 스위치를 올리면 등을 돌리는 교도관들도 가족이라면 가족이었다.

결국 우리는 모두 나름의 길을 찾으려 애쓰고 있었다.

/15장/
산에 올라 고하라

> 그는 크나큰 산보다 더 무거운 짐을 가슴속에 지니고 다녔다.
> _제임스 볼드윈『산에 올라 고하라』

사형수 수감실에서는 아무도 책을 지닐 수 없었다. 수감실에 있는 책은 몰래 들인 밀수품과 같았다. 독서 모임에는 나까지 일곱 명만 허용되었지만, 이제 수감자들 모두 성경책 외에 두 권의 책을 수감실에 들일 수 있었다. 책에 아무 관심이 없는 사람도 있고, 가족이나 친구에게 한두 권의 책을 보내달라고 부탁하는 사람도 있었다. 책을 통해 완전히 새로운 세계가 열린 것 같았다. 너도나도 좋아하는 책에 대해 얘기하기 시작했다. 더러는 글을 모르는 사람도 있고, 이삼 년밖에 학교를 다니지 않아서 어린애처럼 더듬더듬 읽는 사람도 있었다. 그런 사람들은 자신이 왜 사형수로 갇혀있는지도 몰랐다. 옳고 그름을 판단할 지적 능력이 없는 그런 사람들은 전기의자에 보내기에 앞서 병원에 보내 치료를 받게 해야 하는 게 아닐까 하는 생각이 들었다.

첫 독서 모임의 멤버는 제시 모리슨, 빅터 케네디, 래리 히스, 브라

239

이언 볼드윈, 에드 호슬리, 헨리, 그리고 나였다. 우리는 도서관에서 만났지만, 각자 다른 책상에 앉아야 했고 의자에서 일어날 수도 없었다. 그래서 다른 사람들을 마주 보기 위해 의자에서 돌아 앉아 얘기를 해야 했고, 누가 책의 어떤 부분을 읽고 싶다고 하면 그 책을 던져서 전달해야 했다. 상대방이 잘 받거나, 의자에서 엉덩이를 떼지 않고 책을 손에 넣을 수 있을 만큼 가까이 떨어지기를 바랐다. 우리를 도서관으로 데리고 갈 때, 교도관들은 긴장한 기색이 역력했다. 우리는 소동을 피우거나 달아날 생각이 전혀 없었는데 말이다. 흑인 다섯과 백인 둘로 구성된 우리 독서 모임은 제임스 볼드윈의 책에 대해 얘기하려는 것뿐 문제를 일으킬 생각이 전혀 없었다.

제임스 볼드윈의 『산에 올라 고하라』 두 권이 도착하자 교도관이 내 수감실로 가져다주었다. 고등학생 때 그 책을 읽었지만 다시 읽고 나서 다음 사람에게 전달했다. 우리 일곱 명 모두 그 책을 읽는 데 일주일쯤 걸렸는데, 한 달 뒤에 독서 모임을 갖기로 했다. 그 뒤로 책이 바뀔 때마다 그런 일정에 따랐다. 가족에게 부탁해 책을 받은 사람들도 있고 해서 사형수 수감동 중 우리 구역의 위층 열네 명, 아래 층 열네 명은 거의 모두 볼드윈의 책을 읽고 얘기를 나눴다.

하느님에 대한 얘기가 너무 많아서 그 책을 싫어하는 사람도, 좋아하는 사람도 있었다. 성관계 장면이 나와서 그 책을 좋아하는 사람도 두어 명 있었다. 한 달 사이에 사형수 수감동은 다른 곳으로 바뀐 것 같았다. 우리는 뉴욕의 할렘 가에 있었고, 우리 부모의 과거는 복잡하고 추악했으며, 어떤 관계도 겉으로 보이는 그대로가 아니었다. 우리는 경련을 일으키는 몸을 이끌고 교회로 가 예수님의 은총 아래

240

구원받기를 기다리는, 폭력의 피해자들이었다. 우리는 아버지가 누구인지 모르거나 왜 아버지가 우리를 싫어하는지 모르는 묘한 가족 관계에 얽혀있었다. 우리는 세상을 좀더 알아가려 하고 마음속 느낌을 이해하려 애쓰는, 열네 살로 접어든 주인공 존이었다. 우리는 우리 자신이면서 또 다른 사람이었다. 그 책이 우리의 낮과 밤을 새로운 방식으로 사로잡았다. 이제 변호사라도 되는 양 떠들던 법률 얘기를 하지 않았고, 이해가 안 되는 시스템을 이해하려 애쓰지 않았다. 우리는 더 이상 지구에서 사라져야 할 바닥 중의 바닥인 인간쓰레기들이 아니었고, 지옥 같은 암흑 속에서 전기의자로 끌려갈 차례를 기다리고 있는, 세상에서 버려지고 잊힌 사람들이 아니었다. 내가 세계 여행을 하고 영국 여왕과 차를 마실 수 있는 것처럼 책을 읽은 사람들은 얼마 동안 다른 세상으로 떠날 수 있었다. 사형수 수감동에서 떠나는 휴가였다. 우리 일곱 명이 정식으로 첫 독서 모임을 갖기도 전에 모두 다 독서 모임의 일원이 된 듯했다.

마침내 독서 모임을 갖고 각자 책상 앞에 앉았을 때, 철창에 얼굴을 대고 소리치지 않아도 되는 것이 어색하게 느껴졌다. 백인인 래리와 헨리가 유난히 불편해 보였다. 우리가 도서관에 들어간 뒤 교도관들이 밖에서 문을 잠가서 도서관에는 우리뿐이었다. 규칙을 어기거나 싸움을 일으키거나 하는 어리석은 짓을 해서는 안 되었다. 교도관들이 샤워실로 데려갈 때를 제외하고 날마다 똑같은 시간에 똑같은 일정을 되풀이해왔는데, 판에 박힌 일상에 일어난 변화가 낯설었다. 갑작스레 벌어진 새로운 상황이 편치 않다. 수감된 지 10년이 넘은 볼드윈, 히스, 호슬리는 특히 안절부절못하고 들썩거렸다.

241

"그래, 어떻게들 생각해요?" 나는 모두에게 물었다.

"어떤 형식으로 어떻게 진행해야 하는 거지?" 희망 프로젝트에 참여한 적이 있어 모임을 이끌어가는 법을 아는 제시 모리슨이 물었다.

모두의 시선이 내게 쏠렸다. "무슨 말이든 하고 싶은 얘기를 하죠. 책이 맘에 드는지 안 드는지, 어떤 점이 좋고 어떤 점이 좋지 않은지, 인상에 남는 건 뭔지. 어때요?" 진지한 표정의 헨리를 포함해서 모두 고개를 끄덕였다. 내가 먼저 시작했다. "내가 좋게 읽은 문장은 '영혼의 부활은 끊임없이 계속되었다. 부활만이 매시간 사탄의 손을 막을 수 있었다.'예요."

"그 문장이 왜 좋은데?" 래리가 물었다.

"희망을 주는 것 같아서요. 사람의 영혼이 다시 태어날 수 있다는 거잖아요. 그 사람이 뭘 했든 다시 새로워질 수 있다는 말이니까 희망적인 문장이라고 생각해요."

"그래. 하지만 사탄이 바로 옆에 붙어서 매시간 나를 몰아붙이지. 술을 마시면 사탄이 쥐고 흔든다는 걸 난 알고 있어." 평소 조용하던, 노부인을 강간하고 살해한 죄로 사형 선고를 받은 빅터가 말했다.

우리는 조용해졌다. 빅터와 그레이슨이 만취해서 함께 범행을 저질렀다는 것을 다들 알았고, 그레이슨 역시 사형수로 수감되어 있었지만 서로 알고 있다는 내색조차 하지 않았다. 볼드윈과 호슬리도 공범으로 기소되어 둘 다 사형을 선고받았다. 호슬리 혼자 범행을 저질렀고 볼드윈은 가담하지 않았다고 주장했으나 받아들여지지 않았고, 볼드윈은 소몰이용 전기 막대의 충격을 참지 못하고 거짓 자백을 하고 말았다. 배심원단은 모두 백인이었다. 호슬리 역시 고문을 당하면서도 볼드윈이 범행 현장에 없었다고 밝혔지만 사실은 중요하지 않았다. 둘 다 사형 선고를 받았다는 것은 그저 앨라배마 거리에서 흑인 둘이 없어지는 일일 뿐이었다.

말투가 전도사 같은 히스는 볼드윈의 책에 나오는 목사에 대해 뭔가 얘기할 줄 알았는데 이상하게도 아무 말이 없었다.

"이 책에 나오는 사람들은 모두 구원에 대해 얘기하는데, 나는 길바닥에 쓰러진 사람들이 구원받는 교회를 본 적이 없어." 헨리가 말했다.

나는 웃으며 헨리의 말을 받았다. "헨리, 흑인 교회에 가본 적이 없어서 그래. 우리가 여기서 나가면, 성령이 충만해서 몸이 붕 떠오르거나 교회 창밖으로 날아갈 것 같은 사람들을 볼 수 있는 교회에 데려가줄게! 흑인 교회에서 사람들이 어떻게 기도하는지 알면 깜짝 놀랄 거야. 하루 온종일 기도가 계속되지. 그래서 든든히 배를 채우고 교회에 가야 성령의 힘이 내려앉을 때까지 앉아있을 수 있어. 흑인 교회에 가면 전과는 다르게 주님을 찬송하고 찬미하게 될 거야!"

헨리가 우리를 둘러보았다. "그런 교회가 나를 받아줄까? 다 여기 있는 사람들 같지는 않잖아."

"우리가 그 사람들한테 사람이 어떻게 변할 수 있는지 보여주면 가능할 거야."

헨리가 고개를 가로저으며 나를 보고 웃더니 어깨를 으쓱했다. 우리는 사형수 수감동과 바깥세상이 여전히 다르다는 것을 알았다. 헨리는 흑인 아이를 때려 죽음에 이르게 한 백인이었고, 나는 겨우 몇 백 달러 때문에 사람을 총으로 쏜 흑인이었으며, 브라이언과 에드는 열여섯 살 된 여자아이를 납치해서 죽이려고 한 사람들이었다. 래리는 임신한 아내를 살해했고, 빅터는 여든여덟 살의 할머니한테서 돈을 빼앗고 성폭행까지 했으며, 제시는 사건 기록에 따르면 5달러 때문에 한 여자를 쏜 사람이었다. 홀먼 교도소의 도서관에 앉아있는 우리 중에 몇은 무고하고 몇은 끔찍한 죄를 지은 사람들이었지만, 그런 건 중요하지 않았다.

"내가 맘에 든 부분은 존이 집을 청소할 수밖에 없게 된 장면이야. 시작하자마자 나오는데 기억나지? 책을 읽다 그 부분을 적어왔어." 볼드윈이 가져온 종이를 펼치고 목을 가다듬었다.

"존은 카펫을 청소하는 일이 싫었다. 먼지가 일어나서 코가 막히고 땀이 난 살갗에 들러붙는 데다 시간이 아주 오래 걸릴 일처럼 느껴졌다. 아무리 청소해도 먼지 구름이 줄지 않았고, 카펫은 깨끗해지지 않았다. 그의 상상 속에서 카펫 청소는 일생 동안 해도 끝이 없는 고된 일이었다. 어디에선가 읽은, 가파른 언덕 위로 바위를 밀어 올리지만 그 언덕을 지키는 거인이 그 바위를 계속 아래로 굴려 떨어뜨리기 때문에 영원토록 바위를 밀어 올려야 하는 저주를 받은 사람의 시련처럼 느껴졌다. 그 불행한 사람은 아직도 지구 반대편 어디에선가 바위를 언덕 위로 밀어 올리고 있다."

틀리지 않고 읽으려고 연습을 한 것처럼 볼드윈이 나직나직 조심스럽게 읽기를 끝마쳤는데 모두 아무 말이 없었다.

이윽고 빅터가 물었다. "자신이 언덕 위로 바위를 밀어 올리는 사람 같다는 기분이 드는 건가?"

볼드윈이 목을 가다듬고 대답했다. "응, 아주 비슷한 것 같아. 우리 모두 바위를 밀어 올리고 있는 거 아냐? 날마다, 하루 종일, 해를 거듭해서 바위를 밀어 올리는데, 거인이 다시 아래로 밀어뜨리고 있잖아. 그래도 거인이 밀어뜨린 바위에 짓눌려 죽을 때까지, 아니면 누군가 언덕 꼭대기에서 도와줄 때까지 계속 바위를 밀어 올려야 하지 않을까? 누군가 거인을 쫓아내서 우리가 언덕 위로 바위를 밀어 올리게 되면, 그때 앉아서 쉬거나 할 수 있을 테지. 세상이 그런 거 아닌가?"

두엇이 웃었지만 호슬리는 그냥 바닥을 보고 있고 나는 볼드윈에게 고개를 끄덕여보였다. 나는 내 바위를 언덕 위로 밀어 올리면서 퍼핵스가, 산다가, 이제 앨런 블랙이 거인을 쫓아내주기를 바라고 있었다. 적어도 내가 꼭대기에 오를 수 있도록 그를 잡고 있어 주기라도 했으면 하고 간절히 원했다. 나는 볼드윈의 마음을 알았고 그가 얼마나 절망감을 느끼는지도 알았다. 나도 똑같은 마음이었다.

"우리 모두랑 연결 지을 수 있는 좋은 구절이었어, 볼드윈."

내 말에 다른 사람들도 고개를 끄덕였다.

호슬리가 말하려고 한 손을 드는 바람에 모두 웃음을 터뜨렸다.

"호슬리, 무슨 말을 하고 싶은데?"

"난 너희들이 등장인물들을 나름의 방식으로 해석하는 게 맘에 들어. 그러면서 그 사람들의 얘기나 지나온 삶에 대해 알게 되고, 또 그 사람들이 어쩌다 그렇게 됐는지 이해하게 되는 것이 좋았어. 그래, 그 아버지는 바보일지 모르지만 그 사람도 잃은 게 있었지. 그리고 그 사람들 얘기를 알게 될수록 그들이 한 일을 용서하게 되는 것 같아. 안 그래? 우리 모두 몇몇 선택을 하면서 큰 실수들을 하게 된 사연이 있어. 이 책에 나오는 사람들도 모두 실수를 했고 완벽하게 사는 사람은 아무도 없어."

래리는 고개를 떨궜지만 나머지는 동의한다는 듯 조용해졌다. 나는 누가 자신의 실수에 대해 생각하고 있을까 궁금했다. 나도 실수를 했다. 그건 의심의 여지가 없다. 그때 몰랐던 것을 이제는 안다면, 그리고 그때로 돌아갈 수 있다면, 우리는 다시 똑같은 일을 하게 될까? 도서관에 있는 사람들 중에 똑같은 선택을 할 사람은 아무도 없을 것 같았다.

"또 다른 구절을 읽은 사람 없어?" 내가 물었다. 다른 데서는 독서 모임을 어떻게 진행하는지 모르지만, 내게는 어떤 지침도 질문 목록도 없었다.

지난번 면회 날, 시아와 레스터에게 독서 모임에 대해 얘기했을 때 시아는 감동받은 부분에 대해 얘기하라고 조언했다. "똑같은 책을 읽어도 느끼는 게 모두 달라요. 사람들이 어떤 부분에 대해 어떻게 느끼는지를 잘 들어요. 선생님이 되려고 하지 말고 그냥 뭐든 사람들이 얘기하고 싶어 하는 부분에 대해 토론하면 돼요." 나는 고개를 끄덕였다. 어둡고, 지저분하고, 쩜통 같은 수감실에서 관심을 돌릴만한 얘기를 하라는 말이었다. 비록 상상 속에서라도 우리가 처한 현실에서 벗어날 수 있는 시간은 선물이었다. 나는 전용기를 타고 전 세계 어디든 갈 수 있었다. 이곳저곳 다니며 세계 최고의 미녀들과 함께 저녁 식사를 했고 윔블던에서 다섯 번이나 우승했다. 이번 주에는 뉴욕 양키스 선수로 선발될 예정이었다. 나는 너무 바빠서, 밀어 올린 바위를 굴려 떨어뜨리는 언덕 꼭대기의 거인에 대해 생각할 겨를이 없었다. 나는 독서 모임을 하면서 다른 사람들도 한 시간 동안 자유롭게 상상의 나라로 떠날 수 있기를 바랐다. 쥐와 바퀴벌레가 들끓고, 죽음의 냄새와 썩는 냄새가 진동하는 곳에서 벗어나기를 바랐다. 사형수들은 앨라배마 주가 그들을 죽이기도 전에 두려움 속에서 서서히 죽어가고 있었다. 상상 속에서 또 하룻밤을 버티려 하기보다 온갖 정신 나간 짓을 하려고 했다. 그래서 나는 생각했다. 책을 들여와서 사형수들 모두 일주일쯤 책의 세계로 떠나게 하자. 생각을 열면 마음은 그 뒤를 따랐다.

더 이상 잃을 것이 없는 흑인 다섯 명과 갇힌 공간에 함께 앉아있는 헨리가 그것을 보여주는 산증인들이었다. 흑인을 증오하고 두려워하라고 배운 헨리는 단지 피부색이 다르다는 이유로 아이를 때리고 칼로 찌르는 것을 정당한 행위라고 생각했다. 나는 그런 헨리에게 분노를 느끼지 않았다. 그는 흑인을 두려워하라고 배웠고 증오하도록 길들여져 있었기 때문이다. 헨리에게는 사형수 수감실이 선생이었다. 그의 영혼을 구해주고 그의 증오심이 잘못된 것임을 깨우쳐주었으니까.

"레이, 너는 어때?"

나는 사람들을 둘러보며 대답했다. "주인공이 그 도시의 5번가를 어떻게 다니는지 알지? 그는 거기가 자신이 있을 곳이 아니란 걸 알고 있었어."

"그런 부분이 어디 나오지?" 빅터가 물었다.

"정확히 기억은 안 나지만, 그는 백인들이 자기를 좋아하지 않는다는 걸 알아. 하지만 그가 아플 때 백인 선생이 그에게 친절하게 대해준 걸 기억하지. 그는 언젠가 백인들이 자신을 예우하고 존경할 거라고 생각해. 그 부분 기억 안 나?" 내가 말했다.

헨리가 헛기침을 했다. "기억나. 내가 배운 거랑 정반대였거든. 알지?" 헨리가 약간 긴장한 표정으로 우리를 둘러보더니 가져온 종이를 꺼냈다. 수감자들이 바보라서 글을 똑바로 못 쓸 거라고 생각한 듯 줄이 쳐진 편지지였다. "나도 적어 온 게 있는데 읽어도 되지?"

모두 고개를 끄덕이자 헨리가 덧붙였다. "이 부분을 읽으면서 우리 아버지가 떠올랐어. 그래서 적어왔어."

"얼른 읽어봐. 한번 들어보자고."

헨리가 읽기 시작했다.

"이것은 그의 아버지의 생각이 아니었다. 그의 아버지는 백인들은 모두 사악해서 하느님이 몰락시킬 거라고 말했다. 백인들은 결코 신뢰할 수 없다고, 백인들이 하는 말은 다 거짓말이라고, 백인들은 한 사람도 흑인을 사랑한 적이 없다고 했다. 존이란 이름의 흑인인 그도 나이가 좀 더 들면 백인들이 얼마나 악랄한지 알게 될 거라고 했다. 존은 백인들이 유색인종에게 무슨 일을 했는지 읽은 적이 있었다. 부모님의 고향인 남부에서 백인이 어떻게 흑인을 속여 임금을 착취하고, 흑인을 불태우고, 흑인을 총으로 쏘아 죽였는지에 대해. 그의 아버지는 차마 입에 담을 수 없는 훨씬 더 악랄한 일들을 했다고 말했다. 존은 유색인종이 하지도 않은 일 때문에 전기의자에 앉아 타 죽은 이야기도 읽은 적이 있었다. 폭동이 일어났을 때 흑인들이 어떻게 곤봉으로 맞았는지, 감옥에서 어떻게 고문을 받았는지, 그들이 얼마나 고용되긴 힘들고 해고되긴 쉬웠는지에 대해서도 읽었다. 흑인은 존이 지금 걷고 있는 이 거리에서 살 수 없었다. 법으로 금지되어 있었다. 그래도 이곳을 지나는 존을 가로막는 사람은 없었다. 하지만 둥그런 큰 상자를 든 존이 방금 한 여자가 무심히 걸어 나온 상점으로 감히 들어갈 수 있을까? 혹은 번쩍이는 제복을 입은 백인이 버티고 서 있는 이 아파트에 들어갈 수 있을까? 존은 그럴 수 없다는 걸 알았다. 오늘은 안 된다는 걸. 그의 아버지가 비웃는 소리가 들리는 듯했다. "아니, 내일도 안 돼!" 그는 뒷문으로 들어가서 어두침침한 계단을 지나 주방이나 지하실에만 들어갈 수 있었다. 이 세상은 그를 위한 곳이 아니었다. 만일 그가 그 사실을 믿지 않고 목을 걸고서라도 그 세상으로 들어가려 한다면, 해가 비추지 않을 때까지 애써야 했다. 그들이 그가 들어오는 걸 결코 허용하지 않을 터이므로. 그때 존의 마음속에서 그곳 사람들과 거리가 변해갔다. 그는 그들이 두려웠다. 그리고 하느님이 그의 마음을 바꾸지 않는다면 그도 언젠가 그들을 미워하게 될 것이다."

헨리가 다 읽고 나자 모두 말이 없었다. 헨리가 왜 그 부분을 골랐는지 다들 모를 리 없었다. 헨리의 가족은 KKK였다. 그리고 이 책 속 아이의 아버지는 아들에게 헨리의 아버지와 똑같은 내용을 반대로 가르치고 있었다.

"참 안타까운 일이야. 아버지가 아들한테 그런 걸 가르치다니. 미워하는 건 죄야, 옳지 않은 일이지. 안 그래요, 전도사?" 헨리가 히스를 돌아보며 말했다.

"그래, 미워하는 건 죄야. 하지만 하느님이 우리 죄를 용서해주실 거야. 우리 아버지들의 죄도."

"좋은 구절이었어, 헨리." 빅터가 말했다. 호슬리와 볼드윈도 고개

를 끄덕였다. 헨리가 부끄러워하는 걸 모두 알았다. 그리고 우리 다섯
명의 흑인은 폭력을 휘둘러 흑인 아이를 죽인 사람으로 영원히 기억
될 백인을 위로하려 애썼다.

"난 세상이 존을 위한 곳이 아니라고는 생각하지 않아. 세상은 어
느 누구만을 위한 곳이 아니야. 우리 모두 하느님의 자녀들이고, 이
세상은 우리 모두의 것이야. 태양이 비추지 않는 일은 결코 없을 거
야. 우리가 보지 못할 순 있겠지만 늘 그 자리에 있지. 내 마음에 증오
심을 담아두지 않을 거야. 여기 와서 증오심을 품고 암흑 같은 몇 년
을 보냈는데, 이제는 그렇게 살 수 없어." 내가 말했다.

"레이, 자넨 누구를 미워할 사람이 못 돼." 제시가 말했다.

"우리 어머니는 사람을 미워해선 안 된다고 가르쳐주셨어. 사람을
미워하고 맞서 싸우라고 배운 사람은 참 안됐다는 생각이 들어. 배운
걸 부끄럽게 여기는, 이곳에 있는 누구도 안됐고." 나는 헨리를 보며
말을 이었다. "하느님은 우리 각자의 생각을 아셔. 누가 뭘 했고 안 했
고는 그 사람과 하느님 사이의 일이지 우리가 끼어들 일이 아니야."

모두 고개를 끄덕였다. 그 뒤 도서관 문을 열러 오는 교도관이 보
였다. 중요한 것에 대해 이야기를 나누며 한 시간을 보낸 첫 독서 모
임은 성공적이었다.

"언젠가 여기서 나가면 내가 뭘 할 건지 알아?" 내가 물었다.

"뭘 할 건데, 레이?"

"이 안에도 중요한 사람들이 있었다는 걸 세상 사람들한테 알릴
거야. 우리 서로와 세상에 대해 어떻게 관심을 가졌는지, 세상을 어떻
게 달리 보게 됐는지 말해줄 거야."

"레이, 산에 올라 고하겠다는 거야?" 제시가 물었다.

다들 웃었다.

"모든 산에 올라서 알릴 생각이야. 거인을 물리치고 바위를 산꼭대기로 밀어 올리고 그 산꼭대기에 서서 알릴 거야. 내 얘기와 여러분의 얘기를. 뭐, 책을 써서 알릴 수도 있고."

"모임은 이만 끝내고 모두 일어나 수감실로 돌아가도록." 두 교도관 중 한 명은 도서관 문 앞에 서 있고, 다른 한 명은 안으로 들어와서 우리를 일렬로 세운 뒤 수감실로 이끌었다. 헨리가 제임스 볼드윈의 책 한 페이지를 정성들여 적어 온 종이를 다시 접어 챙겼다. 그가 그 부분을 그토록 중요하게 생각할 줄 누가 짐작이나 했을까?

독서 모임 회원 중에 래리 히스가 처음으로 죽음을 맞았다. 그는 마지막 저녁 식사를 하지 않았다. 그리고 교도소장이 마지막으로 할 말이 있는지 물었을 때, 그는 이렇게 말했다. "이것이 거기 있는 그들을 달래기 위해서라면 받아들이겠나이다. 아버지, 저의 죄를 용서하여 주시옵소서."

1992년 3월 20일, 자정이 조금 지나서 교도관들이 그의 머리에 검은 자루를 씌웠다. 그리고 그에게 책을 읽고, 다른 여섯 명과 만나서 그 책이 자신에게 의미하는 것에 대해 얘기를 나눌 수 있게 해주었던 교도소장이 스위치를 올렸다. 래리가 죽어가는 일 분 동안 그의 몸에 2천 볼트의 전류가 흘렀다.

다음 독서 모임에서 우리는 그의 빈자리를 그대로 남겨두었다.

16장

불시 점검

사랑합니다.
_헨리 프란시스 헤이스의 마지막 말

어느 일요일, 나는 할리 베리(미국의 유명한 흑인 영화배우)와 결혼했다. 아름다운 결혼식이었다. 그녀는 파리에서 백 명의 재봉사들이 화사한 레이스 천을 한 땀 한 땀 꿰매 만든 하얀 드레스를 입고 있었는데, 그녀 뒤로 10미터나 길게 늘어져 있는 드레스 자락은 바다에서 채취한 아름다운 진주알로 뒤덮여 있었다. 내가 말로 표현할 수 없을 만큼 깊고 깊은 사랑으로 그녀의 아름다운 얼굴을 응시하자, 그녀가 커다란 갈색 눈에 반짝이는 눈물을 머금고 나를 올려다보았다.

우리는 아플 때나 건강할 때나, 기분이 좋을 때나 나쁠 때나, 넉넉할 때나 가난할 때나, 죽음이 갈라놓을 때까지 서로를 사랑하기로 약속했다. 너무 행복하고 기뻐서 가슴이 터질 것 같았다. "레이, 너무너무 사랑해요. 당신을 만나지 못했더라면 어떻게 살았을지 모르겠어요." 그녀가 속삭였다.

"오, 나의 할리, 절대 당신 곁을 떠나지 않겠다고 약속할게요. 내가 영원히 지켜줄게요." 나는 그녀의 매끄러운 갈색 피부와 빨간 입술을 내려다보았다. 목사가 우리를 남편과 아내로 선언한 뒤, 차체가 긴 흰색 리무진으로 달려가는 우리에게 레스터와 어머니가 쌀을 던지며 축하해주었다.

"다들 잘 있어요. 전 세계를 일주하고 일 년쯤 후에 돌아올 테니 그때 봐요." 내가 말했다.

"잘 다녀와라, 막내야. 돌아올 때는 아기도 함께 와야 한다, 알겠지? 손자, 손녀 쌍둥이면 더 좋고." 어머니가 나를 꼭 끌어안고 말했다.

"노력해볼게요." 나는 웃으면서 어머니의 뺨에 작별 키스를 했다.

레스터가 내 손을 잡고 흔들며 등을 토닥였다. "해냈구나. 너한테 딱 맞는 완벽한 여자를 찾아냈어. 넌 운이 좋은 남자야. 할리는 운이 좋은 여자고."

레스터는 진심으로 기뻐했다. 우리는 경쟁하는 사이가 아니었다. 그가 시아를 찾았듯 내가 마침내 사랑하는 사람을 찾은 것을 진심으로 기뻐했다. 삶이 마냥 즐거웠다. 내가 할리를 안아 올리자, 할리가 내 목을 끌어안았다. 나는 천천히 그녀의 입술에 내 입술을 가져갔다. 할리가 내 몸에 밀착하는 것이 느껴졌다. 천천히 내뿜는 그녀의 숨소리가 귓가를 간질였다….

"힌턴! 발딱 일어나! 얼른!"

문이 쾅 열리고, 네 명의 교도관이 수감실로 들어오더니 할리 베리를 빼앗듯 내 두 팔을 움켜잡았다. 내 몸이 벽으로 밀리고, 머리가 오른쪽으로 젖혀지면서 광대뼈가 차가운 시멘트벽에 짓눌렸다. 교도관 한 명이 내 등 윗부분을 한 손으로 눌렀다. 교도관들 모두 폭동을 진압할 때처럼 방탄조끼에 무기를 장착하고 있었다.

넷은 모두 낯선 교도관들이었다. 그들은 내 책을 넘겨보고 반바지와 양말을 수감실 밖 통로로 내던졌다. 그리고 매트리스를 들어 올려 지난 며칠 동안 완벽하게 눌려 칼 같은 주름이 잡힌 흰 수감복을 바닥으로 내동댕이치고는 밟고 다녔다. 어머니와 조카들 사진들도 수감실 밖 통로에 나뒹굴었다.

"이런 게 맘에 안 들어 죽겠지?" 교도관들 중 한 명이 물었다.

나는 대답하지 않았다.

"텔레비전도 있고, 없는 게 없군. 이거 사형수 감방 맞아? 너무 편해 보이잖아."

나는 그들이 텔레비전을 부수거나 통로로 내던질 거라고 예상했지만, 그들은 그냥 텔레비전 뒤에 숨겨놓은 게 없는지, 나사가 느슨하게 풀린 데는 없는지를 확인했다.

"무슨 옷이 이렇게 많아? 여름 캠프도 아니고 반바지며 양말이며 절반은 압수야."

그들이 내 옷 몇 가지를 통로로 내던졌다.

"이런 게 못마땅해 죽겠지?" 교도관이 다시 물었다.

"네, 안 좋습니다."

"5분 후에 다시 와서 또 이럴 수도 있어. 열두 시간 동안 너희 교도소는 우리 손안에 있거든. 여기 교도관들은 도날드슨 교도소를 살펴보러 갔고, 새로운 눈에 새로운 것들이 보이는 법이지. 우리가 매시간 정각에 이럴 수도 있는데 어쩔 셈인가?"

교도관의 팔꿈치가 등에 닿는 것이 느껴졌다. 그는 더 세게 나를 벽으로 밀어붙였다.

"그러면 아예 이 안에 들어와서 종일 이것저것 맘껏 내던지세요. 제가 밖으로 나갈 테니 이 안에 들어와서 하고 싶은 대로 다 뒤집어놓으세요." 나는 지극히 차분하게 말했다. 내 소지품을 검사하던 세 교도관이 잠시 멈추고 나를 돌아봤다.

그들 중 한 명은 웃고, 다른 두 명은 고개를 절레절레 흔들었다. 그리고 나를 벽에 밀어붙이고 있던 교도관은 더욱 힘을 주었다.

"알몸 수색을 실시한다! 다 벗어."

나는 시선을 떨구고, 고개를 가로저었다. 교도관들이 철저한 점검을 빌미로 쓰는 최악의 방법이 바로 알몸 수색이었다. 우리 교도관들은 사형수 수감동에서는 알몸 수색을 거의 하지 않았다. 일반 수감동에서는 흉기가 될 만한 것을 찾아내거나 마약 단속을 위해 대대적인 점검을 할 때 알몸 수색을 하기도 했지만, 우리는 보통 내버려두었다. 우리는 그 답으로 조용히 지냈다. 모든 교도소장이 가장 바라는 것이 사형수 수감동이 소란 없이 조용한 것이었다. 사형수 수감동 각 층에서 한 명씩 뽑힌 대표들은 교도소장과 만나 협상을 했다. 교도소장은 그가 바라는 것을 말하고, 우리도 바라는 것을 요구했다. 그리고 보통 중간 수준에서 합의에 이르렀다. 우리도, 늘 인원이 부족한 교도관들도 문제가 생기는 걸 원치 않았다.

하지만 다른 교도소에서 온 교도관들은 유난히 사형수 수감동을 철저하게 점검하곤 했다. 힘 있는 대단한 사람이 된 듯한 느낌이 좋았던 모양이다. 어렵고 힘든 사람 앞에서 강해 보이고 싶어 하는 사람은 대개 학창 시절에 운동 실력이 형편없거나 힘이 없어서 괴롭힘을 당하다가, 그들만의 좁은 세계에서 조금이나마 힘을 갖게 된 사람들이었다.

"벗어!"

나는 흰 수감복과 양말을 벗은 뒤 벽을 등지고 섰다. 교도관들 중 둘은 나가고 둘만 남았다.

"혀 내밀어."

나는 입을 벌리고, 입 안에 숨긴 게 아무것도 없음을 보여주었다.

"발바닥!"

나는 발바닥을 한쪽씩 보여주었다.

"다리 벌려."

나는 다리를 넓게 벌렸다.

"고환 들어 올려."

나는 고환을 들어 올렸다 내렸다. 그곳에 숨긴 게 없다는 걸 그들도 나도 알았다.

"몸을 굽히고 엉덩이 벌려."

나는 돌아서서 몸을 반쯤 굽힌 다음, 두 손으로 양쪽 엉덩이를 잡고 벌렸다.

"기침 해봐."

나는 기침을 하며 항문이 벌어지게 해서 그들이 내 항문 속에 숨긴 게 있는지 볼 수 있도록 했다. 그런 검사는 말할 수 없이 굴욕적이었다. 이런 검사를 즐기는 이는 어떤 부류의 인간들일까? 수감실마다 돌아다니면서 수감자에게 몸을 굽히게 하고 항문을 들여다보는 일에서 어떻게, 어떤 즐거움을 얻을 수 있을까?

그들은 필요 이상으로 오래 몸을 굽힌 채 엉덩이를 벌리고 있도록 했다. 그건 일종의 게임이었다. 나는 그들에게 사람이 아니었다. 나를 인간으로 대한다고 볼 수 없었다.

"이제 옷 입고 수감실 치워. 우리가 여기 있는 동안 또 올 수도 있어."

나는 그들이 수감실에서 나갈 때까지 등을 돌리고 있다가 천천히 옷을 입었다. 수감실은 아수라장이었다. 시트는 먼지투성이 바닥에 뒹굴고, 깨끗했던 옷은 그들의 부츠에 짓밟혀 있고, 심지어 칫솔은 변기 옆에 떨어져 있었다.

나는 교도관들이 우리 층을 떠나간 뒤에 헨리를 소리쳐 불렀다.

"헨리!"

"레이?"

"괜찮아? 그자들이 네 수감실도 쑥대밭을 만들어놨어?"

"그냥 매트리스만 들어 올려 보던데."

"나는 매트리스는 물론이고 고추까지 들어 올려 보여줬어." 헨리가 웃었다. 나도 웃을 수밖에 없었다.

"할리 베리랑 막 신혼여행을 떠나려는 중이었는데, 타이밍을 아주 기가 막히게 맞춰서 들이닥치더라고."

"여왕을 만난다고 하지 않았어?"

"그랬지. 이제 할리가 내 여왕이거든."

몇몇 수감자들이 웃었다.

"빌어먹을, 일요일에 무슨 불시 점검이야!" 누군가 소리쳤다.

나는 침대에 앉아서 두 손으로 머리를 감쌌다. 내일이면 원래 이곳에서 근무하는 교도관들이 돌아와서 오늘 있었던 일을 듣고 놀란 척을 할 것이다. 그들이 다른 교도소에 가서 그곳 수감실을 뒤엎은 일에 대해서는 입도 벙긋하지 않고서. 실제로 교도관들은 "그 사람들이 어머니 사진을 내던졌다고? 설마!"라고 말하면서 책임을 회피했다.

불시 점검은 그런 식이었다. 언제 있을지 결코 알 수 없었고 또 아무도 책임지지 않았다.

앨런 블랙은 1994년에 수정된 규칙 32항에 의거한 청원을 제기했다. 그리고 1997년 5월, 헨리가 사형 집행일을 통보받았다. 6월 6일이었다. 우리는 희망의 끈을 놓지 않으려 애썼다.

"헨리, 기운 내."

"앞으로 무슨 일이 생길지 몰라."

"주지사가 중단시킬 수도 있어."

"긍정적으로 생각해."

운동장에 나가거나 샤워하러 가는 길에 헨리를 보면 피부색에 상관없이 모두들 안타까워하며 위로의 말을 건넸다. 헨리는 KKK 단원들이나 그의 부모보다 흑인 사형수들로부터 더 큰 사랑을 느꼈을 것이다.

우리는 그때까지 독서 모임을 몇 번 더 하면서, 『당신의 블루스는 나의 것과 다르다』(Your Blues Ain't Mine), 『앵무새 죽이기』(To Kill a Mockingbird), 『톰 아저씨의 오두막』(Uncle Tom's Cabin)을 읽었다. 모두 남부의 인종 차별을 다룬 책들이었다. 처음에 헨리는 그 주제에 선뜻 다가서지 못했다. 우리가 그의 생각을 물을 때까지 흑인들이 얼마나 부당한 대우를 받았는지 모르는 척했다. 그는 자라면서 배운 가르침을 부끄럽게 여겼고, 결국 그를 사형수에 이르게 한 믿음들을 수치스러워했다. 그리고 "애가 커서 어떤 사람이 될지는 아무도 몰라. 그런데 왜 흑인이라서 간호사가 될 수 없다거나, 의사나 변호사가 될 수 없다고 하는 거지? 그 사람이 AIDS나 암 치료법을 발견할 수도 있는데 말이야. 그런 건 모르는 일이야."라고 말하곤 했다. 자신이 죽인 흑인 남자아이, 마이클 도널드를 생각하고 하는 말이었다. 그는 그 아이가 살았더라면 어떤 사람이 됐을까 하고 생각하고 있었을 것이다. 헨리는 85년 만에 처음으로 흑인을 죽인 죄로 사형 선고를 받은 백인이었다. 교도소 밖 사람들에게 그의 죽음은 중요한 의미가 있었다. 독서 모임에서 읽은 책들에서처럼 인종 차별과 정의와 공정함에 대한 주장이 정당함을 보여주는 일이었다. 하지만 우리에게는 가족의 일원이 죽임을 당하는 일일 뿐이었다. 사형수 수감동에 인종 차별은 없었다.

사형 집행 전 일주일 동안 교도관들은 그 사형수에게 유난히 친절했다. 기분이 어떤지, 필요한 것이 있는지 물었고, 별도의 절차 없이 원하면 언제든 면회도 할 수 있게 해주었다. 시원한 음료나 먹을거리를 사다주기도 하고, 특별한 음식을 만들어 갖다주기도 했다.

헨리가 죽음을 맞으러 가기 전에 우리는 마지막으로 이야기를 나눴다.

"미안해, 레이. 내가 그런 짓을 저질러서 미안해."

"네 마음 알아. 하느님도 다 아실 거야."

"이런 말 한 적이 있는지 모르겠지만, 난 레이라는 이름을 가진 형제가 있어. 레이는 내 형제야."

헨리가 우는 소리가 들렸다. 그가 너무 안쓰러워 가슴이 아팠다. 결국 그 사람이 누구인지, 피부색이 어떤지, 무슨 짓을 저질렀는지, 피해자가 죽을 때 불쌍히 여기는 마음이 있었는지 없었는지 하는 것은 중요하지 않았다. 사형수에게는 과거도 미래도 없고, 존재하는 순간만 있을 뿐이었다. 그리고 그 순간을 버텨내려고 할 때, 가타부타 판단하는 건 사치였다. 헨리는 내 친구였고 복잡할 게 없었다. 나는 배운 대로 헨리에게 온정을 보여주려고 했다. 그래야 이 지옥 같은 곳에서 머리를 뉘고 밤을 보낸 뒤, 또 하루를 헤쳐나갈 수 있을 것 같았다. 고통받는 또 다른 사람에게 간간이 웃음을 짓고, 도움의 손길을 보내고, 우정을 보여주고, 온정을 베푸는 인간다운 모습을 지키고자 했다. 무슨 일이 있어도 그런 마음마저 빼앗기지는 않을 생각이었다.

6월 5일, 자정을 몇 분 앞두고 나는 수감실 문 앞에 서서, 신발 한 짝을 벗어 들고 철창을 두드리기 시작했다. 내가 내는 소리를 헨리가 듣고서 혼자가 아니란 사실을 깨닫기를 바랐다. 교도관들이 헨리의 머리를 깎았을 시간이 지나고, 발전기 돌아가는 소리가 들리자 더 힘껏 철창을 쳤다. 사형수들 모두 헨리 헤이스를 위해 철창을 쳤다. 그가 흑인인지 백인인지는 중요하지 않았다. 헨리는 두려움이 가득한 채로 혼자 죽음을 맞고 있었다. 헨리는 자신이 저지른 일 때문에 사형집행실 저편에 지옥의 문이 열려있을까 봐 두려워했다. 우리는 그런 헨리를 위해 힘껏 철창을 치고 소리를 질렀다. 15분여 동안 목소리가 갈라지고 쉴 때까지 헨리가 가치 없는 사람이 아니란 걸 알려주기 위해 소리쳤다. 앨라배마 주의 이름으로 살인을 저지르고 있는 사람들이 누구든, 그들에게 우리는 평범한 사람들임을 알리기 위해, 얼굴에 검은 자루를 씌운다고 고통을 느끼지 못하는 건 아니란 걸 알리기 위해 소리쳤다. 그리고 무고한 사람들도 무시무시한 전기의자에 묶여서 광견병에 걸린 개처럼 머리를 깎이고, 인간으로서 존엄성을 빼앗기고, 전깃줄에 꽁꽁 묶인 채 쓰레기처럼 죽음을 맞는다는 것을 알기 때문에 소리쳤다. 무고한 사람들도, 죄를 지은 사람들도 전기의자에서 죽어갔다. 죽음을 마주해서는 강한 사람도 약한 사람도 아기처럼 울었다. 나는 헨리가 혼자 외로이 조물주에게로 돌아가는 것이 아니란 걸 알려주기 위해 목청껏 소리쳤다. 사형 집행실에서 차가운 눈으로 그를 지켜보는 사람이 누구든, 우리가 내는 소리를 가로막을 수는 없었다. 우리는 그런 살인에 항의하며 하나가 되어 소리쳤다. 소리치는 것 말고는 할 수 있는 일이 없기 때문에 소리쳤다.

당신은 사람이 죽는 걸 지켜볼 수 없을 것이다. 어느 날 거기 있던 사람이 그다음 날 사라졌다고 생각해보라. 그리고 자신의 죽음에 대해 생각하지도 않을 것이다. 앨런 블랙은 다시 나를 만나러 오지는 않았지만, 수정해서 제출한 청원서 사본을 우편으로 보내왔다. 그 후 앨런이 접견하러 올 거라는 연락을 받았을 때, 나는 내심 좋은 소식을 기대했다. 7년째 나를 위해 소송을 제기하고 있는 그에게 감사하는 마음으로.

"레이, 좋은 소식이 있어요." 그가 말했다.

"뭔데요?"

"검찰 측이 가석방 없는 종신형으로 합의할 생각을 하고 있는 것 같아요. 그러면 사형수 수감동에서 나올 수 있을 거예요."

그는 그 말을 하면서 나를 보고 웃기까지 했다. 마치 내가 그의 등을 두드려주며 좋아할 소식이라도 전하는 듯이.

"난 가석방 없는 종신형을 원치 않습니다. 난 아무 죄가 없어요. 가석방 없는 종신형을 받아들이면 내가 하지도 않은 일을 했다고 인정하는 꼴이 되잖아요." 나는 고개를 저었다. 그가 나를, 내가 무고하다는 걸 믿는 줄 알았는데 아닌 모양이었다.

"그게 레이의 목숨을 구할 수 있는 방법이에요. 괜찮은 해결책이라고요."

나는 5분이 넘도록 그를 빤히 쳐다보고 나서 조용히 말했다.

"아니에요."

"네? 아니라뇨, 뭐가요?"

"그런 방법은 안 돼요. 가석방 없는 종신형을 받아들이면, 교도소에서 나가 자유로워질 수 없잖아요. 내가 무고하다는 걸 증명할 수도 없고요. 내 평생을 교도소에 바칠 수는 없어요."

"레이, 그러다 사형이 집행될 수 있어요. 석방되긴 힘들 거예요. 저들은 당신이 죄가 있든 없든 상관 안 해요. 당신에게 유리한 판결을 내릴 리 없다고요. 판사가 전문가 고용 비용 청구를 승인한 건, 이전에 항소할 수 있었던 것에 대한 상소를 허용하지 않았기 때문이에요. 상대는 우리가 주장하는 모든 걸 부인하고 있어요. 가석방 없는 종신형이 좋은 대안이에요."

"총알을 분석할 전문가들은요?"

앨런 블랙이 답답하다는 표정으로 물끄러미 나를 보았다.

"돈이 필요해요. 만 달러가."

믿을 수 없게도 다시 돈 문제로 돌아갔다. "난 그런 돈이 없어요. 내가 사람들 돈을 빼앗았다고 여기 집어넣은 거잖아요. 왜 변호사들은 다 내가 돈을 좀 쥐고 있다고 생각하는지 모르겠네요. 돈이 필요하면 변호사님을 보낸 브라이언 스티븐슨 씨한테 달라고 하세요. 저나 제 어머니는 없으니까. 편찮으신 제 어머니를 찾아가서 돈 얘기를 꺼낼 생각은 아예 하지 마세요."

"다니던 교회에 말해보는 건 어때요? 가석방 없는 종신형을 받으려면 만 달러가 있어야 해요. 교회에서 모금 운동을 하면, 당신 목숨을 구하기 위해 다들 도와주지 않을까요? 레이, 당신이 죽기를 바라는 사람은 없어요. 당신 어머니도, 나도, 브라이언 스티븐슨도, 당신 친구들과 가족도, 교회 사람들도 아무도 당신이 죽기를 바라지 않아요."

나는 일어나서 그를 내려다보았다. 중요한 건 돈이 아니라 내 무죄를 밝히는 것이었다.

"여러 해 동안 도와줘서 감사합니다만, 더는 변호사님의 도움을 받지 않겠습니다."

그의 입이 벌어졌다. 그러고는 어색하게 웃으며 물었다. "레이, 그게 무슨 말이에요?"

"이제 당신 도움은 필요 없어요. 당신을 해고하겠습니다."

"나를 해고한다고요?"

"네, 해고하겠습니다. 지금까지 여러 모로 고마웠지만 하지 않은 일을 했다고 하느니 차라리 죽는 쪽을 택하겠습니다. 가석방 없는 종신형으로 목숨을 부지하느니 여기서 굶어죽을 겁니다. 어쨌든 애써주신 건 감사합니다."

나는 교도관에게 손을 흔들어 신호를 보내고 면회실을 떠났다. 뒤돌아보지 않아서, 앨런이 계속 입을 벌린 채 앉아있었는지 나를 잡으려고 일어났었는지는 모른다. 어떻든 상관없었다. 그는 나를 믿지 못했고, 나도 그를 믿지 못했다.

교도관들이 알몸 수색을 하면 그대로 따를 수밖에 없다. 내겐 선택의 여지가 없다.

하지만 어떤 위협에도 무너지지 않을 생각이었다.

내 삶을 포기하고 싶지 않았다. 결백한 사람으로 교도소에서 나가든, 끝까지 버티다 죽든 두 가지 중에 하나였다. 그 외에 다른 길은 받아들일 수 없었다.

17장

신이 내린
최고의 변호사

우리는 선택할 수 있다. 망가진 본성과 치유될 수 있다는 희망을
끝까지 품게끔 하는 측은지심을 아우르는 의미의 인간성을 끌어안던가
아니면 우리의 결함을 부인하고 측은지심을 포기하며
그 결과 인류애까지 부정하는 선택을 할 수 있다.
_브라이언 스티븐슨『월터가 나에게 가르쳐준 것』

앨런 블랙을 해고하고 나서 다시 혼자가 된 기분이었다. 유죄 선고 이
후 느꼈던 것과는 또 다른 외로움이 사무쳐왔다. 이제 어떡해야 하나?
어디로 돌아서야 하나? 사형수들이 걸핏하면 하는 말장난이 있었다.

"사형이란 게 뭐지?"

"가진 거 없는 사람이 받는 형벌이지." (사형 죄는 영어로 capital offense,
capital이 '사형의'라는 뜻도 있고, '자본(돈), 자산'이라는 뜻도 있는 것을 이용한 말
장난)

재미는 없었지만 맞는 말이었다. 항소를 위해 힘써 줄 변호사가
없던 그때는 더욱 뼈저리게 맞는 말처럼 느껴졌다. 내게 변호사가 없
다는 걸 법원이 알아내기까지 얼마나 걸릴지 걱정이 됐고, 그사이에
사형 집행일이 정해지면 어쩌나 두려웠다. 나는 순찰 중인 교도관에
게 전화번호를 하나 알아봐 줄 수 있는지 물었다.

"어떤 전화번호가 필요한데?"

"교도관님 부인하고 통화 좀 하려고요. 교도관님이 출근할 때 수상쩍은 고기 통조림을 들려서 보내시잖아요. 왜 교도관님을 죽이려고 하는지 물어봐야겠어요. 교도관님을 살리려는 거예요."

교도관이 웃었다.

"누구한테 전화하려고? 사무실에 업종별 전화번호부가 있어."

"몽고메리에 있는 이퀄 저스티스 이니셔티브의 전화번호랑 주소 좀 가르쳐주세요."

교도관이 고개를 갸우뚱하더니 나를 빤히 쳐다보았다. "브라이언 스티븐슨한테 연락해보려고?"

나는 고개를 끄덕였다.

교도관이 웃었다. "일이 잘됐으면 좋겠네. 가르쳐주지. 넌 여기 있는 다른 수감자들하고는 다르니까."

"이 안에선 다 똑같아요."

"내 보기엔 그렇지 않아. 아무튼 나중에 그 사람 전화번호를 가져다주지." 그는 계속 순찰을 돌았고, 나는 침대에 앉아 편지를 쓰기 시작했다.

스티븐슨 씨께,

저는 사형 선고를 받은 앤서니 레이 힌턴이라고 합니다. 보스턴 출신 변호사를 보내주셔서 감사했습니다. 지금쯤이면 이미 아시겠지만 그 변호사의 도움은 그만 받기로 했습니다. 새 변호사를 보내주실 생각인지 모르겠지만, 저는 스티븐슨 씨가 제 변호사가 되어주셨으면 합니다. 부디 제 재판 기록을 읽어주세요. 만일 제가 유죄임을 보여주는 단서를 하나라도 찾아내신다면 제 변호사가 될 걱정은 하지 않으셔도 됩니다. 그때는 법원이 선고한 벌을 달게 받겠습니다. 도움 받는 대가를 지불할 여력이 없지만 저를 보러 와주신다면 기름 값은 보태겠습니다. 저는 무고합니다. 누구를 죽일 생각조차 안 했습니다. 그럼 답변 기다리고 있겠습니다.

우리 모두를 만드신 주님이 우리 모두를 축복하시길 빌며,

Z468, 레이 힌턴 올림

그날 밤, 교도관이 스티븐슨의 주소와 전화번호를 알려주었다. 나는 편지를 봉투에 넣고 주소를 적은 뒤에 봉하지 않고 앞면에 '법적 서신'이라고 썼다. 아무리 그렇게 써놓아도 교도관들이 읽어볼 게 뻔했다. 그들은 어떤 편지든 다 보니까.

다음 날 운동장에 나가는 시간이 됐을 때, 줄여서 EJI라고도 하는 이퀄 저스티스 이니셔티브에 수신자 요금 부담 전화를 했다. 여자가 전화를 받았다.

"브라이언 스티븐슨 씨하고 통화할 수 있을까요? 저는 홀먼 교도소에 수감된 앤서니 레이 힌턴이라고 합니다."

여자가 웃음을 머금은 듯한 목소리로 말했다. "아, 네. 반갑습니다. 잠시 기다리시면 스티븐슨 씨를 연결해드리겠습니다."

흘러나오는 통화 대기 음악을 들으며 EJI가 수신자 요금 부담 전화를 얼마나 많이 받을까 하는 생각이 들었다. 이삼 분쯤 지나서 남자 목소리가 들려왔다.

"브라이언 스티븐슨입니다." 목소리에서 다급함이 느껴졌다.

"안녕하세요, 스티븐슨 씨. 저는 홀먼 교도소의 사형수 수감동에 있는 앤서니 레이 힌턴입니다."

"안녕하세요?" 그가 의아한 듯 물었다.

"앨런 블랙 변호사를 보내주셔서 감사합니다만, 그 사람을 해고할 수밖에 없었습니다."

수화기 너머에서는 아무 말이 없었다. 그 시간이 몇 분처럼 길게 느껴졌다.

"앨런을 해고했다고요?"

"네, 그럴 수밖에 없었습니다. 1만 달러를 요구했거든요. 교회에 알리고 모금을 하라더군요. 전 그런 돈이 없습니다."

"미안해요, 힌턴 씨. 제가 앨런한테 전화해서 얘기해볼게요."

"제가 스티븐슨 씨한테 편지를 보냈는데 꼭 읽어주세요. 앨런 블랙 변호사의 도움은 더 이상 받고 싶지 않습니다. 가석방 없는 종신형으로 합의하길 바라는데 전 그럴 수 없습니다. 제 마음 아시죠? 제 편지를 꼭 좀 읽어주세요." 나는 곧 전화가 끊길 것을 짐작하고 서둘러 말했다.

"제가 앨런한테 연락해서 힌턴 씨 뜻을 전하고, 방법을 찾아보도록 하겠습니다." 그의 목소리는 진지하게 들렸다. 하지만 이전 변호사들도 목소리는 그랬다.

"제 편지를 읽고 생각해보시겠다고 약속해주세요."

"그럼요, 약속드리겠습니다."

몇 달 후, 변호사 접견이 있다는 연락을 받았다. 면회실에는 나보다 약간 젊어 보이는 흑인 남자가 넥타이까지 맨 양복 차림으로 앉아 있었다. 내가 다가가자 그가 일어서면서 활짝 웃었다.

"힌턴 씨, 브라이언 스티븐슨입니다." 그가 한 손을 내밀며 악수를 청했다. 그의 손을 잡으려 팔을 들어 올리는 내 움직임이 마치 슬로모션처럼 느껴졌다.

"스티븐슨 씨, 안녕하세요."

그가 내 손을 맞잡았다. 그 순간 강렬한 힘과 온정과 희망이 그의 손에서 빠져나와 내 손으로 전해지는 것 같았다. 전기 충격을 받은 듯했다. 나도 힘껏 그의 손을 잡았다.

자리에 앉아서 그의 눈빛을 마주했을 때, 12년 만에 처음으로 숨을 제대로 쉴 수 있을 것 같은 느낌이 들었다. 처음 만나는 순간 그 사람으로 인해 내 삶이 바뀌리란 예감이 드는 때가 있다. 브라이언을 만났을 때 꼭 그런 느낌이 들었다. 그의 얼굴에서 따뜻하고 다정한 마음을 느낄 수 있었다. 그는 말쑥했지만 피곤해 보였다. 눈가 주름에 슬픔이 깃들어있는 듯했다.

"안녕하세요?" 내가 물었다.

"네, 그럼요. 힌턴 씨는 어떠세요? 무슨 문제가 있거나 하진 않죠?"

"그냥 레이라고 부르세요."

"좋아요, 그러죠. 그럼 저는 브라이언이라고 부르세요."

"이렇게 와주셔서 감사합니다. 저한텐 정말 중요한 일이에요. 여기 수감자들을 위해 많은 일을 하신다고 들었습니다."

그가 고개를 끄덕였다.

"앨런 블랙하고 통화해봤어요. 그 일은 미안합니다."

"그럼 제 변호사가 돼주실 건가요? 그래서 오신 거예요?"

"이번엔 그냥 레이를 만나서 이것저것 알아보려고 왔어요. 레이의 소송 사건하고 재판에 대해서도 얘기하고 가족 얘기도 하고 그러려고요."

그의 웃는 얼굴을 보면서 마음속에 희망이 차올랐다. 그는 신이 내게 보내준 사람이었다.

"유죄 선고를 받은 날, 제가 그 법정에서 말했어요. 신이 언젠가 재판을 다시 열어줄 거라고요."

"그랬어요?"

"네, 그렇게 말했죠. 하지만 이렇게 오래 걸릴 줄은 몰랐어요. 제가 여기 온 지 12년이 돼가거든요. 이 지옥에서 그렇게 오래 있었다니 저도 믿기지 않네요. 정말 지옥이 따로 없어요."

브라이언의 눈빛에서 그가 이미 그 사실을 알고 있다는 걸 느낄 수 있었다. 그는 우리를 이해했다. 사형수의 마지막을 지켜주러 오면서 사람을 잃는 고통을 느낀 것이다.

"하지만 오늘은 달라요. 신이 최고의 변호사를 보내주셨으니까요. 오늘이 바로 신이 제 재판을 다시 열어준 날이에요."

브라이언이 웃음 띤 얼굴로 조용히 말했다. "무슨 일이 있었는지 얘기해보세요."

"저는 결백합니다. 살면서 폭력을 써본 적이 없어요." 나는 심호흡을 했다. 내겐 이런 사람이 필요했다. 내 편이 돼주는 이런 변호사가 필요했다. 그런 강렬한 느낌이 들었다. 그는 나를 믿고, 내가 무고하다는 걸 믿을 것 같았다. "몇 번 실수한 적은 있어요. 남의 차를 타고

달아난 적도 있고, 부도 수표를 쓴 적도 있죠. 아무튼 몇 가지 잘못은
했어요. 때로는 그런 잘못을 저질러서 신이 벌을 내리셨나 싶기도 하
고, 나를 위한 무슨 다른 계획이 있어서 여기로 보내셨나 싶기도 합니
다. 제 어머니는 저를 끔찍이 사랑하시죠. 누구나 사랑받을 가치가 있
지만, 제 어머니가 주는 것만큼 큰 사랑을 받는 사람은 흔치 않을 거예
요. 조건 없는 사랑을 베풀어주시거든요. 조건 없는 사랑이 어떤 건지
아시죠? 그런데 여기 있는 사람들은 대부분 그런 사랑을 모르더군요.
크면서 사랑을 전혀 받지 못해서 상처를 받거나 잘못된 사람들이 많
아요. 사랑을 받지 못해서 끔찍하게 망가진 사람들이요. 무슨 말인지
아시죠?"

"알죠." 브라이언이 슬픈 표정으로 고개를 끄덕였다.

"저는 강제로 돈을 빼앗거나 누군가를 죽이려고 한 적이 없어요.
저는 그날 경비원이 출퇴근 시간을 기록하는 물류창고에서 일하고 있
었어요. 그런데 경찰은 제가 그런 일을 저질렀든 아니든, 백인이 나를
범인으로 지목하면 그걸로 충분하다고 했죠. 배심원도 판사도 검사도
다 백인이기 때문에 제가 유죄 선고를 받을 거라고 했고요. 제 국선
변호사는 전문가를 고용할 비용조차 지원받지 못했어요. 경찰은 제
어머니의 총을 압수해서는 살인 무기라고 했고요. 그 총은 25년 동안
한 번도 사용한 적이 없는데도 말이죠. 눈이 한쪽밖에 안 보이는 우리
쪽 전문가가 증인석에서 내려왔을 때는 울음이 터지더군요. 그때 제
가 유죄 판결을 받을 걸 알았어요. 하지만 전 살인은커녕 누구를 해친
적도 없어요. 제가 두 자매하고 동시에 데이트를 했던 일 때문에 상처
를 받고 앙심을 품은 사람이 거짓말을 한 거예요. 또 제가 재판을 받

는 동안 진짜 범인이라는 사람이 제 변호사한테 전화를 했다는데, 그 변호사는 아침잠을 깨웠다고 화만 냈답니다. 전 아무것도 몰랐는데 그 사람은 사건의 진상을 다 알고 있었대요. 전 결코 그런 짓을 하지 않았어요. 그런데도 결백한 제가 여기 갇혀 꼼짝도 못 하게 됐죠. 정말 숨이 막혀 죽을 것 같아요. 저를 여기로 보낸 사람들을 죽여 버리고 싶습니다. 친구들이 타 죽는 냄새를 맡아야 하는 고통이 어떤지 아세요? 사라지지 않고 떠도는 그런 죽음의 냄새를 맡으면서 웃고 있는 교도관들에게 언제 죽음의 장소로 끌려갈지 몰라 불안에 떠는 마음을 아세요? 아무 죄도 없는 제가 왜 그래야 하나요? 어머니께 돌아가야 하는데, 면회도 못 오실 만큼 건강이 안 좋으신데, 전 여기 갇혀 꼼짝할 수가 없어요."

봇물이 터지듯 말이 쏟아져 나왔다. 브라이언은 묵묵히 내 말에 귀를 기울였다. 의심하는 기색 없이 내 눈을 바라보면서. 그러고 나서 어머니와 다른 식구들에 대해 물었고, 나는 12년 동안 면회 날을 한 번도 거르지 않고 나를 보러 오면서 진정한 우정을 보여준 레스터에 대해 이야기했다. 세상에 그런 친구는 없다고. 그는 또 재판과 증언했던 사람들에 대해서 물었고, 내가 퍼핵스가 레스터나 내 어머니, 혹은 교회 사람들을 한 명도 증인석에 앉히지 않았다고 대답했을 때는 적잖이 놀란 것 같았다. 또한 그는 스모더맨 사건이 발생한 날 밤에 내가 했던 일을 꼼꼼하게 캐물었다.

거의 두 시간 동안 얘기를 나누면서 편해진 나는 브라이언에게 미식축구 얘기도 하고, 레드삭스 팬인 앨런 블랙과는 애초부터 잘 맞지 않을 것 같은 조짐이 보였다고 하면서, 나중에 내가 여기서 나가게 되면 같이 양키스 팀을 응원하러 가자는 말도 했다.

브라이언은 웃었다. 나는 또 그의 일과 가족에 대해서도 묻고, 교도관들에 대한 우스운 얘기도 하고, 독서 모임에 대한 얘기도 했다. 독서 모임에 들지 못한 사람들이 몇 사람만 모임을 갖는 건 불공평하다며 모두 다 할 수 있게 해주든지 아니면 아예 없애라고 해서, 독서 모임이 결국 없어진 얘기까지.

여름에 사형수 수감동은 숨을 쉬기도 힘든 찜통이라서 선풍기가 필요하다는 말도 했다. 브라이언은 두서없는 내 말을 끊거나 서둘러 마무리하려 하지 않고 다 들어주었다. 그렇게 들어주는 것만도 큰 힘이 되었다.

"제 소송에 대해 드릴 말씀이 하나 있어요."

"뭔데요?" 그가 정말로 궁금한 듯 내 쪽으로 몸을 기울이면서 물었다.

"혹시 변호사로서 의뢰인이 이러쿵저러쿵하는 게 달갑지 않으면…." 나는 그의 비위를 거스르거나 불쾌한 마음이 들게 하고 싶지 않았다.

브라이언이 내 말을 가로막았다. "난 당신의 모든 생각을 알고 싶어요. 우리는 한 팀이니까요. EJI의 동료들하고 내가 할 수 있는 모든 걸 하려면 레이의 생각을 알아야 해요. 재판 기록을 다시 검토해보겠지만 당신의 생각도 내겐 중요해요. 어떤 생각이든지."

꼭 듣고 싶은 말을 하는 그를 보며 나도 모르게 웃음이 나왔다. "총기류 전문가를 구하는 게 좋을 것 같아요."

"그건 걱정 말아요. 앨런이 괜찮은 전문가를 찾은 것 같으니까."

"변호사님이 그 분야 최고의 전문가를 찾았으면 좋겠어요. 여기 판사들은 편견이 심해서, 여자나 북부 출신은 큰 도움이 안 될 거예요. 가급적이면 사형제도를 지지하는 백인 남자여야 하고, 또 남부 사람이어야 해요. 검찰이 내세운 전문가들의 코를 납작하게 할 만큼 최고 중의 최고여야 하고요. 만일 제가 유죄라면 제가 죽기를 바라는 충분한 이유를 가진 사람이어야 하고, 정직한 사람이어야 해요. 정직한 인종 차별주의자이면서 남부 출신 백인 전문가가 좋을 것 같아요."

브라이언이 웃었다. "무슨 말인지 알겠어요. 좋은 생각이네요. 그런 사람을 찾아보죠. FBI 출신의 총기 전문가를 알고 있는데, 몇 사람 더 찾아볼게요. 우선은 재판 기록부터 검토해보고요. 검찰 측 전문가들의 조사 보고서도 살펴보고, 레이 측 전문가의 증언도 검토하고, 아무튼 부지런히 검토하고 준비한 뒤에 다시 만나러 올게요."

우리는 다시 악수를 하고 눈빛을 주고받으며 작별 인사를 했다. 브라이언은 나를 구해주겠다고 약속하지 않았지만, 그의 눈빛이 그 약속을 대신했다. 수많은 암흑 같은 밤을 견딜 수 있게 해줄 약속이었다.

수감실로 돌아간 후 내 뒤로 문이 닫히자마자 나는 무릎을 꿇고 앉아 두 손을 깍지 껴 잡고 고개를 숙이고서 기도했다.

주님, 감사합니다. 브라이언 스티븐슨을 보내주셔서 감사합니다. 주님의 시간 안에서 일어나는 일들을 믿습니다. 그러니 왜 좀 더 일찍 그를 보내주시지 않았느냐고 묻지 않겠습니다. 부디 브라이언 스티븐슨을 지켜주세요. 주님의 일을 하는 그를 보살펴주세요. 여기 있는 사형수들과 제 어머니에게 은총을 베풀어주세요. 막내아들이 곧 집으로 돌아갈 거라는 희망을 어머니 마음속에 심어주세요. 어머니의 건강을 지켜주세요. 제발 진실이 밝혀지도록 해주세요. 간곡히 기도드립니다. 주님, 감사합니다. 주님께서 아끼는 최고의 변호사를 보내주셔서, 그래서 재판의 문을 열어주신 것에 감사드립니다.

기도를 마친 뒤 나도 모르게 가슴속에서 울음이 터져 나왔다. 나는 무릎을 꿇은 채 두 시간 동안 아기처럼 흐느껴 울었다.

때로는 울지 않을 수 없는 밤들이 있다.

/18장/

탄알 분석

이 재판에서 제시된 증거만으로는
힌턴 씨의 유죄를 입증하기에 부족합니다.
_2002년 검찰의 명령서에 대한 반박, 브라이언 스티븐슨

어머니는 브라이언에게 식사를 대접하고 싶어 했다. 그것이 어머니가 사랑을 표현하는 방식이었다.

"브라이언이 어머니를 찾아갈 거예요."

"그 변호사는 뭘 좋아하니? 특별한 음식을 대접하고 싶구나. 어떤 음식을 좋아하는지 알아봐. 그럼 만들어놓을 테니까. 그 사람한테 돈도 좀 줘야겠지?"

"아니에요. 돈은 안 돼요. 브라이언이 받지 않을 거예요. 억지로 주지 마세요."

"알았다. 그 사람이 뭐라던? 막내야, 언제 집에 오는 거니? 너를 맞을 준비는 다 해놨다."

어머니가 그런 말을 할 때면 숨이 멎는 것 같았다. 어머니는 장시간 차를 타기가 힘들어져 꽤 오래 면회를 오지 못했다. 사랑하는 사람

279

에 대한 일은 직감으로 알 수 있다. 나는 어머니가 아픈 걸 알았다. 그렇지만 어머니도 레스터도 내가 걱정할까 봐 아무 말도 하지 않았다. 어떤 일들은 실제와 반대로 상상하는 편이 더 낫다. 집에 머물며 어머니를 돌봐드릴 수 없는 나는 어머니가 아프다는 사실을, 내가 죄수라는 사실을 받아들이기가 너무 버거웠다. 무고한 사람이라면 교도소에서 금방 나갈 수 있어야 하건만 현실은 그렇지 않았다. 물살을 거슬러 올라가려 발버둥 치면서 파도에 맞서는 싸움을 그만둬야 하는 시점이 있다. 교도소에서 나가야 한다는 생각을 포기하진 않았지만, 날마다 사생결단으로 싸우며 살아남기는 힘들었다. 집으로 돌아가기 위해 최선을 다하되, 어떤 시점에서는 지금 있는 곳을 집처럼 생각해야 했다.

　나는 살아남기 위해 홀면 교도소를 집으로 생각하고, 진짜 내 집과 바깥세상에 대한 기억은 떨쳐내야 했다. 다른 사람들이 매일 오전 10시에 뭘 하는지는 더 이상 중요하지 않았다. 내 집에서 오전 10시는 점심시간이었고, 나는 그 사실을 받아들여야 했다. 내 집에서는 날마다 사람들이 하루 온종일 소리치며 울어대고 신음한다는 사실을 마주해야 했다. 내 집에서는 쥐나 바퀴벌레는 자유롭게 오가지만, 나는 그러지 못했다. 내 집에서는 교도관들이 아무 때나 들이닥쳐 집안을 뒤엎어도 가만히 참고 견뎌야 했다. 살기 위해서 "네, 교도관님.", "고맙습니다, 교도관님." 하고 말해야 했다. 내 집에서는 죽음이 언제나 문가에서 맴돌며 나를 지켜보고 기다렸다. 내 집에서는 일주일이 하루 같고, 하루가 일주일 같기도 했다. 일주일마다 오는 레스터를 기다릴 때는 하루가 일주일 같았고, 죽을 날을 알고 나면 시간이 두려울 만큼 빨라졌다. 그렇다. 내 집에서는 죽을 날을 알았다. 하지만 실제 세상에서 사랑하는 사람에게 죽음이 슬그머니 다가서고 있는 걸 나는 알 수 없었다. 나는 그곳에서 살 수 없었고 상상 속 세상에서만, 수감실 안 세상에서만 살 수 있었기 때문이다.

"시간이 좀 걸릴 거예요, 어머니. 브라이언이 처음부터 다시 시작하는 거나 마찬가지거든요. 다른 변호사들이 한 일은 없는 셈 쳐야 해요. 브라이언은 내가 여기서 나갈 수 있게 해주겠다고 약속했어요. 그분은 내가 결백한 걸 알고 나를 믿으니까 사실을 밝혀낼 거예요."

"당연히 그렇게 돼야지. 내 자식들은 절대 다른 사람을 해치지 않으니까. 전에 그 변호사가 너를 두고 한 말을 생각하면 지금도 심장이 떨린다. 그 사람은 널 오해하고 믿지 않았어."

어머니는 맥그리거 검사 얘기를 하고 있었다. 어머니 얘기를 듣다 보면 무슨 말인지 헷갈릴 때가 더러 있었다. 레스터는 내게 어머니 건강은 문제가 없지만 하루에 7시간 동안 차를 타는 건 무리라고 했고, 나는 곧이곧대로 받아들였다. 레스터의 어머니는 몇 달에 한 번씩 나를 보러 오셨다. 두 분은 갈수록 연로해졌고, 우리도 점점 나이가 들어갔다.

브라이언이 접견을 다녀간 이후, 편지를 보내왔다.

날짜: 1998년 11월 1일

수신: 앤서니 레이 힌턴 (Z-468)

주소: 앨라배마 주 애트모어 시 홀먼 3700 홀먼 주립교도소 (36503)

레이에게,

레이의 재판 기록을 검토하고 요약본을 준비한 뒤, 이제 조사할 준비를 하고 있어요. 재판 요약본 사본을 동봉하니까 한번 읽어봐요. 다음에 만나서는 재판에 불리하게 제출된 증거들에 대해 얘기를 나눴으면 해요. 재판 요약본을 읽어보면 기억을 되살리는 데 도움이 될 거예요.

소송을 적절한 방향으로 이끌어갈 근거들을 찾는 데 진전이 있으니, 너무 걱정 말고 몸 관리 잘 해요. 이삼 주 내로 만나러 갈게요. 꿋꿋하게 버티고 있어요.

브라이언 스티븐슨

브라이언은 정말로 몇 주 후에 나를 만나러 왔고, 그 뒤로는 정기적으로 방문했다. 우리는 변호사와 의뢰인으로, 서로를 알아갔다. 때로는 총알, 맥그리거 검사, 레지널드 화이트, 내 무죄를 증명해줄 사실 등 재판에 대한 얘기는 뒤로하고, 한 시간이 넘도록 앨라배마의 날씨, 미식축구, 좋아하는 음식과 싫어하는 음식에 대해 수다를 떨기도 했다. 어떤 날은 브라이언의 얼굴에 피곤한 기색이 역력했는데, 그럴 때면 수많은 사람의 목숨을 구하기 위해 애쓰는 일이 얼마나 힘들고 부담스러울까 하는 생각이 들었다. 나 말고도 그의 도움을 필요로 하는 사람이 한둘이 아니었다. 브라이언은 정의와 관용에 대해 얘기했고, 미성년과 심신 미약자를 비롯해 무고한 사람마저 철창 안에 가둘 만큼 망가진 사법제도에 대해 개탄했다. "구제할 여지가 없는 사람은 없다."고 하면서 목숨이나 좋은 쪽으로 변할 수 있는 가능성을 빼앗겨도 당연한 사람은 없다고 했다. 그는 피해자뿐 아니라 가해자도 안쓰럽게 여겼고, 권력을 틀어쥐고 남용하는 사람들을 못 견뎌하며 분노했다. 브라이언 스티브슨은 맥그리거 검사도 퍼핵스 변호사도 탐탁해하지 않았다. 나는 미국 최고의 로스쿨을 최상위 성적으로 졸업한 젊은 변호사들이 자발적으로 그를 도우며 정의를 위해 싸우고 있다는 것을 알고 나서, 이렇게 말하곤 했다. "최우수 학생들이 잘 해내지 못하면 C 정도 성적의 학생들을 모아봐요. 중간 수준의 학생들이 막무가내로 밀어붙이는 게 통할 때도 있으니까."

나는 브라이언에게 웃음을 주고 싶었다. 일에 대한 열정이 그의 얼굴에 고스란히 나타났지만, 때로 일을 잠시 뒷전으로 미루고 싶은 기색이 보이면 우리는 아무 말이나 해대는 친구가 되었다. 우리는 미식축구, 정치, 맛있는 바비큐, 바보 같은 짓을 하는 사람들에 대해서 수다를 떨었다. 나는 사형수가 아니었고 그는 변호사가 아니었다. 다른 면보다 비슷한 점이 더 많은, 그냥 레이와 브라이언이었다. 그도 나도 내 목숨이 그의 손에 달려있다는 걸 알았지만, 이따금 그런 생각을 내려놓았다. 삶이 너무 버거워서, 터무니없는 그 모든 일을 그저 웃어넘기는 수밖에 없을 때도 있는 법이다. 그가 진심으로 나를 믿어주는 것만으로도 큰 위안이 되었다. 가석방 없는 종신형 얘기는 꺼낼 필요도 없었다. 나는 무고하고 브라이언은 그런 사실을 소리쳐 외치고 싸워서, 마침내 검찰이 실수했다는 것을 밝혀낼 사람이었다.

나는 그런 날이 얼른 오기를 바랐다.

그런 날이 얼른 오기를 빌었다.

교도소에서 희망은 두 음절로 된 낱말 중 하나에 불과할 수 있다. 가까이 있지만 닿을 수 없기 때문에 애가 탔지만, 나는 희망을 잃지 않았다. 많은 희망을 품었다. 하지만 내 인생이 너무 빨리 사라져가서

283

때로는 조바심이 났다. 해가 바뀔 때마다 또 한 해를 잃어버렸구나 싶어 가슴이 아프기도 하고, 사형이 집행되지 않아서 다행이다 싶기도 했다. 언제 어느 쪽으로 떨어질지 모르는 채, 삶과 죽음을 가르는 한가운데 문턱에 올라서 있는 것 같았다.

브라이언이 보낸 1심 재판 기록 요약본은 200페이지에 이르렀다. 나는 그가 그 기록을 읽어보라고 한 것이 좋았다. 내 의견을 묻는 것이 좋았다. 마침내 나도 내 자신을 변호하는 데 한목소리를 낼 수 있게 된 것이 좋았다.

날짜: 1999년 5월 18일

수신: 앤서니 레이 힌턴 (Z-468)

주소: 앨라배마 주 애트모어 시 홀먼 3700 홀먼 주립교도소 (우편번호 36503)

레이에게,

이삼 일간 사건에 대해 조사하면서 만족할만한 결과를 얻었어요. 퀸시스 식당 강도 사건이 있던 날 밤에 레이가 일했던 물류창고의 감독관 톰 달을 일요일에 만났는데, 그 사람에게 레이의 알리바이를 뒷받침할 또 다른 정보를 얻었죠. 또 사건이 있던 날 밤, 맨파워의 소개로 브루노스 물류창고에서 레이와 함께 일했던 근로자들 두 사람도 찾아냈고요. 다른 사람들도 계속 찾는 중이니까 그날 밤 같이 일한 사람들이 생각나면 이름을 알려줘요.

이달 초, 레이 어머님을 찾아뵙고 정말 즐겁게 얘기를 나눴어요. 교회에

284

가서 도나 베이커, 웨슬리 메이 윌리엄스, 캘빈 파커 목사님을 만나 레이에 대한 얘기를 듣기도 했고요.

앨런 블랙에게 다음 주에 우리가 청원서를 수정해서 제출할 거고 또 레이가 나를 공식적으로 변호사로 선임하는 신청서를 제출할 거라고 했더니 이해해주더군요. 다음 주에 사흘 동안 도라를 거쳐 버밍햄에 가서 사건에 대해 조사할 예정인데 그때 가서 알아낸 것을 다시 전할게요. 사전 심리가 6월 25일로 잡혀있지만 아마 몇 주쯤 연기될 거예요. 지금 우리한테 가장 좋은 심리 기일은 올해 8월에서 10월 사이가 되지 않을까 생각하고 있어요.

필요한 게 있으면 뭐든 얘기하고 꿋꿋하게 버티고 있어요. 곧 다시 연락할게요.

브라이언 스티븐슨

브라이언은 늘 "꿋꿋하게 버티고 있으라"는 말로 편지나 전화를 끝맺었는데, 습관적으로 그냥 하는 말이 아니었다. 꿋꿋하게 버티기를 포기한 사형수들을 여럿 알았다. 내가 수감된 이후로 정확히 열한 명이 버티기를 그만두었다. 포기하고 싶은 유혹이 수시로 찾아왔고, 때로는 스스로 목숨을 끊는 것이 주 당국에 목숨을 빼앗기는 것보다 더 나은 선택처럼 보였다.

나는 스스로 목숨을 끊을 생각이 없었지만, 그래도 꿋꿋이 버티라는 브라이언의 말이 고마웠다. 그의 편지와 접견은 긴 하루를 견디는 데 힘이 되고 위안이 되었다. 그래서 나는 매일 밤 그를 위해 기도했다.

브라이언은 텍사스 출신의 전형적인 백인 둘과 FBI 출신 한 사람을 찾아냈다. 그들 모두 대개는 검사 측을 위해서만 증언하는, 미국 최고의 총기 전문가들이었다. 모두 백인이고 정직했으며 검찰 쪽 전문가인 히긴스와 예이츠를 형편없이 보이게 할만한 경력이 있었다. 브라이언이 자주 하는 말처럼 의심의 여지가 없는 전문가들이었다.

"레이, 좋은 소식이 있어요." 브라이언이 크리스마스를 맞은 어린 아이처럼 들뜬 목소리로 말했다.

"무슨 일인데요?" 교도관으로부터 브라이언이 즉시 전화를 바란다는 얘기를 전해 듣고 통화를 하던 중이었다. 브라이언은 암묵적 합의 하에 교도관들에게 전화를 했고, 교도관은 내게 브라이언이 전화를 바란다는 말을 전해주곤 했다. 교도관들도 내가 사형수 수감동에서 나가기를 바라는 것 같았다.

"에마뉘엘, 쿠퍼, 딜런한테서 조사 보고서가 왔는데 세 범행 장소에서 수거한 총알들 중 어떤 것도 레이 어머니 총에 맞지 않는답니다. 회수한 총알들과 표준 총알들도 일치하지 않고요. 그뿐만이 아니에요. 히긴스하고 예이츠가 작성한 평가서를 검사가 레이의 변호사한테 숨겼던 사실도 알아냈어요. 그 평가서는 의문 부호투성이에 누락된 정보도 꽤 있더군요. 검찰 측이 적절한 절차를 따르지 않았던 거예요. 여섯 개 총알의 홈에 대한 기록도 전혀 없었어요. 그러니까 레이 주장에 반하는 유일한 증거마저 허위라는 걸 우리가 증명할 수 있게 됐어요. 그 총알들은 레이 어머니 총에 맞을 수가 없어요."

나는 숨을 깊이 쉬었다. 마침내! "이제 어떻게 하면 돼요? 언제 여기서 나갈 수 있어요? 브라이언, 나 좀 태우러 와줘요. 난 지금 당장이라도 집에 갈 수 있어요!"

"아, 조사 결과가 상반될 때는 전문가들이 만나서 정밀하게 다시 조사하는 게 관례예요. 그러는 게 직업상 예의고 윤리 강령에 따르는 절차죠. 에마뉘엘, 쿠퍼, 딜런이 히긴스하고 예이츠를 만나야 할 거예요. 그러고 나면 1심 재판에 문제가 있다는 걸 저쪽도 받아들일 겁니다. 검사 쪽이 내세운 증거는 총알이 전부였어요. 그게 증거로 인정되지 않으면 유죄 판결을 내릴 수 없어요. 검사 쪽도 레이의 재판에서 그렇게 말했고, 그런 사실을 인정했어요."

"고마워요, 브라이언. 이 고마운 마음을 어떻게 다 전할 수 있을지 모르겠어요." 나는 목이 메었다.

"레이, 아직 집에 돌아간 게 아니에요. 이제 가는 중이지."

"기다리고 있을게요. 내가 집에 갈 때가 되면 알려줘요."

"그래요, 내가 꼭 집으로 보내줄게요."

날짜: 2002년 2월 10일

수신: 앤서니 레이 힌턴 (Z-468)

주소: 앨라배마 주 애트모어 시 홀먼 3700 홀먼 주립교도소 (36503)

레이에게,

몇 가지 전할 소식이 있어요. 제퍼슨 카운티 지방검사를 만나서 이 편지에 첨부한 제안서를 건넸어요. 그 검사는 합당한 반응을 보이더군요. 1심 재판에 문제가 있었다는 우리 쪽 말에 어느 정도 수긍도 했고요. 그 사람이 맥그리거를 만나보고 다시 연락하겠다고 했어요. 다시 만나면 레이

287

한테 내린 유죄 판결과 사형 선고를 무효로 해야 한다는 우리 주장에 동조할 수 있는지 알아볼 생각이에요. 제퍼슨 카운티가 총알 증거에 문제가 있다는 걸 받아들이고 레이가 무죄라는 걸 인정한다면, ATF(미국 주류·담배·화기 단속국)나 FBI 같은 정부 기관을 통해서 범행 무기를 다시 조사하는 데 합의하게 될 거예요. 그 조사 결과가 제대로 나오면 무죄 선고를 청구할 수 있죠.

저쪽이 그런 합의를 할 가능성은 높지 않지만, 지금까지는 얘기가 잘 되고 있어요. 그러니까 계속 기도해요. 다시 조사해서 우리가 바라는 결과를 얻으면, 레이가 곧 풀려날 수 있을 테니까요. 합의가 안 되면 시간이 한참 더 걸릴 거예요.

사전 심리가 3월 11일에서 13일까지로 잡혔어요. 레이는 아마 3월 8일에 제퍼슨 카운티 구치소로 이송될 거예요. 증거는 다루지 않고 절차상 문제들만 주장하는 검찰 측 행태는 정말 한심하기 짝이 없어요.

2월 18일로 시작되는 주나 그다음 주에 레이를 만나러 가려고 해요. 이번 주 수요일엔 〈60분〉(미국 CBS 방송사의 시사 프로그램)의 유명한 프로듀서와 뉴욕에서 만나기로 했어요. 검찰 측하고 순조로운 합의에 이르지 못하면, 사전 심리 즈음해서 방송에 나가볼까 하거든요.

어쨌든 일이 잘되고 있으니까 힘내고 꿋꿋하게 버텨요. 도움이 될까 해서 돈을 조금 보내요. 달리 필요한 게 있으면 언제든 말해요. 조만간 만나요, 친구.

브라이언 스티븐슨

나는 브라이언이 보낸 편지를 읽고 나서 굵은 글씨체로 시작되는 청원서를 읽었다.

앤서니 레이 힌턴 사건

**앤서니 레이 힌턴은 자신이 저지르지도 않은 범죄로
16년째 앨라배마의 사형수 수감동에서 복역하고 있다.**

청원서에는 총알에 대해 새로 발견된 사실과 내가 브루노스 물류 창고에서 일하고 있었다는 알리바이가 확실하다는 것이 상세히 밝혀져 있었다. 이전 총알 조사의 오류, 경찰이 푸드 월드 직원들에게 사건 당일 밤 나를 목격했다고 말하도록 압박한 사실, 그 직원들이 경찰의 요구를 뿌리치고 나를 본 적이 없다고 진술한 내용 등이 열거되어 있었다. 클라크 헤이스만이라는 직원만이 나를 거기서 봤다고 했는데, 그 역시 다른 사람들처럼 경찰에게 압박을 받았다는 것과, 내가 거짓말 탐지기 조사를 받았지만 아무도 그 결과를 보려고 하지 않았던 것 또한 언급되어 있었다.

나는 브라이언이 보낸 우편환을 꺼내들었다. 자신보다 남을 먼저 생각하는 그의 이타심은 끝이 없는 듯했다. 내게서 한 푼이라도 받아내려고 하기는커녕 엽서를 보내주고, 편지를 보내주고, 매점에서 쓸 수 있는 돈까지 보내준다. 나는 3월로 잡힌 심리에 대해 생각하면서 잠자리에 들었다. 저들은 무고한 나를 이제 그만 풀어줘야 했다. FBI 출신 전문가조차 그렇게 말했다. 하지만 브라이언이 사실을 밝혀낼수록 내게 살인범의 굴레를 씌운 것이 단순한 과실이 아닌 것처럼 보였다. 나를 풀어주려면 검찰은 고의로 나를 사형수로 만든 사실을 인정해야 할 터였다. 경찰이 증인들에게 푸드 월드에서 나를 봤다고 진술하도록 강요하고, 이름 첫 글자가 제시된 사진에서 스모더맨이 나를 지목하기 전에 경찰이 그에게 내 이름을 알려줬다는, 새로이 드러난 사실을 생각하니 다시금 분노가 끓어올랐다. 내 삶을 송두리째 빼앗은 걸 생각하니 증오심이 활활 타올랐다. 장장 16년이었다. 나보다 더 많은 걸 빼앗긴 사람이 또 있을까? 오래전 내가 동시에 만난 두 자매 중 한 사람에게 거절당한 일로 나를 사지로 몰아넣은 레지는 편히 잘 수 있을까?

잘못을 저지른 건 앨라배마다.

나는 죄가 없다.

그리고 이제 우리는 그것을 증명할 수 있게 되었다.

나는 브라이언이 보낸 편지와 청원서를 몇 번이나 읽고 나서, 그 어느 때보다 더 간절하게 기도했다. 그들이 외면할 수 없을 만큼 진실이 환한 빛을 발하고 있었다. 나는 가렛 판사와 맥그리거 검사를 위해, 검찰 측 증인 히긴스와 예이츠를 위해, 퍼핵스를 위해 기도했다. 브라이언에 따르면 퍼핵스는 맥그리거의 친구였고, 밥 맥그리거는 인종 차별 전과가 있었다. 모빌과 제퍼슨 카운티에서 한 차례씩 배심원을 선정할 때 아프리카계 미국인을 차별해 유죄 선고를 받았다.

그래도 나는 퍼핵스와 맥그리거가 친분이 있는 사이라는 것을 내게 숨긴 것을 용서하고자 했다. 미숙하고 아둔해서, 처음부터 내게 불리하게 조작됐던 시스템을 맹목적으로 믿었던 나 자신 또한 용서할 수 있게 해달라고 빌었다.

브라이언의 공정하고 정의로우며 이성적인 목소리에 힘을 실어달라고도 빌었다. 브라이언도 나와 같은 흑인이었고, 나와 마찬가지로 수많은 무지와 맞서야 했다. 하지만 그는 그런 사람들보다 똑똑했고, 무엇보다 하느님이 그의 편이었다.

나는 그 사실을 알았다.

어머니한테 배웠으니까.

하느님은 계획이 있었고 늘 정의의 편이었으며, 어떤 일에도 실패하지 않으신다. 나는 그 사실을 믿어야 했다. 16년이란 긴 시간이 흘렀다. 이제 하느님의 정의와 하느님의 은총을 마주할 준비가 되었다. 내 코앞으로 다가온 자유를 맛보고 느낄 수 있었다. 때로 나는 교회에 갈 생각을 하면서 잔디를 깎던, 뜨거운 7월의 여름날 어머니의 뒤뜰로 돌아가곤 했다. 거기서 주위를 둘러보며 이 모든 것이 나쁜 꿈이었음을 깨닫곤 했다. 나는 그저 꿈을 꾸고 있었다. 16년이란 긴 시간을 사형수로 보낸 것이 아니었다. 때는 1985년이었고, 나는 스물아홉 살이었으며, 내 앞에는 가능성이 무한한 미래가 펼쳐져 있었다. 꿈속에서 나는 부엌으로 들어가 어머니의 어깨에 얼굴을 묻었다. 그러면 어머니는 내가 악몽을 꿀 때마다 그랬듯 내 등을 토닥여주었다.

이건 현실이 아니었다.

내 앞에는 온전한 삶이 펼쳐져 있고, 어머니는 다 잘될 거라고 걱정 말라고 했다. 나는 괜찮았다. 이 세상에서 나를 없애려고 하는 나쁜 사람들은 없었다.

이건 악몽일 뿐이었다.

현실이 아니었다.

어떻게 이런 일이 현실일 수 있겠는가?

19장

빈 의자들

나는 책을 읽을 수 없게 될지 모른다는
두려움에 빠지고 나서야, 책을 좋아하게 되었다.
숨을 쉴 수 없게 되고 나서야 공기의 소중함을 아는 것처럼.
_하퍼 리 『앵무새 죽이기』

2002년 6월에야 비로소 규칙 32항 청원에 대한 심리가 열렸다. 본래 예정된 심리가 열리기 직전인 3월, 검찰 측이 직무 집행 영장을 발부해 하급법원이 내가 제기한 청원을 기각하도록 했기 때문이다. 주 검찰은 하급법원이 내가 무죄라는 증거를 보게 될까 봐 전전긍긍했다. 그들은 내가 무죄라는 주장을 듣거나 지지할 필요가 없으며, 총알에 대한 새로운 조사 결과도 볼 필요가 없다면서 청원을 기각하도록 종용했다. 시간이 너무 많이 지났고 새롭기보다는 중복되는 증거라는 게 이유였다. 말도 안 되는 소리였다. 그들은 내가 무죄를 입증하려는 것을 시간 낭비일 뿐이라면서 심리가 열리기 전 하루만 제퍼슨 카운티 구치소에 머물도록 했다. 내가 이삼 일 씩 나와 있는 건 세금 낭비일 뿐이므로 무죄를 규명하려는 것을 막아야 한다고 했다. 그들은 내 말을 들어보려고도, 새로운 증거를 조사하려고도 하지 않았다. 1986

293

년에 퍼햄스가 보여주지 못했던 것을 보려고도 하지 않았다. 가슴 아
픈 일이 되풀이되었다. 대체 어떤 세상에서 무고한 사람이 16년의 삶
을 빼앗길 수 있으며, 그 무고함을 증명할 시간을 주는 것이 시간 낭비
일 수 있을까? 내 16년은 검사의 이삼 일만큼도 못했다.

브라이언이 상황을 설명해주면서 힘을 내라는 편지를 보냈다. 일
그러지고 뒤틀린 법률적 문제에 부딪힐 때마다, 그는 내가 꺾이지 않
도록 마음을 다잡아주었다.

날짜: 2002년 3월 12일

수신: 앤서니 레이 힌턴 (Z-468)

주소: 앨라배마 주 애트모어 시 홀먼 3700 홀먼 주립교도소 (36503)

레이에게,

5일 동안 기분이 묘한 시간을 보내고 나니 문득 레이에게 연락하고 싶다
는 생각이 들었어요. 월요일 오전에 가렛 판사를 만나서 레이가 버밍햄
으로 이송되는 걸 중지해달라고 말하고, 이번 소송을 단편적으로 하지 않
겠다는 뜻을 분명히 밝혔어요. 판사는 검찰 측에 화가 많이 난 상태예
요. 우리가 증거를 제출하려는 걸 필사적으로 막는 검찰의 처사에 의구심
을 갖는 것 같기도 했고요. 예상보다 훨씬 더 의심스러워했죠. 검찰이 이
렇게 법원의 반감을 사는 건 큰 실수일 수 있어요. 심리 기일 직전까지 기
다렸다가 절차 중지 신청을 하는 건 법도에 크게 어긋나는 행태거든요.
검찰 측 신청에 대한 답변서는 2주 내로 제출할 예정이에요. 검찰은 초
지일관 우리가 갖고 있는 증거는 재판 때 제출했던 증거와 똑같을 테니

294

그런 증거를 제출할 권한은 없다고 주장하고 있죠. 우리는 검찰이 우리가 제출한 증거를 보고 나서 판단해야 하고, 그 증거가 설득력이 없는 거라면 두려워할 게 없을 거라고 반박하고 있고요. 이번 답변서를 보내면 5월 이후로 심리 기일이 다시 잡힐 거예요.

지난주에 꽤 설득력 있는 논거를 찾았어요. 될 수 있는 한 빠른 시일 내 접견을 가서 최근 진행된 상황과 새로 찾은 증인들에 대해 얘기해줄게요.

이렇게 심리 기일이 연기돼서 상심이 클 거예요. 토요일에 나도 너무 화가 나서 견딜 수 없더라고요. 증인들을 위해 환불이 안 되는 비행기 표를 구입한 데다 법정에서 시청각 자료를 이용하려고 컴퓨터 장비를 빌리는 데 비용이 꽤 들었거든요. 하여튼 준비를 많이 했는데 이렇게 돼서 속이 많이 상했어요. 하지만 제일 속상한 건 레이가 하지도 않은 일 때문에 사형수 수감동에서 더 많은 날을 견뎌야 한다는 거죠. 정말이지 잘못된 일이지만 좋은 날이 올 테니 너무 낙담하지 말아요. 우리가 하는 경주는 빨리 가는 게 목적이 아니라 끝까지 참고 견뎌야 하는 거니까. 난 전보다 더 레이가 집으로 돌아가게 될 거란 희망에 차 있어요.

검찰의 신청서, 우리의 1차 답변서, 법원의 명령서를 동봉할게요. 보고 몇 주 뒤에 만나요. 그때까지 꿋꿋하게 잘 버티고 있어요, 친구.

브라이언 스티븐슨

검찰이 나를 철창 안에 가두고 찍소리 못 하게 하려고 온갖 수를 다 쓰고 있었다. 처음 열린 법정에서부터 계속 그런 린치를 가해 왔고 십여 년 동안 올가미를 씌웠던 걸 생각하면 사실 놀랍지도 않았다. 이제 나는 순진한 바보가 아니다. 검찰이 나를 가둔 게 실수였음을 인정할 마음이 없다는 것을, 잘못을 인정하느니 차라리 잘못인 채로 놔두고 부당하고 불공정한 것을 받아들이려 한다는 것을 알고 있었다.

내 앞에도, 내 뒤에도 법제도를 오용하는 사람들이 있을 테고, 한편으로는 죽임을 당하지 않으려 할 수 있는 모든 노력을 기울이지만 결국 지쳐서 유죄 판결을 받아들이는 사람들이 있겠지만, 나는 그들을 비난할 마음이 없었다. 아니 비난할 수 없었다. 살아남기 위해, 또는 살 권리를 위해 싸우지 않을 사람이 누가 있겠는가? 그래, 살 권리를 위해 싸울 기회마저 잃은 피해자들이 있다는 걸 나도 그제야 알았다. 그렇지만 어떤 형태든 살인이 정당화될 수 있을까? 주 정부도 생명을 빼앗을 권리는 없지만, 그들은 피해자들을 대신해서 우리를 죽이고 있었다. 그것이 정말로 그 사람들을 위한 걸까? 물론 사형수 수감동에는 잔인하고, 무자비하고, 냉혹하고, 반사회적 인격 장애가 있고, 사회에 위험하기 그지없는 살인자들이 있었다. 그런 사실을 모르는 게 아니었다. 그들과 나란히 운동장을 걷고, 같이 샤워하고, 이야기를 나눴다. 그들 중 몇몇은 할 수만 있다면 순식간에 나를 죽일 수도 있었다. 나를 싫어해서가 아니라 그런 것이 그들이 하던 일이었기 때문이다. 그들 중 몇은 지능이 어린애 수준이었고, 또 몇은 천재적이었다. 그래도 나는 여전히 어떤 상황에서도 누구에게도 사람의 생명을 빼앗을 권한은 없다고 생각한다. 그 사람이 어떤 일을 했든지 간에. '그 사람'이란 말이 너무 일반적이어서 와닿지 않는다면, 교도소가 실제 존재하는 사람에게 "조 마틴, 우리가 오늘 당신의 이름으로 앤서니 레이 힌턴을 죽이려고 합니다. 힌턴에게 조 마틴을 대신해서 죽이는 거라고 말할 겁니다. 괜찮죠?"라고 묻는다면 어떨까? 사라 폴슨, 안젤라 루이즈, 빅터 윌슨 등 아무 이름이나 대입해 보라. '그 사람들'이 실제 존재하는 사람들이듯, 사형수들 역시 사람이다. 삶은 때로 잔인하고, 비극적이고, 견딜 수 없을 만큼 무자비하다. 한 사람이 또 다른 사람에게 초래할 수 있는 고통은 끝이 없다. 하지만 더 많은 고통을 준다고 어떤 일이 나아지리란 생각은 들지 않는다. 그렇게 생각할 수 없다. 목숨을 빼앗으면 다시는 되돌릴 수 없다. 이미 한 일이 하지 않은 일이 될 수는 없다. 이는 사리에 맞지도 않고, 야만적으로 죽음의 끝없는 사슬을 만들어가는 일일뿐이다.

어떤 아기도 살인자로 태어나지 않고, 어떤 아이도 사형수가 되기를 꿈꾸지 않는다. 사형수 수감동에 갇힌 모든 살인자는 부모에 의해서, 제도에 의해서, 또 다른 비인간적인 사람의 잔인성에 의해서 살인자가 되도록 배운 사람들이다. 처음부터 살인자로 태어난 사람은 없다. 헨리도 사람들을 미워하려고 태어난 게 아니다. 살인마저 정당화할 수 있을 만큼 누군가를 지독하게 미워하도록 학습된 것이다. 독방에 갇혀 소중한 삶을 허비하다 죽임을 당하려고 태어난 사람은 없다. 나처럼 무고한 사람뿐 아니라 실제로 죄를 지은 사람도 마찬가지다. 생명은 신이 준 선물이다. 그러므로 나는 어떤 신이든 상관없이 신만이 생명을 다시 거둬가야 하고, 그럴 수 있다고 믿는다. 신이 교도관이나, 교도소장이나, 판사나, 앨라배마 주나, 연방 정부에 생명을 빼앗을 권리를 준 것이 결코 아니다.

그럴 권리는 아무에게도 없다.

나는 사형수로서 날마다 두려움에 사로잡혔고, 또한 날마다 즐거움을 찾으려 애썼다. 그리고 두려움도 즐거움도 선택에 달려있다는 것을 깨달았다. 매일 새벽 세 시에 눈을 떠서 시멘트벽과 철창, 더럽고 음산하고 비좁은 수감실을 마주하는 순간 나는 선택을 했다. 두려움을 선택할까, 사랑을 선택할까? 교도소를 선택할까, 집을 선택할까? 선택이 늘 쉽지는 않았다. 집을 선택한 날엔 교도관들과 함께 웃고, 다른 수감자들의 얘기를 듣고, 소송에 대해 얘기하고, 책과 이런저런 생각과 이 지옥에서 나가면 하고 싶은 것들에 대해서 얘기를 나눌 수 있었다. 하지만 눈을 뜨자마자 두려움이 밀려들고 공포영화에서처럼 수감실 구석 어딘가에 숨어있던 살인마가 도끼를 휘두르며 나를 난도질할 것 같은 날엔, 나는 다시 눈을 감고 그곳을 떠나는 선택을 했다.

나는 산드라 블록을 얻기 위해 할리 베리와 이혼해야 했다. 사형수 수감동에서 탈옥할 경우 도주 차량을 운전할 사람이 필요했는데, 영화 〈스피드〉에서 봤던 산드라가 적임자로 보였다. 할리는 받아들이지 못했지만 어쩔 수 없었다. 나는 할리와 함께할 때와는 다른 면에서 산드라와 웃을 수 있었다. 산드라는 사회정의에 대한 열정이 남달랐다. 내 작은 TV로 존 그리샴의 소설을 원작으로 한 영화 〈타임 투 킬〉을 보면서 산드라의 강직한 품성을 알게 되었다. 산드라가 옆에 있으면 정의를 요구하며 나를 위해 싸워줄 것 같았다. 앨라배마 검찰이나 가렛 판사나 맥그리거 검사를 두려워하지 않을 것 같았다. 내 상상 속에서 산드라는 그들에게 용감히 맞서 브라이언과 함께 내 대변자 역할을 했다. 나는 어머니 집 근처에 아늑한 보금자리를 마련했고, 레스터는 우리 옆집에 살았다. 우리는 다 같이 어울려 바비큐 파티를 하면서 산드라의 노래를 듣곤 했다. 모르는 사람들이 많지만 산드라는 노래를 정말 잘했다. 그녀가 노래하면 새들이 한 수 배우려고 주위에 모여들 정도였다. 한 남자의 심금을 울리는 목소리로 내가 들어본 중에 가장 슬픈 노래를 부르곤 했다. 내 눈을 지그시 바라보면서 나를 위해 노래를 했다. 우리는 서로 사랑했다. 나는 그렇게 멋진 여자가 내 옆에 머물며, 나를 사랑하는 것에 감사했다.

할리와의 사이에도, 산드라와의 사이에도 아이들은 없었다. 나는 수시로 산드라와 어머니, 프로야구 선수로서의 활약을 뒤로한 채, 사형수 수감동으로 돌아와야 하기에 아이들을 두고 떠나올 수는 없을 것 같았다. 아이에게 아픔을 주고 싶지 않았다. 어머니와 떨어져 지내는 것이 얼마나 힘든지 누구보다 잘 알았기 때문에 누구한테든 그런 아픔을 주고 싶지 않았고, 아이에게는 특히 더 그러고 싶지 않았다.

아이들을 바깥세상에 남겨놓고 온 사형수들은 차마 옆에서 볼 수 없을 만큼 괴로워했다. 그들은 보통 부모들이 당연하게 여기는 모든 것을 사무치게 그리워하며 아파하고 소리쳐 울었다. 아이들이 얼마나 힘들어할지 걱정하며 시름에 잠겼다. 사형수 아빠를 자랑스러워할 아이는 없을 테니까. 두어 시간 거리에 떨어져 있는 터트윌러 교도소의 사형수 수감동에는 여자들이 있었다. 여자를 사형에 처하는 건 상상만으로도 너무 슬프고 끔찍했다. 홀먼에 수감되어 있는 시블리와 터트윌러에 수감된 린다는 아홉 살 된 아들을 둔 부모이자, 1993년에 한 경찰을 죽인 죄로 사형 선고를 받은 부부다.

린다가 조지보다 먼저 사형을 당했다. 아내가 곧 죽임을 당할 예정이고 자신도 사형수 수감실에 갇혀 아무것도 할 수 없을 때, 그 마음이 어땠을까? 나는 조지와 많은 시간을 보내진 않았지만 그의 얘기를 듣고 나서는 그의 아내도 마치 내가 아는 사람인 것 같은 느낌이 들었다. 2002년 5월 10일, 교도관들이 조지의 아내를 홀먼으로 데려와서 사형수 수감동 통로를 지나갔다. 우리처럼 흰 수감복을 입은 그녀는 고개를 꼿꼿이 세우고 똑바로 앞을 보았다. 그녀와 조지가 서로의 모습을 봤는지는 모른다. 조지는 그날에 대해 한 마디도 하지 않았다. 그녀가 사형당할 때도 그녀와 조지와 열여덟 살이 된 그들의 아들을 위해서 우리는 철창을 두드리고 소리를 질렀다. 교도관들은 그녀의 머리를 깎고 두건을 씌우고 어둠 속 전기의자에 앉혔다. 조지 시블리의 고통이 얼마나 컸을지 감히 상상할 수도 없었다. 그의 입장이 돼서 생각해보려고 하는 것만으로도 가슴이 저렸다. 아내가 죽임을 당하는데 아무것도 할 수 없다면, 얼마나 절망스럽고 무력한 느낌이 들겠는가?

조지는 아내보다 먼저 가기를 바랐다.

조지의 아내를 전기의자에 묶고 그녀의 주검을 바퀴 달린 들것에 실어 옮겼을 교도관들은 몇 시간 뒤에 웃는 얼굴로 아침 인사를 건네면서 조지에게 아침을 갖다주었을 것이다. 하지만 그들은 차마 조지의 눈을 마주볼 수는 없었을 것이다.

어떻게 그럴 수 있겠는가? 어떻게 누군가를 죽이고 또 우리의 눈을 마주볼 수 있겠는가?

그것만으로도 사람을 미치게 하기에 충분했다.

린다는 옐로마마에서 전기 사형을 당한 마지막 사형수였다. 교도소는 그녀를 사형한 뒤 사형 집행실을 개조했다. 그리고 우리를 죽일 새로운 방법을 마련했다.

독극물 주사.

그것이 남은 우리를 죽이려는 방법이었다.

나는 희망을 품고 규칙 32항 심리에 들어갔다. 증인석에 앉은 퍼핵스가 페인은 부적격한 전문가였으며, 제대로 변론하거나 자격을 갖춘 전문가를 구할 비용이 터무니없이 부족했다고 증언했다. 브라이언이 새로 구한 전문가 셋도 증인석에 올랐다. 그들은 범행 현장에서 찾았다는 총알이 내 어머니의 총에서 나온 거라는 증거가 전혀 없다고 진술했다.

면회실이 아닌 데서 레스터와 어머니를 보니 더 반가웠다. 어머니는 많이 노쇠했고 군데군데 탈모도 심해 보였다. 어머니가 나를 보고 웃었지만 힘들고 지쳐 보이는 웃음이었다. 어머니에게 달려가 두 팔로 안아드리고 싶었지만 얼굴을 본 것만으로도 감사해야 했다. 어머니는 전화로 얘기할 때 말이 오락가락하고 누구하고 통화하는지도 잊어버리는 일이 잦아서 근래에는 전화 통화도 거의 하지 못했다. 어머니 옆에는 레스터의 어머니가 앉아있었다. 레스터의 어머니도 따뜻한 웃음을 띠고 고개를 끄덕이며 용기를 북돋아주었다. 퍼핵스는 나에게 아는 척도 하지 않았다. 브라이언이 전화 통화만 하다 심리가 열리기 전에 퍼핵스를 처음 만났는데, 그때 브라이언을 힐끔 보고는 "피부색이 그런 줄은 몰랐습니다."라고 말했다고 한다.

퍼핵스는 브라이언의 말투가 백인 같다고 생각한 모양이다. 백인의 말투가 어떤지 모르겠지만 퍼핵스가 꽤 늙은 건 알 수 있었다. 내 목숨이 그의 손에 달려있을 때 그는 내 목숨을 가치 있게 생각하지 않았다. 그리고 나는 사법제도에 무지했고, 그가 내 무고함을 밝히기 위해 싸우고 있다고 믿을 만큼 미숙하고 순진했다. 여하튼 그는 내가 무죄란 걸 알았다. 나를 힐끔거리는 그의 눈빛에서 그렇게 생각하는 걸 알 수 있었다. 그가 나 때문에 잠 못 이룬 적이 있을까? 아마도 그런 일은 없었을 것이다. 그들 편에서 보면 나는 성가시게 자꾸 대드는 골칫거리지만 그래도 크게 걱정할 것 없는 대수롭잖은 흑인에 지나지 않았으니까.

맥그리거는 심리에 나오지 않았다. 나는 개의치 않았다. 그를 증오했던 시절은 이미 끝났고 그런 게임에 또 다시 말려들고 싶지 않았다. 그가 한 일은 그 자신이 제일 잘 알고 있을 것이다. 내 마음이 증오로 들끓던 때로 돌아가고 싶지 않았다. 나는 진즉 맥그리거를 용서했고, 그의 죄를 가리는 건 신의 일이었다. 그리고 맥그리거 외에도 졸렬하고 비굴하게 군 다른 사람들도 용서하고 그들의 영혼을 위해 기도했다.

나는 죄가 없었다. 더 이상 세 명의 총기 전문가들을 반박할 여지는 없었다. 나는 눈을 감고 가렛 판사가 법봉을 치며 일어나서 "이 세 명의 총기 탄도학 전문가들의 의견에 비추어 진실과 정의의 이름으로 힌턴 씨의 무죄를 선고하며, 즉시 그를 석방할 것을 명한다!"고 소리치는 모습을 상상했다.

그러나 그런 일은 일어나지 않았다. 가렛 판사는 증언을 듣는 동안 하품을 해댔다.

그 심리에는 휴츠, 헤이든, 디슨이라는 검사들도 나와 있었다. 심리가 열리는 걸 막으려고 온갖 애를 썼던 그들은 못마땅한 기색을 대놓고 드러내고 있었다.

"청원인이 규칙 32항에 의거해서 제기하려는 쟁점이 뭡니까?" 가렛 판사가 내게 눈길 한번 돌리지 않고 물었다. 그에게 나는 없는 사람이나 마찬가지였다.

브라이언이 일어섰다. "피고가 사실에 입각한 무죄 주장과 함께 효과적인 변호인의 지원을 받지 못했다는 점, 검찰이 브래디 규칙(형사재판에서 검찰은 수집한 증거를 모두 피고에게 공개해야 한다는 규칙, 1963년 미 대법원 판례)을 위반했다는 증거를 제출하고자 합니다. 그리고 새로운 증거를 제출할 법적 권리 또한 요구하는 바입니다. 또 저희가 제출한 청원서에서 밝혔듯이 검사의 최종 변론에 직권 남용이 있었음을 재판 기록을 통해 제기하고자 합니다."

맥그리거가 브라이언의 변론을 들었다면 어떻게 반응했을까? 퍼핵스가 그에게 말을 전할까?

"새로운 증거와 관련된 법적 쟁점들도 있습니다. 세 사건을 통합한 것이 그중 하나입니다. 그와 관련된 사실적 증거를 제시할 순 없지만, 만일 이 무기가 범죄 도구로 사용될 수 없었다는 것이 확실히 입증되면 통합 사건에 대한 법적 분석 또한 달라져야 합니다. 그런 주장이 저희가 제출한 청원서에 증거 구성 요소를 갖춘 형태로 포함되어 있습니다."

가렛 판사가 브라이언과 언쟁을 벌였다. 우리가 다른 가설에 대해 똑같은 증거를 제시하려 한다고? 법정은 그렇게 속단하며 우리가 증거를 제출하는 것조차 허용하지 않으려 했다. 하지만 브라이언은 물러서지 않았다.

"저희가 기본적으로 제기하고자 하는 것은 무죄 주장과 무능력한 변호인에 대한 것, 그리고 무죄를 입증하는 증거를 허용하지 않는 것과 관련해서 적법한 절차가 무시되었다는 겁니다. 그런 모든 점이 이 규칙 32항 심리에서 절차에 따라 이루어져야 한다고 생각합니다."

나는 브라이언이 1승을 거뒀다고 생각했다.

브라이언이 가렛 판사에게 우리 측 전문가들의 조사 결과를 증거로 제출하겠다고 했다. 놀랍게도 가렛 판사는 그 증거에 대해 모르쇠로 일관했다. 법정과 검찰 측이 새로운 전문가들의 조사 보고서를 보게 하려고 브라이언과 동료들이 몇 년 동안이나 애를 써왔는데 말이다.

"앞선 재판에서 양측 전문가들이 제출한 증거가 있지 않나요?" 가렛이 독선적인 눈빛으로 브라이언을 쳐다보았다.

"판사님, 그 점에서도 두 가지 문제가 있습니다. 저희가 보기에 검찰 측 증거엔 오류가 있고, 페인 씨는 총기 전문가로서 이런 조사를 할 자격을 갖추지 못한 사람이었습니다."

"음, 그 사안은 당 사건에 대한 재판에서 이미 제기되었으니 다시 거론할 가치가 없지 않을까요?"

한숨이 절로 나왔다. 그들은 왜 그렇게도 증거를 외면하려는 걸까?

브라이언의 목소리가 조금 높아졌다. "아뇨. 저희가 검찰 측 오류를 입증하는 증거를 제출할 수 있습니다."

"피고 측 전문가들이 제시한 증언의 본질이 뭡니까?"

브라이언이 잠깐 동안 가렛을 쳐다보다가 숨을 내쉬었다. '브라이언, 한 방 먹여.' 나는 속으로 소리쳤다.

"기본적으로 범행 현장에서 찾은 총알들을 현미경으로 비교한 바에 따르면 그 총알들은 하나의 총기에서 발사된 것으로 단정 지을 수 없습니다. 판사님, 기억하시겠지만 재판에서 밝힌 검찰 측의 결정적인 견해는 세 건의 사건 모두 하나의 무기로 이뤄졌다는 것입니다. 그세 군데 범행 현장에서 발견된 총알들이 하나의 총기에서 발사되었다는 확신을 근거로 법정은 힌틴 씨에게 유죄 판결을 내리고 사형을 선고했습니다. 저희 전문가들의 증거가 검찰의 확신에 명백한 오류가 있었음을 보여주고, 또한 그 오류를 분명하게 밝힐 겁니다. 두 번째로…."

가렛 판사가 브라이언의 말을 끊었다. "그러니까 양쪽 전문가들의 의견이 다르다 이겁니까? 전문가들 생각이 다르다고 이러는 거예요? 1심 재판에서도 전문가들의 의견은 달랐습니다."

"아닙니다. 그 당시의 전문가와 이번 전문가들은 본질적으로 다릅니다."

"이번엔 확실하게 증언할 수 있는 세계 최고의 전문가들이라도 모셨다는 겁니까?"

"네, 그렇습니다. 저는 그렇게 생각합니다."

"상대측이 나중에 그 최고라는 전문가들보다 훨씬 더 나은 다른 전문가들을 찾아내면 어쩔 겁니까? 전문가들끼리 증언 대결이라도 펼치자는 거예요?"

그 순간 진짜 살인범이 범행을 저지르는 모습이 찍힌 사진을 들고 걸어 들어와서 자백해도, 판사가 그 증거를 받아들이지 않을 거란 생각이 들었다. 검사는 "겉표지만 바꾼 옛날 얘기"라는 말만 되풀이했다.

"판사님, 그러자는 게 아닙니다. 저희는 솔직히 지난 8년 동안 검찰 측이 이 증거를 재조사하게끔 하려고 무진 애를 써왔습니다. 지금이라도 법의학 수사과에서 이 증거를 살펴보고, 이 총알들이 하나의 총기에서 발사된 것이 맞는지, 또는 힌턴 씨 집에서 압수한 총에서 발사된 것인지 판사님께 말씀드릴 수 있어야 한다고 생각합니다. 그러지 못할 이유가 없죠. 실제로 그들은 다시 조사할 기회가 있었는데도 그러지 않으려 했던 것으로 보입니다. 1994년에 작성된 그들의 검토 자료를 보면, 문제를 알고 있었다고 볼 수밖에 없으니까요. 그래서 재조사를 요구한 겁니다.

이건 전문가들끼리의 다툼이 아닙니다. 법원이 명령하는 대로 이 증거를 살펴보고, 저희가 발견한 것과 다른 사실을 찾아낼 수 있는 검찰 측 전문가를 얼마든지 환영합니다. 저희는 전문가 사이의 다툼이 아님을 명확히 하고자 각기 다른 곳에서 세 명의 전문가를 구했습니다. 유능한 전문가라면 누구든 이 증거를 살펴보고 나서 이 총알들이 하나의 총기에서 발사된 게 아니라는 동일한 결론에 이르게 될 겁니다. 힌턴 씨 집에서 압수한 총에서 발사된 총알들도 아니고요. 그런 사실을 밝힌 것이 저희 쪽 증거입니다."

휴츠 검사가 페인이 유능한 전문가였다고 브라이언을 반박하는 모습을 지켜보며 나는 기함하지 않을 수 없었다. 재판을 받을 때, 검사 측은 페인을 조롱하며 온갖 이름을 갖다 붙였지만 그 가운데 전문가라는 이름은 없었다. 브라이언은 새로 발견한 증거가 내 무죄를 확실히 밝힐 수 있으므로 규칙 32항 절차에 따라 그 증거를 허용해야 한다고 주장했다.

휴츠가 판사에게 돌아섰다. "스티븐슨 씨가 헌법에 따르는 사실상 무죄 요구를 하고 있는데, 연방 대법원은 인신보호법을 통해 사실상 무죄를 합헌적 요구로 인정하지 않습니다."

인신보호법이란 우리가 앨라배마의 모든 법원에서 패소할 경우 시작해야 할 연방 항소 절차의 일부였다. 연방 항소 절차는 생각하고 싶지도 않았다. 브라이언의 말에 따르면 연방 항소 절차는 지극히 제한적이고 어려웠다.

브라이언이 목을 가다듬었다. "판사님, 저희가 여기서 말하고자 하는 것을 명확히 밝힐 필요가 있다고 생각합니다. 저희는 확실한 증거를 토대로 이 사람이 무고하다고 믿습니다. 무죄라고 말입니다. 그리하여 이렇게 증거 제출을 요구하는 겁니다. 증거 제출을 허용하지 않는 건 규칙 32항 절차 기준에도 맞지 않습니다. 심지어 사형에 관한 소송 절차에도 맞지 않고요.

이 증거를 항소심에서 배제해야 한다는 검찰 측 주장에 따를 경우, 형사 항소 법원이 필시 직면하게 될 유혹은 무고한 사람의 사형 가능성을 외면하고 싶은 유혹과는 전혀 다른 것입니다. 저희는 이 증거가 설득력이 있다고 믿어 의심치 않습니다. 이 법정에 강력한 영향을 미치는 증거가 될 것이기 때문에 검찰에겐 부담스럽겠지만 그래도 저희에게는 이 증거를 제출할 권리가 있다고 생각합니다."

잠시 생각에 잠긴 듯 보이던 가렛 판사가 물었다. "재판에서 제시됐던 증거와 이번 증거가 뭐가 그리 다른 겁니까? 조사 보고서의 주체가 다른 사람들이란 점 외에 말입니다."

브라이언은 세 명의 각기 다른 전문가들이 개별적으로 같은 사실을 발견하는 건 드문 일이라고, 그리고 몇 사람이 증거를 살펴보고 발견한 똑같은 사실이 재판에서 제시된 것과 다르다는 건 더욱더 드문 일이라고 설명했다. 또한 검찰 측 그 누구도 다시 조사하여 입증하려 하지 않았고, 1985년에 발견한 사실과 똑같은 결과를 얻을 수 있었다는 말도 내놓지 않은 점을 지적했다.

"이건 짚고 넘어가죠. 페인 씨는 앨라배마 주 전역의 민·형사 법정에서 전문가로 인정을 받고 증언해온 사람입니다." 가렛 판사가 말했다.

"재판에서 검찰 측은 그 사람을 아무것도 모르는 사기꾼이라고 했습니다. 그런 조롱을 받은 사람입니다."

"아, 상대편 전문가들에게 그러는 일은 종종 있습니다."

"하지만 법적으로 시각 장애 판정을 받고 현미경을 작동할 줄도 모르는 데다, 총기를 조사할 만한 아무런 자격도 갖추지 못한 전문가를 보신 적은 없을 겁니다. 그런 면에서 큰 차이가 있습니다."

가렛 판사가 아무 대꾸도 하지 않자 브라이언이 말을 이었다.

"저희가 새로 구한 전문가들은 총기류 및 툴마크 검사 협회를 대표하는 사람들입니다. 딜런 씨는 수년 간 FBI 부장으로 부서를 이끌었고, 총기류 및 툴마크 검사 협회의 전 대표였으며, 전국을 돌며 강의를 하는 동시에 FBI와 ATF의 고문으로 활동하고 있습니다.

에마뉘엘 씨와 쿠퍼 씨는 주로 검찰 측에서 일하는 전문가들로 미 군부대와 텍사스 주를 위해 일해왔고, 댈러스 카운티 검찰 측 증인으로 정기적으로 법정에 섭니다. 이 두 전문가는 2천 건 이상의 사건을 조사하고 증언한, 이 분야 최고의 전문가들입니다. 사실 저희는 미국 최고의 전문가로 인정받는 사람들을 구하는 데 비용을 아끼지 않았습니다. 단순한 이의 제기가 아니라 판결의 기초가 될 수 있는, 사실에 입각한 중요한 증거를 제시하는 것이 저희가 진정 원하는 것임을 보여드리기 위해서 말입니다."

가렛 판사도 우리가 의심의 여지가 없는 전문가들을 구했다는 사실을 인정할 수밖에 없었을 것이다. 더구나 그들은 내 죄를 눈에 불을 켜고 밝히려 할 사람들이었다. 휴츠는 끝까지 증거 제출을 막으려 했고, 가렛 판사 역시 그를 거들었다. 하지만 브라이언은 낯설 만큼 대차게 그리고 조금도 머뭇거리지 않고 맞섰다. 신이 보내준 최고의 변호사답게 문외한인 사람들에게 법에 대해 열변을 토하듯 그들을 몰아쳤다. 1985년에 브라이언이 나를 변호했더라면 내가 사형수가 되는 일은 없었을 텐데. 아니, 아예 재판을 받지 않았을지도 모른다. 정의가 그렇게 변질될 수 있다니, 검찰이 그토록 진실을 인정하려 하지 않다니 참으로 불공평했다. 검찰이 정반대로 주장했던 것을 다 들었으면서 가렛 판사는 어떻게 그 자리에 앉아 페인이 자격을 갖춘 전문가였다고 말할 수 있을까? 양심은 어디 두고.

브라이언은 조금도 물러서지 않았다.

"판사님, 검찰 측은 오류를 범했습니다. 아니 '오류'가 있는 주장을 했습니다. 그러고도 너무 늦었다는 말만 되풀이하고 있습니다. 자신들이 오류를 범했을지라도 너희는 그것에 대해 아무것도 할 수 없다고 하고 있습니다. 너희가 무고하든, 증거가 있든, 설득력 있는 주장을 하든, 시간이 너무 많이 지났기 때문에 상관하지 않고 그냥 가겠다고 합니다. 진실을 외면하고 이대로 사형이 집행되도록 하겠다고 합니다. 그런 태도는 법에 따르는 게 아니며 부당한 결과를 초래할 뿐입니다. 검찰은 오류를 범했습니다. 저희는 그 사실을 밝힐 수 있습니다."

점심 때까지 공방이 이어졌다. 검찰 측은 우리 요구는 어떤 것도 받아들여져서는 안 된다고 주장했다. 그들은 그저 브라이언이 입을 다물기를, 내가 사형 집행실로 끌려가기만을 바랐다. 브라이언 역시 고집을 꺾지 않았고, 결국 가렛 판사는 심리를 허용했다. 우리가 갖고 있는 모든 증거와 증인을 제시하는 것 또한 허용했다.

히긴스와 예이츠와 맥그리거가 퍼액스에게 넘겨주지 않았지만, 브라이언이 찾아낸 검사 평가서에 의문 부호가 가득한 사실을 검찰 측은 해명하지 못했다. 그 평가서는 그들이 총알의 무늬를 판별하지 못했음을 보여주는 한편, 피해자들의 몸에서 나온 총알들이 내 어머니의 총에서 나온 것이란 증거가 없다는 것 또한 보여주었다. 그들은 아무것도 해명하지 못했다. 그럼에도 총알이든 총이든 다시 조사할 필요가 없다고 했다. 그들 머릿속은 항소 규칙에 대한 모호한 법리 해석을 토대로 너무 오래전 일이므로, 새로운 증거는 어떤 것도 허용해서는 안 되며 새로운 증거는 중요하지 않다는 생각뿐이었다. 무죄를 입증할 수 있는 증거가 무시되어서는 안 된다. 그런 증거를 무시하려는 사람들은 대체 어떤 사람들일까? 무고한 사람이 죽임을 당할 수 있는데도 그런 사람을 지체 없이 죽일 수 있도록 만들어진 규칙만 들먹이며 방관한다면, 어떤 사회가 제대로 돌아갈까? 시계가 째깍째깍 돌아가고 있는데, '네 무죄를 입증해봐. 다섯, 넷, 셋, 둘, 하나… 이제 너무 늦었어… 네 목을 내놔.'라며 게임을 하는 것과 같았다.

그 심리가 끝난 뒤 나는 다시 홀먼 교도소로 이송되었다. 법정에서 브라이언의 활약은 대단했지만 벽에 대고 말하는 것 같았다. 그들은 내가 무고하든 말든 죽기를 원했다. 죽이고 싶어 했다. 나는 어머니나 레스터와 아무 말도 나누지 못하고 심리 법정에서 끌려나왔다. 어머니는 레스터의 어깨에 머리를 기댄 채 눈을 감고 있었다. 레스터가 곁에서 어머니를 지켜드릴 수 있어서 다행이었다. 브라이언 또한 어머니에게 연락해 안부를 물으며 용기를 드리고 있다는 걸 나는 알고 있었다. 심리 결과에 좀 더 좋아했어야 하는지도 모르지만 잘되리라는 믿음이 생기지 않았다. 확실한 증거를 갖고 있기는 하지만, 애초에 나를 사형수로 만들었던 바로 그 사람들과 싸워야 했고, 거기다 내 소송을 시간 낭비로만 생각하는 검사까지 있었기 때문이다. 수감실로 돌아온 뒤 여기저기서 어떻게 됐는지 묻고 교도관들까지 궁금해하며 내가 석방되기를 바라는 듯했지만, 말없이 혼자서 기도만 하고 싶은 밤이었다. 사형수 수감동에서는 서로를 몰아붙이면 안 된다는 걸 모두 알고 있었다. 지독한 악몽 같은 낮과 밤이 너무 많아서 얘기하고 싶어 하지 않으면 그냥 가만히 기다렸다. 생존 자체가 힘겨운 우리는 각자 나름대로 살아남을 수 있도록 서로를 배려했다.

독서 모임을 하던 때가 생각났다. 그 모임을 생각하면 슬퍼졌다. 한 명씩 사형장의 이슬로 사라지면서 도서관에 남은 빈 의자들만 떠올랐기 때문이다. 맨 처음에 래리가 떠나고, 호슬리, 헨리, 브라이언이 그 뒤를 잇고, 마지막으로 빅터가 떠났다. 모두 사형당했고 결국 빈 의자만 남았다. 독서 모임이 중단된 후에도 갖고 있던 책들과 새로 받은 책들이 수감실 층층으로 돌았다. 도서관에서 하는 독서 모임은 없어졌지만, 모두들 수감실 밖으로 소리치며 책에 대해 얘기했다. 책을 읽지 않았으면 가만히 오가는 얘기를 들었고, 읽었으면 느낌이나 생각을 자유롭게 얘기했다. 내가 독서 모임 지도교사라도 되는 양 항상 내게 질문이 쏟아졌지만, 나 역시 그 답을 몰랐고 솔직하게 모른다고 대답했다. 그런 토론에는 옳은 것도 그른 것도 없었다. 모두 나름대로 생각하고 해석하고 믿고 깨달았다. 많은 수감자들이 그런 새로운 경험을 즐기며 솔직하게 자신의 생각을 말하고 다른 사람의 말에 귀를 기울였다. 신종 마약에 중독된 듯 마음속 생각을 털어놓고, 정치 얘기를 하고, 인종 차별과 빈곤에 대해 토론하고, 폭력에 대해 이야기했다. 그 책에 대해 이미 토론한 적이 있는 사람은 끼어들지 않고 다른 사람들의 얘기를 들으며 여러 생각 속에서 그들이 길을 찾아갈 기회를 주었다.

"레이! 듣고 있어, 레이?" 지미 딜이 소리쳤다. 지미는 간호학교에 다니던 마약 중독자로, 코카인과 겨우 몇 백 달러 때문에 한 남자를 살해한 것으로 유죄 판결을 받은 사형수였다. 그는 이마가 넓고 눈은 갈색이었는데, 두 눈 사이 간격이 좀 멀어서 그런지 말할 때 확신이 없어 보였다. 지미는 먹는 걸 좋아해서 하루 종일 좋아하는 음식 얘기만 늘어놓기도 했다. 오크라(고추와 비슷하게 생긴 아열대 채소) 수프, 비스킷, 프라이드치킨에 대한 얘기를 종일 듣는 건 정말 고역이었다. 하지만 지미는 다정다감했다. 누군가를 등 뒤에서 쏜 사람이라고는 상상하기조차 어려웠다.

"지미, 왜?" 내가 물었다.

"『앵무새 죽이기』라는 책을 읽고 싶어서. 그 책 있지?"

"있어."

"다음에 순찰 도는 교도관에게 그 책 좀 보내줄 수 있어?"

"그럴게."

"고마워. 존슨도 그 책을 읽고 싶다네. 읽고 나서 그 책에 대해 얘기하기로 했어. 좋은 책이라고 들었거든. 백인은 이해 못 하겠지만 우리는 척 보면 알 거야."

몇 사람이 웃는 소리가 들렸다. 보통 이런 식이었다. 어떤 책이 수감실에서 수감실로 전해지다가 어느 날 뜬금없이 누군가 소리쳤다. "그 스카우트라는 여자애 있잖아." 그러면 토론이 시작되었다.

그해 여름은 유난히 무덥고 길었다. 우리는 규칙 32항 청원에 대한 가렛 판사의 답을 기다렸지만, 그는 침묵으로 일관했다. 원심 판사로 재판에 대해 안팎으로 다 아는 그가 여름이 지나도록 심리 기일을 잡지 않을 줄은 전혀 예상하지 못했다. 진실이 밝혀지기를 기도하던 나는 그 진실이 사람들의 귀에 들리도록 해달라고 빌기 시작했다. 지난번 심리에서 진실은 밝혀졌다. 나는 무죄였다. 나는 누명을 쓴 채 인생을 허비하고 있었다. 나는 가렛이 의무를 다하기를, 올바르고 정직하게 일하기를 바랐다. 나는 이미 나갈 준비가 되었다.

8월에 레스터가 면회를 온 날은 그해 가장 더운 날이었다. 그늘진 곳도 50도는 될 것 같은 찜통에 바람 한 점 없었다. 우리 모두 다 면회실 바닥으로 흐물흐물 녹아내릴 것 같았다. 면회 때 입는 흰 수감복을 더럽히지 않으려고 애썼지만 땀이 너무 나서 소용없었다. 나는 레스터와 시아가 에어컨 바람이 나오는 자동차로 얼른 돌아갈 수 있도록 중간에 면회를 끝내기로 했다.

"레스터, 가기 전에 한 가지만 더." 내가 말했다.

"뭔데? 필요한 거 있어?" 레스터는 내가 말하기도 전에 이것저것 다 가져다주었다. 라디오, 텔레비전, 여분의 양말과 속옷까지.

"내 출생증명서."

"뭐?"

"여기서 나갈 때를 대비해서 출생증명서가 필요해. 신분증 같은 게 필요할 텐데 출생증명서가 있으면 내가 누구인지 증명할 수 있잖아."

레스터는 한동안 말이 없었다. 마냥 바닥을 내려다보더니 한숨을 쉬고 나서 웃는 얼굴로 말했다. "그래, 그게 필요하겠네. 그런데 어디서 찾아야 하지? 찾으면 우편으로 보낼게. 어디 있는지 말해줘."

"하느님은 실패 없이 모든 일을 하실 수 있다는 말 알지?"

"알지."

"그럼 하느님이 나를 석방해줘야 해. 안 그러면 거짓말쟁이니까."

"왜 그런 건데?"

"너희가 기도하며 구하는 것이 무엇이든 그것을 이미 받았다고 믿기만 하면 그대로 다 될 것이다. 마가복음 11장 24절."

내가 제일 좋아하는 구절임을 아는 레스터가 웃었다. 백만 번도 더 외웠던 구절이다.

"하느님은 실패할 수 없잖아. 그러니까 성경 구절이 사실이려면 내가 석방돼야 해. 그렇지 않으면 하느님은 거짓말쟁이인 거지. 실패한 셈이니까."

"하느님을 법의 허술한 구멍에 빠뜨리려고? 하여튼 말은 변호사

뺨친다니까." 레스터가 웃었다.

"변호사나 될까? 여기서 나가면 로스쿨에 갈까 봐. 그래서 브라이언하고 같이 여기 갇힌 무고한 사람들을 풀어주기 위해 일하면 좋잖아. 사형제도 폐지를 위해서도 일하고. 그거 괜찮겠는데."

그때 나는 마흔여섯 살이었다. 브라이언과 함께 당장 그곳에서 걸어 나간다고 해도 로스쿨에 들어가기에는 나이가 너무 많다는 것을 레스터도 나도 알았다.

"아니면 식당을 차려볼까? 내가 요리를 좀 하잖아."

"그래, 식당 이름은 뭐라고 할 거야?"

"옥중 식당이나 사형수 감방 그럴 어때?" 웃음이 터져 나왔다.

"그게 뭐야! 사형수 감방에서 굽는 음식을 누가 먹고 싶어 하겠어."

"어디서 굽든 내가 굽는 바비큐는 먹고 싶어 할걸. 교도관들도 나를 휴게실로 불러서 먹을 것 좀 만들어달라고 하거든. 여기서 나가면 메뉴부터 개발해야겠다. 사형수란 굴레를 벗으면."

"알았어. 누나한테 물어봐서 출생증명서 찾아다 줄게."

"왜 어머니한테 물어보지 않고? 어머니가 갖고 있을 텐데."

아주 잠깐 동안 레스터의 얼굴에 어두운 그림자가 드리웠다. 보고 싶지도, 생각하고 싶지도 않은 어떤 일이 있는 듯했다.

"알았어. 둘 다한테 물어봐서 찾아올게."

나는 환하게 웃고 있는 실비아를 쳐다보았다. "왜 그렇게 웃어요?"

"레이는 여기서 나갈 거예요. 우린 다 확신하고 있어요. 곧 눈부시게 행복한 날이 올 거예요. 출생증명서 찾아다 줄게요. 나오면 우리 집에 와서 맛있는 요리를 해주셔야 해요."

"네, 기대하세요."

2002년 9월 22일, 교도관장이 내 수감실로 찾아왔다.

"레이, 전할 소식이 있네."

나는 일어나서 문가에 서 있는 그를 보았다. 가슴이 두근대기 시작했다. 내가 풀려난다는 소식은 아니었다. 얼굴에 나타난 표정만으로도 죽음을 느낄 수 있었다. 그의 얼굴에 죽음을 알리러 온 표정이 그대로 드러났다. 그가 말을 꺼내기도 전에 머릿속에서 비명이 터져나왔다.

"레이, 오늘 어머님이 돌아가셨다는 연락이 왔네. 방금 연락을 받았어. 다른 교도관들도 그렇고 나도 위로의 말을 전하고 싶네."

나는 아무 말도 못 했다. 머릿속 비명 소리가 너무 커져서 교도관장이 얼른 갔으면 하는 마음뿐이었다. 그러면 베개로 귀를 틀어막을 수 있다. 나는 그에게 등을 돌리고 한두 발짝을 걸어 침대 앞에 섰다. 그리고 허리를 굽히고 두 손바닥으로 침대를 짚었다. 그대로 정신을 잃을 것만 같았다. 교도관장의 헛기침 소리가 들리고 그의 발걸음 소리가 멀어졌다.

처음에는 소리 없는 울음이 나더니 점차 온몸이 울음을 터뜨리는 것 같았다. 몸이 너무 떨려서 두 손을 마주잡을 수도 없었다. 발작이 일어난 것 같았지만 상관없었다. 속이 울렁거리고 토할 것 같아서 변기로 달려갔다. 그토록 보고 싶던 어머니가 돌아가셨다니. 세상이 어떻게 이럴 수 있는지 받아들일 수 없었다. 나는 아무것도 아니었다. 너무나 하찮았다. 불라 힌턴의 아들이었는데, 이제 불라 힌턴은 이 세

316

상에 없었다. 나는 꺽꺽거리며 흐느껴 울기 시작했다. 가슴속 깊은 곳에서 울음이 새어 나와 온몸으로 차오르는 것 같았다. 어머니가 세상을 떠나는 마지막 순간, 손을 잡아드리지도 못하고 이런 데서 갇혀있어야 하다니. 편히 가시라는 말도 할 수 없었다. 다시는 어머니 손을 잡을 수도, 사랑한다고 말할 수도 없었다.

'막내야, 그 사람들이 언제 집으로 보내준다던?'

어머니의 목소리가 생생하게 떠올랐다.

'금방 돌아가게 될 거예요, 어머니.'

나는 어머니에게 거짓말을 했다. 금방 돌아가기는커녕 어머니에게 결코 돌아가지 못했다. 그런 거짓말을 해놓고 어머니가 돌아가시도록 보살펴 드리지도 못했다. 베개에 얼굴을 묻었지만 눈물샘이 터진 것처럼 눈물이 하염없이 흘러내려 베개가 축축하게 젖었다. 그런 건 아무래도 상관없었다. 아무것도 중요하지 않았다. 브라이언도, 심리도 더는 중요하지 않았다. 살든 죽든, 여기서 나가든 못 나가든 상관없었다. 어머니가 돌아가셨는데 그런 게 무슨 대수겠는가? 어머니가 있는 집으로 돌아가려고 했는데, 어머니가 먼저 집을 떠났다. 수백만 개의 칼날이 가슴속을 저미는 것 같았다. 이대로 심장이 멎으면 어머니 옆으로 갈 수 있을 텐데.

'금방 집에 갈 거예요, 어머니. 약속할게요.'

얼마나 오래 울었는지 모르겠다. 고개를 들었을 때는 전등불이 다 꺼져 있었다. 사형수 수감동에 소식이 다 전해진 것을 알았지만, 사람들이 커피를 보내려는 것도 위로하려는 것도 본체만체했다. 더는 아무것도 신경 쓰고 싶지 않았다. 다시 이전으로 돌아가지 않을 생각이었다. 그토록 자주 하던 상상도 할 수가 없었다. 어머니가 살아있는 척도 할 수 없었다. 산드라 블록도 허상일 뿐 옆에서 나를 위로해줄 수 없었다. 나는 레이 힌턴이었다. 무고하지만 속절없이 죽음을 기다리고 있는 사형수였다.

몇 시간이고 그냥 누워있었다. 그때 낮은 목소리가 들려왔다. "네가 아무 죄가 없다는 걸 믿어준 유일한 사람은 이제 가고 없어."

나는 고개를 끄덕였다. 목소리가 계속 이어졌다.

"계속 싸울 이유가 뭐 있어? 그들에게 네 목을 내줄 이유가 뭐 있냐고. 네가 그들의 권한을 빼앗아버려. 이제 살 이유가 없잖아. 브라이언 스티븐슨한테는 다른 의뢰인을 구하라고 해. 네 일에 매달려봐야 소용없다고. 네가 여기서 나갈 수 있을 것 같아? 어림없는 소리. 넌 가진 것 없는 어리석은 흑인일 뿐이야. 네가 살든 죽든 아무도 신경 안 써. 그들은 어떻게든 널 죽일 거야."

그 목소리는 끝없이 이어졌고, 나는 그 소리에 귀를 기울였다. 처음 여기 와서 보낸 3년보다 훨씬 더 어두운 암흑 속으로 이끌려 들어갈 때까지 그 목소리에 귀를 기울였다. 수 년 동안 이어진 암흑 속에서도 깜박이는 한 줄기 빛이 있었다면 그건 어머니였다. 하지만 이제 다시 어둠뿐이었다. 끝없는 암흑뿐이었다. 희망도 사랑도 남아있지 않았다. 내 삶은 끝났다. 불현듯 내 삶이 끝났음을 깨달았다. 나는 실패자였다. 계속 살아야 할 이유가 남아있지 않았다. 살고 싶지 않았다. 살 가치가 없었다. 살 힘도 없었다. 그들이 이겼다. 그래도 괜찮았다. 나는 떠날 준비가 됐다.

나는 숨을 깊이 들이마셨다. 얼굴이 따끔거리고 쓰라렸다. 눈이 부어올라 뻑뻑했다. 어쨌거나 내 삶을 끝낼 방법을 생각해내야 했다. 힘이 다 빠져서 어딘가에 머리를 부딪쳐봐야 소용없을 것 같았다. 손목을 그을 날카로운 도구도 없었다. 목을 매는 게 좋을 듯했다. 곧 날이 밝을 테고, 그러면 시트를 목에 감고 수감실 안에서 목을 맬 방법을 찾을 수 있을 터였다.

"그렇게 약해 빠져서야! 내가 키운 아들 맞아?" 어머니의 날카로운 고함이 들려왔다. 그런 말투 뒤엔 항상 내 등짝에 매서운 손바닥이 날아왔기 때문에 나도 모르게 움찔했다. 나는 침대에서 일어나 앉았다.

"내가 언제 중간에 포기하라고 하던! 스스로 삶을 포기하면 안 돼."

나는 캄캄한 수감실 안을 두리번거렸다. 귀신을 믿지는 않았지만, 어머니의 목소리가 너무나 분명하게 들렸다.

"넌 여기서 나가게 될 게다. 계속 싸워야 해."

"이제 지쳤어요. 어머니랑 같이 있고 싶어요. 우리를 아프게 한 사람들한테 아픔을 돌려주고 싶어요. 내 숨통을 끊으려는 사람들한테 그럴 기회를 주고 싶지 않아요." 나는 나지막이 말했다.

"살아야 할 때가 있고 죽어야 할 때가 있는 거란다. 난 죽어야 할 때가 돼서 죽은 거니까 울 거 없어. 내가 암에 걸렸던 걸 너도 알잖니? 얘긴 안 했지만, 알고 있었잖아."

다시 울음이 터졌다. 어머니 말이 맞았다.

"지금은 네가 죽어야 할 때가 아니야. 아니고말고. 넌 할 일이 있어. 우리 막내는 살인자가 아니란 걸 증명해 보여야지. 사람들한테 보여주렴. 넌 등불이야. 어둠을 밝히는 빛이지. 그만 포기하라고 속삭이는 멍청한 악마의 소리는 무시해버려. 난 어떤 자식한테도 힘들면 중간에 포기하라고 가르치지 않았다. 네 목숨이라고 네 맘대로 끊어선 안 돼. 그건 하느님의 일이지. 쉽지는 않겠지만, 넌 하던 일을 해야 해. 네가 정신 차릴 때까지 밤이고 낮이고 옆에서 잔소리를 해댈 거니까 그런 줄 알아. 넌 이런 교도소에서 죽으려고 태어난 애가 아니야. 하느님이 너를 이 세상에 보낸 데는 목적이 있어. 난 그에 맞는 삶을 살았다."

어머니 얘기를 들으면서 나는 작은 소리로 울었다.

"레이, 그만 눈물을 닦고 일어나서 다른 누군가를 도와주도록 해. 언제까지 자기연민에 빠져있을 거니? 네가 아무것도 아니라고 속삭이는 악마의 소리는 들을 필요 없어. 넌 가치 있는 사람이니까. 우리 막내, 넌 이 세상 누구보다 가치 있는 사람이야. 네가 내 말을 알아들으면 하느님께 가서 얘기하마. 너를 여기서 내보내 달라고. 밤이고 낮이고 끝도 없이 얘기하면 하느님이 내 말을 들어주시지 않겠니. 성가셔서라도 들어주실 거야."

"알았어요. 그럴게요." 나는 나지막이 대답했다.

"레이, 날 실망시키지 마라. 온 세상이 널 안 믿어도 넌 네 자신을 믿어야 해. 내가 그렇게 가르쳤잖니. 네 자신을 믿지?"

나는 어둠 속에서 고개를 끄덕였다.

"그래, 악마 놈이 침대 시트로 목을 매라고 또 네 머릿속을 들쑤시면, '네 집인 지옥에나 떨어져!'라고 냅다 소리쳐."

나는 조용히 웃었다. "네, 어머니."

"내가 하느님께 브라이언 스티븐슨 씨를 도와달라고 청을 드리마. 레이, 살아야 할 때가 있고 죽어야 할 때가 있는 거야."

"알았어요, 어머니."

"네가 죽어야 할 때가 된다 해도 여기서 죽는 일은 없을 거야. 절대로."

"알았어요."

"레이, 또 내가 여기까지 오게 하면 안 된다."

그러고 나서 나는 잠이 들었다. 꿈도 꾸지 않고 깊은 잠을 자고 일어났을 때는 아침 식사 시간이 훌쩍 지나 점심시간이 다가오고 있었다.

잠에서 깬 직후 선물이 들어오기 시작했다. 커피, 초콜릿, 달콤한 온갖 것들, 카드, 책…. 사형수 수감동에는 독특한 추도 분위기가 있었다. "레이 어머니는 자식 사랑이 정말 대단하셨지. 아들을 그렇게 사랑하는 어머니는 본 적이 없어."

"어머님은 아들을 자랑스러워하셨어."

"레이, 어머님의 명복을 빌어."

"힘내, 레이."

"위로의 말을 전해요, 레이."

그날 낮부터 밤까지 사람들은 소리쳐 위로의 말을 전했다. 슬픔은 나누면 절반이 된다.

그러던 차에 지미 딜이 소리쳤다. "레이! 나 좀 도와줄 수 있어?"

나는 숨을 깊이 내쉬었다. 어머니가 다른 누군가를 도와주라고 한 말이 떠올랐다.

"무슨 일인데?"

"『앵무새 죽이기』에 '그들은 전에도 그랬고, 오늘밤에도 그랬어.

그래야 하면 다시 또 그럴 거야. 아이들만 우는 것처럼 보이지.'라는 부분이 있는데, 이게 정확히 무슨 뜻이야?"

나는 웃었다. 독서 토론이 시작된 듯했다. "음, 판결이 내려진 뒤에 애티커스가 한 말 맞지?"

"맞아."

"무고한 사람이 유죄 판결을 받을 때 그 애만 울어서 그런 말을 한 거 같은데? 어른들은 모두 그냥 받아들이잖아. 전에도 그랬고 앞으로도 그럴 거라면서. 지미, 넌 어떻게 생각해?"

"그게 맞는 거 같아, 레이. 나도 그렇게 생각해. 하지만 그들이 전에도 그랬고 다시 또 그럴 거라고 해서, 싸우는 걸 포기한다는 뜻은 아닌 거지? 난 사람들이 그런 것에 익숙해져선 안 된다고 생각해. 안 그래?"

"나도 사람들이 불의에 익숙해지면 안 된다고 생각해."

"레이, 그러면 우리가 뭘 해야 하는지 알지? 우리가 늘 해야 하는 게 뭔지 알아?"

"뭔데?"

"싸우는 거. 레이, 맞서 싸우는 걸 결코 포기하면 안 돼."

내 정신이 조금만 더 혼미했더라면, 내 어머니가 하려는 말이 지미 딜이라는 사형수의 입을 통해 나오는 줄 착각했을 것이다.

20장

반대 의견

최종적 결정 없이 이렇게 오랫동안 끌어온 것은 심히 안타까운 일입니다.
저도 일정 부분 그에 대한 책임을 지겠습니다.
_가렛 제임스 판사, 2002년 1월 28일

어머니가 돌아가시고 난 뒤 레스터의 어머니가 면회를 왔다. 규칙에
어긋나는 일이었지만, 교도관들이 다른 데로 시선을 돌린 사이 레스
터의 어머니가 나를 끌어안고는 흐느껴 우는 내 등을 토닥였다. 레스
터도 연신 헛기침을 하며 눈물을 훔쳤다. 거의 20년 동안 어머니를 보
살펴왔으니 내 어머니는 또한 그의 어머니이기도 했다. 나는 어머니
를 잃었고, 레스터의 어머니는 가장 소중한 친구를 잃었다.

"레이, 네가 알아야 할 게 있어. 우리 한 사람 한 사람은 마지막 순
간까지 여기 있을 거다. 어떤 일이 있든 우리는 누구도 변함없이 함께
할 거야. 알겠지?" 레스터의 어머니가 내 등을 토닥이며 말했다.

나는 고개를 끄덕이며 눈물을 삼켰다. 내 옆에 그들이 있는 것에
감사했다. 그들이 없었더라면 나는 이렇게 오랜 세월을 견딜 수 없었
을 것이다.

"무슨 일이 있든지 간에." 레스터의 어머니가 말을 덧붙이고는 내 머리에 입을 맞추었다.

두어 해 뒤에 레스터의 어머니가 돌아가셨을 때, 레스터와 나는 같이 울다가 앞으로 하느님의 귀가 얼마나 따가울지 걱정이라며 웃었다. 하느님이 나를 자유롭게 해줄 때까지, 두 노인네가 보채는 바람에 천국이 시끌시끌해져 아무도 잠들 수 없을 거라면서.

가렛 판사는 아무런 답도 하지 않았다. 브라이언이 계속 편지를 보내고 변론 취지서를 제출했지만, 여전히 반응조차 없었다. 일 년을 기다린 뒤, 브라이언은 대중의 힘을 빌려 법원을 압박하기로 방향을 바꾸고 내 사연을 언론에 알리기 시작했다.

날짜: 2003년 11월 19일

수신: 앤서니 레이 힌턴 (Z-468)

주소: 앨라배마 주 애트모어 시 홀먼 3700 홀먼 주립교도소 (36503)

레이에게,

잘 지내고 있죠? 잘 버티고 있기를 바라요. 두어 가지 전할 소식이 있어요. 알고 있겠지만 가렛 판사가 11월 1일 날짜로 은퇴했어요. 들리는 말로는 맡았던 소송을 다른 판사들에게 다 넘기진 않고 몇 가지는 그가 마무리할 거라는데, 확실하진 않지만 우리 건은 가렛 판사가 계속 맡을 것 같아요. 프라이어하고 토론하면서 도대체 어떻게 할 셈이냐고 몰아붙였더니, 그들은 가렛 판사의 판결을 기다릴 뿐 아무것도 하지 않을 거라더군요. 맥 빠지는 말이지만 뭐, 놀랄 일도 아니죠.

오늘 부장 검사한테 검찰이 기회를 놓치지 않고 오류를 바로 잡았으면 좋겠다는 편지를 썼어요. 우리 측 전문가들도 지난번 심리 때, 검찰 측이 데려왔던 법의학 수사팀에게 뭐라도 좀 해보라고 압박하고 있다는데, 나서서 책임을 떠맡으려는 사람이 아무도 없는 것 같아요. 그래서 공개적으로 그들을 압박하기로 했어요.

다음 주에 〈뉴욕 타임스〉 기자를 만나 기사에 대해 조율하기로 했고, 다른 잡지사 기자도 만나기로 했어요. 〈60분〉 측에서는 이번 주에 또 프라이어를 부르기로 했다는데, 이라크 전쟁 얘기만 늘어놓고 그들이 언제 뭘 할지에 대해서는 얼버무릴까 봐 걱정이에요. 어쨌든 금요일에 다시 그들하고 토론하기로 했어요.

〈타임스〉하고 또 다른 잡지사 기자들과 하게 될 인터뷰 준비를 할 겸 12월 첫째 주에 레이를 보러 갈까 해요. 인터뷰를 하기 전에 몇 가지 얘기를 했으면 하거든요.

여긴 늘 그렇듯 정신없지만 그래도 조금씩 일이 진척되고 있어요. 곧 만나기로 해요, 친구.

브라이언 스티븐슨

또 아홉 달이 지나갔다. 32항 심리는 여전히 오리무중이었고, 브라이언은 낙담했다. 수많은 사람들의 목숨이 그의 손에서 왔다 갔다 하는 일을 하자면 중압감이 얼마나 클지 짐작이 갔다. 나는 계속해서 브라이언에게 우리가 원하는 결과를 얻지 못해도 그가 할 수 있는 모든 노력을 다했음을 안다고 말했다. 결국 브라이언은 판사에게 직접 편지를 썼다.

날짜: 2004년 9월 23일

수신: 앤 마리 애덤스 서기 전고, 제임스 가렛 판사 귀하

주소: 앨라배마 주 버밍햄 시 주니어가 리처드 애링턴 N. 801, 제퍼슨카
운티 형사사법센터

가렛 판사님,

앤서니 레이 힌턴의 소송 건에 대한 진행 상황을 문의코자 서신 드립니
다. 힌턴 씨가 세 건의 범죄와 하등 관련이 없다는 사실을 뒷받침하는
증거를 제출했음에도, 그는 여전히 주립교도소에 사형수로 수감되어 있습
니다. 힌턴 씨가 사실상 무죄라는 주장을 뒷받침하는 증거를 제출한 지
2년이 넘었는데도 말입니다. 그 이후 판사님이 은퇴하셨다는 소식을 들었
는데 그 건에 대해 결정을 내리셨는지, 아직 검토하고 계신지 여쭙고자
합니다. 2004년 2월 23일, 구제 신청 판결을 구하는 청원서를 다시 제
출했지만, 서기관 사무실을 통해서는 판사님이 저희가 제출한 탄원서
와 청원서를 받으셨는지 확인할 수 없었습니다.

사형 소송 건의 경우 여러 사람에게 시간이 문제가 된다는 것을 잘 알고
있지만, 이 건은 특히 걱정이 되는 것이 사실입니다. 무죄를 입증하는 확
실한 증거가 있는데도 힌턴 씨가 19년 동안 부당하게 사형수로 수감되어
있으니까요.

수고스러우시겠지만 당사자들에게라도 진행 상황이나 결정된 바를 알
려주셨으면 합니다. 혹시 저희가 달리 준비해야 할 것이 있다면 그것도
알려주십시오. 이런 편지로 폐를 끼쳐 죄송하지만 저는 진심으로 힌턴 씨
가 무죄이며 재판상 심각한 오류가 있었다고 생각합니다.

부디 제 부탁을 헤아려주시기를 바라며 두루 평안하시기를 빕니다.

앤서니 힌턴 레이의 변호인,

브라이언 A. 스티븐슨 드림

참조:

제임스 휴츠 검사

존 헤이든 검사

J. 스콧 보웰 주심 판사

시간은 계속 흘러갔고, 심리 후 2년 반이 훌쩍 지나서야 마침내 가렛 판사가 판결을 내렸다. 1월 말, 나는 브라이언의 편지를 다른 수감자들에게 소리쳐 읽어주었다. 교도관 몇 명도 통로에 서서 귀를 기울였다.

날짜: 2005년 1월 28일

수신: 앤서니 레이 힌턴 (Z-468)

주소: 앨라배마 주 애트모어 시 홀먼 3700 홀먼 주립교도소 (36503)

레이에게,

가렛 판사의 판결문을 보니 정말 한 글자도 다른 부분 없이 검찰 측이 제출했던 명령신청서와 똑같았어요. 말인즉, 2년 반을 기다렸다가 검찰이 2002년 8월 26일에 제출했던 명령신청서에 서명만 했다는 거죠. 그 긴 시간을 그냥 흘려보내고 검찰의 명령신청서에 서명만 하다니! 주심판사에게 12월 말까지 어떤 결론이든 내겠다고 큰소리치곤 아무것도 안 하고 뒷짐만 지고 있었던 거예요. 놀라울 것도 없지만 비도덕적이고 부당한 사형 집행이 이유 여하를 막론하고 거행될 수 있다는 최악의 사례가 또 한 건 늘어난 건 참 씁쓸하네요. 그에게 많은 걸 기대할 수 없다는 건 알았지만, 이렇게 아무 이유 없이 레이한테서 2년 반이란 시간을 또 빼앗을 줄은 정말 몰랐어요.

가렛은 검찰의 명령신청서를 출력해서 끝부분만 바꿨더라고요. 그러면 좀 달라 보일 줄 알았겠지만, 눈을 씻고 봐도 한 글자도 다른 데가 없었어요. 2년 전에 검찰의 명령신청서 사본을 보내준 걸로 기억하지만 다시 보낼 테니 봐요. 그리고 우리가 검찰의 명령신청서에 이의를 제기하는 긴 답변서를 제출했던 거 알죠? 그 사본도 혹시 없앴을지 몰라서 다시 보내요.

가렛이 검찰의 명령신청서에 서명한 것에 대해 이의를 제기하고 항소할 생각이에요. 다음 주에 이의 제기 신청서를 제출할 계획입니다. 하지만 이번에는 결정만 기다리고 있진 않을 거예요. 그 신청서는 열흘이 지나면 기각된 걸로 봐야 하거든요. 그래서 그때 다시 항소를 통지하고 2월 말까지 서류를 준비해서 제출할 생각이에요.

레이 가족과 레스터 베일리한테는 우리가 연락했어요. 우리 측 전문가들한테도 관련 자료를 보냈고요. 그분들도 아마 가렛의 처사에 대해 분을 참지 못할 거예요. 월요일 오후에 전화 줘요. 기다리고 있을게요. 꿋꿋이 버텨요.

브라이언

추신, 제를린이 레이가 보내준 소포를 받고 얼마나 좋아했는지 몰라요!

고마워요.

브라이언은 격노했지만, 나는 법원이 나에게 한 실수를 인정하지 않으려 거짓을 서슴지 않고 농간을 부릴 수도 있다는 사실이 그저 놀라웠다. 증거는 중요하지 않았다. 아무것도 중요하지 않은 것 같았다. 브라이언이 앨라배마 형사 항소 법원에 항소를 제기하고, 심리 일정이 잡혔다. 그는 또한 국제앰네스티를 포함해서 지역 소식지와 언론사에 내 얘기를 널리 알렸다.

8월에 조지 시블리가 사형당했다. 그가 마지막으로 남긴 말은 "나한테 이런 짓을 하는 모든 사람이 살인자다."였다. 나는 그를 위해 철창을 두드리고 그의 아들을 위해 기도했다. 양친을 그렇게 잃은 아이의 마음이 얼마나 아플지를 생각하니 너무도 안타까웠다. 누구라도 감당하기 힘든 아픔이었다.

2005년 11월, 수감자는 참석이 허용되지 않는 단계의 심리가 열리기 직전, 〈버밍햄 뉴스〉에서 연속 기사를 실었다. 나도 그 기사와 관련해 전화 인터뷰를 했다. 사형제도에 대한 찬반을 논하는 연재 기사로, 브라이언은 반대하는 글을 기고했다. 나는 다른 수감자들에게 그 기사를 읽어주면서, 브라이언이 내 변호사이며 동시에 내 친구라고 자랑스럽게 소리쳤다.

사형에 대한 논쟁

〈반대〉

주의 사법제도는 사람을 죽일 자격이 없다
브라이언 스티븐슨

지난주 나는 홀먼 교도소에 가서 거의 20년째 사형수로 복역하고 있는 사람을 만나 두 시간 동안 얘기를 나눴다.

앤서니 레이 힌턴은 무고하다. 그는 폭력 전과가 전혀 없다. 정이 많고 사려 깊은 힌턴은 즐겁게 지내려고 무진 애를 쓰면서 교도관들과 수감자들을 돕는다. 한 번도 규칙을 위반한 적이 없으며 조금이나마 돈을 모으면 손수 선물을 만들어 보낸다.

그는 20년 동안 긍정적인 생각과 희망을 잃지 않으려 안간힘을 써왔다. 하지만 그와 조금만 이야기를 나눠보면 얼마나 깊은 슬픔과 참기 힘든 아픔을 숨기고 있는지 알 수 있다. 그는 자신이 부당한 선고를 받음으로써 사랑하는 어머니가 돌아가셨다고 자책한다. 그리고 '바로 옆에서' 30차례 이상 죽음의 현장을 목격하는 고통을 참아내야 했다. 그는 자주 눈물을 흘린다. 그리고 날마다 지독한 악몽에 시달리며, 한 미국인이 처한 비극에 무너지지 않으려 발버둥친다.

힌턴은 부적절한 시간에 가서는 안 될 장소에 있었기 때문에 사형수가 된 것이 아니다. 사실 그는 범죄가 일어난 바로 그 시간에 마땅히 있어야 할 곳에 있었다. 그가 누군가를 총으로 쐈다고 주장되는 곳에서 25킬로미터쯤 떨어진 안전한 물류창고에서 미숙련 노동자로 일하고 있었다. 재판을 받기 전 힌턴은 거짓말 탐지기 검사를 통과했고, 경찰에게 자신의 무고를 믿어달라고 간절히 호소했다. 하지만 그의 삶과 자유, 그의 권리를 하찮게 여기는 사람들이 있었다.

힌턴이 사형수가 된 것은 가난하기 때문이다. 그는 앨라배마의 극도로 열악한 변호 시스템의 희생자이다. 앨라배마의 사형수 중 70퍼센트가 그렇듯 그 역시 국선 변호사의 도움을 받았는데, 그 변호사가 재판 준비를 위해 지원받은 비용은 고작 1000달러였다. 힌턴의 어머니 집에서 경찰이 찾아낸 총이 범죄 도구로 사용된 총과 다르다는 걸 밝혀줄 전문가를 고용하는 데 주어진 비용은 500달러였다. 그 돈으로 구할 수 있는 전문가는 한쪽 시력을 잃어 장애 판정을 받은 데다, 검사에 필요한 장비를 사용해본 적조차 없는 사람뿐이었다.

대부분의 사형수들처럼 힌턴은 재판을 받기도 전에 유죄로 추정되었다. 돈도, 정치권력도, 명성도 없는 그는, 충격적일 만큼 오류에 관대한 사법제도 아래서, 가난하고 무고한 사람보다는 부유하고 유죄인 사람을 더 우대하는 사법제도 아래서, 삶이 위태로워진 이름 없는 흑인에 지나지 않았다.

앨라배마의 사형수들 중 무고한 사람이 힌턴만은 아니다. 1993년, 앨라배마 주는 월터 맥밀리언이 아무 죄 없이 사형수로 6년간 복역했음을 최종적으로 인정했다. 게리 드린카드, 루이스 그리핀, 랜달 파제트, 웨슬리 퀵, 제임스 코크란, 찰스 버포드도 부당하게 유죄 판결을 받고 사형수로 복역하다 무죄 석방된 사람들이다. 1975년 이후 사형 집행된 34명 중 7명이 무죄로 밝혀졌다. 앨라배마 주의 사형수 다섯 명 중 한 명이 무고한 사람이었던 셈이다. 오류 비율이 가히 경악할만하다.

앨라배마 주 사형제도의 가장 큰 문제는 오류이다. 재심법원은 앨라배마에서 부당하게 위헌적으로 유죄 판결을 받고 사형이 선고된 사례가 거의 150회에 이른다고 결론지었다. 하급심 판결의 파기가 사형 집행보다 거의 5대 1로 많다는 얘기다. 다른 주들이 사형제도를 진지하게 검토하고

개혁을 추진하는 데 반해, 앨라배마의 고위직들은 무모하게도 사형 집행 절차를 신속히 처리할 것을 요구하고 있다.

연방 대법원이 정신 지체자의 사형은 위헌이라는 판결을 내렸지만, 앨라배마 입법부는 이런 제한을 적용하는 법률 제정을 거부했다. 연방 대법원이 배심원 평결을 더욱 존중할 것을 요구하지만 앨라배마 주는 전국에서 유일하게 선출된 1심 판사가 아무런 제한이나 기준 없이 배심원단의 종신형 평결을 뒤엎고 사형을 선고할 수 있도록 허용한다. 1990년 이후로 앨라배마에서 내려진 사형 선고 중, 배심원단은 가석방 없는 종신형이 적절한 처벌이라고 평결했지만 판사의 재량으로 사형이 선고된 경우가 25퍼센트에 육박한다.

나는 근 20년 동안 앨라배마의 사형수들을 변호해왔다. 물론 사형수들이 모두 무고한 것은 아니며, 앨라배마의 사형제도가 유무죄에 관한 것만은 아님을 모르는 바 아니다. 그 점에 대해서는 앤서니 레이 힌턴의 사례가 많은 것을 말해준다.

앨라배마의 사형제도는 진실의 힘을 보여주는 것이 아니라, 누구의 생명은 중요하고 누구의 생명은 중요하지 않은지 불평등을 보여주는, 비틀린 유물이다. 부유한 사람들은 어떻게 보호받고 존중받는지, 가난한 사람들은 어떻게 내버려지고 무시당하는지를 보여주는 폭력적인 예다. 소외된 사람들을 냉대하던 인종 차별의 암울하고 섬뜩한 그림자가 드리워진 유산이다. 폭력의 원인은 도외시한 채, 선출된 재판관들이 범죄에 강경하다는 평판을 높이기 위해 떠받치는 표상이다. 사형은 자비와 구원에 반하며, 모든 사람은 그들이 범한 최악의 행동보다 더 가치 있음을 인정하면서 생명을 중시하는 사람들의 적이다.

너무도 큰 두려움과 분노와 폭력이 난무하는 세상에서 사형제도는 불가피하다고 생각하기 쉽다. 물론 폭력 범죄로 인한 피해자들의 고통을 간

과해서는 안 된다.

그렇지만 부당하게 사형 선고를 받은 무고한 사람들의 비극적인 수치, 수많은 위헌적 유죄 판결과 사형 선고, 빈곤자와 소수 인종에 대한 불공평한 대우는, 사형제도가 범죄를 저지른 사람들을 벌하는 것만은 아님을 보여준다. 그러므로 앨라배마의 사형제도에 대한 논쟁은 결함이 있고, 부정확하며, 편파적이고, 오류투성이인 정치적 사법제도를 가진 주 정부가 사람들을 죽일 자격이 있는가에 초점이 맞춰져야 한다.

주 정부는 그럴 자격이 없다는 것을 이제는 인정해야 한다.

_2005년 11월 7일자 <버밍햄 뉴스>의 사설, 브라이언 스티븐슨의 "사형에 대한 논쟁: 반대"

나는 그 기사를 읽고 또 읽었다. 기사 옆에는 검사인 트로이 킹이 사형제도에 찬성한다는 글이 실려있었는데, 그의 요지는 한마디로 눈에는 눈, 이에는 이여야 한다는 것이었다. 어릴 때부터 교회에서 들은 말이라 어렵지 않게 이해할 수 있었다. 생명을 빼앗은 대가로 생명을 요구하는 징벌이 정의라는 말이었다. 그는 피해자가 선택의 여지없이 목숨을 잃었는데 가해자가 살아서는 안 되며, 살인자가 사형수 수감동에 갇힌 건 자초한 일이므로 그런 죄인들의 권리를 보호하는 데 법을 남용해서는 안 된다고 주장했다. 하지만 사법제도가 진짜 죄인을 가려내지 못하잖는가. 누군가를 납치하고 살해하는 것과 어떤 사람을 수감하고 사형하는 데는 도덕적 차이가 있음을 나도 모르는 게 아니었다. 두 가지 경우 모두 죽음으로 끝난다고 해도 도덕적으로는 천지차이다. 하지만 죽음이 죽음을 막는 건 결코 아니다. 그리고 스스로 유죄를 인정하지 않는 한, 그 사람의 유무죄를 확실하게 가리기는 쉽지 않다. 사형제도가 필요하다고 생각할 수도 있고, 사람도 사법제도도 실수할 수 있으므로 사형제도는 없어져야 한다고 생각할 수도 있다.

하지만 무고한 사람의 사형을 막을 수 있는 확실한 대책이 마련될 때까지, 법정에서, 교도소에서, 판결에 있어서 인종 차별이 없어질 때까지 사형제도는 폐지되어야 한다. 트로이 킹이 아무 죄 없이 사형 선고를 받고 10년이든 20년이든 교도소에 수감된다면, 그때는 사형제도에 대해 뭐라고 말할까? 누구든 사람을 죽이는 것은 인도적일 수 없다. 법이 어떻든 누구도 무고한 사람을 사형할 권리는 없다. 사형을 찬성하는 글에 눈에 띄는 구절이 있었다. "물론 사형이 무고한 사람을 죽음에 이르게 하는 방법으로 시행돼서는 안 된다." 앞뒤가 안 맞는 말이었다. 그렇게 생각한다면 내가 무고하다는 증거를 왜 객관적으로 보려 하지 않는 걸까? 브라이언의 사설은 내 마음을 감동시켰다. 교도관들까지도 큰 소리로 읽어주었다. 나는 항소 법원에서 일이 어떻게 진행되고 있는지 몰랐지만, 신이 보내준 최고의 변호사가 여전히 나를 위해 싸우고 있다는 것은 분명했다.

심리가 있는 날, 내 말과 맥그리거의 말을 인용한 또 다른 기사가 나왔다. 맥그리거는 20년이 지난 지금까지 법정에서 내가 그를 쏘아봤던 것에 화가 나 있었다. 만일 내가 석방되면, "최신 38구경 총을 들고 교도소 문밖에서 기다리고 있겠다."고 협박까지 했다. 나는 그의 말이 항소 법정에서 내 무죄를 입증하는 데 도움이 되기를 바랐다. 20

년이 지난 뒤에도 그는 여전히 어떻게든 나를 없애려 하고 있었다. 브라이언은 구두변론을 하고 나서 희망을 갖는 듯했다.

주소: 2005년 11월 30일

수신: 앤서니 레이 힌턴 (Z-468)

주소: 앨라배마 주 애트모어 시 홀먼 3700 홀먼 주립교도소 (36503)

레이에게,

친구, 어떻게 지내고 있어요? 구두변론 이후에 검찰 측이 또 다른 변론서를 제출했어요. 몇 년 동안 모든 증거를 막고 금지해야 한다고 난리더니, 놀랍게도 이제는 증거에 대해 논하고 싶다더군요. 여하튼 내가 구두변론에서 총이 레이의 무죄를 밝혀주는 증거라고 강조했더니, 그들이 제출했던 변론서를 보완해서 다시 제출했어요. 총이 증거라는 것이 걱정되긴 하는 모양이에요. 그들이 제출한 변론서 사본을 첨부하니까 읽어봐요. 우리도 어제 그들이 제출한 변론서에 대한 답변서를 제출했는데, 그것도 같이 보내니까 읽어보고요.

그들이 이제라도 그 문제에 대해 논할 필요를 느끼는 건 잘된 일이에요. 〈버밍햄 뉴스〉에 기사가 실린 뒤로 편지가 꽤 많이 온다네요. 다 취합해서 복사해 보내줄게요.

이번이 레이가 사형수로서 보내는 마지막 추수감사절이 됐으면 좋겠어요. 앨라배마 사법 기관을 상대할 때는 너무 낙관하지 않는 게 좋지만, 레이는 곧 구제될 거예요.

지난주에 법원에서 오래 묵은 소송들을 무더기로 처리하는 바람에 좀 바쁘지만, 크리스마스 전에 한번 만나러 갈게요. 잘 지내고 있어요. 힘내요, 친구.

브라이언 스티븐슨

나는 형사 항소 법원의 결정을 기다리며 너무 기대하지 않으려고 애썼다. 될 수 있는 한 바쁘게 지내려고 했다. 고맙게도 교도관들이 휴게실에서 낮 시간을 보낼 수 있게 해줘서 교도관들에게 음식도 만들어주고, 돈 문제에서 결혼생활 문제까지 이런저런 조언을 해주며 생각을 돌릴 수 있었다. 20년이 넘도록 바깥세상과 단절된 채 좁은 수감실에서 보낸 내게 교도관들이 조언을 구하는 것이 얄궂다 싶긴 했다. 사형수 수감동에 식사를 배달하는 일을 돕기도 했는데, 내 일은 사형수들 각각에게 인사를 건네고, 그들의 눈을 보면서 우리 모두 너무나 잘 아는 어둠 속으로 향하는 징후가 있는지 살피는 것이었다.

나는 다른 수감자들도 도왔다. 어머니의 바람대로 다른 사람들을 도우면서 레스터가 면회하러 오는 날까지 하루하루를 견뎠다.

2006년 6월 말, 교도관에게 말을 전해 듣고 브라이언에게 전화했을 때, 그가 앨라배마 형사 항소 법원이 항소를 기각했기 때문에 이제 다시 앨라배마 대법원에 항소해야 한다는 소식을 전했다. 수감실로 돌아가서 그 소식을 전하자 지미가 유난히 안타까워했다. 내가 그 오랜 세월 호소해온 것보다 신문기사들이 더 현실적으로 내가 무고함을 밝혀주었다. 그러면서 내가 자유를 찾는 일이 이곳 교도소의 사형수들 모두가 싸워 얻고자 하는 명분이 되었다. 더이상 아무도 내가 무죄임을 의심하지 않았다. 브라이언의 기고 후에 나는 석방되면 사형제

336

도 폐지를 위해 싸우겠다고 말했고 대학교, 교회, 미국 전역, 전 세계를 누비며 연설할 꿈을 품었다. 브라이언 같은 목소리를 내고 싶었다. 다시는 어느 누구에게도 이런 일이 일어나지 않도록 내 이야기를 알릴 생각이었다.

그러려면 먼저 자유로워져야 했다.

그런데 이제 또 다른 법원으로, 1989년에 이미 항소 신청을 했던 법원으로 돌아가야 했다. 내 재판이 앨라배마 주의 핀볼 기계 안에서 이리저리 굴러다니는 것 같았다. 순회 재판소로, 항소 법원으로, 대법원으로, 그리고 다시 거꾸로. 하지만 나는 꺾이지 않았고 오히려 기뻐했다. 앨라배마 형사 항소 법원의 판결은 3대 2였다. 물론 내가 패소했지만, 두 명의 판사가 처음으로 나의 무고함을 믿어주었다.

반대 의견은 아름다웠다.

그리고 그것이 내가 가진 전부였다.

/21장/

그들은 목요일마다
우리를 죽인다

한 사회의 문명화 정도는
그 사회의 교도소에 들어가 보면 알 수 있다
_표도르 도스토예프스키

우리는 앨라배마 대법원에 항소했고, 그들은 페인이 자격을 갖춘 전
문가인지를 먼저 판가름하라며 판결을 거부했다. 우리는 다시 사다리
를 내려가서 형사 항소 법원으로 갔다가 또 다시 제퍼슨 카운티 법원
으로 가야 했다. 그즈음 가렛 판사는 완전히 은퇴해서 내 소송은 다른
사람에게 넘어갔다. 순회 재판소의 새 판사인 로라 페트로가 내 소송
을 얼른 처리해주기를 바랐지만, 페트로 판사는 2009년 3월이 돼서야
판결을 내렸다.

날짜: 2009년 3월 11일

수신: 앤서니 레이 힌턴 (Z-468)

주소: 앨라배마 주 애트모어 시 홀먼 3700 홀먼 주립교도소 (36503)

레이에게,

안타깝지만 페트로 판사도 도움이 안 됐어요. 가렛 판사가 페인에 대해 어떻게 생각했는지에 대해서만 언급하는 기괴한 명령서를 썼더라고요. 페트로 판사의 결론인즉, 가렛 판사가 페인을 유능한 전문가로 생각했다는 거예요. 다시 말해 페트로 판사 스스로는 페인의 자격을 알아볼 마음이 없다는 뜻으로 해석할 수 있으니 너무 실망스러운 답이죠. 전화해줘요. 만나서 얘기하고 싶다면 다음 주쯤 갈게요. 다음 단계를 의논해야죠. 이런 해괴망측한 명령서를 쓰니 전문가로서 페인의 능력에 대해 법원이 독자적으로 다시 알아봐야 한다고 했으면 좋으련만. 어쨌든 좋은 소식이 아니면 편지를 쓰겠다고 해서 이렇게 소식을 전해요. 조만간 만나서 얘기하기로 해요.

꿋꿋하게 버텨요.

브라이언 스티븐슨

꿋꿋하게 버티는 것이 점점 힘들어졌다. 지미 딜의 사형 집행이 한 달 뒤로 잡혔다. 사형수로 보내는 마지막 추수감사절이 되기를 바랐던 이후로 나는 37명이 죽는 걸 지켜봐야 했다. 2009년에 들어서면서 벌써 두 명이 죽임을 당했고, 가렛 판사가 규칙 32항 청원을 기각한 이후로는 10명이 죽었다. 사형수 수감동의 분위기는 더욱 암울해졌다. 더 이상 독서 토론도 하지 않았다. 하루하루 버티기가 힘에 부쳤고, 나중에 들어온 젊은 사람들은 이전 사형수들과는 달리 거세게 동요했다. 독서 토론엔 전혀 흥미가 없었다. 사형 집행일이 다가오면 교도관들과 수감자들 사이에 팽팽한 긴장감이 돌았다. 이제 전기 발전기를 켜지는 않았지만 사형 집행은 여전히 계속되었다.

"레이, 우린 당신들을 죽이는 게 아니에요. 일을 하는 것뿐이죠."
한 교도관이 내게 말했다.

"자발적으로 떠맡은 일이잖요. 자진해서 살인집단이 된 걸 나도
알고 당신도 알고 모두 다 알아요."

"난 내 일을 하는 것뿐이라니까요."

내 사형 집행일이 잡히면 교도관들이 나를 죽일 것임을 나도, 그
들도 알았다. 다른 방법이 없었다. 가끔 교도관들 모두가 우리를 죽이
는 일을 거부한다면 어떻게 될까 하는 생각이 들었다. 교도관들은 우
리를 의사에게 데려가고, 먹을 것을 주고, 위로하고, 그런 다음에 우리
를 죽음으로 이끌었다. 어떻게 그럴 수 있을까? 그것이 우리를 혼란스
럽게 했다. 그들 또한 우리의 가족이었다. 이 어둡고 눅눅하고 비좁은
세상 한 귀퉁이에서 우리는 일주일에 6일을 함께 어우러져 함께 울고
웃는 얄궂은 삶을 살았지만, 목요일마다 그들은 우리를 죽였다.

내 소송은 형사 항소 법원으로 돌아갔다가 다시 페트로 판사에게
넘어갔다. 브라이언이 페트로 판사 스스로 전문가로서 페인의 자격
을 판결하지 않고 1986년에 내려진 가렛 판사의 판결에 대한 생각만
을 밝혔다고 이의를 제기했기 때문이다. 2010년 9월, 페트로 판사는
페인이 "보통 사람 이상으로 총기류 검증에 대한 지식을 습득했다."며
그를 전문가로 인정했다. 딱 한 번 심전도 검사를 해본 사람을 심장
전문의 자격을 갖췄다고 하는 거나 마찬가지였다. 아무튼 우리 소송
은 다시 항소 법원으로 이관되었고, 항소 법원이 하급심 판결을 용인
하면서 다시 앨라배마 대법원으로 가게 되었다. 그런데 대법원은 하

급 법원이 전문가로서 폐인의 자격을 판단하는 과정에 부적절한 기준
이 적용되었다면서 우리를 다시 돌려보냈다.

어지러워서 돌 지경이었다.

브라이언은 결코 포기하지 않았다. 그는 두 어깨에 세상을 짊어
지고 있었다. 접견을 할 때면 그의 눈에 쌓인 피로감과 부담감을 느
낄 수 있었다. 그가 내 소송만 맡은 것도 아니었고, 이제 그도 나도 젊
다고는 할 수 없는 나이였다. 지쳐버린 나는 더 이상 진실이 알려지게
해달라고 기도하지 않았다. 진실은 이미 알려졌다. 앨라배마는 내가
무죄란 걸 알면서도 결코 인정하려 들지 않았다. 1986년에도, 2002년
에도, 2005년에도 인정하지 않았다. 2013년에도 인정하지 않을 테고.

브라이언은 수시로 나와 통화하고 싶다는 전갈을 남겼다. 그러면
교도관이 내게 그 말을 전해주었다. 내 소송에 대한 판결이 내려지는
날이면 언론 취재가 너무 많아서 지역 뉴스에 곧바로 그 소식이 나왔
기 때문이다. 법원에서 오후 두 시쯤 내려진 판결이 오후 다섯 시면
뉴스로 나왔는데, 브라이언은 뉴스가 전해지기 전에 먼저 내게 그 소
식을 알려주고자 했다.

브라이언이 전화를 바란다는 전갈을 받았을 때 나는 애써 기대감
을 밀어냈다.

"법원이 우리 주장을 받아들이지 않았어요, 레이. 너무 속이 상하
네요."

나는 귀에 대고 있던 수화기를 내려뜨렸다. 기적이 일어날 거라고
믿었는데. 두 명의 판사가 마침내 내 편을 들어주었으니 잘못된 일이
바로잡히는 건 시간문제라고 확신했는데. 교도소에서 나갈 수 있는

길이 영영 막혀버린 것 같았다. 결국 바퀴 달린 들것에 묶인 채로 주입된 약물이 온몸에 퍼져 마비되면서 비명조차 내지 못하고 고통스럽게 속에서부터 죽어갈 것 같았다. 길 잃은 미친개가 안락사되듯이. 내 삶은 그 정도로 하찮았다. 아니, 어쩌면 그만도 못했다. 미친개는 그래도 편히 죽어가겠지만 나는 이번 생을, 브라이언을 아쉬워하며 죽어갈 테니까. 브라이언은 사형수들이 죽어갈 때 마지막을 함께했다. 나 역시 같은 장면들을 지켜보았기 때문에 그런 죽음이 어떻게 상처를 남기는지 알았다. 말로는 표현할 수 없지만 그런 죽음이 어떻게 나를 조금씩 죽여가는지 알았다. 서서히 영혼이 빠져나가고, 마음이 무너져 내리고, 가슴이 찢어지면서 피눈물이 흘러내린다는 것을.

나는 눈물을 훔치고 심호흡을 한 다음 다시 수화기를 들었다. 브라이언이 여전히 말을 하고 있었다. "내가 부족했나 봐요. 좀 더⋯."

브라이언이 그러는 게 너무 가슴 아파서 견딜 수가 없었다.

"스티븐슨 씨, 저는 레이 힌턴의 비서입니다. 레이는 스티븐슨 씨가 이제 그만 집에 들어가시기를 바랍니다. 금요일이니 그만 집으로 돌아가서 저녁 식사를 맛있게 하고 와인도 한잔 하면서 영화도 보고 뭐든 기분전환이 될만한 일을 하시랍니다. 주말 동안 레이 힌턴 생각일랑은 머릿속에서 싹 비워내고요."

"레이⋯." 브라이언이 내 말을 가로막았다.

"저는 레이 힌턴의 비서입니다. 레이도 이번 주말 외출이 허용되면 나가서 농구도 하고 기분 전환을 하면서 재판에 관한 일은 일절 생각하지 않을 거라고, 스티븐슨 씨도 그런 시간을 보냈으면 좋겠답니다. 아, 그리고 레이가 월요일 아침에 전화를 드리겠답니다."

브라이언이 나지막이 웃었다.

"레이가 또 스티븐슨 씨한테 주말 내내 쉬는 걸 허락할 테니, 맘껏 햇빛도 쐬고 숲속 산책도 하고 그러랍니다. 레이 힌턴도 주말 동안 자신에 관한 일을 잊을 거니까 레이 힌턴에 대한 일은 생각 밖으로 밀어내시고요."

"레이한테 고맙다고 전해줘요." 브라이언의 목소리가 조금은 밝아진 듯했다.

"그런 말은 월요일 아침 9시에 레이가 전화하면 직접 하세요."

나는 전화를 끊고 수감실로 돌아왔다. 어떤 변호사가 즐거운 주말을 보내는 데 수감자의 허락이 필요하겠는가? 나에 대한 브라이언의 관심과 걱정은 말로 표현할 수 없을 만큼 감동적이었다. 브라이언은 나를 살리기 위해 할 수 있는 모든 일을 다 하고 있었다. 주말만이라도 그 짐을 내려놓고 쉬어야 했다. 나는 브라이언이 고개를 들고 환한 햇빛을 받았으면 했다. 실망스러운 법정과 교도소에서 벗어나 홀가분한 시간을 보내면서.

수감실 안은 바깥세상에서 생각하는 4월의 오후 다섯 시보다 훨씬 더 어두컴컴했다. 내가 자유인으로 얼굴 가득 햇빛을 받을 수 있는 날이 있을까? 과연 이 싸움이 끝나는 날이 올까?

월요일 아침 9시 정각, 나는 교도관에게 전화를 하러 가야 한다고 소리쳤다. 수신자 요금 부담으로 브라이언의 사무실에 전화를 하자, 비서가 곧바로 브라이언에게 연결해주었다.

"레이, 오늘 아침 기분은 어때요?" 브라이언이 물었다.

"좋아요. 주말 잘 보냈어요?"

"아주 잘 보냈어요. 정말 즐거운 주말이었어요." 브라이언의 목소리로 그 말이 사실임을 알 수 있었다. 줄 수 있는 게 많지 않은 나는 브라이언에게 즐거운 주말을 줄 수 있었다는 사실이 기뻤다. 하지만 이제 주말은 끝났다.

"내가 9시에 전화하겠다고 했죠. 이제 시간이 됐으니 내 소송 얘기를 시작하죠!"

브라이언이 웃었다. "내가 거기로 갈게요. 얼굴을 보면서 하고 싶은 얘기가 있어요."

"앞으로 어떻게 할지 계획이 있는 거예요?"

"그래요, 레이. 계획이 있어요."

"좋아요. 그럼 접견일이 잡히는 대로 만나기로 해요."

우리는 인사를 나누고 전화를 끊었다. 브라이언이 아직 포기하지 않은 것이 기뻤다. 그가 포기하지 않는다면 나 역시 포기할 생각이 없었다.

나중에 면회를 온 레스터에게 그 소식을 전했다. 지난번 면회 때 여자 교도관과 충돌이 있었던 실비아는 함께 오지 않았다. 사정 얘기를 듣고 나서 나는 교도관들에게 노발대발했다. 나한테는 얼마든지 함부로 해도 좋지만, 내가 사랑하는 사람들, 나를 찾아오는 사람들을 괴롭히면 가만있지 않겠다고.

레스터가 가져온 내 출생증명서를 앞에 놓고, 내가 석방되면 가야 할 곳에 대해 얘기했다. 어머니 집은 10년 동안 비어있었기 때문에 다시 들어가서 살려면 여기저기 수리를 해야 했다. 내가 교도소에서 나가면 할 일에 대해 이야기한 지 어느덧 27년이 되었다. 머잖아 내가

345

교도소에서 보낸 시간이 자유인으로 살았던 시간보다 더 길어질 판이었다. 늙어가고 있는 우리는 이제 미래에 대한 상상을 펼칠 힘이 없었다. 레스터의 얼굴을 보다 보니 교도소에서 보낸 시간이, 레스터와 함께하지 못한 시간이 주마등처럼 눈앞을 스쳐갔다. 내가 1985년에 체포된 이후 2013년이 된 그때까지 레스터는 한 번도 면회일을 거르지 않았다. 세상은 변했어도 레스터의 우정은 변함이 없었다. 내 눈가에 눈물이 맺혔다.

"왜 그래?"

"우리 둘이 걸어서 하교하던 길에 도랑으로 뛰어들어 숨었던 거 기억나?" 내가 물었다.

"그럼, 기억나지."

"우리가 그때 뭘 두려워했던 걸까?"

레스터는 아무 말도 하지 않고 그 어느 때보다 슬픈 눈빛으로 물끄러미 나를 바라보았다.

"지긋지긋해. 앨라배마 대법원도 재심리를 기각했어. 이제 선택의 여지가 별로 없어. 법원은 새로운 증거는 신경도 안 쓰고 일부러 뜸을 들이며 판결을 미루는 것 같아. 내 사형 집행일이 정해질 때까지 계속 이 법원 저 법원으로 돌릴 셈인가 봐. 내가 여기서 걸어 나갈 수 있을지 모르겠어."

"싸움을 멈추면 안 돼."

"왜? 왜 멈추면 안 되는데? 그냥 하는 말이 아냐. 정말 지쳤다고. 난 여한 없이 살았어."

레스터가 내 말을 못 믿겠다는 듯 중얼거렸다.

"레스터, 난 윔블던에서 다섯 번이나 우승한 사람이야. 뉴욕 양키스 3루수로 활약하면서 10년 연속 홈런왕에 올랐고. 또 세계 여행을 하고, 최고의 미녀들하고 결혼도 했지. 사랑도 했고, 웃기도 했고, 하느님을 잃었다 다시 찾기도 했어. 그러면서 내가 하지도 않은 일로 사형수가 돼서 수감된 목적이 뭘까 두고두고 생각도 했지. 때로 그런 목적이 뭐 있겠나 싶더라고. 그냥 이렇게 살아야 하는 게 내 팔자인가봐. 난 여기서 가정을 꾸렸어. 네가 결코 마주칠 일 없는 무시무시한 사람들하고 말이야. 그러면서 내가 깨달은 게 뭔지 알아? 우리는 다 똑같다는 거야. 우리 모두 어떤 일에서는 유죄인 동시에 또 무죄지. 그리고 유감이지만 모든 걸 어떤 계획에 짜 맞추려다 미쳐가는 사람도 있어. 이런 게 그런 계획일 수 있지. 어쩌면 난 내 인생 대부분을 작은 수감실에서 보내면서 전 세계를 돌아다니려고 태어났는지도 몰라. 이런 교도소에 수감되지 않았더라면 윔블던 우승은 꿈도 못 꿨을 거야. 내가 무슨 말을 하는 건지 알겠어?"

레스터가 헛기침을 했다. "우리가 하교하던 길에 도랑으로 뛰어들어 숨었을 때 네가 그랬지. 사람이 뭔가에 익숙해질 수 있는 게 참 이상하다고. 기억나?"

나는 고개를 가로저었다. 기억나지 않았다.

"그런 말을 했어. 그때 우리가 왜 그렇게 두려워했는지 알아?"

"아니, 왜 그랬는데?"

"다가오는 게 뭔지 알 수 없어서 두려웠던 거야. 그래서 도랑으로 숨었지. 우리는 우리 앞에 있는 게 뭐든 맞서기보다 숨는 쪽을 택했어."

나는 고개를 끄덕였다.

"이제 우린 어린애들이 아니야. 두려워해서도, 같이 도랑으로 뛰어들어 숨어서도 안 돼. 무슨 일이 생기든 피하지 말고 맞서서 끝까지 싸워야 해. 이런 것에 익숙해져서도 안 되고. 넌 교도소에서 사형수로 죽으려고 태어난 게 아니야. 그건 분명한 사실이야."

말이 거의 없는 편인 레스터가 작정한 듯 말을 쏟아냈다.

"알았어."

"우린 여전히 집으로 돌아가는 중이야. 우리 둘이 함께 집으로 돌아가는 중이라고."

면회실에 들어섰을 때, 브라이언이 심각한 표정으로 나를 기다리고 있었다. 아니, 심각하다기보다는 이전과 달리 단호한 표정이었다. 우리는 여러 번 기각당했고, 전화로 브라이언에게 패소했다는 소식을 들은 게 한두 번이 아니었다. 그래서 때로는 소송에 대한 얘기를 피하려 했고, 때로는 그저 웃기만 했다. 특별히 일이 있어서가 아니라 이유 없이 그냥 웃었다. 어떤 날은 선생님의 호통에 아랑곳하지 않는 소녀들처럼 웃었고, 또 어떤 날은 내가 아직도 이 안에 있다는 것이 너무 어이없어서 그냥 요란하게 웃어젖힐 수밖에 없었다. 그렇게 웃고 나면 기분이 좀 나아졌다. 그렇게 웃은 덕에 그나마 덜 늙었고 미치지 않을 수 있었다.

내가 다가가자 브라이언이 웃으며 물었다. "기분은 어때요, 친구?"

"괜찮아요."

"내가 어떤 생각을 했는지 들어봐요. 먼저 내 얘기를 듣고 생각해본 다음에 결정하도록 해요. 전략적으로 선택할 수 있는 방법이 몇 가지 있어요. 전에도 얘기한 적 있지만, 우리가 다음으로 취할 수 있는 방법은 연방 법원에 구속적부심(피의자의 구속이 합당한지를 법원이 다시 판단하는 절차) 청구를 하는 거예요. 그런 선택에는 여러 가지 제한이 따라요. 시간 제약도 많고, 레이가 연방 헌법에 규정된 권리를 침해당했다고 주장할 수 있는 쟁점도 제한적이에요. 연방 구속적부심은 무죄를 증명할 기회를 주지 않아요, 레이. 그들은 무죄 주장을 검토할 수 없거든요. 우리가 문제 제기를 할 수 있는 건 증거 제출을 억압당했다는 점과 변론이 무능력했다는 정도예요. 만일 연방 지방 법원에서 패소하면 제11차 연방 순회 항소 법원에 항소를 제기해야 할 거예요. 그러면 검찰 측도 준비서면을 제출하겠죠. 규칙 32항하고 비슷한데, 다만 좀 더 제한적인 항목에 초점을 맞추는 점만 달라요. 검찰은 구속적부심에 있어서 연방 법원이 주 법원의 판사들이 내린 판결에 따라야 한다고 주장할 거예요. 무슨 말인지 알겠죠?"

나는 고개를 끄덕이며 계속 얘기하라는 몸짓을 했다.

"레이의 무죄를 놓고 다툴 수 있는 기회가 마지막으로 한 번 더 있어요. 곧바로 연방 대법원으로 가는 거죠. 구속적부심은 레이의 권리가 어떻게 침해되었는지 검토하는 것일 뿐 무죄를 주장할 수는 없어요. 그렇다고 대법원이 무죄 주장만으로 구제를 승인하지는 않겠지만, 우리는 주장하는 바를 밝힐 수 있고, 우리 얘기가 그들을 자극해서 뭔가를 하게끔 할 수 있을지도 몰라요. 그러면 레이가 무고한지 아닌지가 논점이 되겠죠. 그 방법이 법정에서 레이의 무고함을 다룰 수 있는 마지막 기회예요."

나는 다시 고개를 끄덕였다. 나는 무고하다는 점이 쟁점이 되기를 바랐다. 언제까지고 그 점이 중요하기를 바랐다.

"하지만 더 들어봐요. 연방 대법원에서 기각하면 다시는 그 누구도 레이가 무고하다는 주장에 귀 기울이지 않을 거예요. 우리가 곧바로 대법원으로 가지 않는다면 몇 년이 걸리겠지만 연방 법원의 구속적부심 심사가 끝난 뒤에 또 한 번의 기회를 가질 수 있어요. 그 점을 알고 준비해야 해요. 하지만 그 뒤에 대법원이 재심리를 하게 되면 구속적부심에서 제기된 제한된 쟁점들에 대해서만 재심리가 이뤄질 거예요. 그러니까 그때는 대법원도 레이가 무고한지는 검토하지 않을 거란 말이죠. 대법원은 극히 제한적인 것만 검토하게 될 테고, 구제될 기회는 크게 줄어들 거예요."

"구속적부심을 청구하면, 또 이 법원 저 법원으로 옮겨 다녀야 할 수도 있나요? 연방 법원들인 점만 다를 뿐 이리 가라 저리 가라 할 수 있는 거죠?"

"그럴 가능성이 높아요. 항소심에서 주 법원들이 어떻게 했는지 알잖아요. 달라지는 게 있다면 연방 법원 구속적부심에서는 반대가 더 늘어날 거란 거겠죠. 그래도 그 뒤에 대법원으로 갈 수 있지만 소송만 몇 년이 걸릴 수도 있고, 그들이 좀처럼… 그러니까 어느 쪽이든 다 힘들 거예요. 다른 변수가 생길 수도 있고. 대법원으로 가서 패소하면 상황이 급박해질 수 있어요. 연방 법원으로 가도 구속적부심에서 승소하기가 하늘의 별따기일 수 있고, 레이의 사형 집행을 막기가 어려워질 수도 있어요."

나는 브라이언의 말을 가로막았다.

"자동판매기에 쓸 돈 좀 있어요? 음료를 마시고 싶은데."

"그럼요, 있죠." 브라이언이 25센트짜리 동전을 몇 개 주었다. 나는 자동판매기로 가서 콜라를 하나 샀다.

그리고 다시 자리에 앉아서 캔 뚜껑을 열었다. "중대한 결정을 할 때는 마실 게 있어야죠."

"레이⋯."

나는 한 손을 들어 브라이언의 말을 끊고 콜라를 벌컥벌컥 마셨다. 평생 처음으로 독한 술을 마시고 싶다는 생각이 들었다. 나는 결코 술을 즐기지 않았지만, 콜라를 스카치위스키라고 생각하며 마셨다.

"브라이언, 난 결백해요. 내가 무죄란 걸 법원에서 인정받고 싶어요. 내가 무죄란 걸 세상에 알리고 싶어요. 가석방 없는 종신형은 원치 않아요. 여기서 걸어 나가고 싶어요. 자유인으로 남은 생을 살고 싶어요. 그렇지 않으면 죽는 편이 나아요. 내가 무고한 걸 증명할 수 없다면, 차라리 죽는 쪽을 택하겠어요."

"그러니까 레이가 원하는 게 뭐예요? 소송을 제기하는 데만도 여덟, 아홉 달이 걸릴 수 있고 잘 되리라는 보장도 없지만⋯."

"곧바로 대법원으로 가고 싶어요. 대법원이 내가 무고한 걸 알아주면 좋겠어요. 모든 증거와 증인을 제시하면서 대법원에 내 얘기를 들려주고 싶어요. 이 법원 저 법원 떠돌면서 또 10년을 보내고 싶지는 않아요. 더는 그럴 수 없어요. 일흔 살이 되도록 이 안에 있으면서 계속 싸울 수는 없을 것 같아요."

그 후 잠깐 동안 둘 다 말이 없었다. 나는 면회실을 둘러보았다. 여기서 몇 십 년을 보냈다. 자동판매기에서 산 파이를 수없이 먹었고 앞에 앉아있는 이 남자를 존경하고 사랑하게 되었다. 그 또한 지쳐있었다. 내 소송은 그에게 수많은 전투 중 하나일 뿐이었으니까. 우리 둘 다 승리를 누릴 자격이 있었다.

이제 그럴 때가 되었다.

만일 그러지 못한다면, 내 목요일을 기꺼이 받아들일 생각이었다. 마지막 식사를 하고, 세상에서 가장 좋은 친구가 되어준 레스터에게 고맙다는 인사를 하고, 브라이언 스티븐슨에게는 모든 사람을 다 구할 수는 없다는 말과 함께 그가 할 수 있는 최선을 다했음을 안다고 말한 뒤에, 1.5×2.1미터짜리 수감실에서 멋지게 살아가는 방법을 터득했던 사실을 흡족하게 돌아볼 생각이었다.

그러고 나서 신이 그들의 영혼을 보살펴주기를 빌면서 마지막 말을 남기리라.

나는 무죄다.

/22장/
모두를 위한 정의

사건 이송 명령을 할만한 쟁점이 없으므로,
법원은 이 사안에 있어서 재심리 요청을 기각해야 합니다.
_앨라배마 주 검찰총장 루서 스트레인지가 2013년 연방 대법원에 보냄

잊히지 않고 기억되는 순간들이 있다. 대부분의 사람들은 결혼할 때
나 첫 아이를 낳은 때를 그런 순간으로 꼽을 것이다. 또 첫 직장을 구
했을 때, 꿈에 그리던 여자나 남자를 만났을 때, 누군가에게 인정받았
을 때, 두려워하던 일을 마침내 해낼 용기를 냈을 때를 꼽는 사람들도
있을 것이다.

브라이언이 연방 대법원에 항소를 제기하는 6개월 동안, 나는 기
억에 남은 좋았던 순간들을 회상하며 보냈다. 안 좋았던 순간들은 떠
올리고 싶지 않았다. 어머니가 돌아가셨을 때, 체포되어 유죄 선고
를 받았을 때, 사형 집행실로 가는 54명의 사람들을 지켜보아야 했던
때⋯. 나는 그 54명의 이름을 다 외웠다. 당시 사형수 수감동의 유일
한 백인으로 5년여 동안 복역한 앤드류 래키가 사형 집행실로 향하던
7월의 목요일 밤, 나는 53명의 이름을 머릿속으로 외웠다. 어떤 사람

353

들이 양을 세듯 나는 죽은 사람들을 셌다. 웨인, 마이클, 호레이스, 허버트, 아서, 월리스, 래리, 닐, 월리, 바르날, 에드워드, 빌리, 월터, 헨리, 스티브, 브라이언, 빅터, 데이비드, 프레디, 로버트, 퍼넬, 린다, 앤서니, 마이클, 게리, 토미, JB, 데이비드, 마리오, 제리, 조지, 존, 래리, 애런, 다렐, 루서, 제임스, 대니, 지미, 월리, 잭, 맥스, 토머스, 존, 마이클, 홀리, 필립, 르로이, 윌리엄, 제이슨, 에디, 데릭, 크리스토퍼. 아직 앤드류의 이름은 그 명단에 넣고 싶지 않았다. 실낱 같더라도 희망이 있는 동안은. 앤드류 이전에 사형당한 크리스토퍼는 수감된 지 4년여 만에 죽임을 당했다. 앤드류도 크리스토퍼도 항소하지 않았다. 둘 다 젊었지만 보통 사람들보다 좀 더딘 지적 장애인들이었다. 그 둘은 자신들이 처한 상황을 알았을까? 스스로의 선택으로 항소하지 않은 걸까? 그들의 이른 죽음은 슬픈 일이었고, 나는 내 나이 쉰일곱 살보다 더 늙은 듯한 느낌이 들었다. 여하튼 나는 죽음을 마주한 수많은 사람들을 위해 소리를 냈던 것처럼 크리스토퍼와 앤드류가 혼자가 아니란 걸 알 수 있도록 철창을 두드렸다.

나는 좋았던 순간들을 떠올리려고 애썼다. 체포되기 전, 여름날 저녁에 프라코에서 레스터와 다른 아이들과 함께 야구를 하던 순간들을 떠올렸다. 그때 우리는 마냥 즐거웠을 뿐 세상이 얼마나 위험한지 몰랐다. 버밍햄에서 폭탄이 터지고 시위가 일어나는데도 우리의 안식처 프라코와는 그다지 관계가 없어 보였다. 프라코에 살면서 계속 탄광 일을 했더라면 어땠을까? 내 인생이 어떻게 바뀌었을까? 내게 중요한 순간들은 언제였지? 기회가 있을 때 실비아와 결혼했더라면, 그랬다면 난 아빠가 됐겠지. 어쩌면 지금쯤 할아버지가 됐을지도 모른다. 내가 놓친 야구 경기가 얼마나 될까? 숲속 산책은 얼마나 놓친 거지? 수없이 많은 해돋이와 석양을 놓치고, 그러고도 살 수 있는 걸까? 너무나 오랫동안 어둠 속에서 살아온 나는 자유로운 사람으로 빛나는 태양 아래 서는 것이 어떤 건지 상상조차 하기 힘들었다. 여자를 웃음 짓게 만들었을 때 기분이 어땠지? 여자가 팔을 뻗어 내 팔을 잡는 순간의 느낌은 어땠더라? 내 품에 안긴 여자가 내 눈을 지그시 바라볼 때 기분이 얼마나 좋았는지는 기억났다. 내가 다시 여자와 키스할 수 있을까? 설령 여기서 나간다고 해도 사형수였던 남자와 키스하고 싶어 하는 여자가 있을까? 나는 어머니와 낚시하러 갔을 때, 교회에서 어머니 옆에 나란히 앉아 기도하던 때로 기억을 되돌렸다. 그리고 어머니가 만들어준 음식과 그 음식을 먹을 때마다 느꼈던 사랑을 떠올렸다.

사형수로 교도소에 수감된 이후 좋았던 순간들을 떠올리기는 쉽지 않았다. 면회를 온 레스터, 실비아와 함께 웃던 순간들이 가장 많이 떠올랐다. 그 둘에게 웃음을 주려고 또 사형수로 교도소에서 지내는 게 생각만큼 끔찍하지는 않다고 믿게 하려고 이런저런 얘기를 했던 때, 브라이언과 마주 앉아서 소송에 대해 얘기하고 미식축구에 대해 얘기했던, 그를 웃게 하여 30분 정도 그의 눈에서 중압감이 사라지는 것을 봤을 때, 다른 사형수가 교도소의 기나긴 밤을 견뎌낼 수 있게 도움을 줬을 때가 좋은 기억으로 떠올랐다. 그리고 어둠 속에서 서로에게 소리치던 목소리들도. 우리는 나름대로 시간을 보냈고 나는 상상 속을 여행했다. 상상 속의 내 삶은 온전하고 충만했다. 그래서 내가 놓친 것들 때문에 늘 아파하지는 않았다. 말을 전혀 하지 않는 사람도, 시도 때도 없이 화를 내는 사람도, 신에게 기도하며 용서를 구하는 사람도, 누구도 지녀서는 안 되는 악한 마음을 키우는 사람도 있었다. 나는 사형수로 복역하는 동안 어머니가 자랑스럽게 여길만한 순간들을, 빛이 보이고 웃음이 있던 순간들을 떠올리려 했다. 그런 순간들 덕에 하루하루를 견뎌낼 수 있었다. 내 소송은 서서히 마지막을 향해 가고 있었다. 내 사형 집행일이 정해지고, 나는 죽을 날짜와 시간을 아는 채로 살아내는 법을 깨우쳐야 한다. 내게 주어진 시간이 끝나는 날을 향해 시계가 째깍거리며 돌아가고 있었다. 나를 죽일 사람들의 얼굴을 보면서 30일 혹은 60일을 사느니 차라리 불시에 죽음을 맞고 싶었다.

만일 이러이러했더라면 하는 생각에 너무 깊이 빠져들지 않으려 애썼지만, 다른 삶을 상상하지 않으면서 시간을 보내기는 힘들었다. 만일 내가 그 차를 타고 달아나지 않았더라면? 만일 내가 브루노스 창고 말고 다른 데서 일했더라면? 만일 처음부터 브라이언이 내 변호사였더라면? 나는 여전히 자유를 찾기 위해 싸우고 있었지만 이제 막다른 길로 접어들었다는 걸 조용히 받아들였다. 그들이 엉뚱한 사람을 사형수로 만들었다는 것을 절대로 인정하지 않을 테니 나는 여기서 걸어 나갈 수는 없을 것이다.

2013년 10월, 브라이언이 연방 대법원에 사건 이송 신청서를 제출했고, 앨라배마 주 검찰은 11월에 답변서를 제출했다. 그리고 일주일 후 우리는 다시 그들의 답변서에 대한 답변서를 제출했다. 사형수 수감동에서는 새해를 축하하지 않았고, 밤손님처럼 슬그머니 2014년이 다가왔다. 우리가 무엇을 축하할 수 있겠는가. 일 년을 더 살았다는 사실을? 우리 죽음이 일 년 더 다가왔다는 사실을?

자유로운 사람들은 어떻게 새해를 축하했을까?

나는 알 수 없었다. 이제는 기억도 나지 않았다.

2월이 끝나갈 무렵, 브라이언이 전화를 기다린다는 전갈을 받았다. 지난 15년 동안 내가 이런 연락을 받고 전화한 적이 몇 번이나 될까? 그리고 좋은 소식을 들었던 적은 몇 번일까?

브라이언이 숨이 가쁜 목소리로 전화를 받았다. 좀 들뜬 것 같기도 했다. 나는 고개를 내미는 기대감을 억누르려 했지만, 가슴이 두근대기 시작했다.

"레이, 길게 통화할 시간이 없지만, 알려줘야 할 것 같아서…."

"무슨 일인데요, 브라이언? 킴 카다시안이 나를 찾아 달래요?" 나는 얼마 전 산드라와 이혼하고 킴을 만나기로 마음을 굳혔다. 매일 밤 나는 그런 헛꿈을 꾸었다.

브라이언이 웃었다.

"아니에요, 레이. 연방 대법원이 판결을 내렸어요."

나는 숨을 들이마셨다. 대법원이 재심리를 승인하기를, 구두변론을 허용하기를 바랐다. 그렇게만 된다면 브라이언이 대법관들 앞에서 마법을 펼칠 수 있을 것이다. 쉽게 허용해줄 리 없지만, 브라이언이 대법관들 앞에서 내가 무고하다고 호소하는 장면을 상상하곤 했다. 아무도 생각조차 못 했지만 흑인으로서 대통령이 된 오바마처럼 브라이언이 예상치 못한 결과를 얻어내는 장면을.

"대법원이 레이의 소송에 대해 만장일치 결정을 내렸어요. 심리를 승인한 게 아니라 이미 검토를 하고 판결을 내렸어요. 그 부분을 읽어 줄게요."

"그게 무슨 말이에요?" 그가 하는 말을 이해할 수 없었다.

"읽을 테니 들어봐요. '앨라배마 사형수 수감동의 재소자 앤서니 레이 힌턴이, 앨라배마 주 법원들이 그가 국선 변호인의 효과적인 조력을 받을 권리를 제대로 적용했는지 판단해줄 것을 요청한 바, 우리는 앨라배마 주 법원들이 그리하지 못했고, 힌턴의 1심 재판 변호사는 헌법에 비추어 유능한 변론을 하지 못했다고 확정한다. 이로써 하급 법원의 판결을 파기하며, 변호사의 무능한 변론이 불리하게 작용했는지에 대한 재심은 주 법원으로 반송한다.'"

나는 아무 말도 할 수 없었다. 브라이언이 하는 말을 확실하게 이해하고 싶을 뿐이었다.

브라이언이 계속 읽었다. "'사건 이송 명령 청원과 힌턴이 소송비용을 면제받는 극빈자로 재판받을 수 있게 해달라는 신청을 승인하며, 이런 의견에 모순되지 않는 소송 절차에 따르도록, 앨라배마 형사항소 법원의 판결을 파기 환송한다. 이와 같이 명령한다.'"

"이와 같이 명령한다?"

"그래요, 레이. 대법원이 이렇게 명령했어요. 심리를 승인한 게 아니라, 레이한테 유리하게 대법원이 바로 판결한 거죠. 항소 법원의 판결을 뒤엎었어요. 그것도 만장일치로요!"

나는 수화기를 떨어뜨리고 바닥에 주저앉아서 애처럼 엉엉 울었다. 아홉 명의 연방 대법관이, 심지어 스칼리아 대법관(아홉 명의 대법관 중 가장 보수적 성향을 지녔다)까지 나를 믿어주었다. 누가 그들의 판결에 왈가왈부할 수 있을까? 앨라배마 주가 그럴 수 있을까?

다시 수화기를 집어 들었다. 브라이언이 아직 그대로 있는지 몰라서 이름을 불렀다.

"브라이언?"

"말해요, 레이."

"레스터한테 전화 좀 해줄래요?"

"그럴게요, 레이. 다 끝난 게 아니에요. 다시 주 법원으로 돌아가야 하죠. 하지만 우리가 이긴 거예요. 크게 이긴 거예요. 주 법원이 재심을 해야 하니까."

"짐은 언제 싸야 할까요?"

"당장은 아니지만 곧 그럴 수 있을 거예요. 시간이 좀 걸릴 테니까 꿋꿋이 버티고 있어요. 머잖아 짐을 싸게 될 거예요, 친구. 조만간."

수감실로 돌아가서 아무에게도 그 소식을 전하지 않았다. 아직 갈 길이 남아있었지만 그래도 29년 만에 처음으로 터널 끝에 반짝이는 불빛이 보였다. 연방 대법원이 잘못이 있었다고 말한 것에 대해 항소 법원은 어떻게 재결할까? 퍼핵스가 비용을 더 청구해 유능한 전문가를 구하지 않기 때문에 나는 권리를 침해당했다. 페인은 참담한 전문가였고, 퍼핵스는 제대로 변론할 시도조차 하지 않았다. 하지만 이제 연방 대법원이 내 편이었다.

이런 일이 일어나다니….

형사 항소 법원은 나를 다시 순회 재판소의 페트로 판사에게로 보내서 퍼핵스가 비용 청구를 할 수 있다는 걸 알았더라면 더 유능한 전문가를 구할 수 있었는지, 그리고 그 전문가로 인해 내가 유죄라는 합리적 의심을 받게 되었는지 판단하도록 했다. 이 두 가지에 대한 답은 그렇다였다. 2014년 9월 24일, 순회 재판소는 내가 권리를 침해받았고 퍼핵스는 효과적인 변론을 하지 못했으므로, 규칙 32항에 의거한 내 청원을 승인한다고 밝혔다. 12월에 내 소송은 다시 제퍼슨 카운티로 넘어갔다. 모든 것이 처음 시작된 곳으로 돌아가게 된 것이다. 나는 잠을 이루지 못했고, 혼자이지만 기쁜 마음으로 2015년 새해를 맞았다. 사형수로 교도소에 수감된 지 30년 만에 처음으로 새해가 밝은 것을 축하했다. 아직 자유로워지진 않았지만 브라이언 스티븐슨 변호사와 함께 재심을 받게 되었기에 걱정하지 않았다. 게다가 나를 위해 증언해줄 미국 최고의 총기 전문가도 셋이나 있었다. 1월에, 판사는 2월 18일 오전 9시에 있을 심리를 위해 나를 제퍼슨 카운티로 이송할 것을 홀먼 교도소에 명령했다.

마침내 사형수 수감동을 떠나게 되었다.

바퀴 달린 들것이나 시체 운반 부대에 실려서가 아니라 두 발로 걸어서 나가게 된 것이다.

나는 텔레비전, 테니스화, 매점에서 산 음식, 책, 여분의 옷들을 다른 수감자들에게 나눠주었다. 내 수감실 주변의 사람들은 뜻밖의 선물에 즐거워했다. 교도관이 수감실 밖으로 이끌었을 때, 나는 같은 층에 있는 28명에게 소리쳤다.

"잠깐만 나 좀 봐요!"

몇몇이 우우, 와아 소리쳤다.

"내가 나가게 됐어요. 이제 여기를 떠납니다. 이 순간에 이르는 데

30년이 걸렸죠. 여러분은 31년이 걸릴지도 몰라요. 어쩌면 32년, 33년, 35년이 걸릴지도 모릅니다. 그래도 포기하면 안 돼요. 희망을 버려서는 안 됩니다. 희망이 있으면, 뭐든 얻을 수 있어요."

사람들이 소리를 내기 시작했다. 사형이 집행될 때처럼 철창을 두드린 게 아니라, 기쁨의 소리를 내질렀다. 박수소리, 웃음소리와 함께 내 이름이 울려퍼졌다. "힌턴! 힌턴! 힌턴!"

고등학교 때 농구 경기장에서 관중이 내 이름을 외치는 줄 알고 기뻐했지만 알고보니 전혀 아니었던 때가 떠올랐다. 인생이란 비극과 슬픔, 승리와 기쁨이 뒤섞인 참으로 묘한 것이었다.

나는 고개를 꼿꼿이 들고 출생증명서를 손에 쥔 채로 사형수 수감동을 떠났다.

마침내 자유로워졌다.

드디어 자유로워졌다.

전능하신 하느님, 감사합니다. 제가 끝내 자유를 얻었습니다.

호송차에 타자, 30년 전에 걸어 들어갔던 교도소 건물이 보였다. 가시철조망 울타리도, 흙먼지 자욱한 운동장도, 이곳 전경을 다시는 보고 싶지 않았다. 아직 집에 도착한 건 아니었지만 드디어 한 걸음을 내디뎠다.

23장

햇살이 눈부시네요

> 해를 거듭하며 날마다 누군가를 죽이겠다고 협박할 수는 없다.
> 정말 심각한 방식으로 사람들을 해치고,
> 정신적 충격을 입히고, 망가뜨려서도 안 된다.
> _브라이언 스티븐슨

접견실에서 만나 막 얘기를 마치고 인사까지 하고 나갔던 브라이언 사무실 소속의 변호사가 다시 뛰어들어 왔다. "레이, 레이! 브라이언 한테 전화해보세요. 되도록 빨리 전화해보세요."

나를 다시 구치소 수감실로 데려갈 교도관을 기다리면서 이번에는 무슨 일일까 생각했다. 카운티 구치소로 돌아와 재심이 열리기를 기다린 지 벌써 두 달이 지났건만, 재심 기일이 아직도 잡히지 않고 있었다. 심리는 몇 차례 했지만, 검사가 증거인 총과 총알들이 없어졌다면서 브라이언이 그것들을 훔쳐갔다고 고소까지 하는 바람에 재심이 계속 미뤄지고 있었다. 브라이언이 내 재판에 가장 중요한 증거를 훔쳤다고 생각하다니! 우리 쪽 전문가들이 그 증거물을 조사한 뒤 돌려주었다는 것을 밝히기 위해, 우리는 2002년에 가렛 판사 주재로 열린 심리의 기록을 전부 인쇄해야 했다. 나중에 서기가 법원 창고 밖에서

363

그 총과 총알들이 든 상자를 찾아냈다. 그래서 검사 측이 그것들을 다시 검사하기를 기다리고 있는 중이었다. 레스터는 그들이 다시 내게 누명을 씌워 사형수 수감동으로 돌려보내면 어쩌나 불안해했지만, 나는 그다지 걱정하지 않았다. 나에게는 브라이언에 대한, 진실에 대한 믿음이 있었다.

구치소 수감 구역으로 돌아가자마자, 나는 벽에 전화기들이 죽 늘어선 곳으로 갔다. 그러고는 브라이언에게 수신자 요금 부담 전화를 걸고 있는데 젊은 수감자가 내 옆으로 왔다.

"아저씨, 뭐 해?"

나는 전화기를 가리키며 그 젊은이를 향해 고개를 가로저었다. 그는 거물급 갱단처럼 굴었지만, 내 눈엔 아무것도 모르면서 게임을 하듯 갱단이 되고 싶어 하는 철없는 폭력배에 지나지 않았다. 나는 구치소에 수감된 젊은이들을 앉혀놓고 좀 더 나은 길을 선택하지 않는다면 그들의 미래가 어떻게 될지 가르쳐주고 싶었다. 그들의 삶도 자유도 소중했으니까. 그들이 무슨 일로 구치소에 오게 됐든 그보다 훨씬 더 나은 일을 할 수 있는 잠재력이 있다. 나는 사형수 감방에서 삶을 끝내고 싶지 않았다. 그런 삶이 어떤 건지 그들에게 말해주고 싶었다. 내 머리칼이며 수염이 희끗희끗했기 때문에 그들 모두 나를 아저씨라고 불렀다. 내가 처음 카운티 구치소에 수감됐을 때가 그들보다 어린 스물아홉 살이었는데.

브라이언이 수신자 요금 부담 전화를 수락하는 소리가 들렸다.

"여보세요, 스티븐슨 씨! 전화해달라고 했다면서요?"

내가 전화기에 대고 반갑게 소리치자 내 쪽을 보고 있던 몇몇 수감자들이 웃었다.

"레이! 어떻게 지내요?" 브라이언이 흥분한 목소리로 안부를 물었다.

"잘 지내요. 방금 벤을 만나서 재판에 대해 얘기했는데, 예이츠가 30년 전에 했던 말을 바꿨대요. 믿기지가 않아요, 브라이언. 예이츠가 총알에 대한 의견을 바꿨어요. 정말 기적 같은 일이에요."

"레이, 그것도 좋은 소식이지만 다른 소식이 또 있어요."

"뭔데요?"

"난 지금 뉴욕에 있는 호텔에 묵고 있어요. 대학에서 강연을 하기로 했거든요. 아무튼 여기로 오는 도중에 페트로 판사한테서 전화가 왔어요."

"그래요?"

"그런데 검사가 오늘 어떤 서류를 제출했다는 말을 듣고 길가에 차를 세웠어요. 사전에 어떤 말도 없이 그냥 전자우편으로 서류를 제출했대요."

브라이언의 숨소리가 거칠게 들렸다.

"무슨 서류인데요?"

"레이, 이제 집으로 가게 됐어요. 검찰이 레이에 대한 모든 소송을 취하했어요. 이제 집으로 가는 거예요, 친구. 드디어 집에 가게 됐어요."

나는 벽에 등을 기댄 채 쭈그리고 앉아서 눈을 감았다. 아무 말도, 아무 생각도 할 수 없었다. 숨조차 쉴 수 없었다.

집으로.

그 말을 듣기까지 너무 오랜 시간이 걸렸다.

집으로, 집으로 간다.

"아저씨! 아저씨! 괜찮아요?" 나는 걱정스러운 얼굴로 나를 내려다보고 서 있는 젊은 수감자를 올려다보았다.

그리고 웃음을 지으며 고개를 끄덕였다.

"브라이언, 만우절 농담 아니죠? 그런 농담하면 안 돼요. 오늘이 4월 1일인 거 알아요. 재미없어요."

브라이언이 웃었다.

"농담 아니에요, 레이. 판사가 월요일에 레이를 석방하겠다는 걸, 내가 금요일에 해야 한다고 우겼어요. 금요일 아침에 석방될 거예요. 내가 거기로 갈게요. 아, 어떻게 가야 할지 모르겠지만, 아무튼 금요일 오전 9시 30분까지 그리로 갈게요. 레이하고 나하고 같이 그 구치소에서 걸어 나옵시다. 그러면 자유인이 되는 거예요."

나는 웃었다. "브라이언, 그럼 금요일에 봐요. 아, 내가 입을만한 옷 좀 부탁해도 될까요? 알몸으로 나갈 순 없잖아요."

"알았어요. 챙겨 갈게요."

우리는 한동안 말이 없었다. 할 말이 너무 많은데 무슨 말을 해야 할지 생각이 나지 않았다. 브라이언은 15년 동안, 아니, 드러나지 않게 도움을 준 것까지 하면 그보다 훨씬 더 오래 내 옆을 지켜주었다. 사형수로 교도소에 수감된 나를 집에 보내주려고 온갖 노력을 다했다. 그 어떤 말로도 보답할 수 없었다.

"하느님의 축복을 빌어요."

"고마워요, 레이." 브라이언도 나만큼 감정이 북받치는 것 같았다.

우리는 인사를 나누고 전화를 끊었다. 나는 철부지 폭력배들 앞에서 바닥에 주저앉아 어린애처럼 울었다.

이제 집으로 가게 되었다.

금요일 아침, 브라이언이 앨라배마의 하늘과 똑같은 색의 셔츠와 멋진 검은색 양복을 들고 구치소에 도착했다. 나는 수감복을 벗고 그 옷들로 갈아입고서 브라이언 앞으로 갔다.

"어때요?"

"멋져요. 근사해요." 브라이언도 양복에 넥타이 차림이었다.

"우리 둘 다 옷발이 꽤 괜찮은데요. 레스터도 왔어요?"

"그럼요, 밖에서 기다리고 있어요. 여기서 나가면 레스터가 자기 집으로 레이를 데려갈 거예요. 거기서 며칠 푹 쉰 다음에 우리 사무실에 와줘요. 우리 직원들도 모두 레이를 만나기를 손꼽아 기다리고 있으니까요."

나는 고개를 끄덕여 대답했다. 설레면서 긴장되고 약간 주눅이 들기도 했다. 이런 날을 너무 오랫동안 상상만 해서 그런지 내 발로 문을 열고 나갈 수 있다는 것이 믿기지 않았다.

"레이, 밖에 사람들이며 취재진이 많이 와 있어요. 빅뉴스니까. 레이도 뉴스 봐서 알죠? 기자들이 소감을 한마디 해달라고 하면, 뭐든 하고 싶은 말을 하면 돼요. 아무 말도 하고 싶지 않으면 안 해도 되고요."

문득 두려워졌다. 그때 사형수 수감동에 있는 사람들이 떠올랐다. 그들도 뉴스를 통해 내가 석방되는 모습을 볼 텐데. 무슨 말을 해야 할지 머릿속이 하얘졌지만 그래도 무슨 말이든 해야 할 것 같았다.

"준비됐어요?"

"네."

몇 가지 서류에 서명을 하고 나서 출입문 쪽으로 가니 사람들과 취재진이 모여있는 게 보였다. 한 손을 내밀어 문을 잡고는 어깨 너머로 브라이언을 돌아보았다.

"준비됐죠?" 브라이언이 속삭였다.

"30년 동안 준비했는걸요." 나는 심호흡을 한 뒤 뒤따르는 브라이언과 함께 유리문 밖으로 나섰다.

사람들이 나를 향해 몰려들었다. 누나들, 조카들, 레스터와 시아도. 나는 그들 모두를 끌어안았다. 누나들은 울면서 하느님께 감사하고, 카메라들은 플래시를 터뜨리며 나를 찍어댔다. 나는 말끔하게 양복을 차려입고 온 레스터의 어깨를 잡았다.

10분쯤 지나자 어수선한 소리와 움직임이 잠잠해졌다. 모두들 조용히 내가 말하기를 기다렸다. 나는 사람들을 빙 둘러보았다. 이제 난 자유인이었다. 누구도 내게 이래라저래라 할 수 없었다. 내 마음대로 할 수 있었다.

자유롭게.

나는 눈을 감고 하늘을 올려다보며 어머니를 위해 기도했다. 하느님께 감사했다. 그러고는 눈을 뜨고 카메라들을 응시했다. 너무 오랫동안 어둠 속에서 지냈다. 셀 수 없이 어두운 낮과 밤을 견뎌야 했다. 태양이 비추지 않는 곳에서 긴긴 세월을 살아왔지만, 이제 더 이상 어둠 속에서 살지 않아도 됐다. 앞으로 다시는 결코.

"햇살이 눈부시네요." 나는 이 한마디를 하고는 각자의 방식으로 나를 구해준 두 사람, 레스터와 브라이언에게 시선을 돌렸다.

그러고는 왈칵 눈물이 쏟아져 내렸다.

나는 레스터의 차에 올라탄 후 안전벨트를 맸다. 앞좌석에 앉는 건 30년 만이었다.

"차 좋네."

"우리만큼 오래 되고 힘이 빠진 차야. 어디로 갈까?" 레스터가 웃으며 말했다.

"묘지에. 어머니 묘지를 보고 싶어."

레스터가 거리를 빠져나가 고속도로를 향해 달렸다. 시아는 친구들 차를 타고 가겠다면서 레스터와 내게 둘만의 시간을 주었다.

"60미터 전방에서 우회전하십시오."

나는 펄쩍 뛰어올랐다. 여자 목소리였다. 고개를 홱 돌려 뒷좌석을 돌아봤지만 아무도 없었다. 그 여자는 어디 있는 걸까?

"우회전하십시오." 여자 목소리가 다시 들렸다.

"여자는 어디 있는 거야?" 나는 레스터에게 소곤소곤 물었다.

"누가 어디 있냐고?"

"방금 차 안에서 어느 쪽으로 가라고 말해준 백인 여자 말야."

레스터가 잠시 멀뚱멀뚱 나를 보더니 웃음을 터뜨렸다. 3킬로미터를 달리는 내내 웃었다. "GPS라는 거야. 운전 안내 장치야. 차 안에 숨어있는 백인 여자는 없으니까 안심해, 레이."

앞으로 배워야 할 것이 많을 듯했다.

어머니의 이름이 써있는 묘비를 보니 마음이 다시 아려왔다.

"어머니, 저 왔어요. 돌아올 거라고 말씀드렸잖아요. 어머니의 막내 아기가 돌아왔어요."

그날 내가 세 번째로 눈물을 흘리는 동안 레스터는 묵묵히 내 옆을 지켰다. 교도관도 없고, 가시철조망도 없는 밖에 있는 것이 왠지 어색하고 기분이 묘했다. 전에 없이 이상하게 불안한 마음이 들었다. 내가 불안해하는 걸 알아챘는지, 레스터가 한 손으로 내 어깨를 잡아주었다. 우리는 집에 가는 길에 뷔페식당에 들렀다. 골라 먹을 수 있는 음식이 너무 많아서 눈으로 보면서도 믿지 않았다. 나는 바비큐, 튀긴 오크라, 바나나 푸딩을 접시에 담았다. 그리고 향긋한 차를 기다리고 있는데, 레스터가 내 앞을 지나가서 계산대 앞에 있는 여자에게 카드 한 장을 내밀었다. 잠시 후 그 여자는 카드를 다시 레스터에게 돌려주었고, 레스터는 나를 돌아보지도 않고 테이블로 가서 앉았다.

순간 나는 얼어붙었다.

난 돈이 한 푼도 없는데, 레스터가 계산원에게 돈을 내지 않은 것이다. 두려움에 휩싸여 어쩔 줄 모르고 서 있는 나를 레스터가 쳐다보았다. 나는 레스터의 눈을 망연히 보며 서 있었고, 계산원은 그런 나를 빤히 쳐다보았다. 레스터가 다가와서 낮은 소리로 물었다. "왜 그래, 레이?"

"난… 난… 저 여자한테 낼 돈이 없어." 나 역시 나지막이 대답했다.

"이미 내가 계산했어. 걱정 마."

가슴이 쿵쾅대기 시작했다. 레스터는 여자에게 돈을 주지 않았다. 내가 다 지켜봤다. 레스터가 무슨 일을 벌이려는 건지 영문을 알 수 없었다.

"레스터, 돈을 안 냈잖아. 내가 다 봤어. 오크라 몇 조각 훔쳐 먹고 다시 교도소로 잡혀갈 순 없어!"

"현금 말고 직불카드로 냈어, 레이. 우리 둘 음식 값을 다 냈으니까 걱정하지 않아도 돼."

나는 사람들의 눈길을 느끼며 레스터를 따라 테이블로 가서 앉았다. 내가 석방될 거라는 뉴스가 수요일 이후 연일 보도된 걸 나도 알고 있었다. 30년 만에 사용하는 포크로 어설프게 음식을 집어 먹으면서 사람들의 시선을 신경 쓰지 않으려고 했지만 자꾸 걱정이 됐다. 나를 살인을 저지르고도 교묘히 빠져나온 사람으로 생각하면 어쩌지? 내가 정말 살인을 했다고 생각하진 않을까? 사람들이 뭐라고 하면 어쩌지? 그럼 난 뭐라고 말해야 하나? 다시금 두려움이 밀려들었다.

"레이, 괜찮아. 걱정할 거 없어. 얼른 먹고 집에 가자. 가서 오늘밤은 진짜 침대에서 푹 자. 그러면 다 괜찮아질 거야."

나는 고개를 끄덕였다. 식당에서 나가고 싶었다. 내 주변에 많은 사람들이 있는 것이, 내 뒤에 사람들이 있는 것이 영 불안하고 불편했다. 우리는 서둘러 먹고 식당을 나왔다. 레스터의 집에 도착해서 웃음 짓는 시아를 보니 불안감이 꼬리를 감췄다.

나는 자유로웠다. 정말로 자유로웠다.

"집에 돌아온 걸 환영해요, 레이. 잘 돌아왔어요." 시아가 두 팔로 나를 안으며 반갑게 맞았다. 그 순간 또 다시 눈물이 흘러내렸다.

우리는 새벽 두 시까지 웃고 떠들며 얘기를 나눴다. 심야뉴스를 보며 양복 차림의 내가 얼마나 괜찮아 보이는지 수다도 떨었다. 그런 다음에야 잘 자라는 인사를 하고, 손님방에 있는 더없이 푹신한 침대에 몸을 뉘였다.

사형수 수감동에서는 아침 먹을 준비를 할 시간이었다. 층층을 오르내리는 교도관들의 발걸음 소리가 들리는 듯했다. 식판들이 쨍그랑 부딪치는 소리와 수감자들이 잘 잤냐고 소리치는 소리가 귓가에 아른거렸고, 땀에 찌든 퀴퀴한 냄새가 코끝을 스치는 듯했다.

턱까지 끌어올린, 향기로운 냄새가 나는 담요나 푹신한 베개보다 그런 것이 더 익숙하게 느껴졌다. 모든 게 너무 낯설다는 생각과 함께 또 다시 불안감이 엄습했다. 숨이 거칠어지고 가빠졌다. 내 몸에 이상이 생긴 건가? 레스터를 깨워서 병원에 데려가 달라고 해야 하나? 이렇게 내 삶이 끝나는 걸까? 마침내 자유를 찾은 날, 심장마비가 온 건가? 숨을 고르려고 했지만, 벽이 울룩불룩 움직이고 방이 빙빙 도는 것 같았다. 나는 침대에서 일어나 욕실로 뛰어갔다. 그러고는 문을 잠그고 바닥에 앉아 무릎 사이에 머리를 묻었다.

잠시 후, 쿵쾅대던 심장이 가라앉고 숨쉬기가 편해졌다. 머리를 들고 둘러보니, 욕실 크기가 수감실만 했다. 나는 욕실 매트에 머리를 대고 바닥에 누웠다.

그날 밤은 거기서 자야 할 것 같았다.

그곳이 집 같은 느낌이 들었다.

／24장／

철창을 두드리다

인종, 가난, 불충분한 법적 조력, 무죄 가능성에 대한 검사의 외면이
불공정에 대한 전형적인 선례를 남겼다. 앤서니 레이 힌턴에게 일어난 비극보다
더 절박하게 사법제도의 개정을 요구하는 사례는 떠올릴 수 없다.
_브라이언 스티븐슨

그토록 밝은 청록 빛 바다는 본 적이 없다. 해변에 펼쳐진 하얀 모래
가 쿠션처럼 부드럽게 발바닥을 간지럽힌다. 레스터는 여우원숭이와
놀고, 나는 조지 클루니와 농구를 한다. 농구 실력에서는 내가 조지
클루니를 앞선다.

날씨는 더없이 좋다.

사형수로 교도소에 있을 때도 이런 여행을 한 적이 있지만, 지금
은 그때처럼 상상 속 여행이 아니다. 나는 정말로 조지 클루니와 농구
를 하고, 레스터는 여우원숭이와 놀고 있다. 한바탕 땀을 흘리고 나서
는 옷을 입은 채로 리처드 브랜슨의 수영장에 뛰어들어 30년 만에 처
음으로 수영을 할 생각이다. 나는 휴대폰이란 것이 주머니에 있는 걸
깜박 잊곤 한다. 아마 잠시 후에도 주머니에서 휴대폰을 꺼내는 걸 깜
박 잊고 물속으로 그냥 뛰어들지 모른다.

가끔은 내가 아직도 사형수로 비좁은 수감실에 갇혀 상상을 하고 있는 게 아닐까 하는 생각이 들기도 하지만, 결코 상상이 아닌 현실이다. 나는 사람들에게 NBA(미국 프로 농구), MLB(미국 프로 야구), NFL(미국 프로 풋볼)에서 모두 MVP에 오른 유일한 사람이라고 떠벌린다. 그러면 어떤 사람들은 그냥 물끄러미 쳐다보고, 또 어떤 사람들은 속마음을 드러낸다. "거기서 정말 미친 거 아냐?"

나는 석방된 이후로 누군가 내 얘기를 듣고자 하면 언제든 찾아가서 얘기를 들려준다. 리처드 브랜슨의 개인 소유인 네커 섬에 초대를 받은 것도, 유명 인사들을 포함해서 사형제도 폐지를 위해 애쓰는 사람들에게 내 얘기를 들려주기 위해서다. 교회든, 대학이든, 작은 회의실이든, 개인 소유의 섬이든, 나를 찾는 곳은 어디든 간다. 나는 사형수 수감동에서 살아나온 사람으로 호기심의 대상이기도 하지만, 아직 그 안에 갇혀있는 모든 사형수의 대변인이기도 하다. 그래서 사람들에게 이렇게 말한다. "저는 정의를 믿습니다. 처벌에 반대하지 않습니다. 다만 학대는 믿지 않습니다. 쓸모없는 처벌의 힘은 믿지 않습니다."

버밍햄에서 멀지 않은 한 교회에서 내 말을 듣고 난 뒤에 한 남자가 손을 들고는 나와 같은 상황에 처한 사람이 있다면 어떤 조언을 해주겠느냐고 물었다. 나는 "기도하세요. 그리고 기도가 끝나면 브라이언 스티븐슨한테 전화하세요."라고 대답했다. 그렇게 대답하면 사람들은 언제나 웃는다. 내가 할리, 산드라, 킴하고 결혼한 얘기를 하면 더 큰 소리로 웃는다. 그렇게 웃고 나면 사람들이 좀 더 편하게 내 이야기에 귀를 기울이게 된다. 사형수 수감동에서도 그랬고, 밖에 나와 있는 지금도 마찬가지다.

레스터는 우리 어머니 집에서 200미터쯤 떨어져 있는 집을 샀다. 나는 10년 넘게 방치되어 있던 어머니 집을 대대적으로 수리한 뒤 혼자서 살고 있다. 어머니가 무척 좋아했던 발코니도 수리했고, 체포됐던 날처럼 여전히 잔디도 깎는다. 어떻게 앨라배마를 떠나지 않을 수 있느냐고 묻는 사람들이 있다. 정나미가 떨어지지 않느냐고. 앨라배마는 내 고향이다. 나는 뜨거운 여름의 앨라배마도 폭풍우가 몰아치는 겨울의 앨라배마도 사랑한다. 바람에 실려 오는 냄새도 푸른 숲도 사랑한다. 나에게 앨라배마는 하느님의 나라였고, 앞으로도 늘 그럴 것이다. 앨라배마를 사랑하지만, 그렇다고 이곳 검찰까지 사랑하는 건 아니다. 내가 석방된 후, 나를 사형수로 만들었던 일에 대해 카운티 검사도, 주 검사도 사과하지 않았다. 아마 앞으로도 사과하는 검사는 없을 것이다.

그래도 나는 그들을 용서했다. 자유를 찾은 뒤 모든 것이 낯설고, 어색하고, 세상을 따라가지 못해 힘겨운 몇 주를 보내고 나서 그러기로 했다. 용서하기로, 마음속에서 분노와 증오를 밀어내기로. 그들은 내 인생에서 30년이란 시간을 빼앗아갔다. 용서할 수 없다면, 즐겁게 살 수 없다면, 남은 내 삶마저 그들에게 내주는 것과 마찬가지였다.

남은 내 삶은 오롯이 내 것이다.

이미 앨라배마에 30년을 빼앗겼다.

그걸로 충분하다.

교도소 밖의 세상에 익숙해지기는 쉽지 않았다. 컴퓨터도, 인터넷도, 스카이프도, 휴대폰도, 문자 메시지도, 이메일도 모든 게 낯설었다. 내가 갇혀있는 동안 새로 생겨난 것들이 어찌나 많은지 따라잡기가 여간 힘들지 않다. 그런 것에 맞춰 변하려고 애쓰지만, 내 몸과 머리는 아직도 교도소에서 몸에 밴 일상을 충실히 따른다. 새벽 세 시면 일어나서 아침을 준비하고, 오전 열 시에 점심을 먹고, 오후 두 시에 저녁을 먹는다. 잠은 큼지막한 킹사이즈 침대 한 귀퉁이에서 웅크리고 잔다. 새로운 습관을 들이기가 만만치 않지만 그래도 여전히 애는 쓰고 있다.

자유란 참 묘한 것이다. 이제 뭐든 마음대로 할 수 있건만, 어떤 면에서 나는 아직도 사형수 수감동에 갇혀있다. 무슨 요일 저녁에 생선이 나오는지, 면회일은 언제인지, 언제쯤 수감자들이 운동장에 나가 산책을 하는지 잊히지가 않는다. 내 마음은 날마다 그곳으로 돌아간다. 그래서 자유로운 지금보다 사형수로 그곳에 갇혀있을 때, 내 마음이 상상속으로 더 수월하게 떠날 수 있었다는 사실을 새삼 깨닫는다.

30년 만에 처음으로 비를 맞았을 때, 또 눈물이 흘러내렸다. 요즘은 비만 오면 미친 사람처럼 빗속으로 뛰어든다. 비의 촉감을 빼앗기기 전까지는 비가 얼마나 아름다운지 결코 몰랐다. 또 매일 아침 5킬로미터든 6킬로미터든 8킬로미터든 내키는 만큼 오래도록 걷는다. 걸을 수 있으니까 걷는다. 걷는 일 또한 이토록 즐거운 일인 줄 예전엔 미처 몰랐다.

나는 레스터와 브라이언만이 알고 있는 상처를 안고 살아간다. 날마다 하루 일과를 기록하고, 영수증을 챙기고, 일부러 보안카메라 앞으로 다닌다. 집에 혼자 있는 시간이 너무 길다 싶으면 몇몇 사람에게 전화해서 내가 뭘 하고 있는지 알린다. 그리고 밤에는 항상 누군가에게 전화해서 잘 자라는 인사를 한다. 외로워서도 혼자인 것이 두려워서도 아니다. 오히려 나는 여러 모로 혼자인 것을 좋아한다.

하지만 날마다 하루도 빠짐없이 알리바이를 만든다.

다시 그런 일이 일어날지도 모른다는 두려움 속에서 산다.

레스터와 브라이언 외에는 아무도 믿지 않는다.

나는 일주일에 며칠은 몽고메리에 있는 이퀄 저스티스 이니셔티브에 가서 브라이언과 그의 동료들과 함께 일하고, 브라이언이나 다른 직원과 함께 미국 전역을 다니며 내 얘기를 들려준다. 보통 사람들이 은퇴를 생각하는 예순 살이 됐지만, 나는 은퇴라는 호사를 누릴 겨를이 없다. 은퇴할 수 있다고 해도 그럴 생각이 없다. 뭘 했다고 은퇴를 하겠는가? 30대에, 40대에, 50대에 세상에서 밀려나 아무것도 할 수 없었다. 이제는 기꺼이 살고 싶다. 그래서 매일 아침 눈을 뜨면 살아있는 것에 감사하고, 자유로운 것에 감사한다. 사법제도의 희생양이 된 사람들을 대표하여 여전히 사형수들의 목소리를 대신 내고, 정의를 위해 목청을 높인다.

나는 사형제도가 폐지되기를 바란다.

내게 일어났던 일이 어느 누구에게도 다시는 일어나지 않기를 바란다.

30년 동안 면회 날짜를 한 번도 거르지 않고 그 먼 거리를 오간 레스터에게 보답으로 캐딜락 에스컬레이드를 사주고 싶다.

산드라 블록을 만나고 싶다.

이 세상에서 해야 할 일들이 너무 많다. 그래서 신에게 시간을 달라고 기도한다. 매일 저녁 어머니의 사진을 보며 잘 다녀왔다고 인사를 한다. 어머니와 함께 살았던 집을 가꾸면서 매일 저녁 어머니가 좋아했던 발코니에 앉아 쉬면서 어머니가 나와 함께함을 느낀다.

훌먼 교도소에서 사형 집행이 있는 날이면 손바닥으로 나무를 두들기며 전에 말했던 54명의 이름을 나직이 왼다. "꿋꿋하게 버텨. 포기하지 마. 고개를 들어. 우리가 여기 있잖아. 넌 혼자가 아니야. 괜찮을 거야." 이 말을 54번이나 하게 될 줄은 결코 몰랐다.

그리고 아직도 모르겠다.

나는 조건 없는 사랑을 듬뿍 받으며 자랐지만, 사형수 수감동에는 그런 사람이 정말로 드물다. 어머니는 오롯이 내게 사랑을 쏟았고 레스터도 마찬가지다. 레스터와의 우정은 그 무엇보다 소중하고 귀하다. 나는 초대받는 곳 어디든 레스터와 동행한다. 네커 섬에도, 런던에도. 그렇게라도 레스터의 우정에 보답하고 싶다. 이따금 우리는 프라코라는 작은 탄광 마을에 사는 두 아이들로 돌아가서 서로 마주보고 정신 나간 사람들처럼 웃는다. 버킹엄 궁은 우리 둘만을 위해 비공개로 궁을 보여주기도 했다.

나는 양키스 경기를 보러 갔다.

레스터와 함께 하와이에도 갔다.

여기저기 바삐 다니며 행운을 누리고 있지만, 지난 30년을 돌려받을 수 있다면 지금의 모든 것을 내놓을 수 있다. 어머니와 일 분이라도 함께할 수 있다면, 조지 클루니와의 모든 시간을 기꺼이 내놓을 것이다. 그에게는 미안하지만.

그때 그렇게 체포되지 않았더라면 내 인생이 어떻게 됐을까, 내가 어떤 사람이 됐을까 하는 생각을 하지 않을 수 없지만, "도대체 왜 나였

378

지?"라고는 묻지 않으려고 한다. 이기적인 물음이 될 테니까.

"그게 누구든 왜?"

어째서 법은 어떤 사람들의 가치를 평가절하할까? 왜 아무 죄 없는 사람이 대가를 치러야 하지? 맥그리거는 세상을 떠났다. 죽기 직전 쓴 책에서 그는 나를 처음 본 순간부터 유죄임을 알았다면서, 나를 사악하기 그지없는 인간, 간악한 살인자라고 했다. 그래도 나는 그를 용서한다. 헨리 헤이스처럼 그 역시 잘못된 교육으로 인종 차별주의자가 되었을 테니까. 그들은 동전의 양면과도 같다.

그리고 레지도, 퍼핵스도, 애커도, 가렛 판사도, 진실이 밝혀지는 걸 막으려고 안간힘을 썼던 모든 검사들도 용서한다. 약자에게 폭력적이었던 앨라배마 주도 용서한다. 그런 폭력에는 맞서 싸워야 한다. 하지만 용서하지 않으면 내가 아프기에 용서한다.

어머니로부터 용서하는 걸 배웠기에 용서한다.

용서하는 신을 믿기에 용서한다.

삶을 하나의 서사로, 시작과 과정과 결말이 있는 이야기 그대로 드러내기는 쉽지 않다. 어떤 일들이 왜 일어났는지, 어떻게 일어났는지에 대해 더 거창한 이유와 논리, 목적을 가진 이야기로 드러내기는 쉽지 않다. 나는 30년 동안 잃어버렸던 인생의 목적을 찾으려 한다. 너무나 잘못되고 너무나 터무니없는 것에서 의미를 찾고자 한다.

우리 모두 그렇다.

우리 삶에 나쁜 일이 일어나도 회복할 방법을 찾아야 한다. 마침내는 매순간 좋은 결과를 만들어 나가야 한다.

누구도 하찮은 사람이 되고 싶어 하지 않는다. 우리 삶이, 우리 이야기가, 우리가 한 선택이 중요한 의미를 갖기를 바란다.

사형수 수감동에서 나는 그 모든 것이 중요하다는 것을 배웠다.

어떻게 살아야 하는지가 중요하다는 것을 배웠다.

사랑하며 살 것인가, 미워하며 살 것인가? 도움을 주며 살 것인가, 해를 끼치며 살 것인가?

우리 삶이 돌이킬 수 없는 길로 접어드는 그 순간을 정확히 알 수는 없다. 지나온 길을 돌아봄으로써 그 순간을 깨달을 수 있을 뿐이다.

장담컨대 그런 순간이 언제 다가올지는 결코 누구도 예측할 수 없다.

이들의 이름으로
기도하라

**연방 대법원이 주 법원에 앤서니 레이 힌턴의 재심을 명령하지 않았다면,
그는 아마도 무죄를 밝히지 못하고 끝내 사형당했을 것이다.**
_스티븐 브라이어, 미 연방 대법원 대법관

내가 다음 챕터에 써놓은 명단은 2017년 3월, 미국 교도소에 사형수로 수감되어 있는 사람들이다. 통계에 따르면 이 명단에서 열 명 중한 명은 무고하다. 이 이름들을 천천히 읽어보라. 이들 모두 가족이 있고, 사연이 있고, 좁디좁은 수감실에 갇히기까지 일련의 선택을 하고 여러 일을 겪었을 것이다. 이들의 이름을 읽어보라. 누가 부당하게 유죄 판결을 받았는지 알겠는가? 누가 무고한지 알겠는가? 이들의 이름을 읽어보라. 내 이름도 한때 이 명단에 있었다. 긴 명단 속 또 하나의 이름으로, 구제 불능처럼 보이는 한 사람으로, 이 세상을 활보한 가장 잔인한 살인자로.

하지만 그것은 사실이 아니었다.

이들의 이름을 소리 내어 읽고, 이들의 이야기에 귀기울이기 바란다. 누가 살 가치가 있고 누가 죽어 마땅한지 우리가 판단할 수 있을

까? 우리에게 그런 권한이 있을까? 하물며 간혹 그릇된 판단을 하는 우리에게 그런 권한이 있을까? 만일 비행기가 열 대 중 한 대꼴로 추락한다면, 잘못된 원인을 찾아낼 때까지 모든 비행을 멈출 것이다. 우리 사법제도에도 잘못된 부분이 있기에 사형 집행을 멈추어야 한다. 소중한 내 친구 브라이언 스티븐슨의 말대로 이 세상 도덕의 궤적은 정의를 향해 기울지만, 정의는 누군가의 도움을 필요로 한다. 선량한 민중이 불의에 항거할 때 정의는 바로 설 수 있고 이 세상 도덕의 궤적이 기울 때는 그것을 떠받쳐줄 사람들이 필요하다. 그러므로 사람들은 어느 편에 설지 선택해야 한다.

다음 이름들을 소리 내서 읽어보라.

열 명의 이름을 읽고 나서 한 번씩 "무죄"라고 말해보라.

당신의 아들 이름을, 딸 이름을 이 명단에 올려보라. 혹은 형제의 이름을, 어머니의 이름을, 아버지의 이름을 올려보라.

내 이름을 올려보라.

자기 자신의 이름을 올려보라.

사형제도에는 문제가 있다. 살인반의 일원이 될 것인가, 철창을 두드릴 것인가?

선택은 당신의 몫이다.

Seifullah Abdul-Salaam	Brenda Andrew	Juan Balderas
Abuali Abdur'rahman	Terence Andrus	John Balentine
Daniel Acker	Antwan Anthony	Terry Ball
Stanley Adams	William Todd Anthony	Michael Eric Ballard
Michael Addison	Anthony Apanovitch	Tyrone Ballew
Isaac Creed Agee	Azibo Aquart	John M. Bane
Shannon Agofsky	Arturo Aranda	George Banks
Nawaz Ahmed	Michael Archuleta	Stephen Barbee
Hasan Akbar	Douglas Armstrong	Iziah Barden
Rulford Aldridge	Lance Arrington	Steven Barnes
Bayan Aleksey	Randy L. Atkins	William Barnes
Guy S. Alexander	Quintez Martinez	Aquila Marcivicci Barnette
Billie Jerome Allen	Augustine	Jeffrey Lee Barrett
David Allen	Perry Allen Austin	Kenneth Barrett
Guy Allen	Rigoberto Avila, Jr.	Anthony Bartee
Kerry Allen	Abdul H. Awkal	Brandon Basham
Quincy Allen	Carlos Ayestas	Teddrick Batiste
Scott Allen	Hasson Bacote	John Battaglia
Timothy Allen	John Scott Badgett	Anthony Battle
Juan Alvarez	Orlando Baez	Richard Baumhammers

Richard R. Bays	Andre Bland	James Broadnax
Jathiyah Bayyinah	Demond Bluntson	Joseph Bron
Richard Beasley	Scott Blystone	Antuan Bronshtein
Tracy Beatty	Robert Bolden	Romell Broom
Bryan Christopher Bell	Arthur Jerome Bomar	Arthur Brown
Rickey Bell	Aquil Bond	Fabion Brown
William H. Bell	Charles Bond	John W. Brown
Anthony Belton	Melvin Bonnell	Kenneth Brown
Miles Sterling Bench	Shaun Michael Bosse	Lavar Brown
Johnny Bennett	Alfred Bourgeois	Meier Jason Brown
Rodney Berget	Gregory Bowen	Micah Brown
Brandon Bernard	Nathan Bowie	Paul A. Brown
G'dongalay Parlo Berry	William Bowie	Michael Browning
Donald Bess	Marion Bowman, Jr.	Charles Brownlow
Norfolk Junior Best	Terrance Bowman	Eugene A. Broxton
Robert W. Bethel	Richard Boxley	Jason Brumwell
Danny Paul Bible	David Braden	Quisi Bryan
James Bigby	Michael Jerome Braxton	James Nathaniel Bryant
Archie Billings	Alvin Avon Braziel, Jr.	Laquaille Bryant
Jonathan Kyle Binney	Mark Breakiron	Stephen C. Bryant
Ralph Birdsong	Brent Brewer	Duane Buck
Steven Vernon Bixby	Robert Brewington	George C. Buckner
Byron Black	Allen Bridgers	Stephen Monroe Buckner
Ricky Lee Blackwell, Sr.	Shawnfatee M. Bridges	Carl W. Buntion
Herbert Blakeney	Dustin Briggs	Raeford Lewis Burke
Roger Blakeney	Grady Brinkley	Junius Burno

Kevin Burns	Shan E. Carter	Wade L. Cole
William Joseph Burns	Tilon Carter	Timothy Coleman
John Edward Burr	Linda Carty	Douglas Coley
Arthur Burton	Walter Caruthers	Jesse Celeb Compton
Jose Busanet	Omar Cash	Gary Cone
Edward Lee Busby, Jr.	August Cassano	Michael Conforti
Ronson Kyle Bush	Juan Castillo	Jerry W. Connor
Steven A. Butler	Eric Cathey	James T. Conway III
Tyrone Cade	Ronnie Cauthern	Derrick L. Cook
Richard Cagle	Steven Cepec	Robert Cook
James Calvert	Tyrone Chalmers	Wesley Paul Coonce
Alva Campbell, Jr.	Terry Ray Chamberlain	Odell Corley
James A. Campbell	Frank Chambers	Raul Cortez
Robert J. Campbell	Jerry Chambers	Luzenski Allen Cottrell
Terrance Campbell	Ronald Champney	Donney Council
Anibal Canales	Kosoul Chanthakoummane	Bernard Cousar
Jermaine Cannon	Davel Chinn	David Lee Cox
Ivan Cantu	David Chmiel	Jermont Cox
Ruben Cardenas	Troy James Clark	Russell Cox
Kimberly Cargill	Sedrick Clayton	Daniel Crispell
Carlos Caro	Jordan Clemons	Dayva Cross
David Carpenter	Curtis Clinton	Billy Jack Crutsinger
Tony Carruthers	Billie W. Coble	Obel Cruz-Garcia
Cedric Carter	James Allen Coddington	Edgardo Cubas
Douglas Carter	Benjamin Cole	Carlos Cuesta-Rodriguez
Sean Carter	Jaime Cole	Daniel Cummings, Jr.

Paul Cummings	James Anderson Dellinger	John Elliott
Rickey Cummings	Reinaldo Dennes	Terrence Rodricus Elliott
Clinton Cunningham	James A. Dennis	Clark Richard Elmore
Jeronique Cunningham	Paul Devoe	Phillip L. Elmore
George Curry	Robert Diamond	Areli Escobar
Brandon Daniel	Anthony James Dick	Joel Escobedo
Henry Daniels	William Dickerson, Jr.	Noah Espada
Johnny R. Daughtry	Archie Dixon	Gregory Esparza
Tedor Davido III	Jessie Dotson	Larry Estrada
Lemaricus Davidson	Kevin Dowling	Kamell Delshawn Evans
Erick Davila	Marcus Druery	Henry Fahy
Brian E. Davis	Troy Drumheller	Nathaniel Fair
Cecil Davis	John Drummond, Jr.	Richard Fairchild
Edward E. Davis	Steven Duffey	Robert Faulkner
Franklin Davis	Jeffrey N. Duke	Angelo Fears
Irving Alvin Davis	David Duncan	Leroy Fears
James Davis	Joseph Duncan	Donald Fell
Len Davis	Timothy Alan Dunlap	Anthony James Fiebiger
Michael Andre Davis	Harvey Y. Earvin	Edward Fields
Nicholas Davis	Keith East	Sherman Lamont Fields
Phillip Davis	Dale Wayne Eaton	Cesar R. Fierro
Roland T. Davis	Stephen Edmiston	Ron Finklea
Von Clark Davis	Terry Edwards	Robert Fisher
Jason Dean	John Eichinger	Stanley Fitzpatrick
Eugene Decastro	Scott Eizember	Andre Fletcher
Jose Dejesus	Gerald C. Eldridge	Anthony Fletcher

Robert Flor

Charles Flores

Shawn Eric Ford, Jr.

Tony Ford

Linwood Forte

Kelly Foust

Elrico Fowler

Anthony Francois

Antonio Sanchez Franklin

Robert Fratta

James Frazier

Darrell Wayne Frederick

John Freeland

Ray Freeney

James Eugene Frey, Jr.

Danny Frogge

Clarence Fry, Jr.

Robert Ray Fry

Chadrick Fulks

Barney Fuller

Marvin Gabrion II

David Gainey

Tomas Gallo

Bryan S. Galvin

Joseph Gamboa

Larry James Gapen

Ryan Garcell

Edgar Baltazar Garcia

Fernando Garcia

Hector L. Garcia

Joseph Garcia

John Steven Gardner

Daniel T. Garner

Humberto Garza

Joe Franco Garza, Jr.

Bill Gates

Malcolm Geddie, Jr.

Jonathan Lee Gentry

Ronald Gibson

John Gillard

Richard Glossip

Milton Gobert

James Goff

Tilmon Golphin

Ignacio Gomez

Nelson Gongora

Michael Gonzales

Ramiro Gonzales

Mark Anthony Gonzalez

Clarence Goode

Christopher Goss

Bartholomew Granger

Donald Grant

John Marion Grant

Ricky Jovan Gray

Ronald Gray

Gary Green

Travis Green

Randolph M. Greer

Allen Eugene Gregory

Warren Gregory

William Gregory

Wendell Arden Grissom

Timmy Euvonne Grooms

Scott Group

Angel Guevara

Gilmar Guevara

Howard Guidry

Geronimo Gutierrez

Ruben Gutierrez

Randy Guzek

Daniel Gwynn

Randy Haag

Richard Hackett

Thomas Hager

Kenneth Hairston

Conan Wayne Hale

Delano Hale, Jr.

Billy Hall	Jim E. Haseldon	Allen Richard Holman
Charles Michael Hall	Larry Hatten	Mitchell D. Holmes
Darrick U. Hall	Gary Haugen	Dave Taberone Honi
Gabriel Paul Hall	Thomas Hawkins	Dustin Honken
Jon Hall	Anthony Haynes	Cerron Thomas Hooks
Justen Hall	Michael James Hayward	Darien Houser
Leroy Hall	Rowland Hedgepeth	William Howard Housman
Orlando Hall	Danny Hembree	Gregory Lee Hover
Randy Halprin	James Lee Henderson	Jamaal Howard
Ronald James Hamilton, Jr.	Jerome Henderson	Samuel Howard
Phillip Hancock	Kenneth Henderson	Gary Hughbanks
Gerald Hand	Warren K. Henness	Marreece Hughes
Patrick Ray Haney	Timothy Hennis	Robert Hughes
James Hanna	Fabian Hernandez	John Hughey
Sheldon Hannibal	Fernando Hernandez	Stephen Lynn Huguely
John G. Hanson	Charles Hicks	John Hummel
Alden Harden	Danny Hill	Calvin Hunter
Marlon Harmon	Genesis Hill	Lamont Hunter
Garland Harper	Jerry Hill	Jason Hurst
Donnie Lee Harris, Jr.	Anthony Darrell Hines	Percy Hutton
Francis Bauer Harris	George Hitcho, Jr.	Terry Alvin Hyatt
James Harris, Jr.	Henry Hodges	Johnny Hyde
Jimmy Dean Harris	Timothy Hoffner	Ramiro Ibarra
Roderick Harris	Michael Hogan	Dustin Iggs
Timothy Hartford	Brittany Holberg	Jerry Buck Inman
Nidal Hasan	Norris Holder	Billy R. Irick

William Irvan

Ahmad Fawzi Issa

David Ivy

Andre Jackson

Christopher Jackson

Cleveland Jackson

Jeremiah Jackson

Kareem Jackson

Nathaniel Jackson

Richard Allen Jackson

Shelton Jackson

Daniel Jacobs

Timothy Matthew Jacoby

Akil Jahi

Stanley Jalowiec

James Jaynes

Joseph Jean

Willie Jenkins

Robert M. Jennings

Ralph Simon Jeremias

Christopher Johnson

Cory Johnson

Dexter Johnson

Donnie E. Johnson

Donte Johnson

Harve Lamar Johnson

Jesse Lee Johnson

Marcel Johnson

Martin Allen Johnson

Marvin G. Johnson

Matthew Johnson

Nikolaus Johnson

Raymond Eugene Johnson

Roderick Andre Johnson

William Johnson

Aaron C. Jones

Donald Allen Jones

Elwood Jones

Henry Lee Jones

Jared Jones

Julius Darius Jones

Odraye Jones

Phillip L. Jones

Quintin Jones

Shelton D. Jones

Clarence Jordan

David Lynn Jordan

Lewis Jordan

Elijah Dwayne Joubert

Anthony B. Juniper

Jurijus Kadamovas

Jeffrey Kandies

William John Keck

David Keen

Troy Kell

Emanuel Kemp, Jr.

Christopher Kennedy

Donald Ketterer

Joseph Kindler

John William King

Terry King

Juan Kinley

Anthony Kirkland

Marlan Kiser

Melvin Knight

John J. Koehler

Ron Lafferty

Richard Laird

Keith Lamar

Bernard Lamp

Mabry Joseph Landor III

Lawrence Landrum

Eric Lane

Edward L. Lang III

Robert Langley

Robert Lark

Thomas M. Larry

Joseph R. Lave

Mark Lawlor	Stephen Long	Leroy Elwood Mann
Daryl Lawrence	Christian Longo	Kevin Marinelli
Jimmie Lawrence	George Lopez	Gerald Marshall
Wayne A. Laws	Manuel Saucedo Lopez	Jerome Marshall
Wade Lay	Charles Lorraine	David Martin
William Lecroy	Ernest Lotches	Jeffrey Martin
Daniel Lee	Gregory Lott	Jose Noey Martinez
Guy Legrande	Albert Love	Mica Alexander Martinez
Gregory Leonard	Douglas Anderson Lovell	Raymond D. Martinez
Patrick Leonard	Dwight J. Loving	Lenwood Mason
William B. Leonard	Jose T. Loza	Maurice Mason
John Lesko	Melissa Lucio	William Michael Mason
Emanual Lester	Joe Michael Luna	Damon Matthews
David Lee Lewis	David Lynch	Kevin Edward Mattison
Harlem Harold Lewis III	Ralph Lynch	Charles Maxwell
Armando Leza	Glenn Lyons	Landon May
Kenneth Jamal Lighty	Clarence Mack	Lyle May
Antione Ligons	Michael Madison	Randall Mays
Kim Ly Lim	Beau Maestas	Angela D. McAnulty
Carl Lindsey	Floyd Eugene Maestas	Jason Duval McCarty
Marion Lindsey	Mikal D. Mahdi	Ernest Paul McCarver
Kevin James Lisle	Orlando Maisonet	Robert Lee McConnell
Leo Gordon Little III	Ricky Ray Malone	Michael McDonnell
Emmanuel Littlejohn	James Mammone III	George E. McFarland
Juan Lizcano	Charles Mamou, Jr.	Larry McKay
Robbie Locklear	Darrell Maness	Calvin McKelton

Patrick McKenna	Alfred Mitchell	Naim Muhammad
Gregory McKnight	Lezmond Mitchell	Michael Mulder
Freddie McNeill	Marcus Decarlos Mitchell	Travis Mullis
John McNeill	Wayne Mitchell	Frederick A. Mundt, Jr.
Mario McNeill	Jonathan D. Monroe	Eric Murillo
Charles D. McNelton	Milton Montalvo	Craig Murphy
David McNish	Noel Montalvo	Jedediah Murphy
Thomas Meadows	Marco Montez	Julius Murphy
Anthony Medina	Caron Montgomery	Kevin Murphy
Hector Medina	Lisa Montgomery	Patrick Murphy
Rodolfo Medrano	William Montgomery	Patrick Dwaine Murphy
Pablo Melendez	Nelson W. Mooney	Harold Murray IV
Frederick Mendoza	Blanche T. Moore	Jeremy Murrell
Moises Mendoza	Bobby James Moore	Austin Myers
Ralph Menzies	Lee Edward Moore, Jr.	David Lee Myers
Jeffrey Meyer	Mikal Moore	Ricardo Natividad
Hubert Lester Michael, Jr.	Randolph Moore	Keith D. Nelson
Donald Middlebrooks	Richard Bernard Moore	Marlin E. Nelson
David S. Middleton	Hector Manuel Morales	Steven Nelson
Iouri Mikhel	Samuel Moreland	Clarence Nesbit
Ronald Mikos	James Lewis Morgan	Calvin Neyland, Jr.
Blaine Milam	William Morganherring	Harold Nichols
Clifford Ray Miller	Farris Morris	Avram Vineto Nika
David Miller	William Morva	Tyrone L. Noling
Demontrell Miller	Carl Stephen Moseley	Lejames Norman
Dennis Miller	Errol Duke Moses	Michael W. Norris

Clinton Robert Northcutt

Eugene Nunnery

Billy Lee Oatney, Jr.

Denny Obermiller

Abel Ochoa

Richard Odom

Walter Ogrod

James D. O'Neal

Arboleda Ortiz

Gregory Osie

Gary Otte

Freddie Owens

Donyell Paddy

Miguel Padilla

Scott Louis Panetti

Carlette Parker

Johnny Parker

Michael Parrish

Maurice Patterson

Jeffrey Williams Paul

James Pavatt

Pervis Payne

Kevin Pelzer

Albert Perez

Kerry Perez

Louis Perez

Lawrence Peterson

Us Petetan

Tracy Petrocelli

Bortella Philisten

Mario Lynn Phillips

Ronald Phillips

Mark Pickens

Michael Pierce

Christa Pike

Briley Piper

Alexander Polke

Richard Poplawski

Ernest Porter

Thomas A. Porter

Gilbert Postelle

Gregory Powell

Kitrich Powell

Wayne Powell

Gerald Lee Powers

Ted Prevatte

Jeffrey Prevost

Taichin Preyor

Ronald Jeffrey Prible, Jr.

Robert Lynn Pruett

Corinio Pruitt

Michael Pruitt

Joseph Prystash

Wesley Ira Purkey

Derrick Quintero

Syed M. Rabbani

Charles Raby

Derrick Ragan

Walter Raglin

William Raines

Ker'sean Ramey

John Ramirez

Juan Raul Ramirez

Robert M. Ramos

Andrew Darrin Ramseur

Charles Randolph

Samuel B. Randolph IV

William Rayford

Dennis Reed

Rodney Reed

Michael Reeves

Robert Rega

Albert E. Reid

Anthony Reid

David Renteria

Horacio A. Reyes-
Camarena

Juan Reynosa

Charles Rhines	Antyane Robinson	John Allen Rubio
Rick Allen Rhoades	Cortne Robinson	Rolando Ruiz
Charles Rice	Eddie Robinson	Wesley Ruiz
Jonathan Richardson	Gregory Robinson	Travis Runnels
Martin A. Richardson	Harvey Robinson	Eric Walter Running
Thomas Richardson	Julius Robinson	Larry Rush
Timothy Richardson	Marcus Robinson	Pete Russell, Jr.
Cedric Ricks	Terry Lamont Robinson	Michael Patrick Ryan
Raymond G. Riles	William E. Robinson	James C. Ryder
Billy Ray Riley	Felix Rocha	Victor Saldano
Michael Rimmer	Kwame Rockwell	Tarus Sales
Britt Ripkowski	Alfonso Rodriguez	Thavirak Sam
Michael Rippo	Juan Carlos Rodriguez	Michael Sample
Angel Rivera	Pedro Rodriguez	Gary Lee Sampson
Cletus Rivera	Rosendo Rodriguez	Abraham Sanchez
Jose A. Rivera	Dayton Rogers	Alfonso Sanchez
William Rivera	Mark J. Rogers	Anthony Castillo Sanchez
Warren Rivers	William Glenn Rogers	Ricardo Sanchez
James H. Roane, Jr.	Martin Rojas	Carlos Sanders
Jason Robb	Richard Norman Rojem, Jr.	Thomas Sanders
Robert Roberson	Edwin R. Romero	William K. Sapp
Donna Roberts	Christopher Roney	Daniel Saranchak
Tyree Alfonzo Roberts	Clinton Rose	David Allen Sattazahn
James Robertson	Christopher Roseboro	Kaboni Savage
Mark Robertson	Kenneth Rouse	Byron Scherf
Charles L. Robins	Darlie Lynn Routier	Conner Schierman

Michael Dean Scott, Jr.

John Amos Small

Warren Spivey

Kevin Scudder

Christopher Smith

Mark Newton Spotz

Ricky D. Sechrest

Demetrius Smith

Mark L. Squires

Juan Meza Segundo

Jamie Smith

Steven Staley

Manuel M. Sepulveda

Joseph W. Smith

Stephen Stanko

Ricardo Serrano

Kenny Smith

Norman Starnes

Bobby T. Sheppard

Michael Dewayne Smith

Andre Staton

Erica Sheppard

Oscar F. Smith

Roland Steele

Donald William Sherman

Reche Smith

Patrick Joseph Steen

Michael Wayne Sherrill

Roderick Smith

Davy Stephens

Brentt Sherwood

Wayne Smith

Jonathan Stephenson

Anthony Allen Shore

Wesley Tobe Smith, Jr.

John Stojetz

Duane A. Short

Ricky Smyrnes

Ralph Stokes

Tony Sidden

Mark Isaac Snarr

Sammie Louis Stokes

Brad Keith Sigmon

David Sneed

Patrick Jason Stollar

Kenneth Simmons

John Oliver Snow

Bobby Wayne Stone

David Simonsen

Mark Soliz

Paul David Storey

Kendrick Simpson

Michael H. Sonner

Bigler Jobe Stouffer II

Rasheen L. Simpson

Walter Sorto

Darrell Strickland

Mitchell Sims

Pedro S. Sosa

John Stumpf

Vincent Sims

Anthony Sowell

Tony Summers

Fred Singleton

Jeffrey Sparks

Brian Suniga

Michael Singley

Robert Sparks

Dennis Wade Suttles

George Skatzes

Dawud Spaulding

Gary Sutton

Henry Skinner

William Speer

Nicholas Sutton

Paul Slater

Melvin Speight

Larry Swearingen

Richard Tabler

David Taylor

Eddie Taylor

Paul Taylor

Rejon Taylor

Rodney Taylor

Ronald Taylor

Von Taylor

Donald Tedford

Ivan Teleguz

James Tench

Bernardo Tercero

Gary Terry

Karl Anthony Terry

Michelle Sue Tharp

Thomas Thibodeaux

Andre Thomas

Andrew Thomas

Donte Thomas

James Edward Thomas

James William Thomas

Joseph Thomas

Kenneth D. Thomas

Marlo Thomas

Steven Thomas

Walic Christopher Thomas

Ashford Thompson

Charles Thompson

Gregory Thompson

John Henry Thompson

Matthew Dwight
Thompson

John Thuesen

Raymond Tibbetts

Jeffrey Dale Tiner

Richard Tipton

Chuong Duong Tong

Andres Antonio Torres

Jorge Avila Torrez

Jakeem Lydell Towles

Heck Van Tran

Michael Travaglia

Stephen Treiber

Carlos Trevino

James Earl Trimble

Daniel Troya

Gary Allen Trull

Isaiah Glenndell Tryon

Dzhokhar Tsarnaev

Russell Tucker

Albert Turner

Michael Ray Turner

Bruce Turnidge

Joshua Turnidge

Raymond A. Twyford III

Stacey Tyler

Jose Uderra

Alejandro Umana

Kevin Ray Underwood

David Unyon

Fidencio Valdez

John E. Valerio

James W. Vandivner

Robert Van Hook

Siaosi Vanisi

Richard Vasquez

Christopher Vialva

Jorge Villanueva

Warren Waddy

James Walker

Henry Louis Wallace

Shonda Walter

Christina S. Walters

Billy Joe Wardlow

Faryion Wardrip

Byron Lamar Waring

Leslie Warren

Anthony Washington

Michael Washington

Willie T. Washington

Gerald Watkins

Herbert Watson

John Watson III

James Hollis Watts

Obie Weathers

Michael Webb

Timmy John Weber

Bruce Webster

John Edward Weik

James Were

Herbert Dwayne Wesley

Hersie Wesson

Steven West

Robert Wharton

Daryl K. Wheatfall

Thomas Bart Whitaker

Garcia G. White

Melvin White

Timothy L. White

Keith Dedrick Wiley, Jr.

George Wilkerson

Christopher Wilkins

Phillip E. Wilkinson

Willie Wilks

Robert Gene Will II

Andre Williams

Antoine L. Williams

Arthur Lee Williams

Cary Williams

Charles Christopher
Williams

Christopher Williams

Clifford Williams

Clifton Williams

David Kent Williams

Eric Williams

Eugene Johnny Williams

James T. Williams

Jeffrey Williams

Jeremy Williams

John Williams

Perry Eugene Williams

Robert Williams, Jr.

Roy L. Williams

Terrance Williams

Howard Hawk Willis

Edward T. Wilson

James Wilson

Ronell Wilson

Louis Michael Winkler

Andrew Witt

William L. Witter

Jeffrey Wogenstahl

Ernest R. Wolver, Jr.

David L. Wood

Jeffery Wood

John Richard Wood

Termane Wood

Aric Woodard

Robert Woodard

Anthony Woods

Darrell Woods

Dwayne Woods

Vincent Wooten

Charles Wright

William Wright

Raghunandan Yandamuri

Robert Lee Yates

Robert Ybarra, Jr.

Christopher Young

Clinton Young

Leonard Young

Edmund Zagorski

제일 먼저 내 소중한 친구 레스터와 그의 아내, 실비아에게 감사하고 싶다. 좋을 때나 슬플 때나 힘들 때나 언제나 내 옆을 지켜준 것에 감사한다. 결코 나를 판단하려 하지 않으면서 끝까지 포기하지 않은 것에, 내가 수감됐던 30년 동안 나를 만나러 와준 것에, 자유로워진 지금도 변함없이 계속 나를 챙겨주는 것에, 두 사람의 시간과 웃음과 끝없는 사랑을 나눠주는 것에, 면회실을 밝게 비춰준 것에, 두 사람이 지금까지 해준 모든 것에, 언제나 뭐든 기꺼이 도와주려고 하는 것에 감사한다. 주행거리가 아무리 쌓여가도 면회 날짜를 한 번도 거르지 않고 내 말 상대가 돼주기 위해 밤새 일하고서도 먼 길을 마다않고 달려와 준 것에 무한히 감사한다. 두 사람은 진실한 사랑과 우정이 무엇인지 말이 아닌 한결같은 모습으로 내게 보여주고 있다.

내게 베풀어준 것 때문이 아니라 있는 그대로의 두 사람을, 내게 너무나도 큰 의미인 두 사람을 사랑한다. 두 사람이 내 곁을 지켜준 것처럼 나 역시 언제까지나 두 사람을 지지하고, 나를 필요로 할 때는 주저없이 나서서 힘이 될 것이다. 레스터를 생각하면 요한복음 15장 13절이 떠오른다. "벗을 위하여 제 목숨을 바치는 것보다 더 큰 사랑은 없다."

법 제도 안에 있는 누구도 나를 믿지 않았지만 나를 믿어주고, 내 소송을 위해 수많은 밤을 잠 못 이루고 고심하며 일했던 브라이언 스티븐슨에게도 깊이 감사한다. 브라이언은 사법제도의 도덕적 목소리이며 나침반이다. 신이 내린 최고의 변호사로서 아무리 승산 없는 싸움이라도 결코 피하지 않고 가난한 이들을 위해서 지난한 싸움을 끝까지 이어간다. 그가 훌륭한 변호사이기에 앞서 훌륭한 사람인 것에 감사한다. 내 변호사이자 형제이자 친구인 브라이언, 그가 나를 위해 해준 일에 대해서는 억만금으로도 다 보답할 수 없다. 나는 그를 끝없이 존경하고 그를 내게 보내준 하느님께 감사한다. 브라이언 덕분에 인간에 대한 믿음을 다시 얻었고, 세상에는 정말 멋지고 좋은 사람들이 있다는 것을 깨달았다. 브라이언의 반만 따라갈 수 있어도 좋겠다. 남자든 여자든 더 많은 사람들이 브라이언처럼 가난하고 소외된 사람들을 돌아보고 도움의 손길을 내밀 수 있으면 좋겠다. 행여 나와 같은 입장에 처해있거나 하지도 않은 일로 부당하게 체포된다면, 먼저 기도하고, 그러고 나서 브라이언에게 전화하라고 권하고 싶다.

내 소송 때문에 밤늦게까지 수고한 이퀄 저스티스 이니셔티브의 관계자들에게도 감사한다. 샬럿 모리슨, 아린 우렐, 드루 콜팩스, 캐슬린 프라이스, 앤드류 칠더스, 시아 산네, 칼라 크라우더, 스티븐 추, 벤 하먼, 내 목숨을 구해준 이들에게 무한히 감사한다.

출판 에이전트 더그 에이브럼스와 이데아 아키텍츠의 팀원들에게도 감사 인사를 전한다. 내 얘기를 믿어주고 이 책이 나오기까지 무궁무진한 에너지와 열정으로 이끌어준 더그에게 진심으로 감사한다. 그뿐 아니라 깊은 감동을 주는 책들로 더욱 공정한 세상을 만드는 데 기여하는 것도 감사하게 생각한다. 세상 어디에도 없을 훌륭한 에이전트를 만난 것에도 감사한다.

공동 저자, 라라 러브 하딘에게도 감사한다. 라라는 놀라운 문장력과 이해력뿐 아니라 8천 페이지에 이르는 법정 기록과 서류를 묵묵히 읽어내는 의지와 인내심을 보여주었다. 이 책이 나오기까지 모든 발걸음을 나와 함께하면서, 가슴 아픈 이야기와 힘겨운 기억에 귀 기울여주었고, 늘 내 마음을 먼저 다독여주었다. 내 머릿속에 들어갔다 나온 듯 사형수로 지냈던 30년의 기억을 압축해, 인간애를 보여주는 한 편의 이야기로 만들어냈다. 그 모든 것에 감사한다.

내 얘기를 최고의 멋진 책으로 거듭나게 해준 세인트 마틴스 출판사의 편집자, 조지 위테에게도 감사한다. 또한 세인스 마틴스의 사라 스웨이트, 폴 호크만, 가브리엘 간츠, 마틴 퀸, 로라 클라크, 트레이시 게스트, 라팔 기벡, 사라 엔시, 크리스 엔시에게도 감사 인사를 전하며, 조언을 아끼지 않은 마이클 캔트웰, 이 책이 세상에 나올 수 있게 해준 샐리 리처드슨과 제니퍼 엔더린에게도 감사의 말을 전한다.

석방된 이후, 나는 수많은 사람들 앞에서 이야기를 해왔다. 내 얘기를 들어준 이들과 내 얘기가 계속될 수 있도록 따뜻한 사랑과 지지와 격려를 보내준 모든 사람들에게도 감사의 마음을 전한다. 특히 마이클 모란과 그의 아내 캐시에게 감사하며, 그들과 쌓은 새로운 우정이 평생 지속되길 바란다. 내 얘기를 통해 많은 사람들이 정의를 위해 싸우고, 더 좋은 친구가 되고, 조건 없이 사랑을 베풀게 되기를 바란다. 그리고 항상 정의롭지만은 않은 사법제도를 개혁하기 위해 한 목소리를 내고 힘을 보탤 수 있기를 바란다.

범죄를 저지르고 수감된 사람이나 하지도 않은 일로 무고하게 수감된 사람, 혹은 사형수가 이 책을 읽는다면 이 책에서 희망을 찾을 수 있기를 바란다. 계속 싸우고, 계속 살아가고, 그 자신이나 상황이 달라질 수 있다는 믿음이 생기기를 바란다. 우리는 누구나 우리가 저지른 최악의 행동보다 더 가치 있는 존재라는 사실을 잊지 마라. 어디에 있든, 어떤 사람이든, 누구나 옆 사람에게 손을 내밀 수 있고, 어둠을 밝히는 빛이 될 수 있다.